RECURSOS
DESUMANOS

PIERRE LEMAITRE

RECURSOS DESUMANOS

Ele só queria um emprego de volta

TRADUÇÃO
ZÉFERE

2ª EDIÇÃO

Copyright © Calmann-Lévy, 2010

Título original: *Cadres noirs*

Publicado anteriormente no Brasil pela Editora Vestígio.

Todos os direitos reservados pela Editora Gutenberg. Nenhuma parte desta publicação poderá ser reproduzida, seja por meios mecânicos, eletrônicos, seja via cópia xerográfica, sem a autorização prévia da Editora.

EDITORAS RESPONSÁVEIS
Flavia Lago
Rejane Dias

CAPA
Diogo Droschi (sobre imagens de Manjik/ Shutterstock e Ostill/Shutterstock)

PREPARAÇÃO DE TEXTO
Cristina Antunes

DIAGRAMAÇÃO
Waldênia Alvarenga

REVISÃO
Eduardo Soares

Dados Internacionais de Catalogação na Publicação (CIP)
Câmara Brasileira do Livro, SP, Brasil

Lemaitre, Pierre
  Recursos desumanos : ele só queria um emprego de volta / Pierre Lemaitre ; tradução Zéfere. -- 2. ed. -- São Paulo : Gutenberg, 2020.

  Título original: Cadres noirs
  ISBN: 978-65-86553-21-5

  1. Ficção policial e de mistério (Literatura francesa) I. Título.

20-38894   CDD-843.0872

Índices para catálogo sistemático:
1. Ficção policial e de mistério : Literatura francesa 843.0872
Cibele Maria Dias - Bibliotecária - CRB-8/9427

A **GUTENBERG** É UMA EDITORA DO **GRUPO AUTÊNTICA**

São Paulo
Av. Paulista, 2.073, Conjunto Nacional, Horsa I
23º andar . Conj. 2310-2312
Cerqueira César . 01311-940 São Paulo . SP
Tel.: (55 11) 3034 4468

Belo Horizonte
Rua Carlos Turner, 420
Silveira . 31140-520
Belo Horizonte . MG
Tel.: (55 31) 3465 4500

www.editoragutenberg.com.br

Para Pascaline.
Para Marie-Françoise, com todo meu afeto.

*Faço parte de uma geração de má sorte,
que se encontra num equilíbrio instável
entre os tempos antigos e os tempos modernos
e que não se sente à vontade nem aqui nem lá.
Ademais, como já devem ter notado,
sou um homem sem ilusões.*

G. Tomasi di Lampedusa, O *leopardo*

ANTES

1

Nunca fui um homem violento. Por mais longe que eu volte nas minhas lembranças, nunca quis matar ninguém. Uma ou outra crise de raiva, sim, mas nunca tive vontade de realmente machucar. De destruir. Então, necessariamente, isso me deixou surpreso. A violência é como o álcool ou o sexo, não é um fenômeno, mas um processo. A gente mal percebe e já está dentro, simplesmente porque chegou no ponto, porque isso acontece exatamente na hora certa. Eu sabia que estava morrendo de raiva, mas nunca imaginei que aquilo se transformaria num furor de tanta frieza. É isso que me deixa com medo.

E que tenha se voltado contra Mehmet, francamente...

Mehmet Pehlivan.

Ele é turco.

Faz dez anos que vive na França, mas tem menos vocabulário que uma criança de dez anos. Só sabe se expressar de duas formas: ou berra ou emburra. E, quando berra, mistura o francês com o turco. Ninguém entende nada, mas todo mundo consegue ver muito bem quem ele acha que a gente é. Na Transportadora Farmacêutica, onde eu trabalho, Mehmet é "supervisor" e, conforme uma regra vagamente darwiniana, cada vez que ele sobe de posto, logo passa a desprezar os antigos colegas e considerá-los mais ou menos como vermes. Vi isso acontecer com bastante frequência durante minha carreira, e não somente com trabalhadores migrantes. Com muita gente que vinha do baixo escalão, na verdade. Basta subirem que eles se identificam com os chefões da empresa, com uma convicção tamanha que nem os próprios chefes sonham que existe. É a síndrome de Estocolmo aplicada ao mundo do trabalho. Atenção: Mehmet não se acha o chefe da empresa. Melhor ainda, quase: ele encarna, ele "é" o chefe nos momentos em que o chefe não está por perto. Claro que aqui, numa empresa que deve contar com uns duzentos assalariados, não há um chefão propriamente dito, somente chefes. Ora, Mehmet se sente importante demais para se identificar com um simples chefe. Aquilo com o que ele se identifica é uma espécie de abstração, um conceito superior que chama de Direção, o que é vazio de conteúdo (os diretores, aqui, ninguém conhece) mas cheio de sentido: a Direção, o mesmo que dizer o Caminho, a Via. À sua maneira, ao subir no escalão da responsabilidade, Mehmet se aproxima de Deus.

Eu começo às 5 horas da manhã, é o que a gente chama de trabalhinho ingrato (quando a gente emprega a palavra "trabalhinho", sempre acrescenta o ingrato, por causa do salário). A tarefa consiste em fazer a triagem de pacotes de medicamentos que seguem depois para as farmácias do subúrbio. Eu mesmo não estava lá para ver, mas, antes de se tornar "supervisor", parece que Mehmet fez isso durante oito anos. Hoje sente o maior orgulho por ter três vermes sob seu comando, o que não é pouca coisa.

O primeiro verme se chama Charles. Nome estranho para um sem-teto. Ele é um ano mais novo que eu, magro feito um palito e louco por uma birita. A gente fala que ele é sem-teto para facilitar, mas, na verdade, tem um domicílio. Fixo, mesmo. Ele mora no carro, que faz cinco anos que não anda mais. Brinca que é seu "autoimóvel", típico do humor de Charles. Ele usa um relógio de mergulho do tamanho de um prato, com um monte de mostradores diferentes. E com uma pulseira verde fluorescente. Não faço ideia do lugar de onde Charles veio nem de como foi chegar a esse ponto. Tem algo engraçado nele. Não sabe, por exemplo, por quanto tempo ficou inscrito nas listas de espera por um apartamento num HLM, uma habitação de locação moderada, mas conta com precisão o prazo decorrido desde que desistiu de renovar o pedido na prefeitura. Cinco anos, sete meses e dezessete dias na sua última contagem. O que Charles calcula é o tempo decorrido desde que perdeu toda a esperança de ser realojado. "A esperança — diz ele com o dedo em riste — é uma canalhice inventada por Lúcifer para que os homens aceitem pacientemente sua condição." Não é frase dele, já ouvi isso em algum lugar. Procurei a citação, não achei. De qualquer forma, isso serve para mostrar que, por detrás do bebum, existe um Charles que é culto.

O outro verme é um cara jovem, Romain, um rapaz de Narbonne. Como tinha obtido certo sucesso no clube de teatro da escola onde fez o ensino médio, sonhou em se tornar ator e, logo depois do vestibular, subiu para Paris, mas nunca conseguiu receber nenhum cachê por causa do seu "r", vibrante como o de D'Artagnan. Como o de Henri IV. Com esse sotaque escabroso, todo mundo ri quando ele diz: "Que não sendo quinhentos os que juntos saímos... três mil e tantos, quando o pé firmei no porto...". Ele tomou aulas que não deram resultado nenhum. Foi fazendo um trabalhinho mais ingrato que o outro, para ainda poder se apresentar em cada uma das audições que apareciam, sem nunca ser escolhido. Um dia, entendeu que sua fantasia nunca iria se realizar. Romain, ator de cinema, caso perdido. Ainda por cima, a maior cidade que conhecia era Narbonne. Rapidamente, Paris cuidou de esmagá-lo, aniquilá-lo. Ele começou a sentir certo *spleen*, uma nostalgia da infância, uma saudade da sua região. Só que não quis voltar para casa de mãos vazias. Está tentando fazer seu pé de meia e agora só sonha com um papel, o do filho pródigo. Com esse único objetivo, vai acumulando o máximo de trabalhinhos ingratos que consegue achar. Tem vocação para formiga. As horas que sobram para ele, passa no Second Life, no MSN, MySpace, Twitter, Facebook e num monte de outras redes, nesses lugares onde suponho que ninguém ouve seu sotaque. Segundo Charles, ele leva muito jeito com informática.

Meu turno é de três horas todos os dias pela manhã, o que me rende 585 euros, bruto (quando a gente fala de um salário ingrato, sempre acrescenta a palavra bruto, por causa da carga dos impostos a deduzir). Volto para casa lá pelas 9 horas. Se Nicole sai um pouco atrasada, a gente dá a sorte de se cruzar. Quando isso ocorre, ela me diz: "Estou atrasada" e me dá um beijo no nariz antes de bater a porta.

Então, hoje de manhã, Mehmet estava furioso. Como se sentindo pressionado. O que imaginei foi que a esposa não o tinha tratado bem. Estava andando rápido pela plataforma em que ficam alinhadas as caixas e os pacotes, num ritmo descoordenado. Segurava com tanta força a lista que tinha na mão que suas articulações chegavam a estar brancas. Dá para sentir que esse sujeito tem grandes responsabilidades e que seus problemas pessoais não caíam numa boa hora. Cheguei exatamente no meu horário, mas, logo que me viu, ele abriu o maior berreiro. Minha opinião é de que chegar no horário não é o bastante como prova de motivação. Ele chega pelo menos uma hora adiantado. Impossível compreender a integralidade da sua gritaria, mas captei o essencial, ou seja: que, para ele, eu sou um bunda-mole.

Apesar de Mehmet dar tanta importância para o serviço, o trabalho em si não é tão complicado. A gente faz a triagem dos pacotes, coloca tudo dentro de outras caixas, em cima de paletes. Normalmente os códigos das farmácias estão escritos bem grande nos pacotes, mas, às vezes, não sei por quê, vêm sem o número. Romain diz que deve ser um problema de configuração de impressora. Nesse caso, o código pode ser encontrado numa longa sequência de caracteres impressos bem pequeno numa etiqueta. São os décimo, décimo segundo e décimo terceiro caracteres. Eu, que preciso dos meus óculos, acabo me atrapalhando todo. Tenho que pegar no bolso, colocar, baixar, contar os caracteres... Me faz perder um tempão. Se eu fosse visto fazendo aquilo, a Direção poderia se irritar. Pois é, justamente nessa manhã, o primeiro pacote que peguei estava sem o código. Mehmet começou a berrar. Eu me inclinei. Foi nesse momento que ele meteu o pé na minha bunda.

Era um pouco depois das 5 horas da manhã.

Eu me chamo Alain Delambre, tenho cinquenta e sete anos. Sou um executivo desempregado.

2

No início, aceitei esse trabalho da manhã na Transportadora Farmacêutica para ter alguma ocupação. Pelo menos foi isso que eu disse para Nicole, mas nem ela nem as meninas caíram nessa. Na minha idade, ninguém acorda às 4 da manhã por 45% do salário mínimo, não com o único objetivo de mexer o esqueleto. É meio complicada essa história. Enfim, não, nem tanto assim. No início, a gente não precisava desse salário, agora sim.

Faz quatro anos que estou desempregado. Quatro anos em maio, na verdade (24 de maio, me lembro bem da data).

Como esse serviço não é suficiente para aparar as arestas do fim do mês, às vezes bastante ásperas, ainda faço uns bicos por aí. Faço umas horas carregando caixote, embalando coisa em plástico-bolha, distribuindo panfleto, fazendo faxina em escritórios de noite. Alguns trabalhos temporários também. Nos últimos dois anos, fui Papai Noel no Trouv'tout, uma loja especializada em eletrodomésticos usados. Nem sempre conto para Nicole o que faço, ela poderia se sentir mal. Vario as desculpas para justificar as ausências. Como é mais difícil no caso de algum serviço noturno, cheguei até a inventar uma roda de amigos desempregados que, supostamente, se reúne para jogar tarô. Digo para Nicole que isso me descansa os nervos.

Antes, eu era diretor de RH numa empresa de quase duzentos assalariados, me ocupava dos empregados, da formação do pessoal, supervisionava os salários, representava a direção diante do comitê empresarial. Trabalhava na Bercaud, uma empresa de bijuteria. Dezessete anos sem fazer nada de joia. Essa era a piada favorita de muita gente, viviam dizendo: "Nada é joia na Bercaud". Tinha um monte de piadas assim, algumas bem legais, verdadeiras pérolas, só que de mentira... Digamos que eram brincadeiras corporativistas. Pararam de rir em março, quando anunciaram para nós que a Bercaud tinha sido comprada pelos belgas. Eu poderia ter competido com o diretor de RH do grupo belga, mas, quando fiquei sabendo que ele tinha trinta e oito anos, comecei, mentalmente, a juntar meus trapos.

Digo "mentalmente" porque, no fundo, é mais que evidente que eu não estava pronto para fazer aquilo materialmente. Mas não demorou a ser preciso que eu o fizesse. A venda foi anunciada no dia 4 de março. A primeira leva foi demitida seis semanas mais tarde, eu fiz parte da segunda.

Em quatro anos, à medida que meus rendimentos foram sendo liquidados, meu estado de espírito passou da incredulidade à insegurança, depois à culpabilidade e, por fim, à sensação de injustiça. Hoje, eu me sinto é raivoso. Não é um sentimento muito positivo, a raiva. Quando chego na Transportadora e vejo a sobrancelha peluda de Mehmet, aquele vulto longo de Charles cambaleando e penso em tudo por que tive de passar até aqui, uma raiva terrível se põe a rosnar dentro de mim. Eu não posso nem pensar nos anos que me aguardam, na minha aposentadoria comprometida pela baixa contribuição, na redução dos auxílios, no desespero que bate às vezes em mim e em Nicole. Não posso nem pensar nisso porque, por mais que eu me controle, sinto uns humores terroristas circularem no corpo.

Após quatro anos de convívio, claro que considero meu conselheiro do Polo Empregatício como alguém próximo. Recentemente, deixando transparecer uma espécie de admiração na voz, ele me disse que eu era exemplar. O que quer dizer é que, mesmo desistindo da ideia de encontrar um trabalho, eu não desisti de procurar. Ele vê nisso um sinal de que tenho uma forte personalidade. Prefiro não desiludi-lo, ele tem trinta e sete anos, e é melhor que preserve suas ilusões o máximo possível. Mas me vejo, na verdade, submetido a algo mais semelhante a um reflexo animal. Procurar trabalho é como trabalhar: já que não fiz mais nada a vida inteira, isso ficou incrustado no meu sistema neurovegetativo, alguma coisa me empurra por necessidade, mas sem planos. Eu procuro trabalho como os cães farejam postes. Sem nenhuma ilusão, mas é mais forte que eu.

Foi assim que, uns dias atrás, respondi a um anúncio dos classificados. Uma agência de consultoria está em busca de um assistente de RH para uma megaempresa. O trabalho consiste em participar do recrutamento de pessoal para um cargo de alto escalão, estabelecer o perfil necessário para o posto, conduzir o processo de seleção e redigir os relatórios dos testes, participar da elaboração do resultado final, etc., é exatamente o que eu sei fazer, o que fiz durante anos na Bercaud. "Deve ser polivalente, metódico, rigoroso, dotado de qualidades relacionais." É exatamente o meu retrato profissional.

Acabando de ler o anúncio, já juntei minhas fotocópias e enviei o currículo. Só que, evidentemente, não mencionaram nada sobre estarem ou não dispostos a contratar um sujeito da minha idade.

Porque não precisa nem dizer: é óbvio que a resposta é não.

Azar. Enviei minha candidatura mesmo assim. Fico em dúvida se não foi só para continuar merecendo a admiração do meu conselheiro do Polo Empregatício.

Quando Mehmet meteu o pé na minha bunda, como eu soltei um grito, todo mundo se virou para ver. Primeiro Romain, depois Charles, com muito mais dificuldade, porque já chega de manhã com umas boas doses na cabeça. Me reergui num salto. Como um jovenzinho. Foi aí que me dei conta de que sou quase uma cabeça mais alto que Mehmet. Até então, como ele era o chefe, eu nunca tinha prestado atenção na sua altura. Nem mesmo Mehmet conseguia entender direito como tinha chegado a meter o pé na minha bunda. Parecia que sua crise de raiva tinha passado, vi seus lábios tremendo, seus olhos piscando e piscando e ele tentando encontrar o que dizer, não sei em que língua. E aí, fiz uma coisa pela primeira vez na vida: inclinei a cabeça para trás, bem devagar, como se estivesse admirando o teto da Capela Sistina, e trouxe ela de volta para a frente de uma só vez. Como vi fazerem na televisão. Charles, enquanto sem-teto, já levou muita porrada, conhece do assunto. "Um gesto com uma bela técnica" foi o que me disse. Para um iniciante, parece que o golpe foi bem dado. Espatifei o nariz de Mehmet com minha testa. Antes de sentir o choque dentro de mim, escutei um estralo sinistro. Mehmet berrou (em turco, dessa vez, tenho certeza), mas não pude realmente aproveitar da minha iniciativa, pois ele levou as mãos à cabeça imediatamente e caiu de joelhos. Geralmente, se fosse um filme, eu teria tomado um pouco de distância e enfiado um baita de um chute na sua cara, mas a dor que senti era tamanha que eu também levei as mãos à cabeça e caí de joelhos. Nós dois de joelhos, face a face, com as mãos na cabeça, inclinados para o chão. Tragédia no universo do trabalho. Grandiosa cena.

Romain foi correndo acudir, não lhe vinha à cabeça o que fazer. O sangue jorrava de Mehmet. A ambulância chegou em alguns minutos. Fizemos a ocorrência. Romain me disse que viu Mehmet metendo o pé na minha bunda, que ele era testemunha e que eu não precisava esquentar com aquilo. Eu não disse nada, mas minha experiência me faz pensar que, certamente, não vai ser tão simples assim. Fiquei com ânsia de vômito. Fui no banheiro. Para nada.

Na verdade, nada, não: vi no espelho que tinha me cortado e estava com um grande hematoma na testa. Eu estava lívido e meio perdido. Lastimável. Por um instante, tive a impressão de estar começando a parecer com Charles.

3

— Ora, ora...! O que aconteceu com você? — perguntou Nicole enquanto tocava no meu enorme hematoma da testa.

Não respondi. Estendi a carta para ela com um gesto bem desapegado e fui para o escritório, onde fiquei fingindo fuçar à procura de algo nas gavetas. Ela ficou olhando a carta um bom tempo: "Em resposta à correspondência que nos enviou, temos o prazer de lhe informar que sua candidatura ao cargo de assistente de recursos humanos foi recebida com bastante interesse. Dentro de alguns dias o senhor receberá a convocação para um teste de conhecimento que, apresentando um resultado concludente, será seguido de uma entrevista profissional".

Pelo tempo que levou, acredito que ela leu várias vezes. Ela ainda estava com o casaco nos ombros quando a vi vindo em direção ao escritório e se encostando contra o umbral da porta. Estava segurando a carta. Inclinou a cabeça para a direita. É um gesto que costuma fazer que, de longe, é o meu preferido, junto com mais outros dois ou três. Parece até que ela sabe disso. Quando a vejo assim, nessa postura, me vejo reconfortado pela ideia de que essa mulher foi tocada pela graça. Há algo como um lamento nela, uma moleza, não sei como explicar, uma lentidão extraordinariamente sensual. Ela estava segurando a carta e olhando fixamente para mim. Ela estava linda, ou extremamente atraente, enfim, tive uma vontade furiosa de pular em cima dela e transar. Para mim, o sexo sempre foi um antidepressivo potentíssimo.

No início, enquanto eu ainda não via no desemprego uma fatalidade, mas somente uma calamidade, ficava muito ansioso, pulava para cima de Nicole o tempo todo. A gente transava no quarto, no banheiro, no corredor. Nicole nunca disse não. Ela tem um quê de psicóloga, entendia que aquilo era minha maneira de verificar se eu ainda estava vivo. Em seguida, a ansiedade se transformou em angústia e o primeiro efeito visível dessa mudança foi eu ter ficado praticamente impotente. Nossas relações sexuais ficaram cada vez mais raras, difíceis. Nicole dá prova de que é carinhosa e paciente, o que me deixa ainda mais triste. Nosso termômetro sexual quebrou de vez. A gente finge que não percebe ou que acha que não tem nenhuma importância. Sei que Nicole ainda me ama, mas nossa vida se tornou bem mais difícil e não consigo evitar a ideia de que a gente não pode durar para sempre assim.

Por ora, ela está segurando a carta da BLC-Consultoria:

— Mas, meu amor — ela diz —, que extraordinário!

Na minha cabeça pensei que era absolutamente necessário pesquisar o autor daquela citação de Charles sobre Lúcifer e a esperança. Porque Nicole tinha razão. Uma carta como essa ultrapassa o ordinário e, na minha idade, tendo passado quatro anos sem trabalhar no meu ramo, por mais que a chance de eu obter o cargo não fosse nem de uma em três bilhões, eu e Nicole começamos a crer naquilo no mesmo instante. Como se os meses, os anos passados não tivessem nos ensinado nada. Como se fôssemos um par de esperançosos incuráveis.

Nicole veio na minha direção e me deu um daqueles beijos molhados que me deixam louco. Ela é corajosa. Não tem nada mais difícil do que viver com um sujeito depressivo. A não ser, claro, ser, você mesmo, depressivo.

— Por acaso você sabe para quem eles estão recrutando? — perguntou Nicole.

Toquei na tela: o site da BLC-Consultoria apareceu. A sigla vem do fundador, Bertrand Lacoste. Cão de raça. O tipo de consultor que fatura 3.500 euros num só dia. Quando entrei na Bercaud, com todo o futuro pela frente (até mesmo alguns anos mais tarde, quando me inscrevi no superior profissionalizante de *coaching* do CNAM, o Centro Nacional de Artes e Ofícios), um consultor de alto nível, tipo Bertrand Lacoste, era exatamente o sujeito que eu queria me tornar: eficaz, sempre um passo à frente do seu interlocutor, propondo análises arrebatadoras e baterias de soluções administrativas para todas as situações que têm a ver com *management*. Não terminei meu curso no CNAM porque foi na mesma época que as meninas nasceram. Essa é a versão oficial. A versão de Nicole. Na realidade, eu não tinha talento o bastante para aquilo. No fundo, tinha a mentalidade de um assalariado.

Eu sou o protótipo do médio escalão.

Respondi a Nicole:

— O anúncio não especifica nada. Falam de uma empresa "líder industrial de alcance internacional". No mais... A vaga é para Paris.

Nicole viu de passagem diante dos seus olhos as páginas da internet que eu tinha passado a tarde lendo, sites sobre padrões e regulamentos do trabalho, novas leis sobre aperfeiçoamento profissional. Ela sorriu. Tinha Post-it espalhado por toda minha mesa, anotações, folhas avulsas que eu tinha colado na borda das prateleiras da estante. Ela parecia só ter percebido agora o quanto eu tinha trabalhado o dia todo. Só que ela é dessas mulheres que notam imediatamente o mínimo detalhe da vida cotidiana. Se eu mudo um objeto de lugar, basta ela dar um passo no cômodo para perceber. A única vez que passei ela pra trás, já faz tempo (as meninas ainda eram novinhas), descobriu na mesma noite. Embora eu tivesse tomado o maior cuidado. Ela não falou nada. O clima estava pesado. Quando a gente foi se deitar, foi o suficiente para ela me dizer com um jeito cansado:

— Alain, é melhor a gente não começar a entrar nessa...

Aí se enrolou em mim na cama. Nunca mais tocamos no assunto.

— Tenho menos de uma chance em mil.

Nicole coloca a carta da BLC-Consultoria na minha mesa.

— Não tem como você saber — diz ela tirando o casaco.

— Alguém da minha idade...

Ela vira para mim.

— Quantas pessoas você acha que se candidataram?

— Na minha opinião, umas trezentas.

— Para você, quantos foram convocados para o teste?

— Eu diria... uns quinze...

— Então, explique para mim por que é que selecionaram a SUA candidatura no meio de trezentas. Você acha que não viram sua idade? Você acha que isso passou despercebido?

Óbvio que não. Nicole tem razão. Passei metade da tarde moendo e remoendo todas as hipóteses possíveis. Todas elas trombam com um troço impossível: meu currículo fede a um cinquentão mais que rodado e, se eles estão me convocando, é porque alguma coisa ali lhes interessou.

Nicole tem muita paciência. Enquanto vai descascando cebolas e batatas, me escuta detalhar, teoricamente, todas as razões para que eu seja selecionado. Nicole ouve na minha voz a euforia que eu tento controlar, em vão. Faz mais de dois anos que não recebo uma carta dessas. No pior dos casos, não respondem e, no melhor, respondem me mandando para o inferno. Não me convocam mais, porque um sujeito como eu não é interessante para ninguém. Por isso que eu elaborei todo tipo de hipóteses a respeito da resposta da BLC-Consultoria. Acho que encontrei a mais plausível.

— Acho que é por causa dos incentivos.

— Que incentivos? — perguntou Nicole.

O plano de resgate ao profissional sênior. Parece que (se o governo tivesse me consultado, poderia ter evitado o desperdício com estudos provavelmente bastante custosos) o profissional sênior não trabalha mais o suficiente. E é claro que estamos falando aqui daqueles que, pelo menos, ainda trabalham. Parece que eles estão parando de trabalhar enquanto o país ainda precisa deles. Isso já é terrível, mas, pior ainda: tem sênior que quer trabalhar, e não acha emprego. Juntando os que não trabalham o suficiente com os que não trabalham de jeito nenhum, o sênior representa um grande problema para a sociedade. Então o governo vai ajudar todo esse mundinho. As empresas vão receber por estar acolhendo os idosos.

— Eles não estão interessados na minha experiência, e sim na exoneração de impostos e na conquista de incentivos.

Às vezes Nicole faz um negócio com a boca para insinuar certo ceticismo, avançando um pouco o queixo. Adoro quando ela faz isso também.

— Eu já acho — diz ela — que dinheiro, numa empresa dessas, é o que não falta e que eles não estão nem aí para incentivos governamentais.

A segunda parte da minha tarde foi consagrada ao esclarecimento dessa história de incentivos. E Nicole, de novo, está com a razão, esse argumento não se sustenta: a exoneração de encargos não dura senão alguns meses, os incentivos não cobrem senão uma pequena parcela do salário de um profissional do meu nível. E, ainda por cima, eles são regressivos.

Não, Nicole levou alguns minutos para chegar à mesma conclusão que me tomou um dia todo: se a BLC está me convocando, é porque está interessada na minha experiência.

Faz quatro anos que eu me mato para explicar para os patrões que um homem da minha idade está tão ativo quanto um mais jovem e que experiência é sinônimo de economia. Mas isso é um argumento de jornalista, serve para a seção de "Empregos" das grandes revistas, já para os patrões, só serve para fazer rir. E, aqui, tenho a impressão de que, pela primeira vez, alguém realmente leu o que eu enviei e estudou minha candidatura. Só de imaginar, tenho a impressão de que vou botar pra quebrar.

Eu queria que a entrevista acontecesse aqui e agora, imediatamente, dá vontade de berrar.

Me contenho, óbvio.

— Nada de contar para as meninas, combinado?

Nicole concorda que é melhor assim. Para as meninas, ver o pai lutando por migalha é doloroso. Elas não falam nada, mas sei que é mais forte que elas: a imagem que tinham de mim se degradou. Não por causa do desemprego, não, por causa dos efeitos que o desemprego causou em mim. Envelheci, encolhi, entristeci. Fiquei chato. E tem mais, elas sequer sabem do meu emprego na Transportadora Farmacêutica. Não posso fomentar essa esperança de que vou ser contratado e, depois, ter de contar para elas que fracassei mais uma vez, é um preço alto demais a pagar.

Nicole me abraça forte. Delicadamente, toca com o indicador o galo na minha testa.

— Você vai me explicar ou não?

Dou o melhor de mim para fazer a anedota ficar mais saborosa. Tenho a certeza de estar sendo engraçado. Mas a ideia de que Mehmet meteu o pé na minha bunda não tem graça nenhuma para Nicole.

— Que desgraçado! Esse turco não é boa gente!
— Pois é, sua reação não foi nada europeia.

Mas, mais uma vez, minha piada não funciona tão bem quanto o esperado.

Nicole passa a mão no meu rosto, pensativa. É visível sua pena por mim. Tento me fazer de estoico. Mesmo assim, eu também sinto um peso por dentro e compreendo, pelo simples toque da sua mão, que a gente entrou numa situação emotiva bem delicada.

Nicole olha para minha testa e diz:
— Tem certeza que essa história vai parar por aí?

Está decidido, da próxima vez me caso com uma idiota.

Mas Nicole me beija a boca.

— Tanto faz — ela diz. — Tenho certeza que esse trabalho vai ser seu. Certeza.

Fecho os olhos e rezo para que Charles, junto com essa sua história de Lúcifer e a esperança, não sejam nada mais do que uma sinistra canalhice.

4

A convocação da BLC-Consultoria caiu como uma bomba. Não durmo mais. Alterno entre euforia e pessimismo. O que quer que eu faça, meu espírito volta ao tema permanentemente e constrói todo tipo de enredo com ele, estou exausto.

Sexta-feira, Nicole passou parte do dia no site do centro de documentação em que trabalha e imprimiu para mim dezenas de folhas com informações jurídicas. Quatro anos sem muito contato, estou meio por fora. A legislação evoluiu bastante na minha área, principalmente no que concerne às demissões, algo que foi bem flexibilizado. A área da administração, do *management*, também está cheia de coisas novas. Os modos mudam com uma rapidez incrível. Todo mundo era doido por análise transacional cinco anos atrás, e hoje isso é prédiluviano. Agora as febres são "*interim management*", "responsividade setorial", "identidade corporativa", construção de "redes interpessoais", "*benchmarking*", "*networking*"... Mas, antes de tudo, falam de "valores" da empresa. Trabalhar não basta mais, é preciso "aderir". Antes precisava concordar com a empresa, hoje precisa se fundir a ela. Ser um só com ela. Para mim, sem problema: me contrata que eu me fundo.

Nicole selecionou documentos, fiz fichas de estudo e, logo que a gente acorda, ela faz a sabatina. Como se fosse vestibular. Fico andando de um lado para o outro no escritório, tento me concentrar. De tanto inventar técnicas de memorização, acabo confundindo tudo.

Nicole faz um chá e retorna para se aninhar no sofá, rodeada de papéis. Não tirou o penhoar. Isso acontece às vezes, sobretudo no inverno, quando ela está sem planos para o dia. Com uma camiseta caindo aos pedaços, meiões velhos que não formam par, Nicole tem o cheiro do sono e do chá, quente como um croissant e bela como o dia. Adoro essa sua entrega. Se eu não estivesse tão tenso com essa história toda, pularia em cima dela. Haja vista meus resultados atuais em matéria de sexo, prefiro me abster.

— Não mexa — diz Nicole ao me ver apalpando o hematoma.

De vez em quando nem lembro desse galo na testa, mas ele sempre tem a crueldade de me lembrar que existe quando me olho no espelho. Hoje de manhã, estava horrível. Roxo no meio e amarelo ao redor. Eu estava torcendo para dar uma impressão de virilidade, mas ficou mais parecendo sujeira. O médico da ambulância disse que vai levar uns oito dias. Quanto a Mehmet, com o nariz quebrado, dez dias de licença.

Na nossa ausência, os turnos das equipes foram rapidamente modificados, como paliativo. Telefonei para Romain, meu colega. Charles atendeu.

— Bagunçou o planejamento — me explica ele. — Romain veio de noite, eu vou ficar na tarde uns dois, três dias.

Outro supervisor está fazendo hora extra para substituir Mehmet, que já informou à empresa que pretende retomar o trabalho antes do previsto. Esse aí é um que não precisou de seminários sobre *management* e administração para aderir aos valores. O contramestre substituto explicou para Charles que a Direção não pode tolerar briga no local de trabalho. "Se um chefe de equipe vai parar na maca por repreender um subordinado, onde é que a gente vai parar?" foi o que o cara disse, ao que parece. Concretamente, não sei o que quer dizer, mas, para mim, nem vale a pena saber. Nem toco no assunto com Nicole, para ela não ficar preocupada: se eu tiver a sorte de conseguir o trabalho da BLC, vou enfrentar essas dores de cabeça sorrindo.

— Amanhã vou passar uma base em você. — Nicole se diverte olhando para minha testa. — Não, é sério! Só um pouco, você vai ver.

A gente vai ver. Pelo menos, amanhã é o teste de conhecimento, não é a entrevista. Até lá, o hematoma já vai ter sumido. Se eu chegar até lá, claro.

— Mas é claro que você vai chegar até lá — garante Nicole.

A verdadeira fé pode deixar a gente confuso.

Eu tento esconder, mas cheguei no ápice da excitação. Não é a mesma de ontem ou antes de ontem: à medida que se aproxima a hora do teste, o medo toma conta de mim. Sexta, quando a gente começou a fazer a revisão, eu não fazia ideia do quanto eu estava defasado. Quando a ficha caiu, entrei em pânico. Mas a visita das meninas, que tinha me contrariado por me fazer perder tempo de preparação, não foi uma distração tão ruim.

Logo que entrou, Gregory apontou para minha testa dizendo:

— E então? As pernas do Vovozinho perderam a força?

"Vovozinho", essa é piada dele. Geralmente, nesses casos, Mathilde, minha filha mais velha, lhe dá uma cotovelada nas costelas, porque ela acha que eu ando suscetível. Na minha opinião, ela devia mais era enfiar a mão na fuça dele. É que faz quatro anos que se casaram e, durante esses mesmos quatro anos, sempre tive vontade de fazer isso. De toda maneira, um sujeito que se chama Gregory... Ainda por cima, ele penteia o cabelo para trás, esse cara é estranho. Para minha filha, não é incômodo nenhum transar com um babaca, para mim, sinto muito, isso me deixa incomodado. Nicole tem razão. Fiquei, sim, suscetível. Ela diz que é um dos efeitos da inatividade. Até que eu gosto dessa palavra, mesmo que não seja a primeira a vir à cabeça quando acordo às 4 horas da manhã para alguém meter o pé na minha bunda.

Mathilde é professora de inglês, uma menina bem normal. Tem uma paixão inexplicável pela vida quotidiana. Fica entusiasmada com tudo do dia a dia: fazer compras, imaginar o que preparar para as refeições, pensar em procurar, com oito meses de antecedência, um lugar para passar as férias, lembrar do nome dos filhos de todas as amigas, dos aniversários de todo mundo, planejar cada gravidez. Essa facilidade para preencher a vida me deixa estupefato. A exaltação que a gestão da banalidade lhe traz é algo realmente fascinante.

Seu marido, Gregory, é gerente de uma agência de empréstimos. Ele empresta dinheiro para as pessoas comprarem um monte de troços, aspirador, carro, televisão. Móveis para jardim. Pelo panfleto, os juros parecem ser honestos, mas você sempre acaba reembolsando três ou quatro vezes o valor do que pegou emprestado. E, se você tiver alguma dificuldade para reembolsar, muito fácil, a gente empresta de novo, só que aí, para reembolsar, você acaba pagando trinta vezes o valor do empréstimo. Normal. Eu e meu genro já passamos jantares inteiros arrancando as tripas um do outro. Ele é a representação de praticamente tudo o que eu detesto, virou um verdadeiro drama familiar. Nicole pensa mais ou menos como eu, mas ela é mais educada e, como ela trabalha, não passa todo seu tempo remoendo essas coisas. No meu caso, um jantar com meu genro e eu fico três dias solitariamente enfurecido. Retomo a conversação do dia anterior como quem retoma cada detalhe de uma partida.

Quando vem aqui em casa, Mathilde costuma ficar na cozinha conversando comigo, enquanto acabo os preparativos. Normalmente, ela aproveita para lavar o que está largado na pia. É mais forte que ela, não consegue evitar. Como se estivesse na casa dela. Na casa das amigas, provavelmente, ela acha os copos, os talheres, sem nem precisar procurar. Deve ter alguma espécie de sexto sentido. Fico admirado com ela, francamente.

Ela passa por trás de mim e me beija atrás da orelha, como faria uma namorada.

— Então, trombou com a cabeça?

Sua compaixão poderia me deixar mal, mas foi expressa com gentileza, até que me faz bem.

Vou responder, mas toca a campainha. É Lucie. Minha segunda filha. Seus seios são bem pequenos, motivo de muito sofrimento para ela. Todos os homens sensíveis se comovem com isso, mas vá explicar algo assim para uma moça de vinte e cinco anos. É magra, agitada, impaciente. Nela, a razão nem sempre prevalece, ela se deixa levar pela paixão. Não custa nada para ficar com raiva, nem para dizer coisas de que se arrepende logo em seguida, tem mais amigos antigos que a irmã, que nunca fica brava com ninguém. Lucie é mais do tipo que daria uma cabeçada em Mehmet, Mathilde, mais do tipo que iria propor passar um pouco de base nele.

Lucie está sozinha hoje. Sua vida é complicada. Ela beija a mãe e surge na cozinha como um furacão doméstico. Levanta a tampa da panela.

— Botou umas gotas de limão?
— Não sei, a vitela é com sua mãe.

Lucie mete o nariz na panela. Falta limão. Ela se oferece para fazer o molho bechamel. Eu recuso, com diplomacia.

— Prefiro fazer, eu mesmo.

Na verdade, todo mundo sabe, esse tal desse molho branco é a única coisa que eu sei fazer. Ou seja, para tomá-lo de mim...

— Acho que a gente finalmente encontrou, é esse — diz Mathilde num tom guloso.

Lucie franze a testa, espantada. Não faz a mínima ideia de qual é o assunto. Por compaixão, faço cara de espanto também.

— Não me diga!?

Lucie finge estar aflita, mas está rindo por dentro.

Nossas filhas são o resultado de um verdadeiro cruzamento dos pais. Lucie parece comigo fisicamente, mas tem o temperamento da mãe, Mathilde é o oposto. Lucie é cheia de vida e aventureira. Mathilde é uma trabalhadora que fica resignada rapidamente. Ela tem coragem e energia e não espera demais da vida. Basta olhar para seu marido. Viu que tinha facilidade com o inglês, não saiu procurando por aí, virou professora de inglês. Igualzinha a mim. Já Lucie é mais fantasiosa. Estudou história da arte, psicologia, literatura russa e não sei mais o quê, não sabia que rumo tomar, ficava fascinada com tudo. Ela obtinha sucesso em estudos que nunca terminava, trocava de planos tanto quanto de relacionamentos. Mathilde obtinha sucesso nos estudos porque os tinha começado e se casou com um namorado de colégio.

Para a surpresa de todos, embora a gente acreditasse que ela não tivesse talento para atividades intelectuais que demandam rigor e minúcia (ou justamente por causa disso), Lucie virou advogada. Ela defende mulheres vítimas de agressão. Nesse setor é como na funerária ou na fiscalização dos impostos, sempre vai ter trabalho, mas ela está longe de fazer fortuna.

— Tem dois/três quartos, fica no 19º *arrondissement* — continua Mathilde, absorta no seu assunto —, perto da estação Jaurès. Não é bem a região que a gente tinha em mente, mas... É bem iluminado, eu acho. E, para Gregory, é muito prático, a linha do metrô que ele pega passa ali.

— Quanto? — pergunta Lucie.

— Seiscentos e oitenta mil.

— Uau, baratinho não é...

Fico sabendo que eles só têm 55 mil euros para dar de entrada e que, apesar dos contatos de Gregory no setor bancário, não vai ser fácil conseguir um empréstimo.

Essas coisas me fazem sentir mal. Antes, eu era o "papai que ajuda". Me pediam sem cerimônia, eu fazia cara feia, soltava uns suspiros de escravo, emprestava somas que nunca me devolviam, e sabiam que aquilo me deixava contente. É bom ser útil. Hoje em dia, o estilo de vida que a gente leva, eu e Nicole, se restringe ao mínimo necessário e isso se vê em tudo: no que temos, no que vestimos, no que comemos. Tínhamos dois carros porque parecia ser mais prático, mas principalmente porque isso não era uma questão. Com o passar dos anos, nosso nível de vida tinha se elevado graças à conjugação de nossas respectivas promoções no trabalho com os sucessivos aumentos no salário. Nicole se tornou vice-diretora do centro de documentação e, eu, gerente de RH do grupo Bercaud e filiais. Olhávamos com confiança para os anos que viriam, que veriam o término do financiamento do nosso apartamento. Por exemplo, desde que as meninas tinham saído de casa, Nicole estava com vontade de reformar o apartamento: manter um só quarto de hóspedes, derrubar a parede da sala para juntar com o outro quarto, deslocar o encanamento da cozinha para poder colocar a pia debaixo da janela, etc. Então a gente economizou. O plano era simples: liquidar o financiamento do apartamento, fazer a reforma com pagamento à vista e sair de férias. A autoconfiança era tamanha que a gente adiantou os planos. Ainda faltavam alguns anos para o fim do financiamento do apartamento, mas, como a gente tinha dinheiro, a gente começou a reforma. Primeiro, a cozinha. Quanto às datas, é muito fácil fazer a reconstituição: os pedreiros começaram a quebrar no dia 20 de maio, fui demitido no dia 24. Paramos imediatamente a reforma. Daí em diante, a seta apontou para baixo e não se moveu mais. Como a cozinha já estava inteira em pedaços, da canalização ao piso, tive de me virar na bricolagem. Montei um suporte para a pia com dois blocos de gesso, improvisei na tubulação. E, como era provisório, a gente comprou três armarinhos de cozinha que eu mesmo fixei na parede. Foram os mais baratos, portanto, os mais feios. Portanto, os mais frágeis. Sempre fico com medo de colocar louça demais dentro deles. Também forrei com linóleo o chão que tinha ficado no cimento bruto. A gente troca o linóleo uma vez por ano. Geralmente, faço disso uma surpresa para Nicole. Abro a porta com um gesto largo e digo: "Cozinha nova". Em geral, ela responde algo como: "Brindemos com uma meia-garrafa de espumante". A gente sabe que esse tipo de humor não é dos melhores, mas a gente faz o que pode.

Quando as indenizações e o seguro-desemprego não eram mais suficientes para liquidar o financiamento, a gente tirou das reservas da reforma. E, quando as reservas da reforma se esgotaram, ainda faltavam quatro anos de parcelas para que o apartamento fosse nosso. Nicole disse que era necessário vendê-lo e comprar um menor, um que a gente não precisasse financiar. Não aceitei. Trabalhei vinte anos para poder ter um apartamento desses, não consigo me conformar com a ideia de vendê-lo. E, quanto mais o tempo passa, menos Nicole se sente no direito de retomar essa conversa. Por enquanto. Mas ela vai acabar tendo razão. Principalmente se minha história com a Transportadora desandar. Não sei se a gente vai ser capaz de preservar nossa dignidade aos olhos das nossas filhas. Hoje elas se viram por conta própria. Deixaram de poder me agradar pedindo dinheiro emprestado.

Meu molho bechamel deu certo. Está como de costume. E, todos ao redor da mesa, estamos como de costume. Antigamente, nossas conversas previsíveis, nossas piadas repetidas, nada disso me incomodava, mas faz um ou dois anos que tudo me parece insuportável. Reconheço, perdi a paciência. Ainda mais essa noite, que eu estou morrendo de vontade de adiantar a novidade para as meninas: me convocaram para um trabalho que é a minha especialidade, faz quatro anos que não tenho uma oportunidade dessas, vou fazer os testes dentro de dois dias e depois tem uma entrevista, eu vou botar para quebrar e, daqui a um mês, minhas filhas, o pai que vocês ficam lastimando não vai passar de uma lembrança. Em vez disso, fico calado. Nicole sorri para mim. Ela é supersticiosa. E está contente. Seu olhar me passa tanta confiança!

— Então, esse cara — explica Gregory — entrou para o curso de direito. E sabe o que foi a primeira coisa que ele fez?

Ninguém sabe. Exceto Mathilde, que não quer estragar o show do marido. Quanto a mim, eu não estava realmente escutando, eu sei que ele é um idiota.

— Processou a faculdade! — diz admirado. — Ele comparou a sua taxa de matrícula com a do ano anterior e estimou que o aumento era ilegal, injustificado, porque não tinha ocorrido nenhum "aumento significativo dos serviços prestados aos estudantes".

Em seguida solta uma gargalhada destinada a ressaltar o sabor da anedota.

Misturando no íntimo convicções de direita e fantasias de esquerda, meu genro adora histórias desse gênero, são tantas que transbordam dele: paciente que ganha causa contra o psicanalista, irmãos gêmeos se detonando diante do tribunal, mãe de família numerosa atacando os filhos. Em certas variantes, os clientes ganham de um supermercado ou são reembolsados por uma contravenção de uma indústria automobilística. Mas meu genro atinge um nível quase orgástico quando algum usuário ganha do Estado. Ora é a sociedade nacional das estradas de ferro, a SNCF, sendo condenada por uma catraca estragada, ora a Receita tendo de reembolsar o selo usado no envio de uma declaração de renda, num outro momento é uma escola pública perdendo para um pai que, após ter efetuado um comparativo das notas dos alunos, estima que seu filho foi gravemente prejudicado numa dissertação sobre Voltaire. O júbilo de Gregory é proporcional à futilidade do motivo da queixa. Assim ele demonstra que o direito permite que se renove ao infinito a justa luta de Davi contra Golias. Segundo meu genro, é um combate grandioso. Ele está convencido de que o direito é a mão armada da democracia. Depois de conhecê-lo um pouco melhor, a gente fica feliz por ele trabalhar num banco. Magistrado, esse sujeito teria gerado danos inimagináveis.

— O que eu acho é que isso é preocupante — comenta Lucie.

Gregory, dando uma palestra sobre direito sem nenhum acanhamento, na frente de Lucie, uma advogada, se serve mais um pouco do vinho Saint-Émilion que trouxe, reluzente de satisfação por ter iniciado uma discussão fascinante ao longo da qual sua teoria vai demonstrar sua indiscutível superioridade.

— Muito pelo contrário — diz ele, sabiamente —, me tranquiliza saber que a gente pode ganhar mesmo sendo mais fraco!

— Isso quer dizer que você pode me atacar porque você acha que a vitela está sem sal?

Todos os olhares se voltam para mim. Talvez tenha sido a minha voz que deixou todos em alerta. Mathilde me suplica em silêncio. Lucie começa a se regozijar.

— Está sem sal? — pergunta Nicole.

— É apenas um exemplo.

— Você podia ter escolhido outro.

— Quanto à vitela, fica difícil dizer — consente Gregory. — Mas é o princípio que conta.

Apesar do comportamento de Nicole, sinceramente preocupada, eu resolvo não ceder terreno.

— Para mim, o princípio é exatamente o que me incomoda. Acho ele completamente idiota.

— Alain... — tenta Nicole, colocando a mão espalmada sobre a minha.

— "Alain", "Alain" o quê?

Fico muito nervoso, mas ninguém entende por que a tal ponto.

— Você está enganado — retoma Gregory, porque não pode abandonar um tema quando está se sentindo com tudo. — Essa história mostra que qualquer um (ele enfatiza o "qualquer um", para que cada um de nós tome consciência da importância da conclusão), absolutamente qualquer um pode ganhar se tiver a energia necessária para fazê-lo.

— Ganhar o quê? — pergunta Lucie para acalmar o jogo entre nós.

— Ora — gagueja Gregory, que não estava esperando por um golpe baixo desses —, ora, ganhar...

— Tanta energia por causa de um selo ou de trinta euros de taxa de matrícula, não vejo muito sentido nisso. É uma energia que podia ser empregada em causas mais generosas, não?

E eis a situação, em traços gerais. A partir dali, Mathilde tenta socorrer o idiota do seu marido, Lucie não arrasta o pé e, alguns minutos depois, as duas irmãs estão se esfaqueando. Nicole acaba dando um murro na mesa, mas sempre com um pouco de atraso em relação ao que seria um bom *timing*. E, quando estamos finalmente a sós, ela fica emburrada até não aguentar mais. Então chega sua vez de explodir e, depois das crianças, são os pais que brigam.

— Você é mesmo um saco! — diz Nicole.

Só com a roupa de baixo, ela bate a porta do guarda-roupa e desaparece no banheiro. Não dá para ver nada além do bumbum através da calcinha, mas já está bom demais.

— Eu estava com a energia toda, reconheço.

Mas faz uns bons vinte anos que meu teatrinho não é mais motivo de riso para ela.

Quando ela retorna para o quarto, estou de novo mergulhado nas minhas fichas de estudo. Nicole põe o pé no chão novamente. Ela sabe que, com esse anúncio milagroso, estamos vivendo algo fundamental. Essa oportunidade é praticamente tudo o que resta para mim. Ao me ver na cama revisando minhas fichas, ela se acalma. Volta a sorrir.

— Pronto para o grande momento?

Ela deita do meu lado.

Delicadamente, ela pega e toma as fichas de mim, bem devagar, como quem tira os óculos do rosto de uma criança que acaba de adormecer. Então escorrega as mãos por debaixo do lençol e me encontra no mesmo instante.

Pronto para o grande momento.

5

De: Bertrand Lacoste [b.lacoste@BLC-Consultoria.fr]
Para: Alexandre Dorfmann [a.dorfmann@Exxyal-Europe.com]
Segunda, 27 de abril — 9h34
<u>Assunto</u>: *Seleção e recrutamento*

Prezado Sr. Presidente,

Retomo aqui os principais pontos de nosso recente diálogo.

No decorrer do próximo ano, seu grupo deverá proceder ao fechamento das instalações de Sarqueville e, consequentemente, a um vasto plano de demissões.

O senhor deseja escolher, dentre os funcionários do alto escalão, aquele que ficará encarregado por essa difícil missão.

Para tal, o senhor me pediu que sugerisse uma prova avaliativa para selecionar o mais firme, o mais confiável, em suma, o mais competente dos seus executivos.

O plano selecionado pelo senhor foi a Simulação de "tomada de reféns", durante a qual os funcionários a serem avaliados serão, inadvertidamente, surpreendidos por um comando terrorista armado.

A prova pela qual passarão nos permitirá medir o sangue-frio, a qualidade do comportamento em situação de estresse intenso e a fidelidade de cada um aos valores da empresa, sobretudo quando os sequestradores exigirão que eles a traiam.

Como foi acordado com o senhor, associaremos esta operação àquela do recrutamento de um assistente de RH: <u>são os candidatos a tal cargo de recursos humanos que ficarão encarregados de conduzir a simulação</u>, o que nos permitirá avaliar sua qualificação profissional.

Unir as duas operações só apresenta vantagens: ao mesmo tempo em que os executivos serão avaliados, os candidatos ao cargo de RH poderão demonstrar seus talentos enquanto avaliadores.

Encarrego-me de recrutar as pessoas necessárias e de fazer todo o preparo do material para a encenação, cuja complexidade é, como o senhor deve saber, imensa: precisaremos de armas, atores, um local, um roteiro convincente, um dispositivo físico, fichas de observação de comportamento, etc.

Além disso, será necessário encontrar uma circunstância de convocação que pareça indiscutível. Para tal, Sr. Presidente, precisaremos de sua colaboração. E sua cumplicidade. No momento oportuno.

Proponho que essa dupla operação seja programada para o dia 21 de maio (pois precisamos de um dia em que os escritórios estejam fechados e, se o senhor me permite, uma quinta como essa, dia da Ascensão, me parece adequada).

Muito em breve o senhor receberá uma proposta mais detalhada. Atenciosamente,

Bertrand Lacoste

6

Nicole diz que sou sempre muito pessimista e que, no fim das contas, o que acontece sempre é melhor do que o esperado. Mais uma vez, ela tem razão. Dois dias atrás, eu estava totalmente deprimido. Não é mole: onze adultos numa sala, esperando pela arguição, como numa escolinha... Em si, nada de mais nisso (na vida, de qualquer jeito, somos permanentemente avaliados). Não, o que me deixa abalado é perceber, ao entrar na sala, que eu sou o mais velho. Na verdade, o único velho. Três mulheres e sete homens, entre vinte e cinco e trinta e cinco anos, todos me olhando de cima a baixo, como se tivessem cometido um erro na hora da convocação ou eu fosse uma curiosidade paleontológica. Dava para ter previsto isso, mas, mesmo assim, é desanimador.

Somos recebidos por uma moça com um nome polonês, Olenka não-sei-o-quê. Bonita, tipicamente polonesa, ofuscante. Gelada. Congelante. Não sei o que faz na BLC, ela não disse nada. Mas, pela sua postura autoritária, seu estilo bem diretivo, fica claro que ela dá tudo de si, venderia a alma para mostrar que tem credibilidade. Deve estar fazendo um estágio não remunerado. Nas suas costas, uma pilha de pastas: são as provas que ela vai distribuir em alguns minutos.

Ela começa por uma introdução: fomos, os onze, selecionados entre cento e trinta e sete candidatos. Por um milésimo de segundo, paira no ar uma sensação silenciosa de triunfo. Excitante. Em seguida, ela apresenta o cargo oferecido, sem revelar o nome da sociedade para a qual estão recrutando. O trabalho que descreve está tão de acordo comigo que, durante sua breve atuação, já faço uma projeção mental de ter sido o felizardo a conseguir a vaga.

Mas pouso na terra rapidamente, logo que são entregues as pastas com trinta e quatro páginas de perguntas abertas, fechadas, semiabertas, meio fechadas, três quartos abertas (vai saber como vão analisar isso) e três horas diante da gente.

Fui pego desprevenido.

Trabalhei duro na legislação, principalmente, mas o questionário é mais orientado para *management, formação e avaliação*". Preciso cavar lá no fundo, procurar no meu estoque de informações que parecem ser da época do Dilúvio. Enferrujei, com esse tempo todo afastado. Dos novos métodos, das últimas manias que descobri com Nicole dois dias atrás, não incluí nada ainda. Não consigo usar isso tudo em contexto, nos casos específicos que são propostos. Às vezes, me jogo numa resposta tentando encaixar as expressões da moda da melhor forma possível, é tudo o que eu posso fazer. Encher linguiça.

No decorrer da prova, percebo o quanto minha letra está ruim, quase ilegível às vezes, preciso ter mais capricho com as questões abertas. É quase um alívio quando só tem de fazer cruzinha. Um verdadeiro macaco. Enfim... um macaco velho.

À direita, está sentada uma moça de uns trinta anos que me lembra Lucie, vagamente. No início, tentei um sorriso de cumplicidade. Ela me olhou de cima a baixo como se estivesse sendo assediada.

No fim da prova, estou exausto. Todos os candidatos saem, trocamos uns acenos com a cabeça, como vizinhos distantes que se cruzam quase por acidente.

De fora, o tempo está bom.

Bem que poderia ser um bom tempo de vitória.

Caminho em direção ao metrô e cada passo me deixa mais para baixo, é como uma lenta tomada de consciência, camada por camada. Deixei um monte de questões em branco. Quanto às outras, as melhores respostas começam a me vir à cabeça só agora, bem diferentes das que eu tinha dado. Os mais jovens se sentem em casa nesses concursos. Eu, não. Era uma competição destinada a uma faixa etária à qual não pertenço. Tento contar exatamente em quantas questões me enganei, mas perco a conta.

Ao sair, eu estava apenas cansado. Ao chegar no metrô, tinha me afundado novamente numa angústia terrível. De fazer chorar. Acabo de entender que eu não vou conseguir sair dessa. No final, é uma cabeçada na cara de Mehmet que me parece ser a solução, a única que se adapta a tudo o que está acontecendo comigo. Alguns terroristas jogam caminhões recheados de explosivos para cima das escolas, outros colocam bombas de fragmentação em aeroportos, e eu me sinto estranhamente conivente com eles. Mas, em vez de fazer algo semelhante, o que eu faço é me deixar iludir. Sempre jogo o jogo deles. Um anúncio? Respondo. Provas? Faço. Entrevistas? Compareço. Precisa esperar? Espero. Tem de voltar? Volto. Sou um sujeito conciliador. Com gente como eu, o sistema tem toda a eternidade pela frente.

Cá estou eu no metrô, totalmente abatido. É fim de tarde, está mais cheio. Normalmente, atravesso a estação ladeando as máquinas de venda automática. Não sei por que, mas, desta vez, estou andando do outro lado da plataforma, sobre a faixa branca que não se deve ultrapassar pelo risco de ser atingido pelo trem. Estou parecendo bêbado, com a cabeça rodando. De repente, um vento forte à minha esquerda. Não senti, não ouvi o trem chegar. Por poucos centímetros os vagões não rasparam em mim. Ninguém nem gesticulou para mim.

De qualquer maneira, aqui, todo mundo vive perigosamente. Meu telefone vibra no bolso. É Nicole me chamando pela terceira vez. Ela quer notícia, mas não tenho forças para atender. Passo uma hora num banco da estação, observando os milhares de passageiros que se espremem para voltar para casa. Finalmente resolvo subir no metrô.

Um homem, bastante jovem, entra bem atrás de mim, mas fica de pé no fundo do vagão. Logo que o trem começa e se mover, ele começa a berrar para ser escutado mesmo com o assobio dos trilhos na curva. Recita sua história tão rápido que só algumas palavras vêm à tona. Dá para ouvir "hotel", "trabalho", "doente", ele fede a álcool, fala de vale-refeição, de ticket de metrô, diz que ele quer trabalhar, mas é o trabalho que não o quer, e mais umas outras palavras vêm à tona do seu discurso apressado: tem filhos, não é "mendigo". Os passageiros observam fixamente os próprios sapatos ou mergulham os olhos num jornal gratuito qualquer enquanto o sujeito passa com seu copinho de isopor da rede de cafeterias Starbucks. Aí ele deixa o vagão e sobe no próximo.

Sua atuação me dá o que pensar. Às vezes a gente dá algo, às vezes não dá nada. Os sem-teto para quem a gente dá algo são aqueles que sabem comover, que encontram as palavras que são capazes de tocar a gente. A conclusão vem feito um tapa: no final, mesmo no meio dos excluídos, são os mais eficientes que sobrevivem, porque conseguem se destacar entre os concorrentes. Se eu acabar sem-teto, não estou tão certo de fazer parte dos que conseguem subsistir, como Charles.

De noite, em casa, não tem como eu não estar muito cansado, porque, tendo levantado às 4 horas, fiz meu turno matinal na Transportadora antes de ir fazer o teste da BLC-Consultoria. Na verdade, não disse para Nicole, mas não vou aparecer tão cedo lá na Transportadora. Depois da cabeçada em Mehmet e dos meus dois dias de afastamento, na segunda-feira, me receberam por lá com uma carta "a ser entregue em mãos e exigir assinatura". Fui demitido. Um desastre, porque a gente anda precisando demais desse dinheiro.

Saí voando para o Polo Empregatício para ver se meu conselheiro tinha achado alguma coisa que desse para mim. O normal seria que eu fosse direto à APEC, a Agência Por Empregos de Chefia, mas ela não oferece nenhum trabalhinho ingrato. Prefiro o departamento dos trabalhadores de baixo escalão. São dois degraus abaixo. A gente tem um pouco mais de chance de sobreviver.

Como eu não tinha horário marcado, ele me atende no saguão situado entre a sala de espera e os biombos que servem de escritório. Explico simplesmente que a Transportadora não precisa mais de mim.

— Eles nem me ligaram — diz ele surpreso.

Com sua idade, podia ser meu filho, mas eu não gostaria disso, realmente. Mas ele me trata como se fosse seu pai.

— Eles ainda vão. Enquanto não ligam, será que você não tem alguma coisa que eu possa começar bem depressa?

Ele aponta para os murais de anúncios.

— Está tudo aí. No momento a gente não tem quase nada.

Se eu tivesse um Certificado de Aptidão Profissional, um CAP, por exemplo, de operador de empilhadeira, ou um BEP, um Brevê de Estudos Profissionais, de cozinheiro, talvez, assim seria mais fácil para manter o fluxo de caixa. Acaba que eu tenho que buscar empregos não qualificados, mas aí é meu ciático que me desqualifica para os raros trabalhos ofertados. No caminho para a saída, aceno para ele através da vidraça do escritório. Está atendendo uma moça de uns vinte anos. Em resposta, ele olha para mim, com um ar de incômodo, como se mal me conhecesse e estivesse com dificuldade para me reconhecer.

No dia seguinte, recebo uma carta registrada da advogada da Transportadora. Estudei um pouco para compreender melhor o caso e não tem nada de complicado: bati no meu chefe, o qual nega ter metido o pé na minha bunda. Ele disse que passou bem perto, mas que mal esbarrou em mim. O pior não é ser mandado embora, e, sim, parar provavelmente no tribunal por agressão voluntária. Mehmet está de posse de um certificado médico imbatível, que especifica a aparição de uma dor capaz de deixá-lo inválido e outras eventuais sequelas que devemos temer. Evoca dificuldades de equilíbrio e orientação e um choque pós-traumático grave, com repercussões de difícil avaliação.

Ele reclama 5 mil euros de indenização pelos danos.

Próximo dos sessenta anos, levei uma pesada na bunda, de um protótipo de soldadinho, mas parece que cometi um "grave atentado ao princípio hierárquico da empresa". Nada mais do que isso. Abalei a ordem social. No que diz respeito à Transportadora, estão pedindo 20 mil euros de indenização. Cinquenta meses do salário que não recebo mais.

Nicole, meu amor, está sujeita a duras provas comigo. Já teve sua dose. Escolhi não falar nisso com ela. O que contei da prova de recrutamento fez com que ela se sentisse obrigada a gastar as últimas energias do seu dia para me encorajar a esperar o resultado: ninguém é um bom juiz de si mesmo, não dá para saber se os mais novos se saíram melhor, não é porque eles estavam com cara de confiantes que deram respostas melhores, ainda mais que, nas questões abertas, é a experiência que vai fazer a diferença, e experiência eles não têm, e, aliás, se os recrutadores convocaram você, é exatamente porque estão esperando por uma forma mais refletida, mais consolidada dos temas. Conheço todas essas palavras de cor. Amo loucamente Nicole, mas essas palavras aí eu odeio.

De noite, ela acabou encontrando o sono. Me levantei bem de leve para não acordá-la. Faço isso quando não consigo dormir, me visto e saio, dou uma volta no bairro. Virou um tipo de ritual meu nos últimos anos. Dessa vez, vou um pouco mais longe que de costume. Meu inconsciente está assimilando cenas traumáticas. Aquela do metrô no fim da tarde talvez: eu me encontro longe de casa, perto da estação do RER. As portas dos túneis de pedestres estão abertas, o frio pede passagem com as correntes de vento. As lixeiras estão transbordando, o chão de cimento está cheio de latas de cerveja. Um neon carregado inunda a estação. Empurro com a mão uma pequena placa de metal onde está escrito "acesso restrito a funcionários", desço por uma escadinha. Cá estou eu nos trilhos, em plena luz. Não tenho a impressão de estar chorando, mas as lágrimas escorrem mesmo assim. Estou de pé. Com os pés fincados no cascalho, as pernas afastadas. Esperando o trem.

Tudo isso para nada.

Hoje de manhã, quando vi o envelope com a logomarca da BLC-Consultoria, levei um susto. Eu não contava que fosse chegar nada em menos de uma semana, e não levou nem três dias. Abri o envelope com tanta pressa que rasguei uma parte da carta.

Porra, que merda.

Subo no apartamento, desço de novo correndo e é meio-dia num instante, faz quase uma hora que espero andando de um lado para o outro na rua, feito um gato nervoso, Nicole finalmente chega, me vê de longe, ela pressente a boa nova pelo meu comportamento, se aproxima sorrindo, entrego a carta para ela, mal a lê e diz imediatamente "meu amor" e sua voz para por aí. Subitamente, me vem uma convicção absoluta de que um milagre acaba de se produzir nas nossas vidas. Estamos, ambos, chorando. Vou resistir, mas já estou com vontade de ligar para as meninas. Principalmente para Mathilde, não sei por quê. Provavelmente porque, das duas, é ela a mais normal, a que sabe julgar no ato.

Contrariando todas as expectativas, passei no teste.

Qualificado.

Entrevista individual: quinta-feira, 7 de maio.

Incrível, qualificado!

Nicole me abraça forte, mas não quer fazer um show na porta do centro de documentação. Dou três beijinhos em algumas das suas colegas que estão saindo para almoçar, distribuo apertos de mão. Todo mundo sabe da minha situação, o candidato a emprego. Então, quando passo por lá, me esforço para fazer cara boa, para ser o tipo de sujeito que não leva a mal as coisas, que não se deixa abater. Para um desempregado, assistir à saída dos funcionários no fim do dia não é um momento fácil. Não é por inveja, não. O difícil não é o fato de estar desempregado, mas continuar vivendo numa sociedade fundada na economia do trabalho. Para onde quer que você olhe, tudo o que importa é o que você não tem.

Mas, aqui, não me encontro mais nessa posição, de jeito nenhum, tenho a impressão de que estou de peito aberto, que estou respirando pela primeira vez em quatro anos. Nicole não fala nada, regozija, ela enrosca seu braço no meu e aperta para descermos a rua.

E, de noite, a gente comemora no *Chez Paul*, embora, sem tocarmos abertamente no assunto, a gente saiba muito bem que vai ser uma despesa enorme. A gente finge que não tem importância, mas, apesar de tudo, os pratos são escolhidos em função do preço visto no cardápio.

— Para mim, prato e sobremesa — diz Nicole.

Mas, quando chega a garçonete, peço uma entrada para cada um, aspic de ovos, eu sei que Nicole adora. E uma garrafa de vinho, um Saint-Joseph. Nicole engole em seco, depois solta um sorriso fatalista.

— Eu admiro você muitíssimo — me diz.

Não sei por que me diz isso, mas é sempre bom escutar. Estou ansioso para voltar ao essencial, a meu ver:

— Eu estava pensando em algo para a entrevista e, na minha opinião, eles convocaram uns três ou quatro. Preciso fazer a diferença. Minha ideia é...

Pronto, comecei. Minha empolgação é a de um adolescente contando sua primeira vitória contra um adulto.

De vez em quando, Nicole coloca a mão sobre a minha, para me fazer perceber que estou falando alto demais. Baixo o tom, mas, em cinco minutos, esqueço. Ela acha engraçado. Meu Deus, faz anos que a gente não fica feliz assim, como nessa noite. Ao terminar a refeição, vou me dar conta de que não parei de falar nem um segundo. Tento me calar, mas é mais forte que eu.

A Rua Lapp está tão animada quanto no verão, caminhamos abraçados, namorando.

— E você vai poder sair desse trabalho da Transportadora — diz Nicole.

Minha reação me traiu, Nicole franze a testa desconfiada. Faço uma expressão facial que me parece mais natural. Fico um pouco pálido. Se eu não for contratado agora e for parar no tribunal com 25 mil euros de indenização a pagar... Mas Nicole não notou nada.

Ao invés de descer para o metrô na Bastille, não sei por quê, ela segue em frente e vai se sentar num banco. Mexe na bolsa e tira um pacotinho para me dar. Pego, abro. É uma bolinha de tecido com motivos alaranjados. Na outra ponta da fita vermelha presa nela, tem um sininho minúsculo.

— É para dar sorte. É japonês. Comprei no dia em que você foi convocado para o teste. Viu como funcionou direitinho?

É uma bobagem, mas me comove. Não o presente em si. Enfim, sim... não sei muito bem, mas fico emocionado. Devo ter esvaziado a garrafa de Saint Joseph praticamente sozinho. O que me emociona é nossa vida. Essa mulher, depois de tudo isso que a gente atravessou, merece toda a felicidade do mundo. Ao guardar o talismã no bolso da calça, eu me sinto indestrutível.

A partir de agora, entro na reta final.

Ninguém vai poder se meter no meu caminho.

Charles geralmente diz que: "A única coisa que é certa é que nada nunca acontece como o esperado". Ele é assim, Charles, tem uma predileção por frases memoráveis, ditas com uma postura de patriarca. Fico me perguntando se ele não é órfão. Bom. Sonhei com coisas assustadoras relacionadas com essa entrevista minha, mas, na verdade, tudo correu muito bem.

Tinha sido convocado a comparecer na sede da BLC-Consultoria, no centro financeiro de Paris, La Défense. Eu estava esperando na sala de recepção, um espaço grande recoberto por um carpete de luxo, com iluminação indireta, uma recepcionista asiática bonita pra danar e uma música de elevador muito bem escolhida para um lugar que deixa a gente entediado. Cheguei quinze minutos adiantado. Nicole tinha passado uma camada bem fina de base na minha testa, para esconder qualquer traço do hematoma. Eu tinha a impressão constante de que estava escorrendo de suor, mas precisava resistir à tentação de verificar. No bolso, eu triturava o amuleto japonês.

Bertrand Lacoste chegou a passos largos e me apertou a mão. Deve ter uns cinquenta anos, sua autoconfiança fica muito acima do razoável, bastante acolhedor.

— Aceita um café?

Respondi que não, que estava bem assim.

— Nervoso?

Sua pergunta veio com um ligeiro sorriso. Inserindo as moedas na máquina de café, acrescentou:

— Eu sei, nunca é fácil procurar emprego.

— Fácil, não, mas honroso.

Ergueu os olhos para mim com um semblante inquiridor, como se estivesse me olhando pela primeira vez, de fato.

— Então, nada de café?

— Não, obrigado.

E ficamos por aí, diante da máquina, enquanto ele bebericava seu expresso sintético. Ergueu a cabeça e considerou o hall de recepção ao seu redor com um ar fatalista e desolado.

— Puta que pariu, esses decoradores, a gente nunca pode confiar neles!

Isso me fez ligar a sirene de alerta na hora. Não sei o que aconteceu exatamente. Mas eu tomei coragem no mesmo instante e o que se seguiu veio naturalmente. Deixei alguns segundos passarem e soltei:

— Entendi.

Ele se assustou.

— Você entendeu o quê?

— Vai dar uma de "informal".

— Desculpe?

— Eu disse que você vai dar uma de "descontraído", do tipo "a circunstância é profissional, mas, antes de tudo, somos humanos". Não é isso?

Ele me metralhou com o olhar. Parecia realmente furioso. Senti que eu estava começando bem.

— Você conta com o fato de termos mais ou menos a mesma idade para ver se vou cair numa atmosfera de familiaridade, e, como vê que percebi o jogo, você me metralha com os olhos para ver se vou entrar em pânico e ficar acuado.

Sua fisionomia ficou mais leve. Abriu um sorriso largo:

— Bom... Isso é que é saber preparar o terreno, é ou não é?
Não respondi.
Jogou o copo descartável na lixeira.
— Então, passemos ao que interessa.
Ele foi à frente no corredor, mais uma vez a passos largos. Eu me sentia o próprio soldado confederado nos minutos que precedem o ataque do inimigo.

Ele conhece bem seu trabalho e estuda os dossiês dos candidatos com sagacidade. Localiza toda e qualquer fraqueza do currículo, basta que uma fraqueza do sujeito seja pressentida que ela será explorada.

— Aí ele continuou me testando, mas não era mais no mesmo tom.

— Ele disse a você para quem estava recrutando? — perguntou Nicole.

— Não, claro que não... Só pude reconhecer uma ou duas pistas. São um pouco vagas, mas pode ser que eu consiga descobrir. É bom que eu descubra. Você vai ver por quê. No fim da entrevista, eu disse para ele:

— É de se espantar que a candidatura de um homem da minha idade desperte o interesse de vocês.

Lacoste não sabe bem se deve se fazer de surpreso e, finalmente, põe os cotovelos na mesa e olha fixamente para mim.

— Senhor Delambre — diz ele —, estamos numa sociedade puramente competitiva em que cada um deve fazer a diferença. Você, perante os empregadores, eu, diante de meus clientes. Você é meu coringa.

— Mas... em que sentido? — pergunta Nicole.

— Meu cliente está esperando por jovens recém-formados, que estarão lá também, ele não está esperando por uma candidatura como a sua. Vou surpreendê-lo. E, francamente, cá entre nós, na reta final, acho que a seleção vai se dar por ela mesma.

— Ainda tem mais algum exame de seleção? — diz Nicole. — Eu achei que...

— Vocês são quatro na nossa lista de escolhidos. Vamos fazer um teste de desempate. Acho que eu não devo esconder que você é o mais velho dos quatro, mas é até possível que seja justamente sua experiência que faça a diferença.

Nicole começa a ficar desconfiada. Inclina a cabeça para o lado.

— E vai ser o que esse outro teste?

— Nosso cliente precisa avaliar alguns dos seus executivos. Sua missão será conduzir essa prova de avaliação. O que vamos testar é, digamos, a capacidade que vocês têm de testar.

— Mas... (Nicole ainda não viu aonde ele quer chegar), vai consistir em que exatamente?

— Vamos simular uma tomada de reféns...

— O quê? — pergunta Nicole.

Eu tenho a impressão de que ela vai parar de respirar.

— ... e a missão que vocês terão é a de colocar esses funcionários do alto escalão numa situação de estresse suficientemente intenso para medirmos o sangue-frio deles, a capacidade de resistir a pressões violentas, de se manterem fiéis aos valores da empresa a que pertencem.

Nicole está abismada.

— Mas que loucura! — diz exaltada. — Vão fazer essas pessoas acreditarem que eles se tornaram reféns? No trabalho? É isso?

— Teremos atores atuando como se fossem um comando terrorista, armas com balas de festim, câmeras filmando as reações, e vocês vão conduzir os interrogatórios dirigindo a atuação do comando armado. Meu conselho é usar a imaginação.

Nicole fica de pé, escandalizada.

— Que nojo — é o que diz.

Essa é Nicole. Com a idade, era de se esperar que sua capacidade de se indignar se atenuasse, mas, de jeito nenhum. Quando se revolta, é mais forte que ela, ninguém pode fazer parar. Nesses casos, é melhor tentar acalmá-la de imediato, antes que aquilo tome uma dimensão grande demais.

— Não veja as coisas por esse lado, Nicole.

— É para ver por que lado então? Um comando armado irrompe no seu escritório, ameaça você, submete você a um interrogatório, durante o que, uma hora? Duas horas? Você pensa que vai morrer, que vão talvez matar você? E, tudo isso, só para divertir o patrão?

Sua voz sai vibrante. Faz anos que eu não a vejo assim. Tento manter a calma. É normal que ela reaja dessa forma. Na verdade, não refleti direito sobre isso, já se passaram dez dias, e essa ainda é a única realidade palpável para mim: seja qual for o jogo, eu tenho que passar nessa prova.

Tento aparar as arestas.

— Reconheço, isso não é muito... Mas não é assim que a gente vai resolver nada, Nicole.

— É que você acha isso normal, um método desses? Por que não fuzilam logo os coitados, para rir mais um pouco?

— Calma...

— Melhor ainda! Vocês espalham colchões na calçada e não falam nada! Aí empurram eles pela janela. Para ver como reagem! Alain... Mas você perdeu completamente o juízo?

— Nicole, não leve...

— E você vai se sujeitar a isso?

— Eu entendo seu ponto de vista, mas você também tem de entender o meu.

— Fora de cogitação, Alain. Eu posso entender tudo, mas, perdoar tudo, isso eu não posso!

Ela está de pé na cozinha, devastada.

Observo os dois pés de gesso que, há dezenas e dezenas de meses, servem de suporte para a pia. O linóleo deste ano é ainda menos resistente que o do ano passado e já está soltando nos cantos, tomando uma aparência lamentável. Furiosa, no meio do desastre, Nicole está vestida com um colete de lã puído, que ela não tem o poder aquisitivo necessário para substituir e que faz com que ela pareça decadente. Pobre. E ela nem se dá conta mais. Tomo isso para o lado pessoal, como uma injúria.

— Que merda, porra, tudo o que eu sei é que eu ainda estou na competição!

Comecei a berrar. Ela é imobilizada pela minha agressividade.

— Alain... — diz ela, em pânico.

— "Alain" o quê? Mas, puta que pariu, que merda, você não está vendo que a gente está virando mendigo? Faz quatro anos que a gente está morrendo, bem devagarinho, e a gente vai acabar é morrendo mesmo! Então, sim, isso é asqueroso, mas nossa vida também é asquerosa! Sim, esse povo aí é nojento, mas eu vou continuar, está me escutando? Eu vou fazer o que estão mandando. Tudo o que mandarem! Eu vou fazer o que for preciso para conseguir esse trabalho! Se tiver de atirar em alguém, eu atiro, porque eu estou de saco cheio de ir morrendo e... porque eu estou de saco cheio de, com sessenta anos nas costas, meterem o pé na minha bunda!

Perco o controle.

Pego o armário à minha direita e puxo com tanta violência que ele se desprega da parede. Tudo desaba, pratos, xícaras, fazendo uma barulheira terrível.

Nicole solta um grito e se põe a chorar com as mãos no rosto. Mas eu não tenho mais força para consolá-la. Não aguento mais. No fundo, isso que é terrível. A gente passa quatro anos lutando para manter a cabeça fora da água e, um belo dia, a gente percebe que está tudo acabado. Sem se dar conta, cada um se fechou no seu casulo. Porque, mesmo no melhor dos casais, cada um vê a realidade à sua maneira. É isso que eu tento dizer para ela. Mas estou tão furioso que me exprimo mal.

— Você é capaz de ter moral e escrúpulos porque você tem um emprego. Comigo, é o inverso.

Nada formidável uma frase dessas, mas, dadas as circunstâncias, fiz o melhor que pude. Acho que Nicole entendeu o sentido geral. Não espero para verificar. Bato a porta e vou embora.

Embaixo, saindo do prédio, percebo que esqueci o casaco.

Está chovendo. Faz bastante frio.

Levanto a gola da camisa.

Como um mendigo.

7

Hoje é dia 8 de maio, feriado. Na nossa casa é dia das mães, porque, no próximo domingo, Gregory quer estar com a mãe dele. Nicole explicou vinte mil vezes para Mathilde que ela não está nem aí para o dia das mães, mas não adianta. Mathilde faz questão. Na minha opinião, ela não quer que, mais tarde, seus filhos se esqueçam dela. Está treinando.

As meninas devem chegar por volta de meio-dia, mas, às 9 horas, Nicole ainda está na cama, virada para a parede. Desde sua reação de revolta contra o exame de seleção para o qual estou me preparando, não trocamos sequer três palavras. Para Nicole, esse teste é inadmissível.

Acho que ela estava chorando de manhã, não tive coragem de encostar nela. Me levantei e fui até a cozinha. Ela não catou a louça quebrada ontem de noite, simplesmente varreu tudo para o canto. Uma boa quantidade de cacos, eu devo ter quebrado grande parte da louça que a gente tinha. Não posso catar agora, vai fazer um barulho infernal.

Fico andando para cá, para lá, sem saber direito o que fazer, então ligo o computador, olho se tenho alguma mensagem.

Meço minha utilidade social pelo número de e-mails que recebo. No início, antigos colegas da Bercaud me enviavam umas palavrinhas, eu respondia imediatamente. A gente batia papo. E, depois, me dei conta de que os únicos que ainda me escreviam eram os que também tinham sido demitidos. De certa maneira, somos companheiros de promoção. Parei de responder. Pararam de escrever. Aliás, em termos gerais, tudo se rarefez ao nosso redor. Tínhamos dois velhos amigos, um colega de colégio de Nicole, que vive em Toulouse, e um cara que conheci durante o serviço militar, com quem eu jantava de tempos em tempos. Os outros eram amigos do trabalho, das férias, pais das amizades de escola das meninas, que conhecemos quando elas ainda moravam com a gente. Talvez as pessoas tenham se cansado um pouco de nós. E nós deles. Quando a gente não tem as mesmas preocupações, também não tem os mesmos prazeres. Eu e Nicole estamos meio sozinhos agora. Só Lucie ainda me envia e-mails. Ao menos um por semana. São mensagens meio vazias de conteúdo, só para dizer que está pensando em mim. Mathilde telefona para a mãe. Cada uma à sua maneira.

Na minha caixa de entrada, o boletim de informação da Agência Nacional Pelo Emprego (a ANPE), o da APEC (a Agência Por Empregos de Chefia) e alguns e-mails provenientes de revistas de administração e *management* ou de recursos humanos, que insistem, por mais que eu tenha cancelado minhas assinaturas três anos atrás.

Na tela de abertura do meu navegador, o Google me conta as novidades do planeta. "... *boa nova: Estados Unidos perderam somente 548 mil empregos neste mês.*" Todo o mundo estava esperando por algo ainda pior. "*Crimes financeiros atingem índices vertiginosos. Responsáveis explicam que se trata de um efeito normal da...*" Mudo de página, não estou preocupado com isso, confio na capacidade dos responsáveis em explicar os efeitos normais da economia.

Ouço barulho no quarto, me apresso. Nicole finalmente aparece.

Sem uma única palavra, ela serve seu café num copo Duralex. As xícaras estão em pedaços, com a vassoura por cima, perto da porta de entrada.

Sua atitude me irrita. Em vez de me apoiar, quer me dar lição de moral.

— Não é a moralidade que vai pagar as parcelas do apartamento.

Nicole não responde. Ela está com uma expressão pesada no rosto, de intenso cansaço. Que merda, onde é que a gente foi parar...

Ela deixa o copo na pia, pega uns sacos de lixo grandes e enche quatro com os cacos, por causa do peso. As pontas cortantes da porcelana furam os plásticos aqui e ali. Quebrar louça numa cena doméstica é normal num *vaudeville*, num teatro de variedades, para tirar gargalhada do povo. Aqui, é um horror de tão prosaico.

— Não tem nenhum problema ser pobre. Eu não quero é ser suja.

Aí sou eu que não respondo. Desço os sacos de lixo enquanto Nicole toma uma ducha. Duas viagens. Quando a gente se encontra de novo, não sai nenhuma palavra e os minutos estão passando.

As meninas vão chegar, nada está pronto. E seria necessário sair para comprar louça. Falta tempo, mas, sobretudo, num ambiente carregado assim, falta coragem.

Nicole se sentou, imóvel, está olhando para fora como se houvesse algo a ser visto ali.

— É a sociedade que é suja — eu digo —, não os desempregados.

Quando as meninas tocam a campainha, um fica esperando o outro se levantar. Eu que cedo. Forneço umas explicações preguiçosas que não dão a mínima vontade de querer entender melhor. Vamos todos para o restaurante. As meninas estão surpresas e acham que, para a circunstância, a mãe não parece estar no seu dia. E, como Nicole finge estar contente, tudo fica ainda pior. Sinto as meninas entristecidas. Não, entristecidas, não. Elas sentem que podem ser contagiadas pelo que está acontecendo com a gente, têm medo de nós. Mathilde presenteia a mãe com um colete. Puta que pariu, um colete. Não sei exatamente quando isso começou, mas já faz vários meses que só nos dão presentes úteis. Se perceberem que quebrei a louça toda, vou acabar ganhando meia dúzia de pratos fundos no aniversário.

Durante a sobremesa, Mathilde anuncia com orgulho que eles assinaram o contrato de compromisso de compra do apartamento. Ainda estão um pouco em dúvida em relação ao banco, mas Gregory estampa um sorriso vaidoso, seguro de que ele resolve isso. Estão ajeitando a papelada e estarão na casa própria nas férias. O meu desejo, em silêncio, é que consigam pagá-lo.

Quando decido acertar a conta, constato que Lucie tinha sido mais rápida, sem que ninguém percebesse. Ambos fingimos que isso não significa nada de mais.

— Posso ajudar você com qualquer coisa, Alain — diz Nicole antes de se deitar —, mas essa tomada de reféns, isso não é compatível com quem eu sou. Não aguento nem ouvir falar. Não me obrigue a conviver com isso.

Ela se vira para a parede no mesmo instante. Fico triste, não tenho esperança de que se convença do contrário.

Aliás, não posso perder tempo. Começo a refletir sobre a prova final. Porque, se eu ganhar, mesmo que por métodos contestados por ela, nossas desavenças não serão nada além de más lembranças.

É por esse lado que é preciso ver as coisas.

8

David Fontana
<u>Aos cuidados de Bertrand Lacoste</u>
<u>Assunto</u>: *Simulação "Tomada de reféns" — Cliente: Exxyal*

Conforme combinado, seguem abaixo minhas observações sobre o andamento dos preparativos.

Para interpretar o comando, recrutei dois parceiros com quem tive a oportunidade de trabalhar várias vezes e em quem tenho inteira confiança.

Para fazer o papel dos clientes da Exxyal, escolhi dois homens, um jovem árabe e um ator belga na faixa dos cinquenta anos de idade.

No que concerne às armas, optei por:

— três pistolas-metralhadoras Uzi (pesam menos de três quilos, podem atirar em uma cadência de 950 tiros/minuto, balas de 9 x 19 mm);

— duas pistolas Glock 17 Basic (635 gramas, mesmo calibre, carregadores de 31 cartuchos);

— duas pistolas Smith & Wesson.

Evidentemente, todas as armas serão carregadas com balas de festim.

O local que proponho é um espaço de prestígio, pois é onde a Exxyal costuma receber os seus clientes mais importantes. Ele dispõe de uma sala de reunião e cinco escritórios, banheiros, etc. O conjunto fica situado nos limites de Paris, com enormes vidraças que dão para o rio Sena (fotos e planta no anexo 3).

As instalações apresentam uma configuração bastante favorável ao projeto. Precisaremos de um grande número de ensaios, portanto devemos chegar a um acordo para uma primeira versão do roteiro rapidamente. Minha proposta se encontra no anexo 4.

<u>*Esquematicamente*</u>: *os executivos de seu cliente serão convocados para uma reunião muito importante, mas de natureza confidencial, o que explica o fato de se passar num feriado e o fato de eles só serem avisados na última hora.*

Eles irão supor que se trata de negócios com clientes estrangeiros importantes.

O comando irá intervir logo que a reunião se iniciar.

O presidente da Exxyal-Europe, Sr. Dorfmann, será retirado rapidamente, o que gerará um forte efeito de estresse favorável ao teste, e permitirá que ele saia de cena para assistir ao desenrolar dos atos seguintes.

Os executivos retidos, destituídos de seus objetos pessoais e telefones celulares, serão mantidos em um escritório e interrogados um por um. O roteiro prevê a possibilidade de deixar os reféns sozinhos por alguns minutos para que se possa mensurar a sua capacidade de auto-organização, até mesmo de resistência, como nos foi pedido. O líder do comando conduzirá os interrogatórios individuais seguindo as orientações dos avaliadores.

Câmeras permitirão o acompanhamento da evolução da simulação.

Creio que as diretrizes que me foram confiadas foram respeitadas e satisfeitas em sua integralidade.

Agradeço pela sua confiança e pela ajuda preciosa que me foi oferecida pela Srta. Olenka Zbikowski.

Com meus sinceros cumprimentos,

David Fontana

9

Agora que não trabalho mais na Transportadora, pensei que ia ser custoso me levantar às 4 horas da manhã; de jeito nenhum. Na verdade, mal estou dormindo, virei uma verdadeira pilha elétrica, e sair da cama é quase um alívio. Nicole tem o hábito de grudar em mim enquanto dorme, é para me segurar, é um jogo entre nós. A gente segura, finge que vai soltar, e agarra de novo. Nunca conversamos a respeito, mas tem vinte anos que a gente faz isso.

Na manhã de hoje, sei perfeitamente que ela não está dormindo. Mas fica cada um na sua bolha. Parece combinado, ninguém encosta em ninguém.

Como o programado, chego um pouco adiantado na Transportadora. Conheço os caras das outras equipes e, como não quero nem perguntas nem a compaixão deles, acho um canto de onde vigiar a entrada e fico à espreita da grande carcaça desengonçada de Romain. Mas é o perfil cambaleante de Charles que se desenha na esquina. Não sei como ele faz, deve beber dormindo: não são nem 5 horas da manhã, e o bafo dele já está mais carregado que um cargueiro. Mas conheço bem esse Charles, mesmo pegando pesado no álcool, é forte como um touro. Apesar de que, hoje... Tenho a impressão de que sente dificuldade para me reconhecer.

— Se eu soubesse... — diz ele como se estivesse vendo assombração.

Levanta a mão esquerda, mais ou menos como um índio. É um gesto tímido bastante habitual nele. Um aceno de um índio com uma timidez bem marcada. Faz seu gigantesco relógio descer até o cotovelo.

— Tudo bem, Charles?

— Já se foram os bons tempos.

Convenhamos que Charles, às vezes, é um tanto quanto enigmático.

— Estou esperando Romain.

O rosto de Charles se ilumina. Está visivelmente feliz por poder ser de utilidade.

— Ah, Romain, ele mudou de brigada!

Nos últimos quatro anos, no que diz respeito a dores de cabeça, estou mais que treinado. Basta uma palavra e elas já me vêm como uma visão, virou quase um instinto meu.

— Como assim?

— Faz o turno todo da noite. É que ele virou supervisor.

É muito difícil saber o que um sujeito como Charles realmente está pensando. Seu estado de alteração permanente faz com que tenha algo de insondável. Não há como saber se está dando mostra de uma grande perspicácia, se essa notícia, benigna na sua aparência, gera algum traço de reflexão nele, ou se o álcool deixou seu cérebro totalmente debilitado.

— O que você quer dizer com isso, Charles?

Provavelmente percebe minha preocupação. Toma um ar mais racional e encolhe os magros ombros.

— Ele foi promovido, nosso Romain. Virou supervisor e...

— Quando exatamente?

Charles morde os lábios, como se chegássemos ao limite do inevitável.

— Segunda-feira, depois que mandaram você embora.

Eu devia me parabenizar pela intuição. Mas isso é, principalmente, uma dor de cabeça das mais sérias. Charles me dá um tapinha consolador no ombro, como se manifestasse seus pêsames. Ele pensa muito mais rápido do que se pode imaginar. A prova disso:

— Se precisar de mim... — me diz ele. — Eu também estava lá e vi tudo.

Eu não tinha imaginado isso. Para me animar, Charles ergue um dedo sentencioso:

— Quando o lenhador entra na floresta com seu machado no ombro, as árvores dizem: o cabo é dos nossos.

Inspiradora essa história de machado, mas Charles pode contá-la da maneira mais linda do mundo que, mesmo assim, basta olhar para ele para julgar a qualidade da sua proposta.

— Muito gentil da sua parte, Charles, mas não vou fazer você perder seu único trabalho.

De repente Charles ganha um semblante de cansaço e arrependimento.

— Você acha mesmo é que eu, como testemunha, não sou lá muito apresentável, né? Muito bem, lhe digo uma coisa, você está coberto de razão. Se você der as caras no tribunal com um molambento que nem eu como única testemunha, corre o risco de ser meio... meio...

Ele procura uma palavra. Eu proponho uma:
— Contraproducente?
— Isso mesmo — Charles explode de alegria. — Contraproducente!

Uma palavra encontrada é uma verdadeira conquista. Ao ponto de ele esquecer qualquer comiseração que diga respeito à minha pessoa. Sua cabeça oscila levemente, ele ficou literalmente encantado com a palavra. É minha vez de dar um tapinha no seu ombro. Mas o meu é de sinceros pêsames.

Viro para ir embora, Charles me segura pelo braço:
— Uma noite dessas, a gente podia tomar um aperitivo lá em casa, se você animar... Quer dizer...

Tento imaginar o que quer dizer para ele "lá em casa" e o que significa esse convite. Charles vai se afastando no seu passo lento e dançado.

Fico remoendo a conversa a caminho de casa.

No metrô, verifico que ainda tenho o número do celular de Romain. Parece que a Transportadora não vai levar na brincadeira essa história. Estão preparando um caso imbatível. Vão arrancar meu couro.

Um cálculo rápido. Se o turno dele é o da noite, Romain não deve nem estar dormindo ainda.

Telefono.

Ele atende na mesma hora.
— Oi, Romain.
— Ei, oi!

Me reconheceu imediatamente. É como se estivesse me esperando ligar. Na voz, um bom humor um pouco fingido. Sinto certo desconforto nele. Nicole diz que o desemprego me deixou paranoico, o que é bem possível. Romain confirma sua súbita nomeação.

— E você, meu velho? — pergunta logo em seguida.

"Meu velho": quanto mais o tempo passa, mais insuportável fica. Nicole diz que o desemprego me deixou suscetível.

Falo com ele sobre a Transportadora, a carta da advogada. Evoco a ameaça de processo.

— Sério? — faz Romain, com espanto.

Nem vale a pena continuar. Está se fazendo de surpreso por algo que todo mundo sabe e comenta já há uns três dias provavelmente. Se queria me enganar, não conseguiu.

— Se eu parar no tribunal, seu testemunho pode ser bastante útil para mim.

— Claro, meu velho!

Melhor desistir, mesmo. Se ele tivesse demonstrado alguma resistência em testemunhar a meu favor, talvez eu ainda tivesse chance. Mas desse jeito... Romain tomou sua decisão. Dois dias antes de testemunhar, ele vai sumir do mapa. Verifico mesmo assim.

— Obrigado, Romain. De verdade, muito obrigado, muito gentil da sua parte!

Touché. Ele percebeu a ironia. O silêncio de um milésimo de segundo que precede sua resposta é a confirmação de tudo o que eu temia.

— Não tem de quê, meu velho!

Desligo, um pouco abatido. Cogito por um instante na proposta de Charles. Se eu pedir, ele vai perder o emprego, mas vai fazer isso por mim. Na minha opinião, não vão ver uma gota de credibilidade nele, não vai adiantar para nada. Mesmo assim, se eu não tiver mais nenhuma opção, é o que eu vou fazer. Sem dúvida.

Sobre a minha cabeça, a espada de Dâmocles acaba de subir um pouco mais e, quanto maior a altura, maior o estrago que vai fazer quando cair. Sinto uns pensamentos selvagens passarem por mim.

Por que querem fazer isso comigo?

Por que precisam tanto segurar minha cabeça debaixo da água?

Romain, até que compreendo. Não tenho nada contra ele. No seu lugar, entre ajudar um colega e manter o emprego, não pensaria duas vezes antes de escolher. Mas a Transportadora...?

Passei a noite formulando várias respostas possíveis. Dadas as circunstâncias, escolhi a contrição. Vou escrever um pedido de desculpas. Podem pregar cópias nas suas instalações, enviar para todos junto com o contracheque, não estou nem aí. Perder esse trabalho foi um golpe duro, mas não é nada perto de um processo onde, no final, eu corro o risco de ficar só com a roupa da pele.

Ao chegar em casa, corro para o escritório. O entregador deve ter encontrado Nicole em casa, que recebeu para mim um envelope plastificado bastante espesso, com a logomarca da BLC-Consultoria. Meu coração dispara. Chegou rápido.

Normalmente, quando eu ou Nicole deixamos algo para o outro em casa, é sempre junto com uma mensagem nossa, engraçada se o astral está bom, ou atrevida se a gente quer alguma coisa em troca. Ou, simplesmente, amorosa, se não está acontecendo nada de especial. Na manhã de hoje, Nicole deixou apenas o envelope na minha mesa, sem nenhum comentário.

Antes de abri-lo, pego a carta da advogada da Transportadora, que deixei escondida na gaveta da minha mesa, e telefono. Caio numa moça que me passa para outra moça que me passa para um cara que me explica que a advogada não pode atender agora. É necessário que eu dê uma explicação de mais de dez minutos para marcar um horário para falar, por telefone, com a assistente da advogada. Tenho de ligar hoje de tarde, às 15h30. Ela me concederá cinco minutos do seu tempo.

10

O envelope da BLC-Consultoria contém um dossiê intitulado: "Recrutamento de assistente de RH". No interior, um documento com o título: "Participação na simulação: tomada de reféns no local de trabalho".

A primeira página é consagrada ao objetivo: "Sua missão: testar funcionários de alto escalão em uma situação de estresse violento e progressivo".

A segunda página descreve em traços gerais o roteiro. Como a tomada de reféns será conduzida pelos candidatos ao cargo de RH (eu e meus concorrentes), o documento traz em detalhes o protocolo que permitirá que seja garantida a igualdade de chances para todos nós.

Os candidatos a um cargo selecionam os candidatos a outro cargo: isso me faz imaginar o quanto o sistema empresarial é realmente perfeito. Nem precisa mais exercer sua autoridade, os assalariados se encarregam disso por conta própria. Aqui, o golpe é bastante potente: antes mesmo de sermos empregados, já temos o poder de praticamente demitir os executivos que se mostrarem menos eficientes.

Os que entram criam os que saem. O capitalismo acaba de inventar o movimento perpétuo.

Vasculho o dossiê a toda a velocidade, mas, como eu já temia, todos os documentos são descaracterizados, anônimos. Portanto, esperam que não sejamos capazes de adivinhar de qual empresa se trata, nem, por mais razão, de identificar os executivos submetidos ao teste, o que poderia possibilitar todo tipo de negociação da parte dos candidatos ao posto de RH encarregados de avaliá-los.

O sistema tem certa moral.

O alto escalão que devemos avaliar é composto por cinco executivos. Arredondaram as idades.

<u>Três homens</u>:
— Trinta e cinco anos, doutor em direito, departamento jurídico
— Quarenta e cinco anos, especialista em economia, responsável pelas finanças
— Cinquenta anos, engenheiro de minas, gestor de projeto
<u>Duas mulheres</u>:
— Trinta e cinco anos, comércio na ECP e na HEC, engenheira comercial
— Cinquenta anos, engenharia civil, gestora de projeto

São executivos de grande importância e responsabilidade. O *crème de la crème* da empresa. Os campeões do sistema M&M's: "*Marketing & Management*", as duas avantajadas mamas da empresa contemporânea. O princípio é bem conhecido: o *marketing* consiste em vender coisas para pessoas que não querem essas coisas, o *management*, em manter operacionais os funcionários do médio e do alto escalão que não aguentam mais. Resumindo, trata-se de pessoas muito ativas dentro do sistema, que aderiram fortemente aos valores da empresa (senão faz tempo que não estariam mais por lá). O que eu me pergunto é qual a razão de avaliarmos esses cinco executivos, e não outros. Vai ser preciso esclarecer isso.

O dossiê detalha seus estudos, carreira, percurso, responsabilidades. Mentalmente, calculo que o salário anual deles seja entre 150 e 210 mil euros.

Saio para caminhar, para raciocinar. É esse o meu truque. Sou do tipo que geralmente fica com a cabeça fervendo. Andar não me acalma, mas me dá foco. E, agora, estou quase estourando. Paro um instante, fico paralisado com o peso deste pensamento em cima de mim: ao meu redor, tudo está degringolando cada vez mais rápido. Nicole, Romain, a Transportadora... Obter esse cargo está se tornando ainda mais indispensável. O que me tranquiliza é pensar que trabalhei mais de trinta anos e que eu acho que posso dizer que era bom no que fazia. Se continuar bom mais dez dias, entro de volta na corrida e exorcizo todos os perigos atuais. Esse pensamento me ajuda a concentrar novamente. Retomo a caminhada, mas ainda lutando para calar uma vozinha que fica girando na minha cabeça. A de Nicole. Não é exatamente a voz, mas suas palavras. É difícil para mim me suportar agindo contrariamente à sua opinião e, desde que ela me disse claramente que não estava de acordo, passei a duvidar. Minha hesitação não diz respeito aos meios a serem empregados, isso é algo que ela jamais vai entender. A vida na sua empresa é uma vida confortável. Nicole, felizarda que é, nunca vai saber até onde você tem de ir para sobreviver num meio industrial de competição. O que me incomoda na sua reação é, no fundo, que ela não esteja botando fé na situação e que talvez eu esteja me entusiasmando com chances mais virtuais que reais. Se eu me der ouvidos, vou partir para a briga em alguns minutos. E se...

Fico remoendo tudo isso, impossível passar para outra coisa. Minha preocupação é como um joão-bobo, nunca baixa de uma vez por todas. Tomo uma decisão.

É a polonesinha que atende. Até que gosto do seu timbre meio dissimulado. Acho bem sexy. Eu faço minha apresentação. Não, Bertrand Lacoste não pode falar ao telefone, está numa reunião. O que ela pode fazer para me ajudar?

— É um pouco complicado.

— Mesmo assim, tente.

Soou meio seco.

— É que estou me preparando para a prova final do recrutamento.

— Sim, sei.

— O Sr. Lacoste me garantiu que as chances de todos os candidatos seriam as mesmas, mas...

— Mas o senhor está em dúvida.

A menina não demonstra muita empatia. Já me sujei. Então me jogo.

— Sim, exatamente. Estou achando meio estranho isso.

Por mais que Lacoste esteja em reunião, ela assume o risco de incomodá-lo. Minha estratégia não foi tão ruim. A imagem de uma agência de seleção e recrutamento depende da sua integridade. O patrão merece ser incomodado. Ele me atende.

— Como vai, tudo bem?

Posso quase jurar que ele estava esperando que eu ligasse e que está transbordando de alegria por falar comigo. Só que me faz uma observação bem precisa:

— Estou em reunião, mas, bom, minha assistente disse que tem algumas coisas preocupando você.

— Algumas, sim. Não, na verdade, só uma. Ando um pouco cético em relação às chances de um homem da minha idade num recrutamento desse nível.

— Você já levantou essa questão, Alain. E já dei minha resposta.

Ele é hábil, o safado. Preciso tomar cuidado. O truque do "Alain", "você", sem dizer "senhor" hora nenhuma, esse é um clássico da esperteza, mas sempre funciona: ele continua apostando na familiaridade, enquanto que nós dois, tanto eu quanto ele, sabemos muito bem que eu não posso me dar a liberdade de responder simplesmente: "Bertrand".

Meu silêncio é eloquente.

Ele compreendeu que eu compreendi. No fim das contas, a gente se entende bem.

— Escute bem — retoma ele —, fui claro com você e serei claro novamente. Vocês não são muitos. Os perfis são bastante diferentes uns dos outros. Sua idade é um ponto negativo, mas sua experiência é um ponto a seu favor. O que mais eu posso dizer?

— A intenção do seu cliente.

— Meu cliente não está buscando aparência, e, sim, competência. Se você se sente à altura, como os resultados dos testes nos mostraram, mantenha sua candidatura. Caso contrário...

— Sei.

Ele percebe minha desconfiança.

— Vou trocar de aparelho. Só um minuto...

Tenho direito a quarenta segundos de música. Ouvindo essa versão da *Primavera* de Vivaldi, fica difícil imaginar que o verão vai ser bonito.

— Desculpa — volta finalmente Bertrand Lacoste.

— Claro.

— Escute bem, Sr. Delambre.

Nada mais de "Alain". Cai a máscara.

— A empresa que está recrutando é um dos meus maiores clientes, não posso permitir um erro de julgamento da minha parte.

Sua voz não soa íntima, mas grave. Joga com a carta da sinceridade agora. Um administrador do seu nível, impossível saber a que ponto está mentindo.

— O cargo demanda um alto nível de profissionalismo, e não encontrei muitos candidatos REALMENTE à altura. Não posso prever o resultado, mas, cá entre nós, seria uma pena uma desistência sua. Não sei se estou sendo claro...

Isso, sim, é um elemento novo. Novíssimo. Mal escuto o que diz em seguida. Eu deveria ter gravado isso para mostrar para Nicole.

— Isso é tudo o que eu queria saber.

— Até breve — diz ele, pronto para desligar.

Nos despedimos rapidamente.

Meu coração bate disparado. Continuo minha caminhada. Preciso arejar meus neurônios superaquecidos. Volto ao trabalho. Como me faz bem!

Primeiro, os elementos objetivos.

Suponho que sejamos três ou quatro candidatos, mais do que isso seria difícil administrar. Tomo três por base, já que não faz muita diferença.

Então tenho de eliminar dois concorrentes para ganhar o cargo. E, para isso, tenho de ser o melhor na seleção desses cinco executivos. É preciso eliminar os piores dentre eles. Aquele de nós que tiver o maior número de troféus de caça será o melhor, por ser o mais seletivo. Em termos de objetivos: eles são cinco, abater quatro é tirar o bilhete vencedor. Essa é a meta.

Vai ter um trabalho para mim se algum deles estiver prestes a perder o seu.

E, se possível, vários.

Maquinalmente, virei à direita e, fazendo essas reflexões, percebo que entrei no metrô. E não sei aonde estou indo. Meus passos me conduziram. Levanto os olhos na direção do plano das linhas. De onde moro, aonde quer que você vá, tem que ir primeiro à estação République. Sigo com os olhos as linhas multicoloridas do plano e não consigo evitar um sorriso: meu inconsciente está guiando meus passos. Eu me sento e espero a mudança de linha.

Preciso que todas as chances estejam do meu lado. E, para isso, escolher a melhor estratégia, aquela que gere o maior número de perdedores.

Deixo passar a République, vou continuar até a estação Châtelet.

Aplico o princípio nº 1 do *management*: um executivo é considerado competente quando sabe antecipar os acontecimentos.

Vejo duas estratégias possíveis.

A primeira é aquela soprada pelo próprio dossiê que recebemos: ler os perfis anônimos, estudar o roteiro e imaginar, em termos absolutos, ou quase, como levar esses executivos a sucumbir sob as perguntas dos terroristas, a perder o controle, a mostrar sua covardia, a trair a empresa, seus colegas, a trair a si mesmos, etc. Clássico. Cada um vai confiar na sua própria intuição, sabendo que, numa situação igual a essa, a questão não é saber se eles vão ou não vão cometer alguma traição (com um revólver apontado para a cabeça!), mas o quanto vão trair.

Mais jovem, é essa direção que eu tomaria para me preparar. Ora, Lacoste me disse que meus concorrentes são mais jovens que eu, eles certamente vão seguir por aí.

O que me resta é optar pela segunda estratégia, a que vai fazer a diferença. Mentalmente, esfrego as mãos uma na outra.

Reza o *management* que, para se atingir uma meta, devem-se estabelecer objetivos intermediários. Para mim, são três. É imprescindível que eu saiba qual é a empresa cliente da BLC-Consultoria, em seguida, quais são esses seis executivos, nomeadamente, para apreender suas vidas, suas esperanças, suas expectativas, seus pontos fortes, mas, sobretudo, suas fraquezas, no sentido de encontrar a maneira que me dê mais possibilidade de derrubá-los.

E não tenho nem dez dias diante de mim, o que é um prazo muito curto.

Meu inconsciente me trouxe até aqui. Às portas da sede da BLC-Consultoria.

O coração de La Défense, imenso espaço eriçado por arranha-céus, recheado de túneis em que passam rodovias e metrôs, cobertos por esplanadas açoitadas pelo vento, onde se mantêm atarefadas e alarmadas miríades de formigas do meu estilo. O tipo de lugar onde, se eu ganhar, vou ter a sorte de encerrar minha carreira. Entro no vasto hall do prédio, estudo rapidamente o local e opto por um jogo de poltronas de onde posso vigiar quem sai dos elevadores.

Mesmo que o tempo já esteja contado, fico a postos para vigiar, durante horas e horas, talvez (e provavelmente em vão), a vinda de alguém que vai me conduzir a lugar nenhum... Minha estratégia não é das melhores, mas, se é para tirar um momento para raciocinar, que seja ao menos num lugar onde eu tenha alguma chance, ainda que mínima, de descobrir algo útil para mim. Me coloco um pouco de lado para que o olhar das pessoas não trombe comigo logo que saem do elevador, pego minha caderneta de anotações. Dou uma olhada para os elevadores a cada vinte segundos. Não pensei que tivesse tanto movimento a essa hora do dia. Gente alta, baixa, feia, de todo jeito.

Tento me concentrar no primeiro objetivo. O cliente da BLC-Consultoria é uma grande empresa (financeiramente avantajada) situada num setor estratégico (se seus executivos são frequentemente avaliados, é por terem responsabilidades que estão acima de si mesmos). Ora, setor estratégico é o que não falta. Vai do militar ao meio ambiente, passando por todas as ramificações que trabalham com o Estado ou com organizações internacionais, engloba o sigilo industrial, a defesa, os fármacos, a segurança... É vasto demais. Vou riscando. Conservo dois pontos chave: empresa bem grande e setor estratégico.

São rajadas e mais rajadas de pessoas, entrando e saindo desses elevadores incansáveis. Uma hora se passou. Continuo anotando.

Programar uma simulação de tomada de reféns não é coisa simples. Precisa de atores, armas falsas, o que mais? Me vêm à memória umas vagas imagens de filmes, vejo sujeitos irrompendo num banco, o barulho das sirenes da polícia lá fora, eles bloqueiam as portas berrando e passam para o outro lado do balcão, sob os olhos aterrorizados dos empregados e alguns clientes. Todo mundo está deitado no chão. E depois?

Mais uma hora se passou. E chega a estagiária. Muito bonita, realmente, quase inacreditável de tão loira. Sai do elevador com um passo firme, sem olhar ao redor. O tipo de mulher que quer mostrar que segue o seu caminho sem jamais se desviar. Está usando um *tailleur* cinza claro e saltos vertiginosos. Ela atravessa o hall rumo à porta giratória, uma meia dúzia de homens vira o pescoço enquanto ela passa. Inclusive eu. Me levanto alguns segundos mais tarde, vou atrás e, em seguida, parado no passeio, fico olhando seu belo caminhar de conquistadora se distanciando em direção ao metrô. Agora vejo claramente que ela me dá um pouco de medo. Não sei se vai estar presente no dia da tomada de reféns e o que vai ser encarregada de fazer. Em todo caso, espero que eu não tenha um adversário do seu calibre, porque essa moça é um perigo. Jovem demais para ter feito todo o estrago de que é capaz, mas dá para sentir que sua hora não vai demorar a chegar.

No exato instante em que entro na porta giratória para retornar ao hall, vejo Bertrand Lacoste saindo do elevador, bem na minha frente.

Em pânico, baixo a cabeça e continuo girando com a porta até dar uma volta completa, aí atravesso a rua. Meu coração está disparado, e as pernas, bambas. Se ele tivesse me visto e reconhecido, adeus à esperança. Mas não foi o caso. Na minha pressa, não prestei atenção nos detalhes. Na verdade, Lacoste saiu do elevador na companhia de um homem de uns cinquenta anos, não muito alto e com uma massa muscular que parece prensada. Seu caminhar é tão fluido que parece estar debaixo d'água.

Conversam enquanto andam pelo hall.

Certifico-me de que meu posto de observação está fora da vista dos dois. Poucos segundos mais tarde, eles estão no passeio e apertam as mãos. Lacoste entra novamente no prédio e toma a direção dos elevadores, enquanto o outro se mantém calmamente parado no passeio.

Olha maquinalmente para a direita, para a esquerda.

Um rosto retangular, uma boca dura, magra, cabelos curtos e espetados.

Pernas ligeiramente afastadas. Perfeitamente aprumado.

Observo de cima a baixo o sujeito. Paro no meio, na altura do peitoral, das axilas. Posso jurar que está carregando uma arma. Tudo o que eu sei dessas coisas é o que vi no cinema. Acho que é o formato de uma arma. Ele mexe lentamente no bolso direito, saca uma goma de mascar, tira o papel calmamente, olhando a redondeza.

Sentiu que alguém estava olhando para ele. Seu olhar procura e para por um microssegundo sobre mim. Aí ele enfia a embalagem do chiclete no bolso e toma o rumo do metrô.

Congelei nesse curto instante.

Por mais que possa ser qualquer um, basta uma fração de segundos para se ter certeza de que esse sujeito não é, de jeito nenhum, qualquer um.

Vasculho minha memória profissional em busca de um equivalente, um homem assim, com o rosto seco, econômico nos movimentos, de cabelos grisalhos bem curtos e um caminhar semelhante...

Das profundezas do meu espírito, vem à tona uma figura modelo: ex-militar. Um grau acima, quem é que fica? A resposta me vem como um tapa na cara: mercenário.

Se não estiver enganado, Lacoste contratou um especialista para organizar seu negócio de tomada de reféns.

Vou embora.

Está na hora de telefonar para a advogada.

Escrevi na minha caderneta, em linhas gerais, o que vou dizer. Meu relógio está mostrando exatamente 15h30 quando uma moça me atende com uma voz firme:

— Senhor Delambre? Doutora Stéphanie Gilson. Em que posso ajudar?

A moça é jovem. Tenho a impressão de estar de novo ouvindo a estagiária da BLC-Consultoria. Por um instante, imagino minha filha, Lucie, nos seus trajes de advogada, atendendo um desempregado como eu, com o mesmo tom peremptório, a mesma cara enjoada. Por que todos esses jovens se parecem tanto? Talvez porque toda essa gente estúpida como eu também se parece.

Em alguns segundos, ela me confirma que fui demitido por falta grave.

— Qual falta grave?

— Agressão física contra um superior, senhor Delambre. Qualquer empresa teria demitido o senhor pelo mesmo motivo.

— E um contramestre teria o direito de meter o pé na bunda dos seus subordinados, em qualquer empresa?

— Pois é, foi o que li na sua declaração. Infelizmente, não foi bem o ocorrido.

— Como é que a senhora sabe? Meteram o pé na minha bunda às 5 horas da manhã. O que a senhora estava fazendo nessa hora?

Fiquei exaltado. O curto silêncio que se segue me confirma que a conversa logo vai ser interrompida. Preciso me redimir, preciso absolutamente encontrar uma abertura. Dou uma olhada nas minhas notas.

— Doutora Gilson, desculpe a pergunta, mas... posso saber sua idade?

— Não vejo por quê.

— É isso que me chateia. Veja bem, tenho cinquenta e sete. Estou desempregado há mais de quatro anos e...

— Senhor Delambre, não é o momento de apresentar sua defesa.

— ... eu perco o único emprego que tenho. Vocês me levam ao tribunal e...

Minha voz ficou muito alta mais uma vez.

— Não é para mim que o senhor tem que dizer tudo isso.

— ... e vocês exigem de mim uma indenização que representa quatro anos do meu único salário! Vocês querem me matar, é isso?

Não sei se a moça está me escutando, acho que sim. Passo para o plano B.

— Estou pronto para fazer um pedido de desculpas.

Instante de silêncio.

— Um pedido formal, por escrito?

Despertei interesse nela, estou no bom caminho.

— Claro que sim. Veja o que tenho a propor. O que dizem não é o que aconteceu, mas não muda nada. Faço meu pedido de desculpas. E nem peço para ser reintegrado à empresa. Tudo o que eu quero é que isso se termine por aqui. Me fiz entender direito? Nada de processo, só isso.

A moça raciocina rápido.

— Creio que podemos aceitar suas desculpas. O senhor pode enviá-las rapidamente?

— Amanhã mesmo. Sem problema. E, do seu lado, vocês param com as ações judiciais.

— Cada coisa a seu tempo, senhor Delambre. O senhor escreve suas desculpas de forma circunstanciada ao Sr. Pehlivan e ao seu ex-empregador e, em seguida, tomamos nossa decisão.

Vai ser preciso ponderar sobre isso tudo, mas posso respirar melhor. Estou prestes a desligar o telefone, mas insisto, quero saber:

— Aliás, doutora Gilson. O que é que garante a você que os acontecimentos se passaram como o Sr. Pehlivan descreveu?

A moça deixa escapar sua vontade de entregar o ouro. O próprio silêncio já é eloquente. Finalmente fala.

— Temos uma testemunha. Um de seus colegas, que assistiu à cena, garante que o Sr. Pehlivan mal esbarrou no senhor e que...

Romain.

— Tudo bem, tudo bem, deixa pra lá. Envio meu pedido de desculpas e vocês acabam com isso. Combinado?

— Fico aguardando sua carta, senhor Delambre.

Menos de dez minutos mais tarde, estou no metrô.

Uns meses atrás, Romain me emprestou um HD que eu fui pegar na sua casa. Não lembro o endereço exatamente, mas acho que vou encontrar de novo o lugar. Posso reconhecer muito bem a avenida, tem uma farmácia na esquina e o prédio é um pouco depois, à direita, o número tem algo de familiar, não sei mais o quê, e, sim, sei, é 57, minha idade, tem interfone, aperto o botão de Romain Alquier, uma voz sonolenta me responde.

Na verdade, Romain não está sonolento, não. Está pálido, ansioso, com os dedos um pouco tremendo. Eu não lembrava o quanto é pequeno o lugar onde mora. Um conjugado, uma miniquitinete. Uma porta de correr esconde, em parte, o que é a "cozinha", meio metro quadrado ocupado por um armarinho espremido, pregado em cima de uma pia do tamanho de uma mão. No cômodo principal, a escrivaninha, encostada na parede e sobrecarregada de aparelhos de informática, ocupa a metade do espaço. A outra metade se resume num sofá, que deve abrir para dormir. É ali que está sentado, Romain, me olhando e apontando, no chão, para uma massa amorfa de plástico vermelho que deve ser algo como um pufe, prefiro ficar de pé. Aí, Romain também se levanta.

— Olha — começa ele —, devo uma explicação a você...

Num só gesto, corto na hora. Estamos cara a cara nesse espaço reduzido, parecendo dois bichos numa toca. Ele interrompeu a fala e fica piscando os olhos, fixos em mim. Está com medo e tem razão para estar, porque é indispensável que eu obtenha o que vim procurar. Tudo depende dele e isso me deixa nervoso. Noto nele um pouco de suor na raiz dos cabelos. Faço "não" com a cabeça. Tento me manter calmo. Sei que essa pequena história, minha e dele, está inscrita dentro da grande história, da nossa história de vida. A sua é fácil de compreender. Romain é filho de gente do campo e esse enquadramento mental comanda todas as suas ações e reações. O que ele tem, aprendeu a conservar. Com muito apego. Tanto o emprego quanto o resto. Que ele goste ou não da coisa, é dele, propriedade sua. E faço "não" com a cabeça, embora, muito pelo contrário, esteja perfeitamente de acordo com ele.

E para mostrar a que ponto sou desapegado, viro com um rosto de admiração na direção da escrivaninha, onde reina o computador com seu grande monitor de tela plana. Engraçado, tanta tecnologia numa toca dessas. Viro para ele. Continua piscando e piscando. Os braços ficam pendendo com suas mãos de vaca na ponta. Ele preferiria morrer agora mesmo a ter de ceder alguma coisa que, na verdade, não tem a mínima importância. Não estou nem aí. Tenho algo mais urgente.

— Romain, o emprego é sagrado. Eu entendo que queira conservá-lo. Não culpo você por isso. No seu lugar, eu faria o mesmo. Mas preciso lhe pedir um favor.

Ele franze a testa com desconfiança, como se eu estivesse oferecendo um bezerro por um preço mais baixo que o normal. Aponto para a telona e levanto o polegar:

— É para um trabalho, justamente. Entrei numa jogada. Preciso que você faça uma pequena pesquisa para mim...

Seu rosto se ilumina. Extremamente aliviado por ter se safado tão bem, ele me abre um sorriso largo e já leva as mãos ao teclado do computador. Aqui, a gente pode tocar em tudo sem sair do lugar. Uma marola de música eletrônica nos dá as boas-vindas a uma segunda vida e eu explico para Romain o que estou precisando. Sua prudência de rapaz interiorano é mais forte que ele.

— Pode ser mais complicado do que você imagina — diz.

Mas, enquanto diz isso, os dedos já estão correndo pelo teclado. O site da BLC-Consultoria aparece, três janelas são navegadas por um instante, antes de encontrarem seu lugar nos cantos da tela. Balé aquático. Depois, com alguns cliques, uma, duas, três, oito janelas se abrem em leque. Mal começou e já fiquei totalmente à deriva.

— Praticamente não tem proteção. Esse povo é burro ou o quê? — diz Romain.

— Talvez eles não tenham nada para proteger.

Ele se volta para mim. Está aí uma noção na qual nunca tinha pensado. Tento ser mais específico:

— Eu, por exemplo, meu computador, não consigo nem imaginar o que é que teria de proteger.

— Pô, é sua vida privada...

Ficou injuriado. A ideia de que alguém não proteja seus dados, mesmo que não tenha nada de interessante ali, é chocante para Romain. Quanto a mim, é sua indignação que me deixa perplexo:

— Se você pudesse acessar a minha vida privada, você faria o que com ela? É igual à sua, igual à de qualquer um.

Romain, cético, balança lentamente a cabeça:

— Sei não — acrescenta, teimoso. — Mas a vida é sua.

Estou falando com uma porta. Deixo para lá.

— Isso aí são os clientes deles.

Uma listagem. Um segundo depois, a impressora começa a crepitar debaixo da escrivaninha. Romain envia todo um carregamento de dados para meu e-mail. Está decepcionado, queria ter encontrado mais dificuldade.

— Quer mais alguma coisa?

Tenho mais ou menos o que preciso. A listagem, bastante curta, se intitula "clientes ativos" e dá acesso a oito dossiês. Folheio rapidamente os nomes. Chego na estação République. Salto do metrô e subo para o corredor que vai para a linha que corresponde ao meu destino, mas continuo investigando a listagem que tenho nas mãos. *Exxyal*. Dou uma parada brusca. Uma moça tromba em mim e solta um grito, pulo para o lado. Dou mais uma passada de olhos na lista, verifico. Exxyal-Europe é a única empresa que corresponde aos pontos que estabeleci para minha busca. A importância, o setor estratégico, tudo encaixa. Volto a andar pelo corredor, bem devagar, porque toda minha energia está mobilizada nesse nome.

Mesmo para alguém como eu, que não conhece nada da indústria petroleira, Exxyal evoca uma máquina monstruosa, trinta e cinco mil assalariados espalhados por quatro continentes e um volume de negócios superior ao orçamento da Suíça, onde, aliás, esse volume deve se dilatar, nos subsolos de alguns bancos, com juros ocultos capazes de liquidar o dobro da dívida da África inteira. Dentro dessa estrutura multinacional, não sei o quanto pesa Exxyal-Europe, mas é um peso pesado. Sei que estou no caminho certo. Reviso a lista: as demais são relevantes, mas constituem pequenas e médias empresas, e as de grande porte que restam atuam em setores industriais ou terciários sem uma importância tão crítica. Detalhe suplementar: uma tomada de reféns é uma operação muito mais verossímil para uma empresa que trabalha com petróleo do que para uma sociedade que fabrica carros ou anões de jardim.

Saldo positivo no fim do dia, com uma conquista fundamental. Atingi meu primeiro objetivo: estou praticamente seguro da identidade da empresa que está contratando.

Fico sonhando um instante: diretor de RH numa das unidades da Exxyal-Europe! Alegria total. Aperto o passo e, cheio de entusiasmo, cá estou eu em casa, em poucos minutos.

Giro a chave na fechadura e a porta se abre. Pressinto no ato o tamanho da dificuldade que me espera. Dou uma olhada no relógio: 19h45.

Entro.

Sobre a mesa da cozinha, duas grandes sacolas de papelão da loja de louças "La Vaisselière-discount". Nicole ainda nem tirou do casaco. Ela cruza comigo no corredor, sem dizer sequer uma palavra. Pisei na bola.

— Desculpa.

Nicole me ouve, mas não me dá ouvidos. Deve ter chegado por volta das 18 horas. Nada pronto para jantar. A gente só fez uns lanches nos últimos três dias, mas hoje eu tinha prometido comprar louça. Ela deve ter saído de novo, feito as compras ela mesma.

Cá estamos nós, num clima tenso desde o primeiro momento. Nicole, sem sequer uma palavra, coloca na pia os pratos novos, as xícaras, os copos. Tudo feio. Ela me conhece.

— Eu sei o que você está pensando, mas era o que tinha de mais barato.

— É exatamente por isso que estou procurando um serviço.

A gente acabou furando o disco. É terrível o ressentimento que a gente começou a ter um com o outro. O que mais dói é que, durante o período mais difícil, a gente se manteve amoroso e unido. E, justamente agora, com a possibilidade de sair dessa, é que a gente fica distante assim. Ela comprou um troço numa embalagem com um molho marrom, algo inspirado em comida chinesa. Já vem pronto, a gente engole sem se falar. O ambiente está tão pesado que Nicole liga a televisão. Ruído em nosso casamento (*"Tagwell anuncia a supressão de 800 empregos na usina de Reims"*). Nicole mastiga olhando para o prato que, cheio, é mais feio ainda. Finjo estar interessadíssimo no jornal, como se estivesse sendo informado de alguma novidade (*"... em alta progressão. Tagwell ganha 4,5% no encerramento..."*).

Depois de comer, arrasados por esse rancor que nos afasta um do outro, nos separamos em silêncio total, Nicole vai lavar a louça, de cara fechada. Aí segue para o banheiro, e eu, para o escritório.

Na minha tela, nada de movimentos graciosos e submarinos de janelas se abrindo e se deslocando, somente uma página de internet robusta com o cabeçalho da Exxyal-Europe. Um pequeno envelope assinala a chegada dos e-mails de Romain. Nas pastas da clientela da BLC-Consultoria, consulto a correspondência entre Bernard Lacoste e seu cliente, Alexandre Dorfmann.

Palavras do diretor-presidente da Exxyal-Europe, seu CEO: *"Sejamos claros: nossa primeira estimativa nos permite prever que a demissão de 823 assalariados em Sarqueville, pelos seus efeitos diretos e indiretos, vai concernir a mais de 2.600 pessoas... Todo o mercado de trabalho será atingido de uma forma dura e durável".*

Um pouco mais adiante: *"Essa complexa operação de demissões é evidentemente muito gratificante: o executivo que tiver a chance de ficar encarregado dessa missão de confiança passará por uma experiência excepcional e, provavelmente, uma grande aventura emocional. Ele deverá dar mostras de muita firmeza psíquica, agilidade, e deverá dispor de uma grande capacidade de resistência a choques. Devemos, portanto, estar certos de sua adesão inabalável aos nossos valores".*

Anoto numa caderneta:

Sarqueville = importância estratégica para Exxyal
→ Seleção indispensável de um executivo supereficaz para pilotar o caso
→ Tomada de reféns como teste para escolher o melhor dentre os candidatos possíveis.

Falta identificar os candidatos. Mas, por mais que tenha vasculhado toda a pasta "clientela" de Lacoste, nenhuma lista do alto escalão a ser avaliada. Repasso o pente fino em tudo, desde o início, busco nos arquivos de outras pastas, no caso de terem sido mal classificados, mesmo sabendo que vai ser em vão. Talvez Lacoste ainda não tenha essa listagem. Vou ter de procurar por conta própria.

No site da Exxyal aparece somente o organograma esquemático do grupo com, lá no topo, bem centralizado na página, o retrato do Presidente, o CEO Alexandre Dorfmann. Uns sessenta anos de idade. Cabelos ralos, um nariz bastante grosso, um olhar duro feito pedra e, na sua maneira de sorrir discretamente para a objetiva, dá para sentir a segurança inabalável que deixa transparecer o homem de poder que obteve sucesso em tudo. E que parece estar seguro de que, bem-sucedido assim, não possui senão o que lhe é devidamente merecido. Existem arrogâncias tão bem estabelecidas que dão uma vontade imediata de dar um tapa na pessoa. Observo os mínimos detalhes da foto. Me inclino um pouco e, à direita, posso ver meu rosto no espelho pendurado acima da lareira de canto. Retorno para a foto. Estou enxergando o contrário de mim. Eu, cinquenta e sete anos, ainda sem ter perdido meus cabelos, mesmo que estejam um tanto quanto brancos, um rosto um pouco arredondado e uma aptidão ilimitada para ficar em dúvida. Tirando a força de vontade, tudo nos diferencia.

Nas pastas da clientela de Lacoste, acho um organograma completo da Exxyal-Europe. Imprimo. Munido dos meus critérios empíricos, investigo, um por um, todos os executivos que possam corresponder à minha busca, ao fim da qual obtenho uma lista de onze candidatos em potencial. Nada mau, mas ainda é demais e é exatamente aí que reside a dificuldade. A primeira triagem sempre é a mais fácil. De agora em diante, não tenho direito de errar, a cada candidato que eu eliminar, o risco de fracassar vai alcançar seu ponto mais alto. Abro um arquivo novo, copio e colo os onze nomes e esfrego os dedos uns nos outros, como no instante de fazer as apostas numa roleta.

A porta se abre, é Nicole.

Será que hesito por causa do seu imenso cansaço ou porque ela está vestida com uma camiseta longa de dormir? Será porque ela se escora no umbral da porta e inclina a cabeça nessa posição que sempre me dá vontade de chorar? Finjo estar massageando minha testa. Na verdade, estou olhando as horas no canto da tela: são 22h40. Absorto no meu negócio, não vi a noite passar. Ergo a cabeça.

Normalmente, nesses momentos, se ela está contente, fala comigo. Se não está, eu levanto e me aproximo. Desta vez, ficamos congelados, cada um numa extremidade do cômodo.

Como é que ela não pode entender?

Desde que vivemos juntos, essa é a única pergunta que nunca me passou pela mente. Até hoje. Nunca. Hoje, um oceano nos separa.

— Sei muito bem o que você está pensando — diz Nicole. — Na sua cabeça, eu não entendo o quanto isso é importante para você. Você pensa que eu tenho minha vidinha, meu trabalhinho e que, com o meu marido desempregado, no fim das contas, acabei me acostumando. E que eu acho você incapaz de encontrar um cargo digno de você.

— É um pouco de tudo isso. Nem tudo... mas um pouco.

Nicole vem para minha mesa e encosta em mim. Estou sentado, ela, de pé, puxa minha cabeça para perto da barriga. Passo minha mão por debaixo da sua camiseta e toco sua bunda. Faz vinte anos que fazemos isso e a sensação é sempre a de um milagre, o desejo sempre intacto. Até mesmo hoje. Apesar de que, hoje, o oceano que nos separa não está entre nós, mas em nós. Somos um casal.

Eu me afasto. Nicole assiste à dança dos peixes no descanso de tela do computador. Eu pergunto:

— O que você queria que eu fizesse?

— Tudo, menos isso. Simplesmente... não está certo. Quando a gente começa a fazer coisas desse tipo...

Eu devia explicar que o chute de Mehmet vai me obrigar a uma humilhação suplementar essa noite: escrever um pedido de desculpas. Mas eu não teria coragem de admitir. Dizer também que a ANPE vai me propor cada vez menos trabalhos por eu ter sido demitido por uma falta grave. E que, em comparação com o que nos espera, comprar louça feia e barata vai parecer para nós, um dia, com uma cena emblemática dos nossos anos mais felizes. Desisto.

— Combinado.

— Combinado, o quê? — pergunta Nicole.

Ela se afastou, está segurando no meu ombro. Ainda estou com a mão na sua cintura.

— Vou deixar pra lá.

— Sério?

Sinto vergonha de uma mentira dessas, mas, feito as outras, é necessária.

Nicole me aperta contra o corpo. Percebo seu alívio até no abraço. Ela tenta se explicar.

— A questão não é você, Alain. Não tem nada que você possa fazer. Mas essa maneira de testar alguém para um emprego... Onde é que a gente vai parar com tanta falta de respeito, não é?

Eu teria várias respostas para dar. Acho que fiz a melhor escolha. Digo que sim com a cabeça. Nicole passa os dedos pelo meu cabelo, sua barriga se cola nos meus ombros, suas nádegas se contraem. É para manter isso que estou lutando. Impossível fazer com que ela entenda. Fazer sem seu apoio e depois oferecer tudo para ela. Quero voltar a ser o herói da sua vida.

— Vem dormir comigo? — pergunta.

— Cinco minutos. Uma mensagem e já chego.

Da porta ela se vira e sorri.

— Vem depressa?

No meio de mil, a gente não acha nem dois homens capazes de ficar na mesa de trabalho depois de uma proposta dessas. Mas eu sou um deles. Digo:

— Dois minutinhos.

Penso em escrever a carta para a advogada e fico em dúvida, mas digo para mim mesmo que vou ter tempo para isso amanhã. Minha energia continua irremediavelmente atraída pela lista de nomes. Num clique, os peixes cedem o espaço para o site da Exxyal-Europe.

Onze candidatos em potencial, tenho de chegar a cinco, três homens, duas mulheres. Reviso a lista cruzando os critérios de idade e de diplomas, aí pego um por um e tento retraçar suas carreiras. Eles se encontram em sites variados, nos dos seus empregadores precedentes, nas associações de ex-alunos, em que alguns resumem seu itinerário profissional. Para pilotar o vasto plano de demissões de Sarqueville, eles devem dispor de uma boa experiência de enquadramento de pessoal e já ter realizado missões difíceis ou delicadas que chamaram a atenção da direção. Essa abordagem me permite reduzir a oito os candidatos em potencial. Ainda estão sobrando três. Dois homens e uma mulher. Mas não posso alcançar um resultado melhor. Já vai ser uma baita de uma sorte se os cinco que preciso estiverem entre esses oito.

Com algumas idas e vindas entre o site da Exxyal e as redes sociais onde achei alguns deles, elaboro uma ficha de identidade para cada um.

Como minha mesa não é muito grande, num aniversário meu, Nicole me deu um sistema de placas recobertas com cortiça, em que a gente pode pregar documentos. São seis grandes placas fixadas na porta, que se abrem e fecham como as páginas de um livro gigante.

Retiro tudo que está ali há décadas, os classificados aos quais respondi e que ficaram amarelados, as listas de empregadores em potencial, estágios que não pude fazer por causa da minha idade, as listas de colegas diretores de RH de outras firmas, com quem eu encontrava num clube profissional ao qual não tenho mais acesso. Aí imprimo grandes retratos de todos os candidatos, seus percursos pessoais, com bastante espaço para anotações minhas, e prego tudo nas placas de cortiça.

Estou contente, posso folhear meu dossiê tamanho natural. Tomo um pouco de distância para admirar meu trabalho. Não fixei nada nas faces externas. Assim, posso fechar o conjunto e não deixar nada à vista.

A porta se abriu nas minhas costas sem eu ter ouvido. São as lágrimas de Nicole que me chamam a atenção. Eu me viro. Lá está ela, dentro da sua grande camiseta branca. Faz duas horas, três talvez que prometi ir para a cama com ela. Que prometi desistir de tudo. Ela descobre os retratos a cores e os currículos ampliados aparecendo *online*. Balança a cabeça, sem dizer sequer uma palavra. Não há nada que ela possa fazer que seja mais desesperador.

Abro a boca, mas não é necessário.

Nicole já se foi. Copio rapidamente num *pen drive* os arquivos que Romain me enviou, ligo o *laptop* na tomada para recarregar a bateria e é só o tempo de desligar o PC, fechar novamente as páginas de cortiça do meu mural, apagar a luz, que eu vou até o banheiro e chego no quarto, que encontro vazio.

— Nicole!

Minha voz, nessa noite, soa estranha. Lembra solidão. Passo na cozinha, na sala, ninguém. Chamo de novo, mas Nicole não responde.

Mais alguns passos e estou no quarto de hóspedes, que está com a porta fechada. Giro a maçaneta.

Trancada.

Cometi um erro dissimulado por uma mentira. Sinto raiva de mim mesmo. Mas é preciso ser estoico. Quando eu tiver arranjado esse cargo, ela vai lembrar que eu tinha razão.

É minha vez de ir para a cama. Amanhã, o dia vai ser longo.

11

A noite toda não parei de moer e remoer as mesmas perguntas. Se eu fosse Lacoste, o que eu faria? Entre decidir por uma simulação como essa e organizá-la, tem uma grande diferença. As questões de Nicole retornam à mente: um comando terrorista, armas, interrogatórios...

Logo serão 5 horas da manhã. Como de costume, saí como se fosse para o trabalho na Transportadora, e fiquei num imenso bar e restaurante da estação ferroviária Gare de l'Est. No balcão, vejo um exemplar do *Parisien* com a manchete: *"Bolsa de Paris em pleno boom. Nona semana em alta".* Folheio o jornal enquanto espero meu café: "... *fábrica de Tansonville evacuada pela polícia. Os 48 assalariados que ocupavam as instalações...".*

Tendo sentado numa mesa bem no fundo do maior dos salões, abri meu *laptop*. Enquanto o sistema é iniciado, bebo um café repugnante: estou num estabelecimento de uma estação. Numa hora dessas, tirando os poucos varredores togoleses que dão uma pausa para rir, a corja da alvorada é composta por bêbados insones, operários noturnos que saem do trabalho, taxistas, casais exaustos, jovens detonados. A população que dá início ao dia é extremamente deprimente. No salão, eu sou o único trabalhando, mas não o único em crise. Abro os arquivos estocados no *pen drive* ontem de noite.

Na correspondência de Lacoste, acho duas mensagens redigidas por um certo David Fontana, talvez o sujeito que vi na sede da BLC. Uma evoca a contratação de atores árabes e a aquisição de armas carregadas com balas de festim. A outra fornece uma planta do local onde vai se desenrolar a tomada de reféns. Pelo seu estilo e setor de atuação, esse David Fontana deve ter sido militar. Aproveito a rede *wi-fi* do bar para me conectar e faço uma busca por Fontana. Não encontrá-lo já é quase uma confirmação da minha hipótese. O tipo é tão discreto que não aparece em lugar nenhum, pelo menos não com esse nome. Colo um post-it num dos meus neurônios: encontrar a identidade desse sujeito, saber de onde vem.

Desde o começo, eu sei que vou precisar de ajuda. Saber reunir profissionais competentes em diferentes áreas é a qualidade nº 2 exigida de um responsável de RH.

Adoro a internet. Tem de tudo ali. O que quer que esteja procurando, por mais horrendo que seja, é o único lugar do mundo em que você tem certeza que vai achar. A rede deve ter alguma semelhança com o inconsciente das sociedades ocidentais.

Levo um pouco mais de uma hora para achar o site que me convém. Lá se encontram policiais, ex-policiais, futuros policiais, aficionados da polícia — e eles são bem mais do que a gente imagina. Troco várias mensagens com alguns dos que estão navegando por ali, sem muito sucesso. Numa hora dessas, os únicos presentes são os perdidos e os desempregados. Nenhuma utilidade. O melhor é deixar um anúncio. Sou um romancista à procura de informações concretas sobre tomada de reféns. Busco um internauta com experiência nesse tipo de situação. Deixo um e-mail criado para a ocasião, antes que eu volte atrás. O tempo urge: insiro o número do meu celular e risco a primeira linha da minha caderneta.

A minha pesquisa seguinte me traz uma péssima notícia. Os preços de detetives particulares variam entre 50 e 120 euros por hora. Reflito. Catástrofe. No entanto, não vejo outra solução. Preciso de uma investigação sobre esses oito executivos, a vida privada deles, passado profissional. Pego três ou quatro endereços de agências de detetives que oferecem seus serviços para empresas e que não parecem nem muito prestigiosos nem incompetentes. E, que seja ou não como jogar na loteria, escolho os endereços mais próximos de onde estou. Quando termino, são quase 8 horas. Tomo rumo.

É como qualquer outro escritório de uma firma qualquer e o responsável que me recebe lembra o que eu devo ter sido outrora, quando estava seguro da minha competência e ainda tinha onde exercê-la.

— Sei — me diz ele.

Philippe Mestach. Já passou dos quarenta, calmo, organizado, metódico e com o físico de um vizinho de prédio. Exatamente o tipo de gente em que a gente não repara. Decido ser franco com ele. Falo de processo seletivo para um cargo, mas não digo de que natureza é a simulação, me atenho a uma explicação do objetivo do exame que os executivos devem fazer. Ele entende muito bem minha demanda.

— Dessa maneira, o senhor passa a ter a maior chance possível — confirma ele. — Mas o calendário não nos é favorável. Investigamos bastante os assalariados para as empresas em que trabalham, é um mercado em pleno crescimento. Infelizmente, no nosso ramo, a qualidade dos resultados é estipulada de acordo com o tempo levado para obtê-los.

— Quanto?

Ele sorri. Estamos entre pessoas pragmáticas.

— O senhor tem razão — confirma ele, — essa é a pergunta. Por favor, recapitulemos tudo.

Ele anota os elementos que eu dito, faz uns tantos cálculos na maquininha que tira do bolso interno do paletó e toma um bom tempo para raciocinar. Chega a uma cifra, guarda a calculadora no bolso de novo, aí levanta a cabeça para mim.

— Somando tudo: 15 mil euros. Todos os gastos incluídos. Nenhuma taxa suplementar. Treze mil se o senhor pagar em espécie.

— Por esse preço, tenho a garantia de quê?

— Quatro investigadores em tempo integral e...

Interrompo.

— Não, o que me interessa são os resultados! Tenho a garantia de quê?

— O senhor nos dá o nome dos seus "clientes", nós encontramos seus endereços e, em quarenta e oito horas, fornecemos, para cada um: estado civil, situação familiar e patrimonial detalhada, principais datas da vida pessoal e profissional, assim como um panorama do estado de suas finanças atuais (compromissos, disponibilidade, etc.).

— Só isso?

Ele franze a testa de preocupação. Retomo:

— O que o senhor espera que eu faça com generalidades desse tipo? O que está me garantindo é o perfil de um zé ninguém que pode ser todo mundo.

— A população do país é inteiramente constituída por esses indivíduos, senhor Delambre. Por mim, pelo senhor, por todo mundo.
— O que eu busco é algo bem mais focado.
— De que tipo?
— Dívidas, falhas profissionais no emprego anterior, família problemática, filhinha incurável internada, esposa alcoólatra, vícios, limite de velocidade excedido, orgias, amantes, vida escondida, taras... Desse tipo.
— Tudo é possível, senhor Delambre. Mas, mais uma vez, o tempo não está do nosso lado. Sem contar que, para algo tão aprofundado, é preciso lançar mão de redes muito específicas, conquistar simpatias, seguir de perto os objetos e ter sorte.
— Quanto?
Ele sorri novamente. Nem é tanto a palavra que lhe agrada, mas o quanto é clara a questão.
— Precisamos ter método, senhor Delambre. O que me parece melhor é o seguinte. Dois dias após o pagamento de uma primeira parcela, nós lhe fornecemos os elementos principais dos seus clientes. O senhor estuda os resultados, dá um foco para nos orientar na continuação e eu lhe apresento um orçamento.
— Prefiro um preço fixo.
Ele tira a calculadora uma vez mais, anota umas cifras.
— Por um complemento de investigação de dois dias: dois mil e quinhentos euros por cliente. Subornos incluídos.
— E em espécie?
— É em espécie. Com nota, fica em...
Ele se inclina sobre a calculadora.
— Não é necessário. Entendi.
É colossal. Supondo que eu opte pelo complemento de investigação somente para metade da minha lista, fico nos arredores dos 23 mil euros. Me baseando no que resta das nossas economias, fica faltando 95% desse somatório.
— Pense com tranquilidade, mas não perca muito tempo. Se o senhor resolver nos contratar, tenho de montar a equipe rapidamente...
Eu me levanto e apertamos as mãos.

Pego de novo o metrô. Estou diante de uma prova decisiva, é a hora da verdade.

Eu sabia desde o início. As brigas com Nicole, o nervosismo dos últimos dias, a tensão nos testes e na entrevista com Lacoste, tudo isso me conduzia para esse estado final, que envolve um ponto único, de uma acuidade definitiva: a medida da minha motivação. Faz vinte anos que o *management* não diz senão isso.

Para obter sucesso, vou precisar arriscar tudo.

Não consigo tomar uma decisão.

Estou muito deprimido.

Meu olhar passa pelos cartazes do metrô sem enxergá-los, pelos passageiros que sobem e descem sem cessar, subo mecanicamente os degraus da escada rolante, percebo a rua onde moramos, esse bairro que nos agradou imediatamente, logo que o descobrimos.

Foi em 1991.

Tudo estava indo bem. Tínhamos mais de dez anos de casados. Mathilde estava com nove anos e Lucie com sete. Eu lhes dizia umas coisas bestas, minha princesa e tudo o mais. Nicole já estava radiante, basta ver as fotos. Éramos um casal bem francês, com um trabalho fixo, um salário razoável e progressivo. O banco explicou que podíamos ter acesso à casa própria. Com uma noção aguçada de responsabilidade, tracei no mapa de Paris as regiões em que era mais conveniente procurar e, quase que de imediato, achamos um lugar num outro extremo.

É aqui onde estou, saindo do metrô. Eu me recordo. Lembro bem da cena.

Ficamos encantados imediatamente. O bairro fica situado num monte, as ruas sobem e descem, os prédios estão aí há um século e as árvores também. O prédio é bem limpo, de tijolinhos vermelhos. Sem comentar a respeito, esperamos que o apartamento seja daqueles com janelas salientes. O elevador sacode um pouco. Calculo rapidamente e acho que deve caber todos os nossos eletrodomésticos nele, mas o sofá não. O corretor da imobiliária fica olhando para os próprios pés, muito profissional, abre a porta, o apartamento é iluminado, pois é bem alto, e só é 15% mais caro que o empréstimo que podemos pedir. Ficamos entusiasmados e em pânico. A sensação é inebriante. O gerente do banco esfrega as mãos uma na outra e nos concede um crédito complementar. Compramos, assinamos, pegamos as chaves, deixamos as meninas com os amigos, voltamos sozinhos, o apartamento parece ainda maior. Nicole abre as janelas que dão para o fundo e, à distância, para o pátio de uma escola com três plátanos. Os cômodos soam como um vazio por preencher, uma felicidade por vir, uma vida que quer nos mimar. Nicole me agarra pela cintura, me cola na parede da cozinha e me dá um beijo cheio de selvageria, tira o meu fôlego, está excitada como uma fera, sinto que não perco nada por esperar. E ela volta a perambular pelos ambientes desenhando seus projetos com gestos amplos de pássaro.

Ficamos endividados até o pescoço, mas, apesar das crises, não sei por qual milagre, por uma sorte de que mal tomamos consciência, atravessamos aqueles anos sem dificuldades. O segredo da felicidade daquela época não era amor, porque o amor ainda temos, não eram as meninas, porque ainda as temos, o segredo da felicidade é que tínhamos um trabalho, é que podíamos enumerar, sem questionamentos, as inúmeras consequências positivas dessa sorte indescritível: mensalidades pagas, férias, saídas, matrículas de faculdade, carros e a certeza de que trabalhar com afinco, com segurança, rendia a recompensa que era nossa por direito.

Estou no mesmo lugar novamente, quase vinte anos mais tarde, mas envelheci um século.

Ouço as lágrimas de Nicole, estou no escritório, revejo seu colete puído, a louça comprada com desconto, procuro o número de um telefone, peço para falar com Gregory Lippert, o linóleo da cozinha está soltando de novo, vai precisar trocar, digo "oi, é o Vovozinho", tento dar um tom engraçado, mas minha voz desmente a intenção, a pia está mais sinistra que nunca, preciso achar outro móvel para a parede, ele diz "ah!", é raro eu ligar para ele, digo "preciso encontrar você", ele diz "ah" de novo, já está me irritando, mas preciso dele, insisto, "agora", ele compreende que é realmente, extremamente urgente, então diz "posso me liberar por uns minutos, que tal às 11 horas?".

12

O café se chama Le Balto. Deve ter uns dois ou três mil com esse nome na França. Meu genro é exatamente o tipo de pessoa que escolhe um lugar assim. Deve almoçar aqui todos os dias, tratar os garçons como amigos, fazer uns jogos de raspadinhas com as secretárias enquanto conta umas piadas bobas. Tem uma tabacaria num dos cantos e um salão com bancos caindo aos pedaços, móveis de fórmica, piso de cerâmica brilhante e, na vidraça que dá para fora, um cardápio luminoso com desenhos de hot-dogs e sanduíches, para os clientes que são burros demais para ler "hot-dogs" e "sanduíches".

Cheguei adiantado.

Uma grande tela plana, numa posição bem alta da parede, está ligada num canal de notícias. Deixaram o som no mínimo. Mesmo assim, os clientes que estão no balcão mantêm os olhos grudados na tela e veem as informações correrem: *"Lucro das empresas: 7% para os assalariados e 36% para os acionistas — Previsão: 3 milhões de desempregados no fim do ano"*.

Digo para mim mesmo que é muita sorte eu encontrar um trabalho num momento como esse.

Gregory está demorando. Duvido que haja uma razão prática para isso, imagino que seja um pequeno atraso proposital, só para me mostrar que devo ter mais consideração com ele.

Na mesa ao lado, dois caras jovens de terno, do tipo executivo de médio escalão no ramo dos seguros, um pouco como meu genro na verdade, acabando de tomar seus cafés.

— Sério, juro — diz um deles —, é hilário! O nome é *Na rua*. Você é um morador de rua. O objetivo do jogo é sobreviver.

— Não é se reinserir, não? — pergunta o outro.

— Deixa de bobagem! Bom, então: o negócio é sobreviver. Você tem três variáveis inevitáveis. São três coisas que não dá para escapar! Praticamente obrigatório. Só dá para variar o grau delas. É o frio, a fome e o alcoolismo.

— Legal! — diz o outro.

— Genial, juro, a gente se divertiu horrores! O jogo é de dados, mas é de estratégia também! Você pode ganhar ticket para o restaurante popular, pernoite na moradia, ponto em cima de bueiro de metrô aquecido (isso aí é superdifícil de conseguir!), papelão para quando está fazendo frio, entrada em banheiro de estação para tomar banho... Não, sério, não é moleza!

— Mas você joga contra quem? — pergunta o outro.

O sujeito responde sem pestanejar.

— Você joga por si só, rapaz! Essa que é a grandiosidade do jogo!

Gregory chega. Cumprimenta os dois caras (eu não estava tão enganado assim). Para eles, serviu como um sinal para ir embora. Gregory senta na minha frente.

Está vestido com um terno cinza chumbo e uma daquelas camisas em tom pastel que sempre evoca cor de parede de cozinha, azul celeste, roxo claro. Hoje, está com uma camisa amarelada e uma gravata bege.

Quando deixei a sociedade Bercaud, eu tinha quatro ternos e uma porção de camisas e gravatas. Adorava me vestir bem. Nicole me chamava de "velhinha vaidosa", porque eu chegava quase a ter mais roupas que ela. Eu era o único papai para quem um filho podia dar uma gravata no dia dos pais sem se sentir culpado por estar dando exatamente o mesmo presente do ano anterior. As únicas gravatas que eu nunca punha eram as dadas por Mathilde, que tem um gosto deplorável. Basta olhar para seu marido.

Portanto, eu tinha quatro ternos. Pouco tempo após minha demissão, Nicole começou a insistir comigo para jogar fora os mais velhos, mas eu estava indeciso. Desde meu primeiro dia de desempregado, usei terno sempre que precisava sair. E não somente para ir à Agência Nacional Pelo Emprego ou às raras entrevistas que me concediam, mas também, ao trabalho na Transportadora Farmacêutica, às 5 horas da manhã, eu ia de terno. E gravata. Mais ou menos como esses prisioneiros que fazem a barba todas as manhãs para reencontrar um pouco da dignidade que acham que perderam. Mas um dia, num fim de tarde, a costura do meu paletó favorito cedeu quando eu estava no metrô. Ele se abriu da axila até o bolso. Duas jovens que estavam do meu lado caíram na gargalhada, uma delas até tentou gesticular umas desculpas para mim, mas não conseguia se conter. Mantive a compostura. Daí, o riso contagiou outros passageiros. Desci na estação seguinte, tirei o paletó e joguei no ombro, feito um homem de negócios descolado num dia de calor, só que estávamos no mês de janeiro, em pleno inverno. Ao chegar em casa, me desfiz de tudo que tinha mais de quatro ou cinco anos. Só sobrou um terno decente e umas camisas, que eu tento conservar ao máximo. Guardei no plástico transparente da última lavagem na lavanderia, minhas roupas vivem embaladas, como relíquias. A primeira coisa que vou fazer, se obtiver o cargo, é encomendar um terno sob medida. Mesmo quando eu tinha um emprego, nunca me dei esse luxo.

Estou tenso.

— Parece que você está tenso — diz Gregory, com um jeitinho perspicaz.

Mas, prestando um pouco mais de atenção, ele vê minha cara de devastado e lembra que pedi para vê-lo urgentemente e que, desde que me conhece, isso nunca aconteceu. Ele se recompõe, pigarreia e lança um sorriso acolhedor.

— Preciso de um empréstimo, Gregory. Vinte e cinco mil euros. Agora.

Reconheço que, para ele, é informação demais de uma só vez. Mas, embora tenha virado e revirado a situação na minha cabeça, achei melhor entrar direto no mérito da questão. Causar um efeito. Meu genro abre a boca, sem dizer nada. Fico com vontade de fechar sua mandíbula inferior com a ponta dos dedos, mas não me mexo.

— É algo vital, Gregory. Um emprego. Estou com uma oportunidade única nas mãos, um emprego perfeito para mim. Preciso de 25 mil euros.

— Com 25 mil euros, você compra um emprego?

— Mais ou menos isso. Seria meio complicado explicar em detalhes...

— Impossível, Alain.

— Comprar um emprego?
— Não, lhe emprestar tanto. Impossível. Na situação em que você se encontra...
— Justamente, meu caro! Por isso que eu sou um bom cliente. Porque, com esse emprego, vou poder reembolsar facilmente. Preciso do empréstimo por um prazo bem curto. Alguns meses. Só isso.

Ele não consegue me acompanhar direito. Simplifico.
— Bom, na verdade, você sabe, não estou realmente comprando um emprego. É...
— Subornando?

Faço cara de dor e aquiesço.
— Mas isso é vergonhoso! Ninguém pode fazer você pagar por um emprego. Aliás, é ilegal isso!

O sangue me sobe à cabeça.
— Escuta aqui, meu caro, o que é permitido e o que é proibido já é outra discussão! Você sabe desde quando eu estou desempregado?

Gritei. Ele tenta moderar o jogo:
— Faz...
— Quatro anos!

É assim que, nesse momento, minha voz aumenta de vez, estou realmente à flor da pele com essa história.
— Você, você já esteve desempregado?

Aí, já berrei. Gregory se volta para as pessoas no salão, teme um escândalo. Preciso tirar proveito disso. Aumento ainda mais o tom. Quero esse empréstimo, quero que ele ceda agora mesmo, que me dê seu acordo inicial, depois me viro para que ele mantenha a palavra.
— Não venha me encher o saco com esse seu moralismo! Você tem um emprego e tudo o que estou pedindo é para me ajudar a ter um também! É muito complicado, isso? Hein, é complicado?

Ele faz um leve gesto destinado a me acalmar. Tento outra manobra. Me aproximo dele. Adoto um tom de confidência.
— Você me empresta 25 mil euros como se fosse para uma coisa qualquer, um carro, uma cozinha equipada... Pronto, ótimo, uma cozinha equipada, você viu o estado da nossa... Reembolso em doze

meses. Mil e setecentos euros por mês mais os juros, sem nenhum problema, lhe garanto, sem nenhum risco para você.

Ele não responde, mas agora me enxerga com uma segurança renovada. A do profissional. Em poucos segundos, mudei meu status. Estou negociando um empréstimo. Era seu sogro. Me transformei num cliente.

— Não é essa a questão, Alain — diz ele com firmeza. — Para emprestar uma soma dessas, é necessário que haja alguma garantia.

— O emprego que vou ter.

— Sim, talvez, mas, por enquanto, você não tem nada.

— É um cargo de diretor de recursos humanos. Numa grande empresa.

Gregory franze a testa, acabo de mudar novamente meu status. Ele está achando que estou louco. Estou perdendo o controle da situação. Tento reiniciar o sistema.

— Bom, o que é preciso para obter 25 mil euros na sua firma?

— Rendimentos suficientes.

— Quanto?

— Veja só, Alain, essa não é a melhor maneira de agir.

— OK. E se eu tiver um fiador?

Seus olhos brilharam.

— Quem?

— Sei lá. Você.

Seus olhos se fecharam.

— Mas isso é impossível! Estamos comprando um apartamento! Nossa taxa de endividamento jamais vai permitir que...

Agarro suas mãos sobre a mesa, aperto forte.

— Me escute um instante, Gregory.

Sei que esse é meu último disparo, e não tenho certeza se sou corajoso o bastante para atirar.

— Nunca pedi nada a você.

Porque é preciso ter força. Muita.

— Mas é que, aqui, não vejo outra solução possível.

Baixo os olhos para nossas mãos entrelaçadas, busco concentração. Porque não está mole, não, não está mole mesmo.

— Você é a única pessoa que eu tenho.

Me esforço entre cada palavra, tento me concentrar em outra coisa, como uma prostituta iniciante dando sua primeira chupada.

— Esse dinheiro é imprescindível para mim. Vital.

Meu Deus, não vou me rebaixar a tal ponto, será?

— Gregory...

Engulo em seco, azar!

— Estou suplicando.

Pronto, falei.

Ele está como eu, estupefato.

Seu emprego de agiota foi motivo para um número incalculável de brigas familiares e cá estou eu, hoje, diante dele, implorando a caridade de um empréstimo. Isso é tão impensável que ambos ficamos meio embasbacados um tempão. Apostei que o efeito de surpresa seria como um tiro nas costas para ele. Mas Gregory oscila, balança a cabeça.

— Tudo estaria dependendo de mim... Você sabe. Mas eu não posso impor o dossiê de alguém. Tenho meus superiores. Eu não tenho conhecimento dos seus rendimentos, Alain, nem dos de Nicole, mas imagino que... Se você precisasse de uns três mil, ou até uns cinco, a gente daria um jeito, mas assim...

O que ocorre em seguida, acho que fica sustentado por uma só palavra. Eu não devia ter suplicado. Ao ter feito isso, estava cometendo o irreparável. Na mesma hora me dei conta de que era um erro, mas o cometi mesmo assim. Quando me recuo sobre a cadeira e viro o ombro direito, desse jeito, para trás, como se quisesse coçar minha nádega oposta, não estou totalmente consciente do que estou fazendo, mas é a consequência inelutável de uma só palavra. Guerras horripilantes devem ter sido desencadeadas dessa forma, com uma única palavra.

Tomo impulso, junto toda a força de que ainda disponho e lasco um soco na cara dele. Ele não está esperando por isso de jeito nenhum. É um cataclismo imediato. Meu punho fechado o atinge entre a maçã do rosto e a bochecha, seu corpo é propulsado para trás, suas mãos, num reflexo extremado, tentam desesperadamente se agarrar à mesa. Salta uns dois metros para trás, tromba numa outra mesa, aí em duas cadeiras, seu braço, procurando apoio, varre tudo pelo caminho, sua cabeça acaba batendo numa coluna de sustentação, sua garganta expele um grito rouco, ligeiramente animalesco, todos os clientes se voltaram para ver, barulho de vidro estilhaçado, cadeira quebrada, mesa virada, silêncio de estupor. O espaço à minha frente está completamente livre. Estou com o punho apertado na barriga, de tanto que dói. Mas me levanto e saio, em meio à estupefação geral.

Isso nunca tinha me acontecido na vida e, depois do contramestre turco, lá foi meu genro, agora, beijar a lona. Dois em seguida, em poucos dias. Me tornei um sujeito violento, está comprovado.

Cá estou eu, na rua.

Ainda não posso imaginar o tamanho do estrago que meu gesto vai causar.

Mas, antes de me preocupar com isso, quero resolver meu único problema, meu único e último problema: achar 25 mil euros.

13

Largo meu genro com a conta e retomo minha busca. De fora, daria para pensar que fiquei totalmente insensível.

Houve uma época em que eu me conhecia muito bem. O que quero dizer é que nunca era surpreendido por um comportamento meu. Quando a gente já viveu a maior parte das situações, fica fácil saber que atitudes tomar. A gente sabe até mesmo as circunstâncias nas quais não é necessário se controlar (como, por exemplo, num bate-boca em família com um idiota como meu genro). Ultrapassada certa idade, a vida não passa de uma repetição. Ora, o que se adquire (ou não) somente pela experiência, a administração se presume capaz de mostrar em dois ou três dias através de tabelas, nas quais pessoas são classificadas em função da sua personalidade. É prático, lúdico, satisfaz o espírito com baixo custo, dá a impressão de ser inteligente, chegando-se até a acreditar, graças a isso, que se pode descobrir como se comportar de maneira mais eficiente no ambiente profissional. Enfim, acalma a gente. Ao longo dos anos, mudam-se os modos e trocam-se as tabelas. Num ano, você se testa para ver se é metódico, enérgico, cooperador ou determinado. No ano seguinte, a proposta é saber se você é esforçado, rebelde, promovedor, perseverante, enfático ou sonhador. Se você mudar de *coach*, vai descobrir se na verdade você é protetor, direcionador, ordenador, comovedor ou reconfortador, e, se fizer um novo seminário, vão ajudar você a discernir se está mais para a ação, a metodologia, as ideias ou os procedimentos. É o tipo de enganação que agrada a todo mundo. É como nos horóscopos, a gente sempre acaba achando traços que se assemelham com os nossos, mas, no final, não dá para saber do que a gente é realmente capaz enquanto a gente não se encontrar em condições extremas. Por exemplo, nos últimos tempos, ando me surpreendendo bastante comigo mesmo.

Meu telefone toca quando estou saindo do metrô. Sempre fico um pouco desconfiado se as coisas acontecem rápido demais — e é esse o caso.

— Meu nome é Albert Kaminski.

Um tom simpático, aberto, mas, sinceramente, tão cedo assim. Foi hoje de manhã que deixei o anúncio e já...

— Acho que correspondo ao que o senhor está procurando — me diz.

— E o senhor acha que estou procurando o quê?

— O senhor é um romancista. Deve estar escrevendo um livro que gira em torno de uma tomada de reféns e precisa de informações concretas e precisas. Informações corretas. A menos que não tenha lido direito seu anúncio.

Ele sabe se expressar, não se deixou desconcertar, embora eu tenha sido muito direto na pergunta. Parece ter firmeza. Impressão de que está telefonando de um lugar em que não pode falar alto.

— E o senhor já teve experiências pessoais nessa área?

— Exato.

— Todos que me ligam dizem a mesma coisa.

— Minha experiência vem de várias tomadas de reféns reais, ocorridas sob diferentes condições e relativamente recentes. Há alguns anos. Se suas dúvidas são sobre como esse tipo de operação se desenrola, acho que posso fornecer a você uma grande parte das respostas. Se quiser entrar em contato novamente, o meu número é 06 34...

— Só um minuto!

Nem tem como negar que o sujeito tem habilidade. Calmo ao se expressar, sem nenhuma irritação, apesar da agressividade voluntária das minhas perguntas, e ele conseguiu até se recolocar em posição de poder, já que sou eu que devo pedir para encontrá-lo. De fato, pode ser ele, o homem que estou procurando.

— O senhor está ocupado de tarde?

— Depende da hora.

— Pode dizer...

— A partir das 14 horas.

Ficou marcado. Ele propôs me encontrar num café perto da estação Châtelet.

O que será que aconteceu depois de eu ter ido embora? Deve ter levado um tempo para meu genro se levantar. Fico imaginando: ele, estendido bem no meio do salão, o dono chega, passa a mão na cabeça dele e diz: "Que coisa, meu velho, você parece um bocado abalado! Quem que era aquele cara?". No fim das contas, não conheço Gregory tão bem assim. Se é corajoso, por exemplo, não tenho a mínima ideia. Se ele se levanta com dignidade, sacudindo a poeira, ou se, pelo contrário, começa a berrar: "Vou matar esse desgraçado!", o que fica sempre meio patético. A questão mais importante, claro, é saber se vai telefonar para Mathilde ou esperar até de noite. Toda minha estratégia está dependendo disso.

A entrada da escola onde Mathilde dá aula de inglês fica situada numa ruazinha pequena. Na hora do almoço, sempre tem um monte de adolescentes na frente, no passeio. Uma baderna, uma barulheira, empurra-empurra, meninos, meninas, hormônios fervendo e transbordando. Fico numa posição recuada, na entrada de um prédio. Mathilde atende rápido o celular. Tem muito barulho ao seu redor, como ao meu redor. Surpresa. Percebo que seu marido ainda não telefonou. O tempo é curto, melhor me apressar.

Agora, agora mesmo? É a mamãe, aconteceu alguma coisa? Onde estou? Mas, de fora, onde?

Não, não é nada com sua mãe, tranquila, coisa à toa, preciso ver você só isso, sim é urgente, na rua, aí mesmo... Se você tiver cinco minutos... Sim, agora mesmo.

Mathilde é mais bonita que a irmã. Menos vistosa, menos charmosa, mas mais bonita. Está com um vestido estampado magnífico, um desses vestidos que noto de primeira quando vejo uma mulher. Na sua bela maneira de caminhar, reencontro um pouco do rebolado de Nicole, mas ela está com o rosto tenso de quem está pressentindo uma catástrofe.

É tão difícil explicar. Mesmo assim, consigo. Não fica muito límpida minha demanda, mas Mathilde capta o essencial: 25 mil euros.

— Mas, papai! A gente precisa do nosso dinheiro para o apartamento. A gente assinou o termo de compromisso!

— Eu sei, minha pequena, mas a venda é daqui a três meses. Vou ter reembolsado você há um tempo.

Mathilde ficou muito perturbada com o assunto. Começa a andar na rua, três passos com raiva para um lado, três passos com embaraço para o outro.

— Mas o que você vai fazer com tudo isso?

Tentei o mesmo truque com seu marido uma hora atrás e sei que não funcionou direito, mas não me vem outra opção.

— Um suborno? De 25 mil euros? Que loucura!

Aquiesço com pesar.

Quatro passos nervosos no passeio, aí ela volta:

— Papai, sinto muito, não posso.

Falou com um aperto na garganta, olhando bem dentro dos meus olhos. Reuniu toda a coragem que tinha. Vai ser necessário jogar com mais sutileza.

— Minha pequena...

— Não, papai, nada de "minha pequena"! Nada de chantagem emocional, pode parar!

Vai ser necessário jogar com mais, muito mais sutileza. Argumento da forma mais calma que posso.

— Mas como você vai fazer para me reembolsar em dois meses?

Mathilde é uma mulher pragmática. Com os dois pés bem cravados no concreto, sempre faz as perguntas certas. Desde menina, logo que precisava organizar alguma excursão, algum piquenique, alguma festa, ela já se fazia voluntária. Levou quase oito meses preparando seu casamento. Tudo foi milimetricamente calculado, experimentei o maior tédio da minha vida. Talvez seja por isso que ela me parece tão distante às vezes. Está de pé na minha frente. De repente me pergunto: o que estou *realmente* fazendo? Rechaço da mente a imagem de Gregory estendido no salão do café, com a fuça amassada no poste de sustentação.

— Você tem certeza que eles vão dar um adiantamento para alguém que acabaram de contratar?

Mathilde aceitou conversar. Ainda não se deu conta, mas já deixou sua recusa no passado. Continua andando de um lado para o outro no passeio, cada vez mais devagar, se afastando menos, voltando mais depressa.

Está sofrendo.

E isso começa realmente a me fazer sofrer também. Dentro da dinâmica da minha exigência, eu era um desalmado. Se tivesse de deixar aquele cretino do seu marido estendido no chão de novo, eu deixaria, sem sombra de dúvida, mas, agora, de repente, não sei mais. Minha filha está na minha frente, dolorosamente dividida entre duas obrigações incompatíveis, num verdadeiro dilema corneliano: o apartamento ou o pai. Ela economizou esse dinheiro que hoje é sua vida e representa seu sonho.

É seu vestido estampado que me salva: percebo que combina com os sapatos e a bolsa. O tipo de coisa que Nicole deveria poder pagar para si mesma.

Mathilde aproveita as liquidações de estação com inteligência, é dessas mulheres que saem para fazer um reconhecimento nas lojas com dois meses de antecedência e que, graças à preparação, à estratégia, um dia conseguem comprar aquele *tailleur* que sonham em ter, e que é totalmente incompatível com seu poder aquisitivo. Mathilde deve ser resultado de um salto genético imprevisível, porque nem eu nem a mãe somos capazes de uma performance dessas. Mathilde, sim. E tenho certeza que foi isso mesmo que seduziu seu marido.

Quanto a ele, imagino que esteja no escritório. Uma secretária deve ter trazido uma bolsa de gelo, ele deve estar remoendo a ideia de prestar queixa contra o sogro, sonhando com uma sentença pronunciada em alto e bom som por um juiz rígido como a própria justiça. Gregory se impulsiona com deleite nesta cena futura: vitorioso, deixa o tribunal, com a esposa aos prantos nos seus braços. Mathilde baixa a cabeça, forçada a reconhecer a superioridade dos valores do esposo se comparados com os do pai. Está dividida. Já Gregory, envolto na petulância da sua dignidade, desce, impávido e vertical, os degraus do palácio da justiça, que jamais mereceu tanto seu nome. Atrás dele, o sogro, abatido, arrasado, resfolegante, suplicando... Essa é a palavra que estava faltando. Suplicar. Precisei suplicar.

Eu.

Mantenho o fluxo:

— Preciso desse dinheiro, Mathilde. Eu e sua mãe, nós precisamos. Para sobreviver. O que você puder emprestar, eu posso reembolsar. Mas não vou suplicar.

Então faço algo terrível: baixo a cabeça e parto. Um passo, dois, três... Ando bem rápido, pois a dinâmica do jogo está a meu favor. Sinto vergonha, mas sou eficiente. Para conseguir o cargo, para salvar minha família, para salvar minha mulher, minhas filhas, tenho de ser eficiente.

— Papai!

Ganhei!

Fecho os olhos, porque tenho consciência da minha sordidez. Retorno sobre meus passos. Isso que o sistema está fazendo comigo, jamais vou perdoar. Tudo bem, estou mergulhando na lama, estou sendo sórdido, mas, em troca, que o deus do sistema me dê o que mereço. Que me permita voltar à corrida, voltar ao mundo, ser humano de novo. Viver. E que me dê esse trabalho.

Mathilde está lacrimejando.

— Você precisa de quanto exatamente?

— Vinte e cinco mil.

Está rezada a missa, acabou. É só se organizar agora. Mathilde se encarrega disso. Ganhei.

Garanti minha passagem para o inferno.

Posso respirar.

— Você tem de me prometer — começa.

Ela vê em mim uma autoconfiança tamanha que não consegue não sorrir.

— Posso jurar o que você quiser, minha pequena. Quando vai ser a assinatura?

— Não tem uma data marcada ainda. Uns dois meses...

— Já vou ter reembolsado você, pequena, juro de pé junto.

Finjo cuspir no chão.

Ela hesita.

— É porque... eu não vou contar para Gregory, você sabe, né? Por isso que vou realmente contar com sua...

Mas, antes mesmo que eu possa responder, ela pega o celular e digita o número do banco.

Em volta da gente, os jovens berram, se empurram, sentem felicidade ao se xingar, ébrios de alegria por estarem vivos, se desejarem. Para eles, a vida se resume numa enorme promessa. Estamos aqui, no meio deles, eu e minha filha, de pé, sem gesto algum um para o outro, chacoalhados dentro do fluxo de entusiasmo dessa juventude que pensa que tudo lhes foi prometido. De repente, Mathilde me parece menos bonita, como se tivesse murchado no seu vestido, que fica menos chique, mais ordinário. Procuro e acho: nesse instante, minha filha se assemelha com a mãe. Porque está com medo do que está fazendo, porque a situação do pai fez sua resistência se esgotar, é como se Mathilde tivesse esmaecido. Até sua elegante combinação, de repente, lembra um colete envelhecido.

Está falando no telefone. Lança um olhar interrogativo na minha direção.

— Em espécie, sim — confirma ela.

Desfecho do ato. Ela ergue a sobrancelha olhando para mim. Fecho os olhos.

— Posso chegar aí por volta das 17h15 — diz. — Sei, vinte e cinco mil em espécie é muito, sim.

O gerente está criando dificuldade. Adora seu dinheiro.

— A venda vai ocorrer dentro de, no mínimo, dois meses... Daqui para lá... Sim, sem problema. Às dezessete horas, sim, perfeito.

Ela desliga e é visível o medo de ter cometido o irreparável. Minha filha está igual a mim. É uma mulher derrotada.

Ficamos nessa, sem dizer nada, olhando para os sapatos. Uma onda de amor me atravessa de cima a baixo. Sem refletir, digo: "Obrigado". Mathilde, é como se fosse atingida por uma descarga elétrica. Está me ajudando, me ama, me odeia, sente medo, sente vergonha. Na sua idade, um pai nunca deveria provocar tantas sensações fortes na filha, ocupar tanto espaço na sua vida.

Sem sequer uma palavra, ela volta para a escola de ombros encolhidos.

Tenho de estar aqui às 17 horas para acompanhá-la ao banco. Telefono para Philippe Mestach, o detetive.

— Amanhã de manhã levo o adiantamento. Nove horas no seu escritório? Pode montar a equipe.

Estação Châtelet.

Entre bar e restaurante, umas poltronas de design. Bem burguês. Chique. O tipo de lugar que teria me agradado quando eu tinha um salário.

Ao vê-lo, a primeira coisa que volta à mente é sua voz. Parecia embaraçada, como se estivesse atrapalhando alguém por estar falando. Ele quase não se mexe, ou muito devagar, feito em câmera lenta. É magro. Bastante bizarro, eu acho. Lembra uma iguana.

— Albert Kaminski.

Ele não se levantou, só se ergueu por um instante e estendeu a mão com indiferença para mim. Nota inicial: menos 10. Para a partida de uma corrida, é uma grande desvantagem, e eu não tenho tempo a perder. Tenho metas.

Eu me sento, mas sem relaxar, na extremidade da poltrona. Não vou ficar.

Ele tem a minha idade. Ficamos em silêncio enquanto o garçom anota o pedido. Procuro de forma ativa o que me incomoda nele. Bingo. Esse cara é viciado. É um negócio complicado para mim porque, é de se espantar, mas, em droga, eu nunca encostei, em nenhuma. Para um homem da minha geração, isso é quase um milagre. Daí que, essas coisas, eu não reparo de imediato. Mas acho que agora acertei. Kaminski está em queda livre. Quase como se fosse da família. Nossa queda não é a mesma, mas nossas crises são vizinhas. Por instinto, me recuo. Preciso de gente forte, competente, operacional.

— Fui da polícia, era comandante — ele começa.

Está com a cara amarrotada, mas com os olhos secos. Nada a ver com Charles. O álcool faz estragos de outra natureza. Qual será seu combustível? Não entendo nada disso, mas, visivelmente, o comandante não abriu mão da sua dignidade.

Nota: menos 8.

— A maior parte da minha carreira se deu no esquadrão do Raid. É por isso que respondi seu anúncio.

— Deixou a posição por quê?

Ele sorri e baixa a cabeça. Aí:

— Sem querer ser indiscreto — me pergunta ele —, qual é a sua idade?

— Mais de cinquenta. Menos de sessenta.

— Temos mais ou menos a mesma idade.

— O que quer dizer com isso?

— Na minha idade, existem algumas categorias que eu distingo imediatamente: veados, racistas, fascistas, hipócritas, alcoólatras. Viciados. E você também, senhor... Seu nome mesmo?

— Delambre. Alain Delambre.

— O senhor está vendo muito bem o que eu sou, senhor Delambre. E é essa a resposta para a sua pergunta.

Trocamos um sorriso. Menos 4.

— Eu era negociador, fui removido do alto escalão da polícia oito anos atrás. Falta profissional.

— Grave?

— Morte. Morte de uma mulher. Desesperada. Eu estava com uma boa dose na cabeça. Ecstasy. Ela se jogou pela janela.

Um sujeito que tira dez pontos de desvantagem em poucos minutos é alguém que joga com a compaixão, com a proximidade, com a identificação, enfim, alguém que sabe trapacear. Do tipo Bertrand Lacoste. Ou alguém muito sincero.

— E o senhor acha que posso confiar em alguém como você?

Pensa por um momento.

— Depende do que está procurando.

Ele deve ser maior do que eu. De pé, um metro e oitenta. Seus ombros são largos, mas tudo vai afinando à medida que desce. No século XIX, daria para jurar que é tísico.

— Se o senhor realmente for um escritor procurando informações sobre tomada de reféns, devo corresponder à sua busca.

Deixa claro o subentendido, ele não é bobo, não.

— O que significa isso, Raid?

Ele faz uma careta de quem está se lamentando.

— Não, sério...

— É uma sigla para Rastreamento, Assistência, Intervenção, Dissuasão. Eu era da dissuasão. Enfim, até a queda final.

Nada mau, ele. Embora nós dois, juntos, formemos um belo par de braços quebrados. Do que é que ele vive? Está com roupa de pobretão. Dá para sentir que tem expediente, e um estado de saúde ruim, não deve recusar muita coisa como trabalho. Mais cedo ou mais tarde, esse cara vai parar na prisão ou na lixeira de um traficante. Quanto ao preço, quer dizer que eu vou poder negociar. Ao pensar na questão do dinheiro, bate uma tristeza. A imagem de Mathilde me retorna ao espírito, então a de Nicole, que não quer mais dormir com o corpo contra o meu. Me sinto cansado.

Albert Kaminski me considera com preocupação e me empurra a jarra de água. Não consigo voltar a respirar normalmente. Estou indo longe demais, tudo está indo longe demais.

— Tudo bem? — insiste ele.

Viro um copo d'água. Dou uma sacudida.
— Cobra quanto?

14

David Fontana
12 de maio
<u>*Aos cuidados de Bertrand Lacoste*</u>
<u>*Assunto*</u>*: Simulação "Tomada de reféns" — Cliente: Exxyal-Europe*

O local está sendo equipado. Teremos duas zonas principais à nossa disposição.

De um lado, a sala bastante ampla (setor A da planta) onde os reféns serão retidos. Fica separada do corredor por uma divisória com uma parte de vidro que o comando poderá cobrir caso deseje proceder a uma prova de isolamento.

Do outro, os escritórios.

Em D, teremos uma sala de descanso e interrogatório. Em B, a sala de interrogatório. Como previsto no roteiro, os executivos serão interrogados alternadamente, as perguntas estarão centradas nas suas próprias atividades.

O interrogatório será acompanhado pelos avaliadores que se encontrarão no espaço C, graças às telas de controle.

De acordo com a configuração atual, os candidatos ao cargo de RH (em cinza na planta) ficarão sentados diante das telas de controle.

Procedemos a testes: o isolamento acústico das salas é satisfatório.

Dois conjuntos de câmeras captarão as imagens para os avaliadores. O primeiro na "sala de espera" dos reféns, o segundo na sala de interrogatório. Logo que o local estiver equipado, começaremos os ensaios.

Finalmente, creio que seja necessário ressaltar que nem sempre é possível prever as reações dos jogadores.

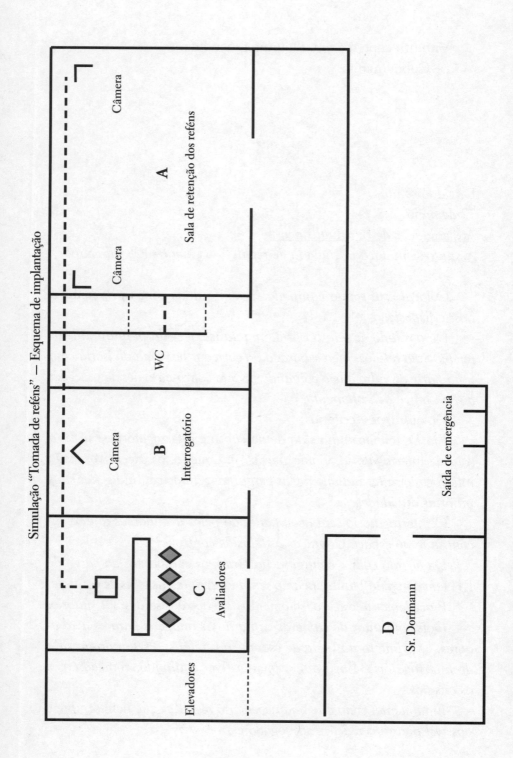

Em todo caso, a responsabilidade por essa operação deve, evidentemente, ser assumida pelos organizadores.

Seguem em anexo (anexo 2) os termos a serem assinados pelos senhores ou por seu cliente.

Respeitosamente,

David Fontana

15

Às 17 horas, a primeira coisa que Mathilde vê ao sair da escola é seu pai. Eu, ali, plantado no meio do dilúvio de adolescentes se chocando de todos os lados, gritando, correndo, berrando. Ela não me dirige nenhuma palavra e se contenta em andar, com os lábios tensos, como se estivesse a caminho do abatedouro.

Ifigênia.

Para mim, ela está exagerando.

A gente entra na agência e lá está seu gerente. Lembra meu genro, mesmo terno, mesmo corte de cabelo, mesma maneira de ser, de falar. Vai saber quantos clones fizeram desse modelo aí. Mas é melhor não pensar em Gregory, porque vem dele o presságio de problemas colossais.

Mathilde se isola por um instante com o bancário e retorna. É uma loucura de tão simples. Minha filha estende para mim um grosso envelope.

Eu lhe dou um beijo. Ela me oferece o rosto, mecanicamente. E se arrepende pela frieza, mas tarde demais. Acha que fiquei contrariado, eu procuro uma palavra, não encontro nada. Mathilde me dá o braço. Agora que me entregou metade do que possui, parece estar aliviada. Diz simplesmente:

— Você me prometeu, hein...

Aí ela sorri, como se tivesse vergonha de se repetir, de se mostrar desconfiada demais. Ou receosa.

A gente se separa na frente da estação do metrô.

— Vou andar um pouco.

Na verdade, espero ela ir, aí também entro. Me faltava coragem para prolongar esse encontro. Configuro o celular só para vibrar e guardo no bolso da calça. Imagino que Mathilde vai estar em casa em menos de meia hora. Passam as estações, desço, ando pelos corredores, com o telefone batendo na coxa. Na hora de trocar de linha, em vez de subir no trem, sento num banco onde pego um exemplar do *Le Monde*, razoavelmente amassado. Percorro o artigo: *"Os assalariados representam hoje a 'principal ameaça' à segurança financeira das empresas"*.

Olho para o relógio enquanto continuo nervoso a folhear o jornal. Página 8: *"Recorde no leilão pelo iate do emir Shahid Al-Abbasi: 174 milhões de dólares"*.

Estou caminhando sobre brasa, difícil me concentrar.

Não dá para esperar muito. Tiro o celular com pressa para ver a tela. É Mathilde. Engulo em seco, deixo tocar, ela não deixa mensagem.

Tento me concentrar em outra coisa. Página 15: *"Depois de quatro meses ocupando a fábrica, os assalariados de Desforges aceitam uma gratificação fixa de 300 euros e põem termo à paralisação"*.

Mas, dois minutos mais tarde, ela chama de novo. Uma olhada no relógio e calculo rapidamente. Nicole ainda não voltou, mas vai estar em casa antes de mim e não quero que Mathilde deixe recado na nossa secretária eletrônica. Na terceira chamada, atendo.

— Papai!

Ela não acha o que falar. Nem eu.

— Como você pôde... — ela começa.

Mas seu esforço se reduz a isso. Está em casa. Acabou de encontrar o marido com a cara estourada e ficou sabendo que fui vê-la só porque tinha fracassado com ele.

Mathilde deve ter confessado para o marido que deu o dinheiro para o pai.

Estão furiosos, consigo compreender.

— Pequena, deixa eu explicar...

— PARA!

Berrou. Com toda a força.

— Me devolva esse dinheiro, papai! Devolva IMEDIATAMENTE!

Digo antes que me falte a coragem:

— Não está mais comigo, pequena, acabei de entregar em troca do emprego.

Silêncio.

Não sei se ela acredita, porque tudo o que eu era a seus olhos até hoje acaba de se fundir numa nova imagem de mim, inimaginável e insuportável.

O que incomoda não é ter de rever tudo o que acreditava saber do pai, é sobretudo ter de conviver com isso.

Então, melhor tranquilizá-la. Dizer que ela não precisa se preocupar.

— Minha pequena, você tem minha palavra!

Sua voz fica grave, simples e calma. Dessa vez, acha facilmente o que falar. Diz, em poucas sílabas, o essencial do que está pensando.

— Seu canalha...

Não se trata de uma opinião, mas de uma constatação. Ao deixar a estação, aperto o envelope contra o corpo. Minha passagem para o panteão dos pais de família e de filhos de um canalha.

16

Mathilde não ligou mais. Estava tão furiosa que veio de uma vez. Apertou o botão do interfone com uma raiva tamanha no dedo que tive a impressão de ele ter ficado pressionado durante todo o tempo em que ela estava subindo para o apartamento e me cobrindo de injúrias sob os olhos da mãe. Ela exigia que eu devolvesse o dinheiro que tinha me emprestado, berrava que eu era um caloteiro. Eu tentava não pensar que o envelope com o dinheiro ainda estava ali, na primeira gaveta da minha mesa de trabalho, e que bastaria eu me mover alguns metros para tranquilizá-la, para pôr tudo em ordem novamente.

Me concentrei, usei toda minha reserva de força, feito no dentista, quando ele ataca os dentes difíceis.

Não foi nada bom. Era previsível, claro, mas, mesmo assim, foi um sofrimento imenso para mim.

O que é que impede que elas me compreendam? Esse é o mistério. Enfim, nem tanto. No início, o desemprego, para Mathilde e Nicole, era uma ideia, um conceito: aquilo que está escrito nos jornais, sendo falado na televisão. Em seguida, tomaram um banho de realidade: como o desemprego se alastrou, rapidamente ficou impossível não cruzar com alguém que tivesse sido diretamente atingido ou com alguém próximo de um desempregado. Porém essa realidade continuou embaçada, uma circunstância indubitável mas com a qual dá para conviver, a gente sabe que ela existe, mas só concerne aos outros, como a fome do mundo, os sem-teto, a AIDS. As hemorroidas. Para aqueles que não estão diretamente implicados, o desemprego é um ruído de fundo. E, um dia, quando a gente menos esperava, o desemprego bateu na nossa porta. Ele fez igual a Mathilde, afundou o dedão no interfone, só que nem todos continuaram ouvindo a campainha por tanto tempo. Quem sai para o trabalho de manhã, por exemplo, deixa de ouvir o barulho durante toda a jornada, só o percebe de novo quando volta para casa de noite. E tem mais. Somente se viver com um desempregado ou se aquilo for tema do jornal na televisão. Mathilde, então, não ouviu o som senão certas noites ou certos fins de semana, quando vinha visitar a gente. Está aí a diferença: eu, o desemprego começou a furar meus tímpanos e não parou nunca mais. Vá explicar para elas!

Logo que Mathilde deu a oportunidade, tentei explicar a incrível chance que eu tinha (um emprego com a possibilidade real de ser obtido), mas, já na primeira palavra, ela voltou a vociferar. Berrava e batia o punho na mesa. Fiquei me perguntando se não ia acabar quebrando nossa louça recém-substituída. Nicole não dizia nada. Encolhida num canto do cômodo, olhava para mim chorando, silenciosamente, como se eu estivesse lhe proporcionando o espetáculo mais patético da sua vida.

No fim das contas, desisti de dar explicação. Entrei para o escritório, mas não adiantou. Mathilde abriu a porta num empurrão, me insultou de novo, nada a acalmava. Agora até Nicole estava tentando trazê-la de volta à razão, explicando que gritar e berrar não ia mudar nada, que ela precisava tomar uma atitude mais construtiva, ver o que podia ser feito, concretamente.

— "O que pode ser feito", é o quê? Você pode reembolsar o que ele levou de mim?

Depois virou para mim:

— É bom você me reembolsar, MESMO, papai! É bom, MESMO, que você me devolva esse dinheiro antes da compra do apartamento, senão...

Aí, parou na hora.

Dominada pela sua fúria, ainda não tinha entendido: ela não vai poder fazer nada. Se eu não reembolsar, cai a venda e ela perde uma grande parte do que já investiu. Nada a se fazer. Está com a corda no pescoço. Eu disse:

— Dei minha palavra a você, pequena. Vou fazer o reembolso integral antes da data. Já menti para você alguma vez?

Golpe baixo, mas como evitar?

Quando Mathilde se foi, o apartamento ficou com um silêncio barulhento pairando no ar, por um bom tempo. Ouvi Nicole passando de um ambiente para o outro, até que finalmente veio me ver. Sua cólera tinha cedido espaço para o abatimento. Ela tinha secado as lágrimas.

— Era para que esse dinheiro? — perguntou.

— Para que toda a chance esteja a nosso favor.

Deu um sinal irritado de incompreensão. Já há várias noites, desde que está dormindo no quarto de hóspedes, que eu venho me perguntando o que eu teria coragem de dizer o dia em que ela viesse com a pergunta. Eu tinha elaborado um bom número de saídas hipotéticas. Dentre todas as soluções, é Nicole que, sem saber, fez a escolha.

— Você disse para Mathilde que era para... um suborno?

Disse "sim".

— Mas para subornar quem?

— A agência de recrutamento.

Nicole mudou sua feição. Tive a impressão de que se abriu um pouco. Aproveitei. Sei que não devia ter ido tão longe, mas eu também precisava de um alívio.

— É a BLC-Consultoria que está encarregada de recrutar. São eles que vão escolher. Paguei para eles. Comprei o cargo.

Nicole sentou na minha cadeira. A tela do computador se acendeu e estava no site da Exxyal, com seus poços de petróleo, helicópteros, refinarias...

— Então... é um negócio certo, esse?

Eu teria oferecido os anos de vida que me restam para não ter de responder a essa pergunta, mas nenhum deus apareceu para me socorrer. Fiquei sozinho diante da imensa esperança de Nicole, diante dos seus olhos arregalados. Não saía nenhuma palavra da minha boca. Me ative a sorrir e abrir os braços dando a entender que estava óbvio que sim. Nicole sorriu. Aquilo lhe pareceu totalmente maravilhoso. Começou a chorar mais uma vez e sorrir ao mesmo tempo. No entanto, continuou procurando por uma falha.

— Talvez pediram a mesma coisa para os outros candidatos?

— Eles não seriam idiotas. Só tem uma vaga! Para quê fazer a mesma proposta para os outros e acabar tendo de devolver o dinheiro depois?

— Que loucura! Mal consigo acreditar que lhe propuseram isso.

— Eu que fiz a proposta. Éramos três os candidatos que correspondiam com o perfil buscado. Em pé de igualdade. Eu precisava fazer alguma diferença.

Nicole estava abismada. Eu me sentia aliviado, mas esse alívio era estranhamente amargo: quanto mais eu apresentava essa versão para Nicole como infalível, mais me pareciam ameaçadoras as incertezas do meu plano. Eu estava jogando ao mar as últimas chances de ser compreendido um dia, mesmo saindo perdedor da história toda.

— E como você vai reembolsar Mathilde tão depressa?

Todo mundo sabe que uma mentira puxa a outra. Na administração, ensinam a mentir o mínimo possível, a se manter o mais próximo da verdade. Isso nem sempre é possível. No caso, tive de apostar numa promessa de mundos e fundos.

— A negociação ficou nos 20 mil euros. Mas, por 25, eles me deram a garantia de convencer o cliente a me conceder um adiantamento no salário.

Perguntei para mim mesmo onde eu ia parar desse jeito.

— Vão lhe dar um adiantamento durante o período probatório?

Em toda negociação existe um ponto nodal. Ou vai ou racha. Cheguei nesse ponto. E disse:

— Vinte e cinco mil euros equivalem, praticamente, a três meses de salário.

Continuava a tremular entre nós um véu de ceticismo, mas eu sentia que ela estava quase convencida. E sei por quê. Por causa da esperança, necessária, salafrária esperança.

— Por que você não explicou isso para Mathilde?

— Porque Mathilde só consegue escutar a raiva que está sentindo.

Me aproximei de Nicole e a abracei.

— Agora — perguntou ela —, e aquilo de fazer reféns, qual o sentido então?

Só faltava eliminar o drama da história. Eu estava me sentindo bem, como se tivesse passado a acreditar na minha própria mentira.

— É só um pretexto, coração, mais nada! Na verdade, não serve para nada, porque o jogo já foi fechado para apostas! Dois caras vão entrar com fuzil de plástico, passar medo nos outros uns minutos e pronto. É tudo uma encenação, vai durar uns quinze minutos, para ver se as pessoas não vão perder totalmente o sangue-frio, e para o cliente sair satisfeito. Todo o mundo vai sair satisfeito.

Nicole ficou pensando um instante, aí:

— Então você não tem mais nada a fazer? Pagou e o cargo é seu?

Respondi:

— Isso. Está pago. É só esperar.

Se Nicole levantasse mais alguma questão, só mais uma, eu é que iria desandar a chorar. Mas não tinha mais nenhuma questão, já estava tranquila. Fiquei tentado a fazer com que notasse como a tal tomada de reféns lhe parecia mais aceitável agora que tinha a certeza da minha contratação, mas seria abusar da sorte e, sinceramente, depois de tanta mentira e trapaça, eu mesmo fiquei esgotado.

— Eu sei o quanto você tem coragem, Alain — ela disse. — Sei a que ponto você está se virando para sair dessa. Sei muito bem dos trabalhinhos ingratos que pega e nunca comenta comigo, com medo de eu sentir vergonha de você.

Me espanta que ela saiba disso também.

— Ainda fico admirada com sua energia e sua força de vontade, mas as meninas têm de ficar fora dessa, cabe a nós vencer esse obstáculo, não a elas.

Concordo com o princípio, mas, quando a solução está na posse delas, o que a gente faz? Finge não ver? A solidariedade é uma via de mão única? Claro que não falo nada disso.

— Essa história do dinheiro, de comprar o cargo, você tem de explicar tudo isso para Mathilde — prosseguiu Nicole —, tranquilizá-la. Sério, tem de ligar para ela.

— Veja só, Nicole, todos nós estamos sob o efeito da raiva, da emoção, do pânico. Daqui a alguns dias me contratam, devolvo o dinheiro, ela compra o apartamento e tudo entra nos eixos de novo.

No fundo, tanto um quanto o outro estávamos esgotados.

Nicole cedeu à covardia da minha proposta.

17

Agora meu estudo sobre as atividades da Exxyal-Europe está bem completo.

Sei de cor o organograma do grupo europeu (assim como os principais acionários do grupo americano), conheço as cifras chave da sua evolução nos últimos cinco anos, as trajetórias dos principais dirigentes, a composição detalhada do capital, as principais datas da história do grupo na bolsa, os projetos, notadamente aquele que consiste numa aproximação das atividades de refinamento dos locais de produção com o fechamento consecutivo de várias refinarias da Europa, dentre elas a de Sarqueville. O mais difícil foi minha iniciação no setor de atividades da Exxyal. Passei noites inteiras me familiarizando com os principais conceitos nesse departamento: jazida, exploração, produção, perfuração, transporte, refinamento, logística... No começo, estava com medo porque a parte técnica não é o meu forte, mas, de tão motivado, entrei de cabeça no jogo. É uma loucura, em certos momentos, tenho a impressão de realmente já estar dentro, trabalhando para a empresa. Acho até que certos executivos conhecem menos do grupo que eu.

Fiz fichas para ajudar. São quase oitenta. Amarelas para as conjunturas econômicas e bolsistas do grupo, azuis para a parte técnica, brancas para as parcerias. Aproveito a ausência de Nicole para ficar recitando tudo em voz alta enquanto ando na sala de um lado para o outro. Estou completamente envolvido, técnica de imersão.

Faz quatro dias que estudo como um vestibulando. Esse sempre é o estágio mais ingrato, em que as noções estão gravadas mas se misturam. Uns dois dias ainda para decantar tudo no cérebro. Até a data da prova, vai ser a conta para ficar preparado. Nisso aí, nenhum problema.

Em função da missão de cada um no grupo, começo a vislumbrar o que vou poder perguntar para o alto escalão que será feito refém, perguntas que possam desestabilizá-los. Os juristas devem dispor de informações confidenciais sobre os contratos assinados com prestadores de serviço, com parceiros, com clientes; os financistas devem conhecer as cartas marcadas das negociações de grandes mercados. Tudo ainda está meio vago, preciso de um aprofundamento, de um preparo cada vez maior, alcançar o topo no dia D. Sobre a tomada de reféns, igualmente, faço minhas fichas e reviso com Kaminski em seguida.

Ontem recebi os primeiros relatórios de investigação da agência Mestach.

A leitura me deu medo, de verdade: em relação à vida privada, esse povo é totalmente ordinário. Parecia uma pesquisa de público em geral. Estudos, casamentos, alguns divórcios, crianças fazendo seus estudos, casamentos, divórcios. Como é deprimente a humanidade às vezes! A julgar por suas fichas e registros de serviços prestados, esse povo é intocável, por ser extremamente desinteressante. Ora, por isso mesmo que eu tenho de encontrar as falhas, deixá-los nus em pelo.

Espero por Kaminski. Embora esteja no buraco, ele soube se aproveitar da urgência da situação para fazer um bom negócio. Está me custando caro e, economicamente, estou no fundo do poço, mas gosto desse sujeito, tem firmeza. Não consegui manter por muito tempo a ficção de um romance a ser escrito. Contei o que é a história verídica e nossas relações de trabalho se simplificaram bastante.

Leu tranquilamente minhas fichas "reféns", que eu acho bem superficiais, e percebeu minha preocupação.

— Se você lesse sua própria ficha — me disse —, ela seria parecida com essas. No entanto, você não é um desempregado qualquer: você está se preparando para uma tomada de reféns.

Eu já sabia disso, mas com a ausência de Nicole, não tenho mais ninguém para me dizer essas coisas bobas que preciso ouvir.

Então li e reli minhas fichas. Como diz Kaminski, "por mais que você dê o maior duro para se preparar, no final, você sempre é obrigado a confiar na intuição".

Matematicamente falando, se eu for contar os erros possíveis na lista de reféns que elaborei, a minha chance de sucesso não passa de razoável, longe de ser elevada. Mas estou apostando no fato de que, mesmo que eu cometa erros graves nessa preparação, nenhum dos meus concorrentes estará tão bem informado sobre a vida privada dos reféns quanto eu.

Bastaria eu deixar uns dois ou três de joelhos para fazer a diferença, facilmente.

E, para isso, devo dispor de informações "com repercussão".

Posso pagar um complemento de investigação relativo a cinco pessoas, não mais.

Depois de muita hesitação, escolhi dois homens (o especialista em economia de quarenta e cinco anos, Jean-Marc Guéneau, e o gestor de projeto cinquentão, Paul Cousin) e duas mulheres (Évelyne Camberlin, quarenta e oito anos, encarregada das audiências de segurança, e a gerente de contas especiais, Virginie Tràn, trinta e quatro anos). Acrescentei o tal David Fontana à lista, que é designado como organizador nos e-mails de Bertrand Lacoste.

Quanto a Paul Cousin, não tive sombra de dúvida: pelas suas contas de banco, seu salário não é depositado nem na sua conta pessoal nem na conta conjunta da família! Um mistério. Sua esposa dispõe de uma conta que ele próprio abastece a cada mês, sem depositar uma soma muito grande. Cheira a casal dissociado. Ou, caso o casal seja estável, talvez a mulher não saiba nada da situação real deles. De qualquer forma, o salário de Cousin (que não é pouca coisa, já que se trata de um cinquentão, gestor de projeto, com mais de vinte anos de casa) não figura em lugar nenhum: é depositado em outro local, portanto, numa conta que não está no seu nome.

Essa história promete.

Complemento de informação.

Estudei no microscópio o caso de Jean-Marc Guéneau. Tem quarenta e cinco anos. Com vinte e um anos se casou com uma senhorita de Boissieu, de farta fortuna. Eles têm sete filhos. Não encontrei quase nada sobre a família de Jean-Marc Guéneau. Em compensação, o pai da sua esposa não é ninguém mais, ninguém menos, que o doutor de Boissieu, católico fervoroso e presidente de uma associação antiabortiva bastante atuante. Consequentemente, na casa dos Guéneau, reproduz-se feito coelho. Não precisa ser gênio para adivinhar que devem acontecer umas poucas e boas nos bastidores. Se alguém porta o estandarte da moral, pode ter certeza que algo inconfessável foi varrido para debaixo do tapete.

Complemento de informação.

Entre as moças, uma das minhas escolhidas é Évelyne Camberlin. Uma mulher desse nível, perto dos cinquenta anos, solteira, sempre tem algo a ser descoberto. Me baseei bastante nas fotos para escolhê-la: não sei por quê, despertou meu interesse. Quando disse isso para Kaminski, ele sorriu. "Você tem um olho bom."

Terminei a listagem com Virginie Tràn. Ela gerencia várias contas especiais, dos clientes mais importantes da Exxyal. Ambiciosa, calculista, cresce rápido, não acho que se preocupe tanto com escrúpulos. Algum furo deve ter aí.

É possível que essas investigações complementares não me revelem nada. Mas estou no caminho certo.

Preciso sair da lama...

Às vezes, vem uma sensação de vertigem.

Até porque, pensando no resto, tudo se tornou ainda mais sombrio.

Não tinha recebido mais notícia desde o envio da carta para a advogada da Transportadora Farmacêutica. Todas as manhãs, fingindo estar voltando do trabalho, impaciente, eu abria a caixa do correio e, como não chegava nada, telefonava para a doutora Gilson duas ou três vezes por dia, sem conseguir falar com ela. Estava sentindo a preocupação aumentar silenciosamente. Então, quando o carteiro me pediu para assinar o recebimento da carta registrada e vi a logomarca do escritório Gilson & Fréret, senti um formigamento na espinha bem desagradável. Doutora Gilson me informava que seu cliente havia decidido não retirar a queixa e que, em breve, eu seria convocado ao tribunal para prestar conta dos golpes e ferimentos infligidos no meu contramestre, o Sr. Mehmet Pehlivan. Aí, milagrosamente, não tive nenhuma dificuldade para ser atendido pela doutora Gilson.

— Não está nas minhas mãos, senhor Delambre, fiz tudo o que pude. Meu cliente faz questão de manter a queixa.

— Mas não tínhamos um acordo?

— Não, senhor Delambre, foi o senhor que propôs escrever um pedido de desculpas, sem termos solicitado nada. A iniciativa foi sua.

— Mas... para que levar isso ao tribunal se seu cliente aceitou minhas desculpas?

— Meu cliente aceitou suas desculpas, sim. Aliás, elas foram transmitidas ao Sr. Pehlivan, que, ao que me parece, ficou muito satisfeito. Mas o senhor deve ter consciência de que sua carta constitui, também, uma confissão circunstanciada.

— E...?

— E, visto que o senhor assume os fatos completamente e de maneira espontânea, meu cliente se reconhece em pleno direito de reclamar no tribunal a indenização que lhe é devida.

Quando eu tinha proposto esse pedido de desculpas, bem que tinha imaginado que podia dar nisso, mas não pensei que, diante de alguém na minha situação, um empregador e o advogado poderiam dar mostra de um cinismo tamanho.

— Sua canalha.

— Compreendo, mas seu ponto de vista é pouco jurídico, senhor Delambre, aconselho que busque uma melhor linha de defesa.

Desligou o telefone. Não fiquei com tanta raiva quanto eu tinha previsto. Eu só tinha uma carta para jogar, joguei, não vejo motivo para me repreender.

Nem para repreendê-los, aliás: difícil abrir mão do jogo quando a gente tem certeza de que vai ganhar.

Mesmo assim, taquei o celular na parede e ele se espatifou. Quando precisei dele de novo, ou seja, cinco minutos mais tarde, catei peças debaixo de todos os móveis. Remendado com fita adesiva, baita gambiarra, ficou parecendo com os óculos de um idoso no asilo.

Gastei tudo o que Mathilde adiantou para mim e, apesar de Kaminski ter aceitado baixar o preço de 4 para 3 mil euros pelos dois dias de serviço, precisei sacar mil da poupança, onde tínhamos 1.410 euros. Espero que Nicole não queira verificar o saldo antes do fim dessa história.

Kaminski me fez uma proposta de programação logo de início: o primeiro dia seria dedicado às condições materiais da tomada de reféns; ao longo do segundo, abordaríamos os aspectos psicológicos dos interrogatórios. Kaminski não conhece David Fontana, contratado por Lacoste para organizar tudo. A julgar pela leitura das suas mensagens, ele me disse que o sujeito sabe bem o que está fazendo. Tanto eu quanto Bertrand Lacoste temos um conselheiro, um expert, um *coach*, feito dois jogadores de xadrez na véspera de um campeonato mundial.

No que diz respeito a Nicole, até então, tudo continuava bem. Ela tinha se acalmado e eu desconfiava que, apesar da minha reticência, ela tivesse telefonado para Mathilde para tranquilizá-la e explicar os pormenores da situação.

Então, ontem, quando chega Kaminski, por volta das 10 horas, mal posso imaginar o quão próximo estou da catástrofe.

Como tínhamos combinado, ele trouxe uma câmera com um tripé para conectar na televisão, para termos uma visualização daquilo que ele chama de "posições respectivas" e dos interrogatórios.

Para eu estudar as condições materiais, trouxe duas armas igualmente, uma pistola Umarex, 18 tiros, calibre 4.5, que é uma cópia da Beretta, e uma carabina Cometa-Baïkal-QB 57, no lugar das metralhadoras Uzi que, segundo o e-mail do organizador, David Fontana, serão utilizadas na encenação. Graças à planta do local, Kaminski propôs uma simulação das duas salas principais para me mostrar concretamente onde serão os pontos críticos, os eixos de evolução. Empurramos o sofá, a mesa, as cadeiras, para arrumar a área onde os reféns ficarão retidos.

É um pouco mais de meio-dia e quinze.

Kaminski me explica como o comando vai evoluir no local para manter o domínio da situação. Ele tomou o lugar de um refém, está sentado no chão, com as costas na parede e as pernas dobradas.

Estou de pé na entrada do cômodo, com a pequena metralhadora a tiracolo apontada na sua direção, quando a porta se abre e Nicole entra.

Uma cena estranha.

Se eu estivesse trepando com a vizinha, teria sido ridículo e, portanto, muito simples. Mas isso aí... O que Nicole avista é hiperrealista: as armas que Kaminski trouxe têm uma presença terrível. É um treinamento. O homem que ela vê no chão, com os braços em torno dos joelhos e um olhar intransigente para ela, é um profissional.

Nicole não diz sequer uma palavra, em apneia, estupefata. Afirmei que aquilo tudo era só por uma formalidade. Ela passa a entender até onde vai minha duplicidade. Seus olhos dão uma varrida na arma que estou segurando, no cômodo, nos móveis empurrados para os cantos. O fracasso é tal que nem eu nem ela achamos o que falar.

De qualquer maneira, minhas mentiras estão berrando tão alto que ninguém poderia me escutar. Nicole faz um "não" com a cabeça.

E sai sem dizer nada.

Kaminski foi bem camarada. Conseguiu encontrar algumas palavras. Descongelei uma comida no micro-ondas e comemos de qualquer jeito. Penso no grotesco da situação. Nicole quase nunca vem almoçar comigo. Se ela faz isso duas vezes por ano, já é muito. E sempre me avisa para ter certeza de que estou em casa. E tem de vir justo esse dia! Tudo começa a conspirar contra mim. Kaminski, sorrindo, me diz que geralmente é em situações assim que a gente descobre os mais fortes de alma.

No início da tarde, o clima fica pesado e uso toda a força que me resta para voltar ao trabalho. A imagem de Nicole na moldura da porta, seu olhar, giram na minha cabeça.

Kaminski é simpático. Sem poupar na pena, ele me conta anedotas vividas que me permitem vislumbrar todos os cenários. É muito reservado sobre sua vida, mas, juntando as peças, acabo necessariamente recompondo um pouco da sua trajetória. Fez psicologia clínica antes de entrar para a polícia. Aí se tornou negociador no Raid. Suponho que ainda não fosse viciado na época, ou que não dava para reparar.

À medida que o dia se estende, vai ficando mais nervoso. Abstinência. De tempos em tempos, inventa uma vontade de fumar um cigarro para recarregar a bateria. Desce alguns minutos e retorna calmo e com os olhos brilhando. Qual o seu combustível, mistério. Seu vício, não é isso que me incomoda; o que me irrita são suas estratégias de dissimulação. Acabo dizendo para ele:

— Você acha que eu sou tão bobo assim?

— Vá se foder!

Ficou furioso. Está prestes a se levantar. Hesito por um segundo, aí emendo:

— Eu sabia que você estava chapado desde de manhã até de noite, mas você não me avisou que, por esse preço, eu estava pagando por um trapo humano!

— Que diferença isso faz?

— Toda. Você acha que vale o quanto você está custando para mim?

— Quem sabe é você.

— Pois é, eu diria que não. A moça que você matou, ela se jogou pela janela enquanto você tinha saído para se injetar atrás do camburão...

— E daí?

— ... esse não é o único estrago que você provocou! Estou enganado?

— Não é da sua conta!

— Na polícia não é como no setor privado. Você não é mandado embora logo na primeira falta. Teve quantas antes dessa? Até lhe mandarem para o olho da rua, já fazia quantas mortes que você era viciado?

— Você não tem o direito!

— E, por falar nessa moça, você a viu caindo ou só viu o corpo na calçada? Parece que o barulho é sinistro, principalmente se é uma jovem, é verdade?

Kaminski recua na cadeira e puxa os cigarros do bolso calmamente. Me oferece um. Espero impaciente pelo comentário.

— Nada mau — diz ele sorrindo.

Fico muitíssimo aliviado.

— Nada mau, mesmo: você não sai da trilha, você se concentra sobre o que causa efeito, procede com perguntas curtas, incisivas, bem escolhidas. Não, sério, para um amador, realmente nada mau.

Ele se levanta, vai até a câmera e desliga. Eu não sabia que estava filmando.

— A gente vai guardar isso para amanhã e retrabalhar a sequência quando o assunto for os interrogatórios.

Trabalhamos bem.

Ele deixa o apartamento lá pelas 19 horas.

E aí chega a noite.

Fico sozinho.

Antes de ir embora, Kaminski se disponibilizou a recolocar os móveis no lugar. Respondi que não era necessário, já sei que Nicole não vai voltar. Raspei o fundo das gavetas e fui comprar uma garrafa de Islay e cigarros. Estou na segunda dose de uísque quando Lucie chega para pegar as coisas da sua mãe. Escancarei as janelas, porque o tempo está bom e a fumaça do primeiro cigarro me entontece. Quando ela entra, devo estar com uma cara de completamente perdido, o que não é verdade. Mas isso é o que aparenta. Ela não faz nenhuma observação. Diz somente:

— Não posso ficar, tenho de cuidar da mamãe. Pode almoçar comigo amanhã?

— Almoçar, eu não posso. Jantar?

Lucie faz um sinal positivo. Me beija cheia de carinho. É bastante doloroso.

Mas ainda tenho muito que fazer.

Acendo um segundo cigarro, apanho minhas fichas e começo a revisão caminhando pela grande sala deserta: "Capital: 4,7 milhões de euros. Repartição: Exxyal Group: 8%, Total: 11,5%...".

Antes de vir a madrugada, Mathilde deixa duas mensagens, curtas, violentas.

Num certo momento, ela diz: "Você é o contrário do que eu espero do meu pai".

Isso me parte o coração.

18

Olenka Zbikowski
BLC-Consultoria
<u>*Aos cuidados de Bertrand Lacoste*</u>
<u>*Assunto*</u>*: Fim de estágio*

Como o senhor deve saber, meu segundo estágio se encerra neste 30 de maio. Tendo durado seis meses, trata-se do prolongamento de um primeiro período de estágio de quatro meses.

Segue, anexado à presente mensagem, um relatório completo sobre as atividades que, no seio da BLC-Consultoria, venho desenvolvendo desde que o senhor me concedeu sua confiança. Aproveito a oportunidade para manifestar meus sinceros agradecimentos pelas missões que me confiou no decorrer desses dez meses, algumas delas ultrapassando amplamente o quadro de responsabilidades que, ordinariamente, são atribuídas a um estagiário.

Quase dez meses de atividade não remunerada, durante os quais ofereci total disponibilidade e uma fidelidade infalível, correspondem a um período probatório extenso o bastante para esperar de sua parte uma contratação efetiva.

Renovo aqui meu sentimento de adesão às atividades da agência e meu vivo desejo de dar continuidade à minha colaboração.

Atenciosamente,

Olenka Zbikowski

19

Charles me disse: "Moro no número 47", o que quer dizer que seu carro fica estacionado na frente do 47.

O número 47 é o único da rua além do 45, a trezentos metros de distância. Entre os dois números, o imenso muro de pedra de uma fábrica abandonada, a única atração do bairro. Do outro lado da rua, as paliçadas e os andaimes de prédios em construção. A rua é toda reta, sinistra, com postes de iluminação a cada trinta ou quarenta metros.

Charles me recebe com seu pequeno aceno indígena feito com a mão esquerda.

— Antes — me disse ele —, eu ficava ali, bem debaixo do poste de luz. Para dormir, esqueça! Tive de esperar uma vaga para ficar mais na sombra.

Foi estranho para Charles, eu ter telefonado.

— E aquele aperitivo, ainda está de pé?
Apesar da sua boa dose do dia, expressou uma sincera alegria:
— De verdade? Quer passar na minha casa?
Então, cá estamos nós, quase 23 horas, na porta da sua casa, um Renault 25 vermelho vivo.
— 1985 — diz Charles, orgulhoso, pousando a mão no teto —, V6 Turbo, seis cilindros em V, 2.458 cm^3!

O fato de estar há dez anos sem rodar não o abala de forma alguma. O carro fica apoiado em blocos para não estragar os pneus. Parece que está flutuando, a alguns centímetros do chão.
— Tenho um chapa que passa de dois em dois meses para calibrar.
— Que bom.

O mais espantoso são os para-choques. Dianteiro e traseiro. Enormes tubos cromados absolutamente desmesurados, culminando a um metro e vinte do solo, desse tipo com que vêm equipados os caminhões americanos. Charles percebe meu espanto.
— A causa são os vizinhos da frente e de trás. Os de antes. Cada vez que eles voltavam de alguma noitada era um amasso no meu carango. Aí, um dia, fiquei possesso. E esse é o efeito.

Com efeito, esse é o efeito.
— Mais adiante, ali (ele aponta para a extremidade da rua), tinha outro Renault 25. Um GTX, ano 84! Mas o cara se mudou.

Disse isso com a tristeza de uma amizade perdida.

Uma boa parte da rua fica ocupada por vans em ruínas, automóveis sobre blocos nos quais vivem trabalhadores imigrantes, famílias. O carteiro encaixa a correspondência no limpador do para-brisa, feito uma multa.
— É bom o ambiente aqui do bairro, não tenho o que reclamar — diz Charles.

A gente entra, toma um aperitivo. Muito organizado, o aposento de Charles, muito astucioso.
— Tem de ser, né! — responde quando faço a observação. — Como é pequeno, tem de ser...
— Funcional...

— Isso! Funcional!

Com Charles, a linguística se torna o meu ponto mais forte.

Entre os assentos, Charles coloca uma travessa que serve de mesinha para a garrafa e o amendoim. Como o tempo está bom, baixei o vidro, o vento da noite me acaricia a nuca. Eu trouxe um uísque tragável, nem arrogante nem execrável. E uns pacotes de batatas fritas e biscoitinhos salgados.

Não conversamos muito, eu e Charles. Ficamos olhando um para o outro, sorrindo. Contudo, sem nenhum incômodo. É um instante de serenidade. Somos como dois velhos camaradas sentados em cadeiras de balanço, na varanda, após uma refeição de família. Deixo meu espírito vagar e ele se conecta em Albert Kaminski. Olho para Charles. Com qual deles eu mais me assemelho? Não é com Charles. Ele beberica seu uísque, com o olhar perdido para lá do para-brisa, entre o imenso para-choque, olhando para seu bairro pacato. Charles, seu perfil é só o de uma vítima. Eu e Kaminski já somos dos acidentes mais graves, ambos poderíamos acabar assassinos. Logicamente, isso é possível, somos mais radicais. Com sua total falta de esperança, Charles talvez seja o mais sábio de nós três.

No meu segundo uísque, a sombra de Romain vem me visitar, com todo o cortejo de dores de cabeça que me esperam. Percebo que estou decidido. Não vou pedir que Charles testemunhe. Digo:

— Vou me virar sozinho, eu acho.

Evidente que, assim, abruptamente, não posso estar certo de que Charles captou com clareza o assunto. Ele observa o fundo do copo, absorto, aí resmunga umas palavras que poderiam lembrar um assentimento, mas não tenho certeza. Aí consente balançando a cabeça, com cara de quem diz que é melhor assim, que compreende. Viro os olhos para a fila de carros, o asfalto reluzente sob as manchas amarelas dos postes, a sombra do muro da fábrica que parece o muro de uma prisão. Estou às vésperas da Grande Prova, na qual investi toda minha força e até mais. Saboreio a serenidade desse instante como se pudesse morrer amanhã.

— Dá uma sensação estranha de pensar nisso...

Charles diz que sim, estranha. Só agora, com a ajuda do uísque, que me pergunto: por que estou aqui? Dá medo, mas acho que vim buscar forças: se eu fracassar, talvez seja isto o que me espera, um carro em cima de blocos num subúrbio deserto. Não estou sendo muito gentil com Charles.

— Não é muito legal da minha parte...

Sem nenhuma hesitação, Charles põe a mão no meu joelho e diz:

— Não precisa esquentar.

Mesmo assim, sinto um certo incômodo. Tento mudar o tema.

— Tem rádio?

— Ah, fala sério! — diz Charles.

Ele estende o braço e gira o botão: "... *cujo CEO recebeu uma indenização de desligamento de 3,2 milhões de euros*".

Charles desliga.

— Nada mau, né? — diz com admiração.

Não sei se está falando da notícia ou se está feliz de ter mostrado que tem algum conforto. Ficamos por aí por uma boa hora.

Aí digo para mim mesmo que é melhor ir para casa, fazer mais revisões, me manter compenetrado.

Eu não disse nada, mas Charles me mostra a garrafa:

— A saideira antes de tomar rumo?

Faço cara de estar cogitando. Na verdade, estou cogitando. Não seria muito racional. Digo que não, que não seria muito racional.

E se vão alguns longos minutos novamente, serenos e calmos. Tranquilos. Dá vontade de chorar. Charles encosta no meu joelho mais uma vez e dá uns tapinhas. Me concentro no fundo do copo. Vazio.

— Bom, é a hora dos corajosos, hora de partir...

Viro para a fechadura da porta.

— Acompanho você até ali — diz Charles abrindo do seu lado.

Apertamos as mãos atrás do carro.

Sem palavras.

Caminhando para o metrô, me pergunto se Charles não se tornou meu único amigo.

20

Mais cinco dias até quinta-feira, aí não tem escapatória. A contagem regressiva me reconforta e me apavora. Por ora, prefiro o reconforto.

Apesar da meia garrafa de Islay virada de noite, estou em pé de guerra na aurora. Engolindo o café, constato que começo a absorver bem minhas fichas de revisão. Segunda ou terça devo receber as investigações complementares, sobrando um ou dois dias para construir minha estratégia. Caso haja algo aproveitável ali.

Desde a partida de Nicole, o apartamento anda muito triste.

Mathilde parou de me xingar por intermédio da secretária eletrônica. Deve estar difícil para convencer o marido a não prestar queixa contra mim imediatamente. Ou talvez já tenha prestado queixa.

Kaminski, todo engomado, como sempre, chega na hora combinada, nem um segundo de atraso. Na programação, leitura e análise de vários documentos que servem para formar os agentes do Raid, aspectos psicológicos da tomada de reféns e interrogatórios.

Primeiro ele elabora uma lista detalhada com todas as táticas de que os reféns vão lançar mão — desde que sejam retidos por um tempo suficientemente longo — e as precauções que o comando terrorista normalmente deve tomar. Isso me possibilita uma melhor apreensão dos diferentes estágios psicológicos pelos quais as vítimas vão passar e, portanto, o reconhecimento dos momentos em que elas estarão mais frágeis.

No fim da manhã, a gente faz uma síntese do trabalho e a tarde é inteiramente consagrada aos interrogatórios. Preparado pelo *management*, já sou bastante experiente em técnicas de manipulação. Um interrogatório de reféns não passa de uma entrevista de emprego, multiplicada por uma entrevista de avaliação anual e elevada ao quadrado por ser à mão armada. A principal diferença é que, no âmbito empresarial, os executivos convivem com um medo latente, enquanto que, numa tomada de reféns, as vidas das vítimas estão em risco evidente. Se bem que, numa empresa também. No fim das contas, a única e verdadeira diferença é a natureza das armas e o tempo de latência.

E, de noite, como combinado, janto com Lucie.

Ela que me convidou, ela que escolheu o restaurante. Mais cedo ou mais tarde, ao envelhecer, nos tornamos filhos dos filhos, ficamos a cargo deles. Mas, como não quero acreditar que já chegamos nesse ponto, imponho que mudemos de restaurante. Vamos no *Roman Noir*, a dois passos de lá. O tempo está bom, Lucie está bonita, um amor, e faz de conta que se trata de um jantar casual. Daí, de tanto evitar tocar na causa do encontro, a circunstância se torna um grande acontecimento. Lucie experimenta o vinho (existe um consenso desde sempre que, na família, ela entende melhor disso, o que nunca foi comprovado). Talvez ela não esteja sabendo por onde começar. Em todo caso, decidiu falar de tudo e de nada ao mesmo tempo, da mudança que gostaria de fazer porque seu apartamento não é bem iluminado, do trabalho na associação, da vida apertada que leva por conta da pequenez das comissões que ganha. Lucie só fala dos seus amores quando não estão mais com ela. Como não evocou o assunto, eu pergunto:

— Qual é o nome dele?

Ela sorri, bebe um gole de vinho e reergue a cabeça anunciando, feito a contragosto:

— Federico.

— Decididamente, você gosta de exotismo. Como se chamava o último mesmo?

— Papai...! — ela diz, sorrindo.

— Fusaaki?

— Fusasaki.

— Não teve um Omar também?

— Quem escuta você pensa que foram centenas e centenas.

Minha vez de sorrir. E, saltando de um assunto para outro, a gente finge que esqueceu a que veio. Para deixá-la mais à vontade, logo que a gente pede a sobremesa, pergunto como vai sua mãe.

Lucie não responde de imediato.

— Terrivelmente triste — finalmente me diz. — Tão tensa.

— O período é de tensão.

— Bom, você pode me explicar?

Às vezes, para falar com os filhos, é recomendável que você se prepare como para uma entrevista de emprego. Obviamente, não tive força nem vontade de fazer isso, e improviso na resposta sobrevoando umas linhas bem gerais.

— E concretamente? — pergunta Lucie após minha exposição bastante divagante.

— Concretamente, sua mãe não quis me escutar e sua irmã não quis me entender.

Ela sorri.

— E eu, onde é que eu entro aí?

— Tem lugar no meu campo, se quiser.

— Não é para se alinhar para a batalha, papai!

— Não, mas é uma batalha de certa forma, e, por enquanto, eu estou lutando sozinho.

Então é preciso explicar. E mentir mais uma vez.

Ao repetir o que eu disse para Nicole, vejo a que altura chegam as mentiras que empilhei. Mantenho o todo num equilíbrio instável. No mínimo deslize, o conjunto pode desabar, comigo junto. O anúncio, os testes, o suborno... É aí que emperra. Lucie, mais lúcida que a mãe, não acredita no meu negócio nem por um segundo.

— Uma agência de recrutamento tão renomada vai brincar de fazer uma besteira dessas por alguns milhares de euros? Meio espantoso demais, isso...

Tem de ser cego para não perceber seu ceticismo.

— Não é TODA a agência. É um cara só.

— É arriscado de qualquer forma. Ele dá tão pouco valor assim ao emprego que tem?

— Sei lá, mas, por mim, depois que eu tiver assinado meu contrato, ele pode ir para a cadeia que não estou nem aí.

Quando o garçom chega com nosso café, passamos uns segundos em silêncio e, em seguida, fica difícil retomar a conversa. Sei por quê. Lucie também. Ela não acredita numa só palavra que eu pronunciei. Sua maneira de dizer isso: beber seu café e descansar as duas mãos na mesa.

— Tenho de ir...

Indubitável sinal de desistência. Ela poderia cutucar a ferida, mas renuncia. Sempre vai conseguir encontrar umas banalidades para contar para a irmã e a mãe, vai se virar. Na sua cabeça, me meti numa enrascada e ela não tem a mínima pressa para descobrir os detalhes. Lucie está fugindo.

Damos alguns passos juntos. Ela vira para mim finalmente:

— Bom, é isso, espero que tudo aconteça como deseja. Se precisar de mim...

E, na maneira de apertar meu braço e me beijar, é tamanha a tristeza.

Depois disso, o último fim de semana fica parecendo uma vigília em véspera de combate.

Amanhã, durante a batalha, pense em mim.

Só que estou absolutamente sozinho. Nicole não me faz falta só porque estou sozinho, mas porque minha vida não tem sentido sem ela. Não sei por que não foi possível explicar tudo para ela, como os acontecimentos se embolaram assim. Isso jamais tinha acontecido com a gente. Por que Nicole não quis me escutar? Por que não acreditou na minha chance de ganhar? Se Nicole não acredita mais em mim, morro em dobro.

E tenho de aguentar por alguns dias ainda.

Até quinta.

No dia seguinte, releio minhas fichas, refaço as contas do que gastei, sinto uma tontura ao pensar no que vai se passar se meu plano fracassar. Olho os mínimos detalhes nas fotos dos reféns, nas suas trajetórias. Para manter a concentração, saio para andar. Peguei todas as fichas, um *Que sais-je?* sobre a indústria petroleira, um livrinho dessas coleções como *O que é*, e a fotocópia que Kaminski me deu do documento do Raid.

E, de volta, três mensagens de Lucie. Duas no celular, que eu tinha deixado em casa, e outra no telefone fixo. Depois do fracasso que foi nosso jantar, ela queria ter notícias. Está um pouco preocupada, não diz por quê. Não sinto vontade de retornar as ligações, não devo me dispersar. De hoje a quatro dias, quando tiver ganhado minha entrada para voltar à partida, vou poder dizer o quanto foi difícil resistir sem elas.

21

A agência Mestach me telefonou ontem de noite para avisar que as investigações complementares estão à minha disposição. Como ainda devo a metade dos honorários, não param de me lembrar que seus detetives trabalharam com um prazo bastante curto e que é um milagre que tenham obtido resultados tais, velha técnica de valorização da mercadoria que não sou tão bobo a ponto de desconhecer.

Mestach conta o dinheiro antes de estender um envelope grande para mim. Pensa estar me acompanhando à saída, mas sento numa poltrona do corredor que precede seu escritório.

Ele percebe que, se eu não tiver recebido algo que valha meu dinheiro, a gente vai se rever muito em breve.

O dinheiro é da minha filha, não tenho a intenção de dá-lo a troco de nada.

E, sinceramente, de acordo com os detalhes, está bom. De certa forma, ótimo até. Não quero que dê na vista. Assim, logo que tomei conhecimento dos primeiros resultados, deixei o prédio discretamente. Acho que a gente não vai ter a oportunidade de se rever.

Em casa, esvazio minha mesa de trabalho e alinho os elementos.

Jean-Marc Guéneau. Quarenta e cinco anos.

Poderia ter nascido no século XIX. Na sua família, casam-se entre católicos há várias gerações. Ali, encontram-se generais, párocos, professores e inúmeras donas de casa transformadas em vacas reprodutoras. A árvore genealógica é tão frondosa quanto um arvoredo tropical. Todo esse mundinho, receoso como qualquer burguesia, prudentemente se enriquece com o rendimento dos imóveis desde os primórdios da revolução industrial, pela qual não demonstram senão desprezo, por feder a classe operária. Óbvio que, como se podia prever, as últimas gerações são assumidamente fundamentalistas. Residem nas redondezas da Torre Eiffel, do Arco do Triunfo, em Neuilly, só o clássico de Paris. O meu *monsieur* Guéneau se casa com vinte e um anos e tem uma cria a cada dezoito meses durante dez anos. Para nos sete. Sua *madame* deve ficar rezando para ele não ficar de fogo e, ainda assim, deve ser adepta do coito interrompido, porque cautela nunca é demais. Portanto, meu querido Guéneau precisa de ar, necessariamente, e de ar viciado de preferência. Tenho duas fotos dele. Numa, tirada às 19h30, está entrando numa suspeita portinha dos fundos na Rua Saint-Maur. Na segunda, são 20h45 e ele está saindo dali. Aí, deve chegar em casa por volta das 21h15. Para ir à "academia", leva uma sacola esportiva.

Dei sorte. Seu cartão bancário mostra que ele passa, sim, suas duas horas semanais na Rua Saint-Maur, de preferência na quinta-feira. Deve ter outros colegas entre os clientes assíduos. Acho graça. Esse aí vai penar na minha mão: morreu.

Paul Cousin, cinquenta e dois anos, é bem mais fascinante, menos clássico.

Na minha opinião, com um passado como o seu, esse sujeito é inexpugnável, não vai dar a possibilidade de eu me destacar entre a concorrência. Vou ter de me virar para que um dos meus concorrentes fique encarregado do seu interrogatório. Esse é o objetivo.

Nas fotos, seu físico é assustador: um crânio de um volume incrível e os olhos saltando das órbitas. Todos os dias vai trabalhar na Exxyal, tem uma vaga de garagem com seu nome no subsolo da empresa, é gestor de projeto, faz viagens, entrega relatórios, participa das reuniões, inspeciona instalações, e, no entanto, faz mais de quatro anos que bate ponto na APEC, a Agência Por Empregos de Chefia, e... recebe seguro-desemprego. Leio com atenção o registro dos serviços que prestou e, com o auxílio de uma nota que o acompanha e oferece elementos concretos, algumas datas e fatos, consigo recompor sua estranha trajetória.

Paul Cousin trabalha há vinte e dois anos para a Exxyal quando é demitido, quatro anos atrás, na época de um corte de pessoal no departamento em que foi alocado poucos meses antes. Nesse momento, está com quarenta e oito anos. O que se passa na sua cabeça:

um bloqueio insuperável ou uma estratégia desesperada? Ele decide continuar a ir ao trabalho, como se nada tivesse acontecido. Os superiores resolvem convocá-lo, o caso vai parar na direção, que toma uma decisão a seu favor: se quer continuar trabalhando, nenhum problema. Não recebe salário, trabalha, é produtivo, mas não tem como colocar de outra forma: faz quatro anos que é voluntário!

Deve estar esperando passar na prova. Vai trabalhar o quanto for necessário para ser contratado novamente.

Com isso, Paul Cousin realiza o mais velho sonho do capitalismo. Nem o patrão mais imaginativo poderia esperar por algo melhor. Ele vendeu o apartamento porque não podia pagar o financiamento, trocou de carro e anda agora num modelo popular, recebe um seguro irrisório, mas assume papéis de uma responsabilidade inacreditável. Vejo direitinho por que está interessado na liquidação do conjunto de Sarqueville: se obtiver o cargo de piloto dessas demissões e se safar com sucesso, lá estará ele, definitivamente reintegrado, com sua passagem de volta para a estratosfera do grupo Exxyal. Um homem com uma força de vontade dessas vai oferecer a vida sem vacilar, é impossível de ser detido. Não vai se curvar, nem diante de uma metralhadora.

Em compensação, em Virginie Tràn, a pequena vietnamita, percebo uma boa cliente.

A agência Mestach não foi capaz de me dizer há quanto tempo ela conhece Hubert Bonneval. Tomando-se por base as chamadas telefônicas e algumas sondagens nos extratos do seu cartão, a estimativa é de que o relacionamento dos dois se iniciou há dezoito meses. Tiradas dois dias atrás, tenho várias fotos do casal fazendo compras num mercado da Rua Poteau. Estão se comendo com os olhos, se beijando perto dos pimentões. Na última imagem, estão enlaçados, entrando no domicílio da senhorita Tràn. Na minha opinião, eles têm menos de dezoito meses, ou então isso que é uma verdadeira paixão. De acordo com um dos comentários do arquivo, devem ter se conhecido em circunstâncias profissionais, em algum seminário, salão de negócios, etc. Possivelmente. O importante não é tanto a Srta. Tràn, mas a pessoa amada. Ele tem trinta e oito anos e é chefe de projetos na Solarem, uma filial do principal adversário comercial da Exxyal. Para deixar claro, a Srta. Tràn dorme com o inimigo.

Excelente.

Corro para a internet e não demoro a encontrar os grandes canteiros de obras sob o comando da Solarem. Vejo muito bem em que situação colocar a pequena Virginie para fazê-la sucumbir e mostrar o que sei fazer em matéria de avaliação: vou conduzi-la a uma traição emocional em prol da sua empresa, exigir informações técnicas sobre as plataformas petrolíferas montadas pela Solarem. Terá de ligar para o companheiro e explicar que, para manter o cargo, é "absolutamente imprescindível" que ela tome conhecimento de certos dados técnicos confidenciais sobre os canteiros de obras do concorrente. Para mostrar que é fiel ao empregador dela, vai ter de obrigá-lo a trair o dele. Perfeito. Um caso verdadeiramente exemplar.

Sobre Évelyne Camberlin, nada. Baboseiras.

Dinheiro jogado pela janela.

O mais impressionante fica para o final.

David Fontana. O profissional contratado pela BLC-Consultoria para organizar a tomada de reféns. Reconheci pela foto: é realmente o homem que vi na companhia de Lacoste.

Ele criou, seis anos atrás, uma agência especializada em segurança. Auditorias, instalações, vigilância. Sua sociedade é mais que honesta; ele aproveita a onda da paranoia generalizada. A cada ano que passa, suas equipes instalam quantas câmeras um padre for capaz de benzer, e o balancete não ultrapassa muito o meramente razoável. A hipótese do detetive é de que uma grande quantia dos benefícios reais é distribuída por debaixo dos panos da contabilidade, chegando ao dirigente sob disfarces. A parte submersa das suas atividades é ainda mais obscura, quase tanto quanto seu passado. Missões de investigação para empresas, cobrança de dívidas, serviço de proteção de todos os gêneros. Para os clientes, ele só apresenta a face que atribui valor à sua experiência. Começou a carreira no exército, forças aéreas, depois, longa passagem pela DGSE (Direção Geral de Segurança Externa), serviço de inteligência francês. Para os clientes, oficialmente, é essa sua estirpe. Ele nunca divulga sua experiência enquanto "autônomo".

Isto é, mercenário. Basta cavar um pouco e, nos últimos vinte anos, encontramos David Fontana na Birmânia, no Curdistão, no Congo, na ex-Iugoslávia... Adora viajar. Em seguida, pega carona no trem da modernidade se juntando a diversas companhias militares privadas com clientes como governos, empresas multinacionais, organizações internacionais, diamantistas. Ele lida principalmente com treinamento para combate. As agências mais famosas dão tudo pela sua competência: a Military Professional Resources Inc., a Dyncorp, a Erynis... Ele não reluta em dar uma mãozinha em diferentes cenários de operações. Dá para sentir como esse sujeito é cheio de boa-vontade.

No final, Fontana muda o fuzil de ombro após um ligeiro incidente: ele se torna suspeito de ter participado de um massacre de setenta e quatro pessoas no Sudão Meridional, na época em que a companhia para a qual trabalha dava um auxílio para as milícias Janjaweed, apoiadas pelo governo.

Pondera e julga que chegou o momento de uma merecida aposentadoria. Então cria sua própria sociedade de segurança e vigilância.

Bertrand Lacoste não sabe de tudo isso, provavelmente. Nem a Exxyal. O panfleto da sua empresa passa uma imagem idônea e seu currículo é cuidadosamente suavizado. Se bem que, se soubessem, certamente não sentiriam um incômodo tão grande: em qualquer que seja a área, a gente precisa é de gente competente e David Fontana é, indiscutivelmente, um expert.

Em retrospectiva, lembro de meu medo quando fui surpreendido por ele ao pé do prédio da BLC-Consultoria. Minha intuição estava certa.

Elaboro uma ficha para cada um dos três executivos, com minhas anotações pessoais. Enquanto vou imaginando as perguntas a propor e o modo de dirigir os questionamentos, fico preocupado. Fiz uma seleção empírica. Mas, se o alto escalão presente no dia da avaliação não for o escolhido, investigado, investido por mim, vai ser uma catástrofe, vou começar do zero.

Essa perspectiva é tão angustiante que a rechaço do espírito imediatamente. Na vida, é preciso ter sorte também. Tendo tido minha dose de urucubaca nos últimos anos, tenho toda a razão de pensar que chegou minha vez de ter um destino favorável. Mesmo assim, verifico mais uma vez meus critérios de seleção e, para minha felicidade, a nova escolha é igual à anterior. Sirvo um uísque para facilitar minha reflexão. Agora que o apartamento está vazio, que não resta mais ninguém ao meu redor, tenho de me contentar com uma autocongratulação.

22

Bertrand,
 Enquanto você não me dá nenhuma resposta sobre o fim do meu estágio e a contratação que me prometeu, descubro que você vai assinar um acordo de estágio não remunerado com Thomas Jaulin, também da minha faculdade.
 Reparei que o cargo que está propondo para ele é, em todos os pontos, semelhante com o que ocupo há dez meses na BLC (visivelmente, você ficou satisfeito com um simples copiar-colar da minha convenção para redigir a dele!).
 Escrevi uma mensagem "formal" para você, mas espero, realmente, que eu tenha interpretado mal a notícia!
 Ligue para minha casa de noite, faça o favor.
 Não importa o horário.

Olenka

PS: *deixei meu colar no banheiro, não se esqueça...*

23

BLC-Consultoria
18 de maio
<u>*Aos cuidados de Olenka Zbikowski*</u>
<u>*Assunto*</u>: *Estágio.*

Prezada senhora,

Visando retomar as diferentes conversas que tivemos, confirmo que, no dia de hoje, não nos é possível efetivar sua contratação.

Algumas negociações recentes nos possibilitam gozar de uma garantia de curto prazo para o futuro da empresa, mas não são perenes o bastante a ponto de nos possibilitar um engajamento duradouro juntamente com novos colaboradores.

Sua missão no seio da BLC-Consultoria foi desempenhada em condições predominantemente satisfatórias e, apesar de algumas dificuldades pontuais, estamos felizes por termos podido lhe oferecer a oportunidade de adquirir uma experiência valorosa e que lhe será vantajosa na sua apresentação a eventuais empregadores.

Compreendo seu espanto em relação ao fato de termos aceitado a candidatura do Sr. Thomas Jaulin para um estágio não remunerado de cinco meses no seio da BLC-Consultoria. Nosso aceite se fundava na certeza de que a senhora não desejava prolongar o estágio para além do dia 30 de maio, mas, obviamente, haja vista o bom conhecimento que tem de nossas atividades e sua integração satisfatória no seio de nossa equipe, os serviços do Sr. Jaulin seriam imediatamente dispensados caso fosse seu desejo prosseguir com o estágio atual.

Aguardo sua resposta.

Atenciosamente,

Bertrand Lacoste

24

A situação é clara e claramente favorável.

Na minha opinião, ninguém está tão bem preparado quanto eu.

Serei o melhor porque dei duro e, certamente, até mais duro que todos juntos.

Minhas reflexões passam por aí quando, por volta das 19 horas, o telefone toca.

O viva-voz está ligado.

Não é uma nova chamada de Lucie. Conheço essa voz. Uma mulher. Jovem.

— Meu nome é Olenka Zbikowski.

Intrigado e desconfiado, me aproximo do aparelho.

— Nos conhecemos recentemente na BLC-Consultoria, o senhor estava fazendo testes. Sou eu que...

Logo que percebo quem é ela, pulo com uma pressa tamanha no telefone que o derrubo, tenho de enfiar a mão debaixo do móvel para pegar. Berro:

— Alô!

Só dei três passos e fiz uma flexão, mas estou esbaforido, como após uma corrida de longa distância. A ligação me deixou aterrorizado, porque não faz nem um pouco parte da ordem das coisas.

— Senhor Delambre?

Confirmo, sim, sou eu, minha voz denuncia meu pânico, a moça pede desculpas, aliás, revejo a moça direitinho na minha cabeça, distribuindo as provas.

Ela quer me encontrar, imediatamente.

Isso não é normal.

— Por quê? Pode me dizer por quê?

Ela compreende o quanto fiquei transtornado com a chamada.

— Não estou muito longe da casa do senhor. Posso estar aí em vinte minutos.

Esses vinte minutos são vinte horas, vinte anos.

Tudo acontece no jardinzinho ao lado da praça. Estamos sentados num banco. Os postes vão se acendendo um por um. Tem pouca gente na rua. A moça é menos bonita que na minha lembrança. Possivelmente por não estar maquiada. Ela junta as forças e anuncia o fim do mundo.

Com palavras simples.

— Oficialmente, vocês são quatro, os candidatos, mas três de vocês não vão servir senão de decoração. O cargo será atribuído a uma candidata de nome Juliette Rivet. Os outros não têm chance nenhuma. Vocês são apenas coadjuvantes.

A informação dá uma volta em torno de um bando de neurônios meus, sem conseguir atiçar a gangue toda. Reinicia o trajeto e finalmente se insinua entre duas sinapses. A amplitude do cataclismo começa a aparecer.

— Juliette Rivet é uma amiga bastante próxima de Bertrand Lacoste — prossegue a moça. — É ela quem será escolhida. Portanto, ele selecionou três coadjuvantes para fazer ressaltar o valor dela. O primeiro candidato é para agradar o cliente, por ter um perfil internacional, o outro porque tem uma experiência levemente similar à dela, mas Lacoste vai se ajeitar para reduzir os resultados deles. Quanto ao senhor, sua escolha foi pela idade. Segundo Lacoste: "No cenário atual, um profissional sênior cai bem".

— Mas é a Exxyal que escolhe, não ele!

Ela fica surpresa:

— Como o senhor sabe que é a Exxyal que está recrutando?

— Estou esperando sua resposta...

— Não sei como o senhor sabe disso, mas a Exxyal não vai contestar a decisão de Lacoste. Entre competências praticamente iguais, eles vão contratar o candidato que for o preferido pela agência na qual depositaram sua confiança. E ponto final.

Olho para os lados, mas como se estivesse enxergando através de uma neblina. Não vou ficar bem. Sinto o estômago embrulhando e uma dor profunda na barriga.

— Esse cargo é para outra pessoa, senhor Delambre. O senhor não tem nenhuma chance, mesmo.

Fico tão desorientado, tão sem chão que ela começa a se perguntar se realmente devia ter me avisado. Minha cara deve dar medo.

— Mas... por que me contar isso?

— Também informei os outros dois candidatos.

— E você, qual o seu interesse nisso?

— Lacoste me usou, me espremeu, tirou tudo de mim e, no fim, me deu um obrigado. Vou fazer com que sua magnífica operação vá por água abaixo por falta de participantes. Sua candidata será a única a se apresentar. No que me concerne, pessoalmente, será um tapa de luvas, e, concernente ao cliente, um desastre. É meio pueril, reconheço, mas me alivia.

Ela se levanta.

— Garanto que é melhor que o senhor não apareça para o teste. Lamento ter de dizer isso, mas seus resultados foram muito ruins. O senhor não está mais no páreo, senhor Delambre. Nem deveria ter sido convocado para a entrevista. Lacoste guardou seu lugar de coadjuvante porque sabe que, mesmo que o senhor, por algum milagre, consiga sair vivo do jogo, o cliente jamais vai querer um homem da sua idade. Sinto muito...

Ela faz um gesto vago com a mão.

— Sei que sou suspeita, tenho um interesse particular envolvido na história, mas estou tentando evitar que o senhor dê mais esse passo, que será inútil e, talvez, humilhante. Meu pai deve ter mais ou menos a mesma idade que o senhor e eu não gostaria...

Ela tem sensibilidade o bastante para perceber que, com esse argumento demagógico, foi um pouco longe demais. Morde os lábios. Pela derrota estampada no meu rosto, ela vê como seu golpe me atingiu em cheio.

Me sinto lobotomizado.

Meu cérebro não reage mais.

— E por que é que eu deveria acreditar em você?

— Porque o senhor mesmo, desde o início, já não acreditava que tivesse alguma chance. Exatamente por isso que telefonou para Bertrand uns... desculpa, para Bertrand Lacoste uns dias atrás. O senhor gostaria de acreditar, mas é logicamente inconcebível. O senhor deve saber...

Espero meu cérebro entrar em funcionamento de novo.

Quando reergo a cabeça, a moça não está mais por perto, está na outra ponta da praça, caminhando devagar na direção do metrô.

Está de noite agora. Não acendi a luz. A janela da sala, escancarada, deixa passar um pouco da luminosidade dos postes.

Estou sozinho no apartamento devastado.

Nicole se foi.

Briguei com meu genro. Ele e minha filha estão esperando pelo dinheiro deles.

O processo da Transportadora será aberto em algumas semanas.

De repente, a campainha do interfone.

Lucie. Está lá embaixo.

Ela ligou, e ligou, está preocupada. Eu me levanto, mas, ao chegar na porta, desisto. Desabo de joelhos e desando a chorar.

A voz de Lucie é a de quem suplica.

— Abra, papai.

Ela sabe que estou em casa por causa das janelas abertas e da luz. Não posso mais me mover.

É a derrocada. Hora da capitulação.

As lágrimas sobem aos olhos e sobem em quantidade. Essa é minha primeira felicidade desde muito tempo, poder chorar assim. A única coisa de uma verdade absoluta. Soluço cheio de aflição, me sinto aniquilado. Inconsolável.

Finalmente Lucie foi embora.

Chorei. Abundantemente.

Deve estar terrivelmente tarde. Quanto tempo fiquei assim, sentado atrás da porta de entrada, chorando? Até não ter mais lágrimas.

Até que enfim, apesar da exaustão, acho forças para me levantar.

Alguns pensamentos conseguem abrir caminho. Com muita dificuldade.

Respiro fundo.

A raiva me domina.

Procuro um número de telefone, disco. Peço desculpas por ligar tão tarde.

— Você sabe onde posso arranjar uma arma? Uma arma de verdade...

Kaminski deixa uns segundos de incerteza pairando no ar.

— A princípio, sim. Mas... Do que é que você precisa, exatamente?

— Tanto faz, qualquer uma... Não! Qualquer uma, não. Uma pistola. Uma pistola automática. Consegue para mim? Com munição.

Kaminski se concentra por um instante, aí:

— Isso tem de ser para quando?

DURANTE

25

Uma hora antes do início da operação, o Sr. Lacoste veio me ver e disse:

— Senhor Fontana, houve uma pequena mudança. Os candidatos ao cargo de RH serão somente dois, em vez de quatro.

Pela sua voz, aquilo era um mero detalhe e não mudava nada, mas, pela tensão no seu rosto poucos minutos antes, quando havia recebido o segundo torpedo no celular, eu podia apostar no contrário. A Exxyal, o seu cliente, esperava por um lote de quatro candidatos e ficava difícil imaginar que reduzir esse número pela metade não teria nenhuma consequência. O Sr. Lacoste não me disse nada sobre as razões da desistência de dois dos candidatos, assim, no último instante, e não cabe a mim perguntar.

Não fiz nenhum comentário, o problema não era meu. O meu trabalho consistia em organizar a operação no plano técnico, encontrar um local, um pessoal, etc.

Mas, veja bem, operações complexas, montei algumas, e umas bem mais difíceis que essa, e notei que são como um organismo vivo, muito frágeis. É uma corrente que depende de cada um de seus elos. E quando, nos minutos que precedem a partida, pequenas disfunções começam a se acumular, se é que posso confiar em minha experiência, geralmente podemos esperar pelo pior. Deveríamos sempre ouvir a intuição. Mas é o tipo de coisa que geralmente se pensa quando já é tarde demais.

Vi de longe o Sr. Lacoste conversar com o Sr. Dorfmann, o presidente da Exxyal-Europe. Adotava uma postura sossegada de quem anuncia uma má notícia como se não tivesse nenhuma importância. O Sr. Dorfmann talvez estivesse contrariado, mas não deixou transparecer. É um homem com muito sangue-frio. Me inspirou certo respeito.

Pouco depois das 9 horas, pelo interfone da recepção, me anunciam a chegada de duas pessoas. Desci. O grande saguão do prédio totalmente deserto oferecia uma verdadeira imagem de desolação, com suas vinte imensas poltronas e essas duas pessoas sozinhas, sentadas a mais de dez metros de distância uma da outra e que sequer haviam ousado se cumprimentar.

Reconheci imediatamente o Sr. Delambre. Enquanto me aproximava dele, retrocedi o filme. O *flashback* foi de poucos dias antes. Eu saía de um encontro com o Sr. Lacoste. Estava no passeio, pronto para ir embora, quando senti alguém me observando. É uma sensação bem bizarra, para a qual anos e anos de exercícios bastante perigosos me ensinaram a estar sempre atento. Até posso dizer que isso me salvou a vida em duas ocasiões. Então, parei onde estava. Para manter a mesma aparência, peguei um chiclete no bolso e, enquanto tirava da embalagem, procurei mentalmente o lugar de onde me observavam. Quando minha intuição se transformou em certeza, ergui a cabeça rapidamente. Do canto do imóvel da frente, um homem me examinava. Na mesma hora, fingi que estava compenetrado no relógio, no telefone celular, que, por acaso, teve a ótima ideia de tocar. Pegou, grudou a orelha nele e virou, como se a chamada o deixasse preocupadíssimo. Tratava-se do Sr. Delambre. Devia estar fazendo um reconhecimento naquele dia. Mas o homem que eu havia avistado no passeio não tinha nada a ver com esse que agora eu tinha diante de mim.

Na primeira olhada, já achei seu nervosismo acima do razoável.

Uma verdadeira pilha de nervos.

O seu rosto estava pálido, quase lívido. Havia provavelmente se cortado com o barbeador e tinha uma casca de um tom vermelho bastante desagradável na bochecha direita. Um tique nervoso fazia seu olho esquerdo palpitar com intermitência e suas mãos estavam suando. Qualquer um desses sintomas já seria o suficiente para alguém adivinhar que esse homem não devia entrar naquela história e que era pequena a chance de ele aguentar até o final.

Veja bem, duas desistências sucessivas, a Srta. Zbikowski também ausentada (o Sr. Lacoste não parava de lhe enviar mensagens cada vez mais afobado), um candidato à beira de um infarto... Havia o risco de a aventura ser bem mais perigosa que o previsto. Mas não era eu o chefe. O local estava conforme a encomenda, adequadamente equipado, com os aparelhos funcionando, minha equipe bem treinada. Havia feito a minha parte e, qualquer que fosse o resultado das macaquices dos outros, eu esperava receber o que me era devido. O resto não me dizia respeito.

No entanto, como havia uma dimensão de "aconselhamento" na minha missão, por precaução, preferi notificar a chefia. Assim, depois de ter apertado as mãos do Sr. Delambre e da Sra. Rivet... sim, desculpa, da Srta. Rivet, pedi que aguardassem um momento. Fui até o interfone da recepção e chamei o Sr. Lacoste num aparelho interno para explicar a situação.

— O Sr. Delambre parece estar em péssimas condições físicas. Pode comprometer o jogo.

O Sr. Lacoste ficou em silêncio por um instante. Depois da sequência de inconvenientes que sofria desde a nossa chegada, a notícia pareceu deixá-lo baqueado. Cheguei a dizer a mim mesmo que, se o próprio Sr. Lacoste desse sinais de fraqueza, seria o fim da partida. Mas foi rápida, sua recuperação.

— Como assim, péssimas condições?

— Sim, acho que está bem nervoso.

— Nervoso, isso é normal! Todo mundo está nervoso! Até eu estou nervoso!

Aos precedentes sintomas da saúde debilitada de todo o caso, acrescentei mentalmente o nervosismo extremo da voz do Sr. Lacoste. No sentido próprio do termo, ele não queria ouvir mais nada. A operação já havia iniciado e, por mais que se assemelhasse ao trem desembestado da *Besta humana* de Zola, ele não via como frear o movimento sem perder sua credibilidade com o cliente. Fazia como se os problemas não passassem de pormenores inoportunos. Vi isso ocorrer com muita frequência desde que intervenho em empresas. Como são máquinas pesadas, depois de um projeto ter mobilizado energia, verba, tempo, fica difícil encontrar coragem para parar. Acontece nas campanhas publicitárias, nas operações de *marketing*, nas produções de eventos. Em retrospectiva, já tendo quebrado a cara na parede, os responsáveis reconhecem que os sinais estavam lá, e que preferiram fechar os olhos para não ver, mas geralmente assumem isso para si mesmos e pronto, jamais em voz alta.

— Vamos saber administrar — me diz o Sr. Lacoste num tom confiante. — E, aliás, pode ser que, no final, Delambre venha a se revelar bem mais positivo do que imaginamos.

Diante de uma vontade tamanha de se manter cego, preferi me abster.

Na outra extremidade do saguão, o vulto encurvado do Sr. Delambre lembrava uma enorme bola de angústia prestes a estourar. Eu não podia ver nenhum perigo nessa situação, a não ser algum fiasco técnico (o que teria me colocado em questão). Afinal de contas, tudo não era nada mais que uma simulação.

Sim... Para ser sincero, no fundo, não me desagradava tanto assim poder ver a operação perder as asas. Pelo contrário, deixava tudo mais interessante. Quer dizer, no início. Tente entender, passei mais de vinte anos em cenários de operações militares. Arrisquei minha vida uma dúzia de vezes e vi muita gente morrer. Então, uma empresa que resolve fazer uma encenação de tomada de reféns... Sim, claro que sei que não é à toa, que a operação era justificada pelas suas implicações econômicas, bem consideráveis, mas, tendo cuidado da parte técnica de A a Z, não posso fechar os olhos para o prazer que sentiram. Essas pessoas, o Sr. Dorfmann e o Sr. Lacoste, a responsabilidade nos seus ombros é esmagadora, mas, com essa história de reféns, estavam era brincando de passar medo neles próprios. Tanto é que deu no que deu.

O Sr. Lacoste se juntou a nós rapidamente. Ficava difícil saber se o seu nervosismo era simplesmente devido à situação ou se, como eu, ele tinha um pressentimento de que essa história era um trem descarrilhando. As pessoas bem-sucedidas na vida têm um pouco este hábito: nunca duvidam de si, sempre pensam que poderão vencer as dificuldades. Eles se sentem invulneráveis.

O semblante do Sr. Delambre fazia contraste com aquele, esbelto e quase aéreo, da Srta. Rivet. Mulher bonita. Estava com um *tailleur* cinza mesclado que ressaltava as suas curvas. Ao escolher a roupa, sem dúvida alguma, sabia o que estava fazendo. Encurvado na imensa poltrona da recepção, o Sr. Delambre me pareceu terrivelmente velho e acabado. A batalha parecia desigual, mas também não era um desfile de moda. Era uma prova em que seria necessário mostrar sua competência relacional e um verdadeiro *savoir-faire*, e, quanto a isso, o Sr. Lacoste tinha razão: o Sr. Delambre tinha grandes chances. Matematicamente, até haviam dobrado, já que agora eram dois candidatos ao invés de quatro.

Os dois se levantaram de uma só vez. O Sr. Lacoste fez as apresentações:

— Senhor Delambre, senhorita Rivet... E senhor David Fontana, nosso grande gestor.

E um pisca-alerta acabou de acender em meu espírito: pela descontração da moça, pela insistência do Sr. Lacoste, por certa maneira na postura, tive a certeza de que, entre esses dois, as coisas já estavam... como posso dizer... bem encaminhadas. E não pude deixar de lastimar pelo Sr. Delambre, porque eu tinha a impressão de que o seu papel corria o risco de se reduzir ao de um figurante.

Reparei também que o Sr. Delambre carregava uma pasta, enquanto a Srta. Rivet estava com a sua bolsa e só, o que acentuava ainda mais a diferença. A sensação é de que ele estava indo ao trabalho, e ela, voltando.

— Somos apenas dois? — perguntou o Sr. Delambre.

A tonalidade de sua voz cortou o embalo do Sr. Lacoste. Uma voz que exala angústia, baixa mas impostada, completamente sob pressão.

— Sim — finalmente respondeu o Sr. Lacoste —, os outros desistiram. Suas chances ficaram maiores...

Aquilo não parecia agradar muito ao Sr. Delambre. É verdade que, mesmo que as suas chances aumentassem, era bizarro, organizar tudo aquilo só para dois candidatos. O Sr. Lacoste também deve ter sentido isso.

— Não é para ser desagradável — acrescentou ele —, mas o essencial desta operação não é sua contratação!

Olhava bem dentro dos olhos do Sr. Delambre, porque precisava retomar as rédeas da situação.

— Às vésperas de uma operação essencial para nosso cliente, ele está precisando testar cinco membros do seu alto escalão para escolher o mais apto. É isso, o mais importante. Acontece que deve avaliar esses executivos enquanto está contratando um assistente de recursos humanos e que a primeira missão de um profissional de RH é, justamente, a avaliação de pessoal. Estamos simplesmente matando dois coelhos com uma cajadada só.

— Obrigado pelo esclarecimento, mais uma vez! — disse o Sr. Delambre.

Ficava difícil saber se aquele tom era de mau humor ou de uma raiva que não conseguia dominar. Achei melhor desviar o foco da discussão. Chamei os candidatos e subimos.

Entramos na sala de reunião às 9h17, exatamente. Sim, com certeza. No meu *métier*, a exatidão é indispensável. Com a experiência, até incorporei em mim a medição do tempo, sou capaz de dizer que horas são em qualquer momento do dia, com quase 100% de acerto. Mas ali, ainda por cima, eu estava de relógio. A reunião estava marcada para 10 horas, os executivos da Exxyal-Europe chegariam ao menos uns dez ou quinze minutos adiantados, era preciso estar com tudo pronto.

Apresentei a equipe ao Sr. Delambre e à Srta. Rivet, começando pelos dois atores que representariam os clientes. Malik estava vestido com uma túnica, uma *djellaba*, grande e clara, e um *keffiyeh*, espécie de turbante, roxo com motivos geométricos. O Sr. Renard vestia um terno clássico.

Expliquei:

— No início da simulação, Malik e o Sr. Renard serão os clientes que os executivos da Exxyal-Europe foram convidados a conhecer. Malik sairá rapidamente, mas o Sr. Renard ficará até o fim.

Durante essa apresentação, fiquei bastante atento às reações dos candidatos, porque o Sr. André Renard talvez não seja um ator de renome, mas, uns anos atrás, fez uma propaganda de um produto de limpeza que conheceu certo sucesso, e eu temia que o seu rosto fosse familiar para os participantes. Mas o Sr. Delambre e a Srta. Rivet já estavam concentrados nos três membros do comando terrorista. Porque, veja bem, por mais que se saiba que é só uma encenação, macacões, máscaras, coturnos pretos e três pistolas-metralhadoras Uzi com pentes de munição alinhados sobre uma mesa, isso impressiona qualquer um. Sem contar que, sem querer me gabar, havia escolhido bem os meus colaboradores. Kader, o líder do comando, tem um rosto calmo e determinado, e Yasmine sabe ter um jeito severo que é de botar medo. Ambos começaram a carreira na polícia marroquina e dá para notar que são eficientes. Quanto a Mourad, apesar de suas fraquezas, havia entrado na minha escolha por causa de uns traços grosseiros seus: com umas bochechas grandes e a barba malfeita, sua cara fica meio bruta, perfeitamente adequada à cena.

Todos se cumprimentaram com um simples aceno de cabeça. O clima estava bastante pesado. É sempre assim nos minutos que precedem o início de uma operação, isso pode ser bastante enganador.

Em seguida lhes mostrei as três salas, a sala de reunião, onde seria iniciada a encenação e onde os reféns seriam retidos em seguida, e a sala de interrogatório, onde os executivos seriam chamados individualmente ou em pares, no caso de quererem confrontá-los. Numa mesinha, um *laptop* aberto estava conectado à rede interna do grupo Exxyal. E, finalmente, a sala de observação, de onde os dois candidatos dirigiriam os interrogatórios. Um monitor transmitia as imagens da sala de reunião, captadas por duas câmeras diferentes, e outro, as imagens da mesa da sala de interrogatório. A última sala, usada pelos Srs. Dorfmann e Lacoste, não lhes dizia respeito.

Aí o Sr. Lacoste nos deixou. Dava para ver que ele tinha algumas preocupações. Imagino que tenha ido chamar a Srta. Zbikowski outra vez, mesmo que, pelo horário, ambos soubéssemos que ela não viria mais. Eu não sabia o que havia acontecido entre eles, mas não era difícil chegar à conclusão de que ela havia dado o bolo nele, que, dali em diante, teria que se virar sozinho, sem a assistente.

A Srta. Rivet tentou lançar um sorriso ao Sr. Delambre, como uma tentativa de deixar o ambiente mais descontraído, mas ele estava ansioso demais para responder. Eles se sentaram um ao lado do outro e viraram os olhos para as telas que faziam a cobertura da sala de reunião.

Foi a vez do Sr. Alexandre Dorfmann chegar, o presidente da Exxyal-Europe, que eu só havia encontrado no seu único ensaio, uns dias antes. Ele havia se mostrado bem atento às minhas recomendações, bem dócil, o que é uma forma bem eficaz de manifestar a sua autoridade. Para um homem de sua idade, ele tem uma ótima flexibilidade, aprendeu rápido a cair de maneira adequada.

Fomos à sala de descanso para apresentá-lo à equipe. Relembrei a todos as orientações, mas o Sr. Dorfmann foi menos amável que no dia de seu ensaio. Ficou irritado de ter que ouvir de novo os meus conselhos. Resumi. Ele retornou rapidamente à sala de reunião. Todo mundo estava no limite.

Como previsto no roteiro, o Sr. Renard sentou-se à sua direita. Ele parecia se concentrar em seu papel de cliente, enquanto que Malik, à direita do Sr. Renard, tomava em pequenos goles um café bem escuro.

E começamos a esperar.

26

As imagens transmitidas pelas câmeras eram de uma nitidez absoluta. Com a parte técnica, eu fiquei satisfeito.

O Sr. Lacoste, com um bloco de anotações na mão, se posicionou bem atrás do Sr. Delambre e da Srta. Rivet. Então puxei uma cadeira e me ative a observar. Eu, também, estava meio nervoso. Não por causa do que estava em jogo, não, nada estava em jogo para mim, mas porque eu gosto de um trabalho benfeito. E porque faltava um terço do valor, a ser recebido no fim da operação. O pagamento era muito bom, eu tenho que reconhecer. Com toda a honestidade, essas simulações para empresas permitem que seja cobrado um preço elevado, mas elas não são muito interessantes. Agradam às empresas e aos administradores. Quanto a mim, prefiro missões mais reais.

De toda maneira, haja muita ou pouca coisa em jogo numa missão, eu sempre fico um pouco nervoso na arrancada. Mas nem um pouco parecido com o Sr. Delambre. Ele fixava as telas, como se esperasse descobrir uma significação oculta nelas, e, quando passava de uma tela para a outra, não eram os olhos que se moviam, mas a cabeça inteira, mais ou menos como uma galinha. A Srta. Rivet parecia mais inquieta por conta do vizinho que da prova em si. Ela olhava de soslaio para ele, como se observa, num restaurante, alguém da mesa vizinha que não sabe comer direito. Quanto ao Sr. Delambre, não parecia enxergá-la. Agia mecanicamente. Como eu achava esse comportamento meio preocupante (a gente pode ficar nervoso em circunstâncias como essa, mas a esse ponto...), estendi o braço e toquei em seu ombro para perguntar se estava tudo bem com ele. Mal terminei a frase e ele deu um salto como se eu houvesse encostado um fio elétrico nele.

— Hein? O quê? — disse, virando num susto.

— Tudo bem, senhor Delambre?

— Hein? Sim, tudo... — respondeu, mas ele não se encontrava ali.

Isso que é horrível: foi aí mesmo, nesse momento, que obtive a confirmação de que aquilo não ia dar certo. Minha preocupação se tornou uma certeza. Mas não fiz nada. Alguma coisa estava errada na cabeça do Sr. Delambre. Podíamos ter cancelado o teste de seleção dos candidatos ao cargo de RH sem ter que cancelar a avaliação dos executivos. Só que, no meu espírito, desde o início, as duas operações estavam ligadas, então não me ocorreu essa ideia. Em seguida, tudo aconteceu muito rápido.

À medida que se aproximava o começo da operação, a Srta. Rivet parecia cada vez mais nervosa. Na verdade, desde que havia visto os membros do comando e as armas pretas e brilhantes, já estava mais pálida — e mal sabia ela o quanto ainda ia penar. Eu me levantei e mostrei aos dois como utilizar o microfone para falar no fone de ouvido dos diferentes membros do comando. O Sr. Delambre respondia com algo como um rosnado, mas entendia bem o que era dito, porque manuseou os comandos corretamente quando chegou a sua vez de experimentar.

Os executivos da Exxyal foram chegando aos poucos.

O Sr. Lussay primeiro, acompanhado pela Srta. Tràn.

O Sr. Maxime Lussay é jurista e, se quiser minha opinião, isso cai muito bem nele, é a cara dele. Todo engomado, com uma camada de rigidez por cima de cada movimento. Até o olho parece se mover aos trancos, como se devesse assegurar a posição antes de tomá-la. Eu havia lido com atenção os dossiês de todos e lembrava que o Sr. Lussay era doutor em direito. Ele preparou e supervisionou a assinatura de numerosos contratos do grupo Exxyal.

Quanto à Srta. Tràn, obviamente, é da área comercial, bem dinâmica. Até demais na minha opinião. Meio drogada, se me perguntarem. Confia nos seus passos, fica firme diante das pessoas, face a face. Passa a impressão de que nada pode amedrontá-la, mas que, se você for meio lento, ela vai terminar as frases por você. Com o seu físico e o seu salário de seis dígitos, para os homens de sua idade, ela deve ser bem atraente.

Esses jovens executivos, bastaria vê-los entrar em uma sala de reunião para calcular a que ponto estão em harmonia com o seu tempo. Logo que apertavam as mãos, você entendia a mensagem: "Somos pessoas dinâmicas, produtivas e felizes".

Os executivos da Exxyal iam chegando e cumprimentando o presidente, o Sr. Dorfmann, que, com eles, adotava essa postura que se vê muito nas empresas e que eu acho tão ambígua, uma espécie de familiaridade. De cima a baixo na hierarquia, todo mundo é amigo de todo mundo, o empregado chama o patrão pelo primeiro nome, mas com um "senhor" antes. Para mim, o jogo fica muito embaralhado. Nesse tipo de ambiente, as pessoas acabam pensando que o escritório é uma sucursal do boteco da esquina. Fiz uma parte da minha carreira no exército e lá, sim, as coisas são claras. A gente sabe por que está ali. Tirando os colegas, só existem chefes e subordinados, e, quando aparece alguém, você tem certeza sobre quem é ou um ou outro, quem está acima ou abaixo de você. Nas empresas, isso ficou mais complicado. A gente joga squash com o patrão, sai para fazer *cooper* com o gerente do departamento, e isso pode provocar muito engano. Se você não prestar atenção, acaba com a impressão de que não existem mais chefes e que são apenas as planilhas de cálculo do computador que controlam o seu trabalho. Só que, mais cedo ou mais tarde, você tem que se colocar no seu lugar, é inevitável. E aí está o problema: quando você não é eficiente o bastante aos olhos das planilhas de cálculo e os seus superiores chegam com as críticas, você não consegue ficar ressentido com eles, porque agora faz tempo demais que você os confunde com amigos de colégio.

Enfim, essa é a minha opinião.

Sim, então, o Sr. Dorfmann parecia ocupar um trono na ponta da mesa e seus colaboradores entravam e, antes de se darem tapinhas nas costas, mutuamente, passavam pela casa do Poder, apertavam a mão do Sr. Dorfmann (e as do Sr. Renard e de Malik, brevemente apresentados pelo Sr. Dorfmann) e, depois, iam se sentar.

Na sala de observação, onde estávamos, a cada vez que um dos executivos chegava, o Sr. Lacoste falava o seu nome e especificava à Srta. Rivet e ao Sr. Delambre de quem se tratava na lista que lhes havia sido entregue. Por exemplo, ele dizia: "Maxime Lussay, é o 'Doutor em direito — trinta e cinco anos — departamento jurídico'" ou: "Virginie Tràn: 'trinta e cinco anos — Escola Central de Paris e *Hautes Études Commerciales* — Engenheira comercial'".

O Sr. Delambre havia se preparado bem. Ele tinha fichas para cada um e fazia muitas anotações, sobre o comportamento deles, suponho eu, mas a sua mão tremia, eu imaginava se ele conseguiria reler a sua letra na hora em que fosse necessário. A Srta. Rivet tinha uma metodologia mais leve, ela trabalhava diretamente no documento que havia recebido e se satisfazia com uma cruz na margem, ao lado do nome das pessoas que chegavam. Dava a sensação de que não havia se preparado com muita seriedade.

Com alguns minutos de distância, chegaram o Sr. Jean-Marc Guéneau e o Sr. Paul Cousin.

O primeiro é economista, e o mínimo que posso dizer é que está satisfeito consigo mesmo. Caminha com um ar de pretensioso, de peito estufado. Sente-se que é um homem que raramente abre espaço para a dúvida. O seu estrabismo divergente causa certo mal-estar, a gente nunca sabe qual é o olho bom.

O seu vizinho na mesa, o Sr. Paul Cousin, parecia quase a sua antítese. Ele tem uma cabeça enorme e a sua magreza dá medo. À primeira vista, um jesuíta inflamado pela fé. Toda uma bateria de diplomas de engenharia, grande parte da carreira no Golfo Pérsico, retorno à sede quatro anos antes, com responsabilidades esmagadoras. O rei da técnica, o imperador da perfuração.

A Sra. Camberlin tem uns cinquenta anos, é chefe de projetos. Suficientemente segura de si, ela se deu a liberdade de ser a última a chegar.

O Sr. Dorfmann parecia ansioso para ir logo ao assunto.

Bateu a ponta dos dedos na mesa, aí virou-se na direção do Sr. Renard e de Malik.

— Muito bem, primeiramente, em nome da Exxyal-Europe, permitam-me desejar as boas-vindas aos senhores. As apresentações foram feitas um pouco às pressas. Então vou...

Na sala de observação, se o clima já não estava leve, agora ficou realmente pesado.

As vozes que vinham até nós pelos alto-falantes pareciam sair de um universo longínquo e terrivelmente ameaçador.

Olhei para o Sr. Lacoste, que me deu um pequeno sinal com a cabeça.

Saí do cômodo para me juntar à minha equipe na sala ao lado.

Da sala de reuniões, a voz do Sr. Dorfmann me seguiu pelo corredor:

("... *nessa fusão bastante promissora e pela qual nos parabenizamos...*")

Estavam todos prontos, os três, verdadeiros profissionais, só ajustei a horizontalidade da metralhadora de Yasmine, por puro reflexo. Aí afastei as mãos.

O gesto era claro: a hora é esta.

Kader assentiu com a cabeça.

Puseram o plano em execução no mesmo instante.

Posso revê-los tomando o corredor ("... *e representa uma enorme guinada na estratégia global dos atores do setor. É por esse motivo que...*"). Sigo atrás deles, mas faço rapidamente uma curva e me reposiciono atrás do Sr. Delambre e da Srta. Rivet.

Em menos de sete segundos, o comando está em frente à sala de reunião e abre a porta de uma só vez.

— Mãos em cima da mesa! — berra Kader enquanto Mourad se desloca à sua direita para ter uma visão de todo do cômodo.

Yasmine, numa passada viva e segura, circula a mesa e garante o respeito da ordem com um golpe seco do cano da Uzi no tampo da mesa.

O estupor foi tão intenso que nada nem ninguém se mexe, nenhum som sai de garganta nenhuma. Instantaneamente, todo mundo perdeu o fôlego. Os executivos da Exxyal, sem entender nada, olham para o cano da metralhadora a alguns centímetros de seus rostos. Literalmente hipnotizados, não parecem sequer tentados a erguer os olhos na direção daqueles que estão segurando as armas.

Diante da tela, o Sr. Delambre tenta escrever uma palavra em seu bloco de anotações, mas sua mão treme demais. Dá uma olhada à esquerda. A Srta. Rivet, por mais que simule certo distanciamento, ao ver essa cena tão repentina, ficou com a tez quase tão branca quanto à do vizinho.

Com o controle remoto, aciono a câmera que cobre a cena e dou uma passada rápida pela mesa: os cinco executivos estão paralisados, com os olhos esbugalhados, nenhum deles arrisca o mínimo gesto, completamente aterrorizados...

Na tela, vemos Kader se aproximar do Sr. Dorfmann.

— Sr. Dorfmann — começa o rapaz com o seu forte sotaque árabe.

O presidente da Exxyal ergue lentamente a cabeça. De repente, ele parece ser menor, mais velho. Mantém a boca entreaberta, os seus olhos parecem querer saltar das órbitas.

— O senhor vai me ajudar a esclarecer as coisas, por favor — retoma Kader.

Mesmo que alguém tivesse a ideia disparatada de intervir, não daria tempo. Em menos de dois segundos, Kader puxou a sua pistola Sig Sauer, estendeu o braço na direção do Sr. Dorfmann e disparou.

O tiro foi ensurdecedor.

O corpo do Sr. Dorfmann é projetado para trás, a sua poltrona fica suspensa no vazio por um instante e o seu corpo volta para o rumo da mesa e desaba sobre ela.

Aí a ação se acelera. Malik, no papel do cliente, se levanta, a sua grande *djellaba* se estende ao seu redor enquanto ele se põe a gritar em árabe na direção do líder do comando. As palavras se precipitam, o seu furor se exprime por insultos que são a expressão de seu pânico. Sai de sua boca uma torrente de frases. A torrente se seca quando Kader atira uma primeira bala em seu peito e atinge mais ou menos o lugar onde fica o coração. O rapaz começa a girar, mas mal dá tempo. A segunda bala atinge em cheio a barriga. Ele se encolhe sob o impacto e cai com todo o seu peso no chão.

Tradicionalmente, os comportamentos dos reféns são repartidos entre três categorias: resistência física, resistência verbal e não resistência. É óbvio que se recomenda encorajar a não resistência, que facilita a tarefa para a continuidade das operações. No decorrer da preparação, eu havia decidido que um refém "encarnaria" uma estratégia perdedora (e Malik havia acabado de encená-la de uma maneira perfeitamente convincente), para mostrar aos outros reféns o melhor caminho a ser seguido, o da não resistência. A demanda da empresa era que testássemos a resistência deles diante de um choque, o que queria dizer que, como o Sr. Lacoste havia repetido em várias ocasiões, mediríamos o quanto cooperariam com o inimigo, situando-os numa escala que vai da total resistência à colaboração completamente despudorada. Para isso, era necessário que aceitassem negociar, e era melhor lhes mostrar que, efetivamente, aquele era o único caminho a ser seguido.

Mas voltemos aos fatos.

Com a primeira bala, todos os participantes já seguraram o grito. E imagine a continuação: o zunido dos três tiros pairando no ar, o cheiro dos disparos saturando o ambiente, e dois homens caídos, com uma mancha de sangue que vai crescendo debaixo de cada um.

Instintivamente, Évelyne Camberlin tapou as orelhas com as mãos enquanto Maxime Lussay, de olhos fechados, com as mãos espalmadas sobre a mesa, cara de perdido, deixa a cabeça oscilar de um lado para o outro, como se quisesse fazer o cérebro rodar dentro do crânio.

— Acho que a regra do jogo ficou clara. Meu nome é Kader. Mas a gente vai ter bastante tempo para se conhecer.

A voz chega aos ouvidos como se abafada.

Kader baixa os olhos na direção de Jean-Marc Guéneau e franze a testa com um aspecto levemente contrariado.

Ouve-se um barulho nítido de líquido caindo em gotas.

Debaixo da cadeira do Sr. Guéneau, uma grande poça escurecida está se alargando.

Para além das personalidades e dos comportamentos próprios de cada um, os reféns sempre têm mais ou menos as mesmas reações. No fim das contas, o cérebro reage à repentinidade, ao terror e à ameaça com um conjunto de comportamentos bastante restrito. Assim como parece ter sido o caso do Sr. Cousin, que agora estava com as mãos na cabeça olhando reto para a frente, acontece de alguns reféns se mostrarem incrédulos diante da repentinidade do ataque, como se não aceitassem acreditar naquilo e preferissem pensar que são vítimas de uma piada de mau gosto. Mas não demoram a voltar a um comportamento mais realista, principalmente quando uma ou duas pessoas são abatidas diante de seus olhos. É por essa razão que escolhi "abater" rapidamente o Sr. Dorfmann, que representava a autoridade para eles. Isso possibilitava uma reversão imediata na ordem da hierarquia. Dessa maneira, a mensagem do comando ficava clara: quem manda aqui somos nós. Aliás, o Sr. Dorfmann foi notável em seu papel, estourou a bolsa de hemoglobina que lhe dei e caiu bem do jeito que eu havia indicado. A propósito, estava tranquilo, porque eu já havia dito que, mesmo que não fizesse bem o papel, ninguém perceberia: a repentinidade da cena é tanta que petrifica os neurônios.

O Sr. Delambre e a Srta. Rivet não moveram um dedo. Uma tomada de reféns na televisão e uma de verdade são coisas bem diferentes. Você vai me dizer que não era "de verdade", mas, sem querer me gabar, nossa tomada de reféns estava bem realista, e os dois candidatos assistiram à ação como se estivessem dentro dela. O que me permite dizer isso são suas reações. Nove comportamentos foram repertoriados em vítimas que passam por uma situação dessas: estupefação, espanto, ansiedade, terror, frustração, vulnerabilidade, impotência, humilhação e isolamento. E o comportamento do Sr. Delambre correspondia perfeitamente com a ansiedade e o isolamento, o da Srta. Rivet, com a estupefação e o terror.

No roteiro, e no caso de a morte do cliente árabe não ser tão dissuasiva quanto o esperado, previ que fosse inibida no ato qualquer veleidade de resistência física por parte dos reféns. Então:

— Todo mundo ali! — berrou Mourad apontando para a parede oposta às janelas de vidro.

Como se movidos pelo próprio medo, todos se levantam abruptamente e começam a andar com pequenos passos rápidos e econômicos, como se temessem derrubar algum objeto precioso, com a cabeça baixa para evitar algum projétil imaginário.

— Mãos na parede, pernas afastadas! — acrescenta Mourad.

O Sr. Lussay, como provavelmente viu fazerem na televisão, deixou as mãos e as pernas bem afastadas e parece arrebitar a bunda para ser revistado. A Srta. Tràn, ao lado, limitada pela saia, não pode ficar com as pernas afastadas. Yasmine se aproxima por trás e levanta o tecido em um movimento brusco com a ponta da arma. Aí, com uns chutes secos, faz com que afaste as pernas. A moça põe as mãos na parede também, com os dedos afastados. A saia assim, arregaçada, parece uma falta de pudor, sobretudo na presença de homens, geralmente é uma maneira bastante eficaz de colocar o refém em posição de fraqueza. O Sr. Guéneau, com a calça molhada até os joelhos, fica todo tremendo, e o Sr. Cousin fecha os olhos, como se, a qualquer segundo, uma bala fosse estourar a sua cabeça. Entre dois dos executivos da Exxyal, o Sr. Renard, nosso ator, balbucia umas palavras incompreensíveis. A Sra. Camberlin, a última da fila, fica atordoada quando toma consciência de que ele está orando (como eu havia pedido). É outra forma muito boa de incentivar os reféns à cooperação, mostrar que um deles reza pela vida.

Poucos segundos mais tarde, nas suas costas, todos ouvem passos e uma porta que se abre e se fecha. Todos sentem um vulto atrás deles, indo e vindo. Percebem o barulho de mesas sendo deslocadas e, depois, o de uma respiração ofegante. Compreendem que os dois corpos estão sendo retirados dali.

Não se passaram mais que três ou quatro minutos até Kader mandar que se virem. As mesas estão encostadas na parede. As poças de sangue, absorvidas pelo carpete, ficaram com uma cor preta brilhante. O centro da sala está totalmente vazio e, nessa situação, o vazio causa vertigem.

De volta ao cômodo, segurando sem esforço a sua pistola-metralhadora, a mancha de sangue no peito de Mourad foi enxugada com uma parte da manga. Como numa coreografia milimetricamente ensaiada, cada membro do comando assume a sua posição em face da fileira de reféns, Kader no centro, Yasmine à direita e Mourad à esquerda.

Alguns segundos se passam e tudo o que se ouve são os soluços do Sr. Guéneau, que olha fixamente para o chão.

— Muito bem — diz Kader —, todo mundo esvaziando os bolsos!

Carteiras, molhos de chaves, MP3 e celulares são reunidos com as bolsas das duas mulheres sobre a mesa de conferência.

Em seguida, Yasmine passa por cada um para revistá-los.

Mãos de especialista. Nenhum espaço deixado para o acaso. Bolsos, cinturas, nada escapa. A Srta. Tràn sente as mãos da jovem passarem com habilidade em seus seios, entre as coxas. A Sra. Camberlin não presta atenção em nada além de sua tentativa de se manter de pé, enquanto tem uma única vontade, desabar. Então é a vez da revista dos homens. Yasmine passa suas mãos de especialista nas nádegas, nas virilhas, até a calça encharcada do Sr. Guéneau é apalpada sem concessão. Aí ela se distancia com alguns passos fazendo um sinal para o líder de que tudo está em ordem.

Os reféns são alinhados novamente, de pé. Em frente, o comando a postos.

— Estamos aqui por uma Causa santa — diz Kader calmamente —, uma Causa que merece qualquer sacrifício. Precisamos que cooperem com a gente e, para obter essa cooperação, estamos preparados para sacrificar nossas vidas. E as suas também, se necessário. Vamos dar um tempo para vocês pensarem um pouco sobre isso. *Allah akbar*!

Os outros dois membros do comando repetem a sua louvação a Deus em uma só voz: *"Allah akbar"*, então o líder do comando sai, seguido por Yasmine.

Plantado sobre as suas duas pernas, diante deles, o único que fica é o enorme Mourad.

Ninguém sabe o que fazer.

Ninguém se mexe.

O Sr. Guéneau cai de joelhos e se solta, soluça entre os cotovelos cravados no chão.

27

Malik, que fez o papel do cliente que foi abatido, já se trocou. Está de jeans e casaco, com uma sacola esportiva ao seu lado no chão. Recebe o seu envelope, apertamos as mãos e ele desaparece para os elevadores enquanto retorno para perto do Sr. Delambre e da Srta. Rivet.

Depois de ter trocado a camisa e o terno na sala de descanso, o Sr. Dorfmann mostra a cabeça na porta. Ergo o polegar para confirmar que seguiu bem a partitura. Ele sorri e, nesse instante, me dou conta de que nunca havia visto um sorriso seu.

Ele some depressa e, seguido pelo Sr. Lacoste, volta à sala de descanso, onde as telas transmitem imagens da sala de reunião, onde estão retidos os reféns, e da sala de interrogatório, onde o alto escalão da empresa vai se alternar na mesa, face a face com Kader.

A partir desse instante, os Srs. Dorfmann e Lacoste trabalham na própria sala. São os contratantes, devem discutir sobre a prova e comentar as performances dos executivos. Quanto a mim, fico sozinho com os dois candidatos para fiscalizar o andamento técnico da tomada de reféns. Engraçado, acho que eu posso afirmar que montei para a empresa e o seu presidente uma operação de grande envergadura (em todo caso, memorável). No entanto não me lembro de ter trocado, no todo e para tudo, mais de vinte frases com o Sr. Dorfmann. Não sei qual é o estado de espírito daquele homem. Deve ter a certeza de ser necessário e de fazer o melhor pela empresa. Ele é o deus de seu mundo. Mas o seu deus é quem? O conselho de administração? Os acionistas? O dinheiro? Não tenho tempo o suficiente para aprofundar a questão porque, diante de mim, o Sr. Delambre começou a se virar e revirar na cadeira, como se estivesse com vontade de ir ao banheiro. A Srta. Rivet está muito pálida, joga umas palavras no papel, tampa a caneta e fecha o paletó, como se sentisse frio de repente.

— Vamos posicioná-los. Em seguida, é a hora de vocês darem as cartas.

Minha voz toma os dois de sobressalto. Eles se voltam para mim. Posso vê-los de frente. Nas são mais os mesmos. Com bastante frequência, reparo que fortes emoções transfiguram as pessoas, como se, em situações extremas, o seu verdadeiro rosto, o seu verdadeiro eu, viesse à tona. O Sr. Delambre, particularmente nesse instante, parece apresentar o rosto que terá no dia de sua morte.

Eu me aproximo do microfone e peço:

— Mourad, pode colocá-los em semicírculo, por favor, como o combinado.

Mourad, enquanto eu falava, colou a mão em concha na orelha, como se fosse cantar.

Faz que sim com a cabeça. Do nada. Então dá continuidade à ação. O fone de ouvido cai.

— Bom — diz ele.

Seis pares de olhos inquietos grudam nele instantaneamente, olham fixamente para o fone balançando na ponta do fio.

— Vamos, é... — diz Mourad. — Vamos mudar. A posição. Vamos mudá-la.

A mensagem não é transmitida tão claramente. Eu desconfiava disso, mesmo durante os ensaios, ele não havia sido grande coisa. Sua contratação foi mais pelo seu físico, reduzindo ao máximo suas intervenções, porque esse rapaz não é nada brilhante. Ele é primo de Kader e, como se tratava de uma simulação — para uma operação real, eu não teria sequer perdido três segundos com o seu currículo —, acabei cedendo. Na verdade, devo admitir, esse rapaz estava levando o negócio meio na brincadeira. Mas, nessa aí, reconheço que ele se superou. Se a situação não fosse tão trágica, teria sido cômica, mas, evidentemente, nessas circunstâncias, todos se ativeram a olhar com preocupação para ele.

Os reféns entenderam que deviam agir, mas essa história de posição deixa todos perplexos. A Sra. Camberlin olha para a Srta. Tràn, que perscruta o Sr. Cousin. O Sr. Renard interrompeu a sua prece. O Sr. Lussay funga e encara o Sr. Guéneau. Ninguém sabe o que vai acontecer.

— Então — diz Mourad —, você.

Ele estende o dedo na direção de Paul Cousin, que se apruma imediatamente. Diante da adversidade, é esse o seu negócio, se aprumar. Digo para mim mesmo que esse aí será duro na queda.

— Você vai vir para cá (Mourad aponta para o lugar da Sra. Camberlin). Aí, você (designa o Sr. Renard) vai passar para lá (que fica situado em algum lugar entre a Sra. Camberlin e a Srta. Tràn), do seu lado (ele mostra o Sr. Guéneau), e, você (para a Srta. Tràn), você vai se colocar ali (o gesto é impreciso dessa vez, para um ponto perto da Sra. Camberlin, não dá para saber direito). E você, é... (o Sr. Lussay é todo ouvidos), é, bom, você, aqui (aponta o dedo para os seus pés). Mas em semicírculo! — acrescenta para arrematar.

Os reféns não se sentem ameaçados. Mourad explicou o plano sem agressividade, laboriosamente e, até mesmo, com certo prazer. Com o tom de um guloso escolhendo doces na vitrine. Aliás, agora que terminou, parece até contente. Só que ninguém se mexe. Em defesa dos reféns, eu mesmo, que fui o autor da configuração desejada, também não entendi nada.

— Vamos, façam isso para mim! — diz Mourad do jeito mais afável possível.

Mas, como se pode imaginar, quando um sujeito como Mourad tenta ser encorajador enquanto carrega uma submetralhadora a tiracolo, com o cano ligeiramente apontado para a frente, há uma perda considerável no caráter convivial. Assim, apesar do entusiasmo, sua frase não surte efeito. Todos hesitam.

Então o Sr. Cousin se decide. É por detalhes como esses que se vê a personalidade de alguém. Ninguém sabia o que fazer. O Sr. Cousin passou ao ato. Em retrospectiva... mas ainda não chegamos lá.

O Sr. Cousin, portanto, avança em direção ao espaço que lhe foi designado, a Srta. Tràn se põe em movimento, seguida pelo Sr. Guéneau. A Sra. Camberlin se levanta em seguida e se dirige para a direita, o Sr. Renard vai para a esquerda, aí todo mundo para, em dúvida. O Sr. Lussay tromba com o Sr. Cousin e é desviado para o rumo da Sra. Camberlin.

Mourad fica decepcionado. Pensou ter explicado claramente o plano.

Então faz algo inaudito. Juro, é incrível o quanto esse rapaz foi surpreendente: ele descansa a Uzi no chão e se aproxima dos reféns. Pega a Sra. Camberlin pelos ombros, olhando para o chão, como se seguisse marcas riscadas no carpete. Era como se seguisse com afinco um curso de tango que a Sra. Camberlin estaria ajudando a pôr em prática. Ao tê-la empurrado um metro, diz: "Aqui". Está tão compenetrado na tarefa que sequer lhe passa pela cabeça que os reféns podem aproveitar para correr até a metralhadora, apanhá-la, atacá-lo. A Srta. Tràn, com o corpo contraído ao extremo, dá um passo na direção da arma... Sinto algo como um cubo de gelo escorrer pela minha espinha. Mas Mourad acaba de se virar. Ainda entregue à empreitada, agarra os ombros do Sr. Renard e o leva um pouco mais para longe, aí chega a vez da Srta. Tràn, do Sr. Lussay, dos Srs. Guéneau e Cousin. Os reféns formam uma grande meia-lua, de costas, a um metro de distância um do outro. Nenhum deles se encontra em face da porta.

— Sentados.

Dito isso, Mourad recupera a arma.

— Assim ficou bom — solta com um tom de satisfação.

E ele se volta para a objetiva, como se a câmera pudesse parabenizá-lo pela genialidade de sua manobra.

Aí os reféns ouvem a porta se abrir e se fechar novamente.
O silêncio se impõe. Dois ou três minutos se passam.
A Srta. Tràn finalmente arrisca olhar para o lado.
— Ele saiu — diz ela com uma voz bem fraca.

28

— Tenho... eu tenho um telefone...
Todos se viram.
O Sr. Renard vira a cabeça para os outros. Seu rosto está muito branco. Ele engole em seco várias vezes.
— É da minha mulher, eu tinha esquecido... — diz ele, estupefato.
Enfia a mão direita em um dos bolsos internos e tira um celular, bem pequeno.
— Tenho... Eles não viram...
E observa incredulamente o aparelho na palma de sua mão.
A novidade causa o efeito de uma bomba.
— Você vai acabar matando a gente, seu idiota! — grita o Sr. Guéneau, fora de si.
— Calma — tenta a Sra. Camberlin.
Cara de embasbacado, o Sr. Renard. Seus olhos passam do telefone para o rosto dos interlocutores.
— Eles estão nos vigiando — acrescenta o Sr. Lussay entre os dentes, contendo a voz.
Com um discreto movimento do queixo, designa o canto do cômodo, onde, no alto, está fixada uma pequena câmera preta. Então todos viram a cabeça para o teto, uns à direita, outros à esquerda.
— Quando a luz vermelha está piscando, ela não está funcionando — diz a Srta. Tràn, com segurança.
— Não tem como ter certeza — responde o Sr. Lussay.
— Tem, sim! Quando está funcionando, a luz fica verde, quando a luz está vermelha, está desligada — esbraveja a Srta. Tràn.

A maneira como se expressou não é só de irritação, já é quase de ódio.

— Essas câmeras — corta a Sra. Camberlin — não têm som. Eles não podem nos ouvir.

Só o Sr. Cousin não disse nada. Continua duro como uma tábua. De uma rigidez cadavérica. Inflexível.

— Bom, o que é que eu faço? — pergunta o Sr. Renard.

Faz uma voz trêmula perfeita. É notável como representa bem o seu papel. Depois da triste atuação de Mourad, acho isso revigorante.

— Tem que chamar a polícia — diz a Sra. Camberlin, tentando se sentir mais segura.

— Tem que entregar para eles! — berra o Sr. Guéneau.

— Dá para calar essa boca?

Todos se voltam para a Srta. Tràn. Ela metralha o Sr. Guéneau com o olhar.

— Pare e pense um pouco, seu cretino!

Ela vira para o Sr. Renard:

— Jogue aqui para mim — diz ela estendendo a mão.

É a minha vez de intervir. Murmuro no microfone:

— Mourad! Rápido, de volta à sala dos reféns!

Ouço o rapaz correndo no corredor...

O Sr. Renard coloca o aparelho no chão e se prepara para lançá-lo como um disco numa pista de gelo. Esfrega o telefone várias vezes no piso enquanto se concentra e, finalmente, completa o gesto. O celular desliza na direção da Srta. Tràn, rodopiando feito um pião, mas a trajetória estava errada.

Na tela, vemos Mourad abrir a porta no exato instante em que o aparelho termina seu longo deslizamento, perto do Sr. Guéneau. No susto, ele o esconde na manga direita e adota uma posição supostamente relaxada, como se não houvesse mexido um dedo desde a saída do carcereiro.

À minha frente, o Sr. Delambre toma notas alucinadamente e, nesse momento, aquilo me acalma mais do que me preocupa. O que vi nele quando chegou talvez tivesse sido só a excitação da arrancada.

Agora está concentrado, trabalhando. A Srta. Rivet também está tomando nota.

Um longo silêncio se segue. Mourad não para de cutucar a orelha, não está fácil manter o fone no lugar. Totalmente concentrado na difícil operação de encaixe do fone, parece esquecer por completo dos reféns. Todos os olhares, exceto o meu, convergem para o Sr. Guéneau, que engole em seco o tempo todo. Dou um zoom em seu braço: dá para ver que tem um pequeno celular na manga e tenta segurá-lo para não cair. Aí ele pigarreia e diz finalmente:

— Licença, por favor...

Mourad se vira para ele. O fone cai.

— Banheiro... — fala o Sr. Guéneau com uma voz praticamente inaudível. — Preciso ir ao banheiro.

Esse homem não tem muito sangue-frio, e imaginação, também não. A sua calça está encharcada feito um pano de chão e ele pede para ir ao banheiro... Mas Mourad não é do tipo que levanta questões. Está é bem feliz com a oportunidade que lhe é dada.

— Já estava previsto — responde com orgulho. — Tenho que acompanhar você — acrescenta ele, recitando a lição.

O Sr. Guéneau vê instantaneamente que ele acaba de optar pela estratégia errada. Encara a Sra. Camberlin.

— Eu também, eu preciso ir ao banheiro — emenda a última.

Mourad fecha os olhos e depois abre de novo:

— Também estava previsto — diz ele, vitorioso. — Vai um depois do outro. Primeiro você — fala com o Sr. Guéneau —, porque foi você que pediu primeiro.

Eu sussurro "Muito bem" no fone de Mourad, que se sente nas nuvens e sorri. O Sr. Guéneau não sabe como interpretar esse contentamento repentino. Fica em dúvida. Mourad estende a mão para ele.

— Vamos — diz com uma cara que pretende ser encorajadora.

Aí escancara a porta. No enquadramento, Yasmine, com um rosto de mármore, está de pé, com as pernas afastadas, como se cravadas no chão. Ela olha fundo nos olhos do Sr. Guéneau, sem pestanejar.

— Vamos — repete Mourad.

Então o Sr. Guéneau se levanta. Mantém os punhos fechados e os braços dobrados, duros, a única maneira de segurar o celular que deve estar escorregando pela manga.

O Sr. Delambre ergue os olhos como se remoesse uma ideia intrigante e anota algumas palavras em seu bloco. Aí descansa a caneta.

E começamos a esperar.

Alguns minutos se passam.

Sei que, nesse momento, se minhas instruções foram seguidas à risca, o Sr. Guéneau, bem vigiado, percorreu o corredor até o banheiro. Entrou na cabine, virou e tentou empurrar a porta, mas o seu gesto foi de encontro ao cano da Uzi. Yasmine continuou de pé, face a face.

— Será que você poderia... — começou o Sr. Guéneau com um tom escandalizado.

Mas as palavras seguintes ficaram entaladas em algum lugar.

Yasmine diz com frieza:

— Vai resolver logo ou vamos voltar?

O Sr. Guéneau vira as costas e acomoda os óculos com um gesto enraivecido. Aí abre a braguilha, mexe um pouco e começa a urinar fazendo bastante barulho na água. Olha para baixo enquanto deixa o telefone deslizar na direção do punho. No seu próprio telefone, é capaz de escrever um torpedo de olhos fechados. Eles são todos parecidos, é o que diz para si mesmo. As mesmas funções, nos mesmos lugares. O Sr. Guéneau mantém a cabeça baixa, contrai a barriga para ganhar mais uns segundos preciosos. Toca o teclado com o indicador. Cata as teclas, digitando discretamente.

É nesse instante que o telefone toca.

O volume foi configurado tão alto que ouvimos o toque de onde estamos, da outra extremidade do corredor.

Ao ouvir essa música ressoar como um berro na cabine do sanitário, o Sr. Guéneau tem a sensação de estar perdendo todo o seu sangue. Tenta conter o telefone que está vibrando em sua manga, mas ele escapa e escorrega entre os dedos feito sabão e, por muito pouco, não é agarrado. Aí ele fica por um instante na mesma posição, de olhos fechados, talvez esperando ser fuzilado pela carcereira. Mas não acontece nada. Ele se volta para Yasmine, com os olhos piscando nervosamente. O que está esperando que aconteça? Um tapa? Um chute? Uma bala na cabeça? Como pode saber? Está todo tremendo. Yasmine não se move. O telefone toca uma segunda vez. Então Yasmine aponta a pistola-metralhadora para o celular, que continua a vibrar em sua mão e provocar ondas no seu corpo de cima a baixo, como descargas elétricas.

Yasmine faz um gesto explícito com a arma.

O Sr. Guéneau baixa os olhos e fecha a braguilha, enrubescido. Aí estende a mão com o aparelho para Yasmine, que faz novamente o mesmo gesto imperativo.

O Sr. Guéneau consulta a tela que está piscando: número desconhecido.

Aperta a tecla verde e então ouve uma voz masculina:
— Tem certeza de que é racional tomar uma atitude dessas, senhor Guéneau? — lhe diz Kader.

29

A primeira coisa que o Sr. Guéneau enxerga ao entrar no cômodo é a pistola-metralhadora sobre a mesa, perto de Kader. Sempre impressiona mais que um simples revólver. E, se o refém tentar agarrar, como é bem maior e difícil de manusear, dá tempo de intervir. Kader é experiente, nada é possível acontecer com amadores daqueles, até porque todas as armas estão carregadas com balas de festim. Além do mais, trata-se de uma equipe em que confio. Os dois intervieram para mim em várias operações bastante delicadas, conheço suas qualidades. Kader se contenta em segurar a Sig Sauer com a qual "abateu" dois homens uns minutos mais cedo. O Sr. Guéneau se vira abruptamente. O seu olhar tromba com o rosto de mármore de Yasmine. A moça empurra suas costas com o cano da Uzi e lhe designa uma cadeira vazia.

Chegou a hora da verdade.

O primeiro interrogatório vai dar o tom para o resto da encenação. Se ele der certo, quer dizer que o dispositivo é adequado ao objetivo. Por ora, o meu roteiro se revela ser bem confiável e tudo ocorre dentro do previsto. É a experiência. Mas entramos agora em uma fase ativa, em que o Sr. Delambre e a Srta. Rivet devem interrogar os executivos para avaliar os seus comportamentos, momento em que é inevitável que haja uma parte de improviso. Portanto me mantenho atento a todos os detalhes.

A Srta. Rivet puxa o microfone que se encontra entre ela e o Sr. Delambre. Ela tosse. Uma tosse seca.

O Sr. Guéneau se senta. Terrível, o quanto treme. Com a calça encharcada, deve estar passando frio. Na tela, vemos que articula umas palavras, mas não chega nenhum som até nós.

Sem esperar por alguma orientação, Kader se curva na sua direção e pergunta:

— O que foi que você disse?

O Sr. Guéneau murmura:

— Você não vai me matar?

Mal se ouve a sua voz, o que deixa o terror bastante patético. A Srta. Rivet, aliás, deve sentir isso, porque passa logo ao ato:

— Não é a nossa intenção primeira, senhor Guéneau. A não ser que você nos obrigue a isso, evidentemente.

Kader repete com fidelidade as palavras, interpretando muito bem o seu papel. Ao sair da sua boca, talvez por causa do sotaque, talvez porque mostre uma tensão contida bem convincente, a palavra "intenção" soa como uma ameaça. A Srta. Rivet ouve suas próprias palavras serem repetidas como um eco. A impressão que temos, os três, é estranha, a de estar ao mesmo tempo aqui e ali.

O Sr. Guéneau faz um não com a cabeça, de olhos fechados. Volta a chorar e murmura:

— Por favor, peço a você...

Ele mexe lentamente no bolso e tira o celular, que coloca sobre a mesa como se fosse nitroglicerina.

— Por favor, eu suplico.

A Srta. Rivet se volta para o Sr. Delambre e lhe designa o microfone para propor que intervenha dessa vez, mas o Sr. Delambre não se move e continua fixo na tela. Percebo que ele está suando, o que é de se espantar, porque o ar condicionado está funcionando bem. A Srta. Rivet não lhe dá atenção e retoma:

— Queria pedir socorro? — pergunta ela pela boca de Kader. — Você deseja o mal para a nossa Causa, senhor Guéneau?

O Sr. Guéneau reergue a cabeça na direção de Kader, pronto para jurar por seus grandes deuses... mas muda de ideia:

— O que é... o que é que vocês querem? — pergunta ele.

— Não é assim que vamos proceder, senhor Guéneau. Você é um dos responsáveis pelas finanças do grupo Exxyal. A esse título, você é um ponto de convergência de numerosas informações confidenciais, contratos, acordos, transações... Então, eu que pergunto: o que o senhor está disposto a fazer por nossa Causa em troca de sua vida?

O Sr. Guéneau assume um aspecto embasbacado.

— Não estou entendendo... Não sei de nada... Não tenho nada...

— Ora, senhor Guéneau, ambos sabemos muito bem que os contratos petrolíferos são como *icebergs*, uma grande parte fica submersa. Você mesmo fez a negociação de vários contratos, estou mentindo?

— Que contratos?

O Sr. Guéneau vira a cabeça em várias direções, como se quisesse achar alguém para testemunhar a seu favor na assistência imaginária.

Perdeu a rodada.

Desde o início do interrogatório, dá para sentir que a Srta. Rivet não refletiu o suficiente sobre a situação pessoal do Sr. Guéneau e não captou a dimensão desse interrogatório. Ela tenta pescar informações, mas ele não morde a isca. Aliás, o Sr. Guéneau se dá conta do estratagema, mesmo sem identificá-lo claramente.

O mal-estar se impõe por alguns segundos...

— O que você quer... de mim... exatamente?

— O senhor é que me diz — insiste a Srta. Rivet.

O questionamento saiu dos trilhos.

— Você deve estar esperando... alguma coisa de mim, não? — pergunta o Sr. Guéneau.

Terrível, o quanto está perturbado.

As perguntas propostas não se encaixam na escala da brutalidade da situação.

Ele tem a sensação de que o comando não sabe o que quer.

Instantes de deriva, não gosto nem um pouco disso. Engulo em seco.

E eis que o Sr. Delambre parece sair da letargia. Estende a mão, puxa o microfone:

— Você é casado, senhor Guéneau? — pergunta.

Kader fica surpreso com a mudança da voz no fone de ouvido. Também com a tonalidade de além-túmulo do Sr. Delambre, provavelmente.

— É, sou... — responde o Sr. Guéneau à resposta relançada por Kader.

— E está tudo certo?
— Como assim?
— Com a sua mulher, é o que pergunto, está tudo certo?
— Não estou entendendo...
— Sexualmente, com a sua mulher? — insiste o Sr. Delambre.
— Escute aqui...
— Responda a pergunta!
— Não consigo ver...
— RESPONDA!
— Sim... é... está tudo certo...
— Não está escondendo nada dela?
— Como assim?
— Você ouviu o que eu disse.
— Bom, não... não consigo ver... não...
— E para o patrão também não, não está escondendo nada.
— Quer dizer... não é a mesma coisa...
— Às vezes, dá na mesma.
— Não estou entendendo...
— Tire a roupa.
— O quê?
— Eu disse: tire a roupa! Agora, imediatamente!

Kader compreendeu qual era a intenção: descansou a Sig Sauer diante de si, esticou o braço e apanhou a sua metralhadora Uzi.

O Sr. Guéneau olha para ele, aterrorizado. Balbucia umas sílabas indecifráveis...

— Não, por favor — ele implora.

— Você tem dez segundos — acrescenta Kader se levantando.

— Por favor, eu peço...

Dois ou três longos segundos se passam.

O Sr. Guéneau chora e olha em alternância para o rosto de Kader e para a metralhadora, e podemos ler os seus lábios articulando: "Por favor, peço a você, suplico...", mas, mesmo dizendo isso, começa a retirar o paletó, que deixa cair para trás, e se põe a desabotoar a camisa, começando por baixo.

— A calça primeiro — intervém o Sr. Delambre. — E chegue para trás...

O Sr. Guéneau para, dá um passo para trás.

— Mais para trás!

Assim, fica praticamente no centro do cômodo, bem visível. Foca o esforço no cinto, gemendo. Enxuga sem jeito os olhos.

— Mais rápido... — Kader segue as orientações do Sr. Delambre para apressá-lo.

O Sr. Guéneau retirou a calça. Mantém a cabeça baixa. Está de calcinha. Uma calcinha vermelho-vivo. De rendinha, creme. Do tipo que se vê em uma vitrine de *sex-shop*.

Confesso que, no fundo de mim mesmo, fiquei envergonhado por ele.

Já não gosto de homossexual, mas, homossexual com vergonha do que é, acho ainda mais desmoralizante.

— A camisa — acrescenta o Sr. Delambre.

Quando o Sr. Guéneau acaba de tirar tudo, vemos que, na verdade, sob o terno, estava com o conjunto completo, calcinha e sutiã. É terrivelmente triste. Ele mantém os braços pensos, a cabeça baixa, e agora as lágrimas escorrem realmente. O seu peito, meio volumoso, é o de um homem muito bem nutrido, e parece comprimido pelos bojos. O conjunto vermelho vivo é, obviamente, contrastante nesse corpo grande demais, peludo, com uma barriga branca e caída. A calcinha entrou entre as suas nádegas gordas e ele está encharcado de urina.

Ninguém compreendeu como o Sr. Delambre teve essa intuição, mas teve. Como é que pressentiu a falha desse homem? A Srta. Rivet perdeu o chão: o primeiro interrogatório ultrapassou o que havia imaginado.

O Sr. Delambre retoma a palavra.

— Senhor Guéneau!

Ele ergue para Kader um rosto atônito.

— Acha que alguém pode confiar numa pessoa como você, senhor Guéneau?

O homem se mantém envergado sob a humilhação, com os ombros encolhidos para frente e para baixo, o peito murcho, os joelhos parecendo encavalados um no outro. O Sr. Delambre espera um bom tempo antes de desferir o golpe de misericórdia.

— Por razões políticas que levariam tempo para explicar, gostaríamos que a imprensa falasse do grupo Exxyal. Nossa Causa depende das grandes sociedades europeias perderem sua credibilidade, preciso que o grupo Exxyal mostre o seu lado mais sombrio, entende o que quero dizer? Para isso, é necessário oferecer elementos concretos para a imprensa. Sabemos que você dispõe de informações que podem contribuir com a nossa Causa. Cláusulas confidenciais, subornos, arranjos por debaixo dos panos, parcerias dissimuladas, apoios não declarados, auxílios, ajudas, encorajamentos... Sabe do que estou falando. Então, a escolha é sua. Posso matar você imediatamente. Mas, se preferir, para poder raciocinar um pouco, posso mandar você de volta para junto dos colegas por algumas horas. Vai ser bem divertido para eles, você, nesses trajes, tão... decadente.

O Sr. Guéneau solta uns pequenos gemidos.

— Não... — murmura ele.

A sua tristeza é intensa, é pavorosa, a humilhação.

Nas suas costas, ele deve sentir a presença de Yasmine. Mesmo que esteja de uniforme, é, de qualquer forma, uma moça que está vendo tudo. Ele tritura as próprias mãos, como se quisesse arrancar a pele.

— A não ser que se sinta pronto para agir em prol de nossa Causa?

Tudo aconteceu muito rápido.

O Sr. Guéneau saltou na direção da pistola. Antes que Kader pudesse se mover, ele agarrou a arma e enfiou o cano na boca. Yasmine tem ótimos reflexos. Ela agarrou o braço dele e puxou com força em sua própria direção. A pistola quicou no chão.

Nada mais aconteceu.

O Sr. Guéneau, com sua *lingerie* vermelha, fica na mesa, deitado de costas, com um braço dobrado sobre o peito, o outro pendurado no vazio. Lembra uma vítima qualquer sobre o altar do sacrifício. É uma cena meio felliniana. Dá para sentir que esse homem acaba de perder uma parcela de sua autoestima que jamais vai recuperar. Não se mexe mais e respira com dificuldade. Finalmente rola para o lado, se encolhe feito um feto e as lágrimas voltam aos olhos, silenciosas dessa vez.

O Sr. Guéneau sente vontade de morrer, é mais que visível.

O Sr. Delambre se curva de novo sobre o microfone.

— Tem de fazê-lo passar ao ato — sussurra ele no fone de Kader.

— O Blackberry dele!

Kader se dirige em árabe a Yasmine, que vai buscar a pequena caixa de papelão que contém os telefones, relógios e demais pertences dos reféns, e descansa o todo perto do rosto do Sr. Guéneau.

— Sua vez agora, senhor Guéneau — diz Kader —, o que você escolhe?

Interminável, esse instante. É como se o Sr. Guéneau estivesse entorpecido, de tão devagar que age. Está arrasado, mas acaba conseguindo girar o corpo e se levantar, vacilante, certamente, mas se mantém de pé. Ele esboça o gesto de desafivelar o sutiã, mas o Sr. Delambre se precipita para o microfone:

— Não!

É não.

O Sr. Guéneau lança para Kader um olhar cheio de ódio. Mas, mais uma vez, o seu ódio não serve para nada: lá está ele, com a sua fantasia de mulher, de *lingerie*, encharcado até os ossos, com medo de perder uma vida pela qual nem sente mais apego, foi vencido. Vasculha lentamente o conteúdo da caixa, pega o seu Blackberry e o acende com uma só mão. Mão de especialista. A cena se torna ainda mais lastimável por conta do tempo que leva. O Sr. Guéneau conecta o celular ao *laptop* ligado à rede interna da Exxyal-Europe. Agora Kader se posiciona atrás dele para vigiá-lo de perto. O Sr. Guéneau insere as suas senhas e provavelmente começa a remexer na contabilidade de certas operações, não enxergamos em nossas telas o que realmente está se passando.

Daí em diante, acho que as opiniões são divergentes.

No que me diz respeito, tenho certeza que ouvi o Sr. Delambre dizer: "Que canalhice". Só que não, não sei de quem ele estava falando, nem se era de uma só pessoa. E não foi muito alto, disse como se fosse para si mesmo. A Srta. Rivet, aliás, disse que não ouviu. Mas eu tenho certeza do contrário. O interrogatório havia terminado, o Sr. Guéneau estava arrasado, ninguém entendia como havíamos chegado àquele ponto, o Sr. Delambre virou a cabeça, disse: "Que canalhice", tenho certeza, e se levantou. O plano de ação que ele havia posto em prática até então estava longe de terminado. No entanto, a impressão era de que não estava mais interessado no negócio. Kader virava a cabeça para a câmera para solicitar instrução. O Sr. Guéneau, encurvado sobre o *laptop*, continuava soluçando como um bebê no seu conjunto vermelho de rendinha. Foi a vez de Yasmine se voltar para a lente. E, então, no meio dessa incerteza toda, o Sr. Delambre se levantou. Estava de costas para mim, não sei que cara tinha. A minha sensação é de que parecia meio... como posso dizer... relaxado. Meio aliviado. Óbvio que é fácil dizer isso depois, mas pode verificar, foi o que eu disse desde o primeiro depoimento. Enfim.

O Sr. Delambre está de pé agora, em silêncio, bizarro. A Srta. Rivet está espantada. Aí ele pega a pasta, vira e sai.

O efeito que causa é estranho. Eu juraria que ele estava voltando para casa. Como se houvesse terminado o seu trabalho.

Mas, logo que saiu, percebi que era preciso agir. De imediato. Na sala de interrogatório, Kader olhava o pobre Sr. Guéneau soluçar sobre o teclado e esperava por instruções. Estiquei o braço, agarrei o microfone e disse rápido: "Você vai pará-lo e vesti-lo!", aí troquei a conexão para o fone de Mourad, que moveu a cabeça com um rosto bem compenetrado, e lhe disse: "Fique de olho neles". Virei para correr atrás do Sr. Delambre antes que ele fizesse alguma besteira, mas mal dei um passo e o Sr. Dorfmann e o Sr. Lacoste entraram na sala.

Estavam com todos os músculos contraídos e olhavam direto para a frente. Ao lado deles, o Sr. Delambre, com a sua pasta na mão esquerda. Na direita, uma pistola, uma Beretta Cougar, mirada para uma das têmporas do Sr. Dorfmann. Vi na mesma hora que não estava de brincadeira, por causa de seu olhar selvagem e de sua determinação. E, quando um sujeito encosta uma arma na têmpora do outro, é sempre melhor acreditar que ele está pronto para atirar.

O Sr. Delambre berrou:

— Todo mundo para a sala de reunião!

Berrava porque estava com medo, seus olhos estavam arregalados, o que fazia parecer meio alucinado.

A Srta. Rivet soltou um grito.

Comecei a dizer: "O que está acontecendo?", mas o Sr. Delambre se adiantou à minha fala. Tirou a arma da cabeça do Sr. Lacoste, apontou para a frente, fechou os olhos e atirou. Sem nenhum segundo de hesitação. O estouro foi pavoroso, duas telas explodiram (o Sr. Delambre não havia feito pontaria), vidro por todos os lados, fumaça, um cheiro de plástico queimado, a Srta. Rivet caiu de joelhos aos berros, os dois que haviam sido tomados como reféns se agacharam com o estrondo e taparam os ouvidos.

Eu mesmo levantei os braços o mais alto que pude, para mostrar que não ia opor nenhuma resistência, porque, com telas explodindo e aquele cheiro de pólvora... sem sombra de dúvida... ele podia matar todos nós.

O Sr. Delambre atirava com balas de verdade.

30

"Mãos ao alto!", "Andem!", "Mais depressa!".

O Sr. Delambre não parava mais de berrar. Para ocupar o espaço sonoro, impedir que raciocinássemos e tirar proveito do efeito causado pela surpresa.

Em poucos segundos, fez com que percorrêssemos o corredor, apanhou no caminho Kader, o Sr. Guéneau e Yasmine, ainda berrando, e empurrou todos nós até a sala de reunião, onde os seis falsos reféns, sem saber, acabavam de se tornar verdadeiros reféns.

Aí, para arrematar, ele virou para a câmera da direita, ergueu o braço e disparou. A câmera desapareceu em uma nuvem de fumaça. Depois, virou para o outro lado e disparou de novo, mas com menos sorte: a bala passou longe da câmera e atravessou a divisória da parede deixando um buraco do tamanho de uma bola de futebol. Mas o Sr. Delambre não parecia disposto a se deixar abalar, berrou: "Que bosta, que merda!" e atirou de novo e, dessa vez, a câmera se desintegrou.

Você nem imagina o que três disparos de uma Beretta 9 mm parabélum podem fazer num cômodo de quarenta metros quadrados. Cada uma das cabeças teve a sensação de ser explodida como as câmeras de segurança. Essa é uma Beretta de 13 tiros, ainda sobravam nove tiros para ele e, mesmo que não tivesse um pente para recarregar, o momento não era propício para se fazer uma bobagem.

O que me impressionou logo de início foi o "profissionalismo" do Sr. Delambre. Quer dizer, a sua excitação era extrema, ele berrava e não tinha restado muito sangue-frio, claro, dava para ver pela precipitação e pelos trancos dos gestos (e isso é que fazia dele um perigo), ele não parava de sondar tudo ao redor, parecendo particularmente preocupado, e devia refletir sobre tudo o que fazia, cada gesto, cada deslocamento, mas Kader não demorou a olhar para mim para ver se eu tinha a mesma opinião: havia um método no encadeamento das ações, o que ele fazia respondia a uma lógica de segurança, sinal de que havia sido aconselhado por um profissional. Por exemplo, segurava a arma com as duas mãos. Em geral, os amadores mantêm os braços completamente tensos, como veem na televisão, e não simplesmente contraídos (e às vezes até deixam a mão fraca na parte de trás da arma). Já o Sr. Delambre empunhava com perfeição a arma, prevendo um recuo para o caso de disparar. Era de se espantar, evidentemente, mas, no fim das contas, se eu mesmo estava ali enquanto conselheiro do Sr. Lacoste e do Sr. Dorfmann, por que o

Sr. Delambre não poderia ter tido o seu ou os seus conselheiros? E, se fosse esse o caso, o Sr. Delambre havia tomado uma boa precaução, porque o que estava fazendo não era nem um pouco simples. Veja bem, render um ou dois sujeitos com uma Beretta é uma coisa, mas fazer uma dúzia de pessoas de refém é outra totalmente diferente. E tenho que reconhecer, o Sr. Delambre até que soube fazer o seu serviço. Foi graças a isso que tudo se passou do jeito que se passou. Se ele não tivesse nenhuma ordem nem método, se não houvesse feito os gestos certos, sem querer me gabar, mas, com gente como Kader e eu no meio, ele não teria a menor chance.

Admito que, dentro do meu espírito, o tabuleiro havia virado.

Era como se existisse esse homem em cena e outro nos bastidores. Tive a desagradável impressão de ser manipulado por outro profissional e, na minha posição, não estava me sentindo bem. Em prol da causa primeira, de acordo com a encomenda, até ali, o "jogo" havia sido representar uma tomada de reféns, e, de repente, alguém acabava de mudar as regras. Verdade, levei a mal aquilo. Não gosto que me encostem na parede. Sem contar que o Sr. Lacoste me pagou para que tudo corresse bem. Havia aceitado pagar os meus honorários bastante elevados PARA QUE tudo corresse bem. E um miserável de um executivo desempregado, manuseado por não sei quem, havia acabado de nos render pensando que podia se safar... Não, realmente, eu não estava gostando nada disso.

Ele tinha uma Beretta. Conheço bem essa arma.

Eu, Kader e Yasmine olhamos uns para os outros e, silenciosamente, chegamos à mesma conclusão. Qualquer um de nós três que vislumbrasse a mínima abertura, em seu primeiro deslize, o Sr. Delambre era um homem morto.

Naquele instante, a maior parte das pessoas que se encontravam ali deve ter pensado que haviam enlouquecido. Todos os que sabiam que se tratava de uma encenação entenderam instantaneamente que havíamos passado para o outro lado da realidade. Os outros, ao constatarem que o comando terrorista de quem eram reféns havia, por sua vez, sido feito prisioneiro, não devem ter entendido nada. Devia estar bastante complicado na cabeça deles. Os executivos da Exxyal, que haviam visto o comando abater o Sr. Dorfmann, viam-no de novo, são e salvo, e, evidentemente, percebiam ter sido vítimas de um simulacro. Mas agora descobriam pessoas que não conheciam e um homem mantinha o presidente sob a sua mira e desintegrava câmeras aos tiros. O efeito de estupefação era um ponto a favor do Sr. Delambre.

Antes que qualquer um fosse capaz de analisar a situação, ele fez com que deitássemos de bruços no chão, com os braços e as pernas bem afastados.

— Os dedos também, bem afastados! O primeiro que mexer, eu atiro!

Não é nenhuma invenção. Mandar afastar os dedos, não é para qualquer um. Mesmo assim, apesar dos bons conselhos que parecia ter recebido, a sua técnica não deixava de ser a de um iniciante. Aliás, ele se deu conta disso quando quis proceder à revista dos recém-retidos: estávamos todos deitados na maior desordem e ele não podia, ao mesmo tempo, nos revistar com minúcia e nos manter em seu campo de visão. Esse é o principal problema de um bandido solitário. Tecnicamente, trabalhar sozinho demanda muita organização, muita antecipação, e, se aparece algum detalhe imprevisto, pode estar certo de que é aí que você vai ter problema. Além do mais, o Sr. Delambre não tinha a resistência mental necessária. Não parava de gritar coisas do tipo: "Ninguém se mova! O primeiro a se mexer vai para o abatedouro!". No fundo, ele duvidava de si mesmo. Pelo menos foi o que eu senti quando estava em cima de mim e me apalpou. Os seus gestos não eram desajeitados o suficiente para me dar uma brecha razoável de intervenção, mas não eram tão sistemáticos e precisos quanto deveriam. Aquele homem podia cometer erros, eu chegava a ter certeza de que ia errar. Deitado no meio do cômodo, feito um qualquer em um supermercado durante um assalto à mão armada, decidi que, se a oportunidade se apresentasse, eu não daria nenhuma chance para ele.

Talvez ele soubesse disso, mas o Sr. Delambre nunca havia estado tão próximo da morte.

Na hora da revista, embora a sua posição fosse meio ingrata, a vantagem era dele: ele sabia o que procurar. Principalmente os telefones celulares. Um por pessoa. E, dentre os acessórios, os relógios, para perdermos a noção de tempo. Assim, não teve nenhuma dificuldade para tomar os nossos pertences e juntar tudo numa gaveta que arrancou de uma das mesas.

Em seguida, foi até as janelas, desceu as persianas internas e passou à etapa seguinte das operações, reconfigurando a sala:

— Você! — gritou na direção do Sr. Cousin. — Sim, você! Você vai se levantar, SEM baixar as mãos e vai para lá! RÁPIDO!

Ainda gritava, mas algumas palavras eram literalmente berradas. Difícil saber se era um sintoma de pânico ou se ele continuava a ocupar o espaço sonoro para não podermos raciocinar. O problema é que ele também não podia raciocinar desse jeito. Fui um dos primeiros a levantar sob as suas ordens e a observá-lo um instante: estava muito agitado. Intuitivamente, é isso que fazia com que corrêssemos, a ideia de que estava tão impaciente, tão irritadiço. Sentíamos que ele era capaz de todo e qualquer tropeço, mas também de toda e qualquer decisão assassina.

Quando os acontecimentos são contados assim, como estou fazendo agora, tudo parece funcionar em câmera lenta. Cada gesto, cada intenção aparece em detalhes, mas, na verdade, tudo foi muito depressa. Tão depressa que nem deu tempo de eu me perguntar a questão mais fundamental: por que o Sr. Delambre estava fazendo aquilo? O que estava esperando daquilo? Por que um executivo convocado para um exame de recrutamento estava fazendo seus futuros patrões de refém, usando balas reais? Havia algo em jogo por detrás daquilo e eu não sabia o quê. Concluí que o melhor era esperar os acontecimentos decantarem.

Portanto, ele fez com que nos levantássemos um após o outro e indicou a cada um o seu posicionamento. Então, mandou que sentássemos em cima das mãos espalmadas no chão, com as costas na parede. A ocasião propícia não viria tão cedo, porque essa é uma das posições mais difíceis de ser contornada. Já a utilizei em várias das minhas próprias operações.

Ele não havia preparado o seu plano detalhadamente, porque acontecia de ele designar alguém, hesitar, e soltar um: "Ali!", mas aí mudar de opinião: "Não, ali...!". Era bem desconcertante.

Mas, finalmente, todo mundo foi posicionado.

Não sei se o resultado foi o que queria, mas existia uma lógica naquela ordem. À sua direita, ele tinha o alto escalão da Exxyal-Europe: a Sra. Camberlin, a Srta. Tràn, o Sr. Cousin, o Sr. Lussay e o Sr. Guéneau (que havia tido o tempo necessário para vestir a calça e o paletó). À sua esquerda, a minha equipe: Mourad, Yasmine, Kader, o Sr. Renard e eu, e, por fim, sozinhos no meio, encurralados entre os dois grupos, o Sr. Dorfmann e o Sr. Lacoste. O resultado, por mais que improvisado, foi impressionante, porque esses dois ficaram imediatamente parecidos com um par de réus perante o tribunal. Aliás, eles mesmos perceberam: estavam bem pálidos. Talvez fosse mais perceptível no caso do Sr. Lacoste, que parece ser bronzeado por natureza, resultado dos esportes de inverno, provavelmente.

Num caso desses, ao contrário do que se pode supor, não são as mulheres que choram mais, nem mais alto. Ao Sr. Guéneau, não sobravam mais lágrimas para derramar, olhava obstinadamente para o chão, entre as pernas, apertando o paletó em volta de si mesmo. Em compensação, por seu turno, o Sr. Lussay havia começado a choramingar discretamente, como um cachorrinho com medo de apanhar. A Sra. Camberlin havia chorado em silêncio e a sua maquiagem fez estrago, abrindo uma trilha enegrecida nas maçãs do rosto, só sobrou batom no lábio inferior. Numa mulher de cinquenta anos, isso nunca é muito bonito. Quanto à Srta. Tràn, estava pálida, parecia que havia envelhecido dez anos em poucos minutos, o seu cabelo estava grudado na cabeça. O que tenho notado com frequência é que, em circunstâncias extremas, as pessoas desistem imediatamente de manter a aparência, porque só a vida é que passa a contar para elas, aí, geralmente, ficam bastante feias.

Mas o mais impressionante era o Sr. Cousin. Por natureza, a sua magreza extrema já é estarrecedora, mas, naquelas circunstâncias, ele ainda se mantinha duro feito uma tábua e os seus olhos de falcão pareciam atravessar os obstáculos. Ao contrário de todos aqueles que, se fosse necessário, estariam dispostos a desistir de toda a dignidade para conservar a vida, ele encarava o Sr. Delambre como um inimigo pessoal, sem pestanejar, sem baixar os olhos, como se estivessem em pé de igualdade, e obedecia às ordens do Sr. Delambre com gestos que eram a afirmação de uma oposição silenciosa mas radical. Os outros se encolhiam, mal se moviam.

Os que mais podíamos ouvir eram o Sr. Lussay, com seus dolorosos queixumes, e o Sr. Renard, o nosso ator, que estava com cara de querer se desmanchar no carpete e que provavelmente vivia os minutos mais difíceis de sua carreira.

Houve meio minuto de silêncio.

O Sr. Dorfmann, o chefe da Exxyal, não deixava transparecer nenhuma emoção. Esse homem tem muito sangue-frio, como eu já disse.

O Sr. Lacoste, o meu chefe ali, estava começando a recobrar o espírito. Ergueu a sobrancelha me consultando. Estava disposto a tentar intervir. Dei sinal de que eu mesmo me encarregaria disso. Além de caber a mim a tarefa, já que era o organizador da operação, eu era também o mais experiente na área. Indaguei Yasmine com os olhos, que também entendia da psicologia de situações de crise. Ela me dirigiu um olhar dubitativo, estava difícil formar uma opinião. Acreditei que eu podia me lançar na empreitada. Aproveitei um momento de trégua do Sr. Delambre para estabelecer um primeiro contato:

— O que o senhor quer, senhor Delambre?

Me esforcei para adotar um tom sereno, pausado, mas não sei se aquela era a primeira coisa que devia ter dito. O Sr. Delambre saltou para cima de mim. Instintivamente, todos baixamos a cabeça. Primeiro, eu.

— E você, o que você quer, seu idiota?

Brutalmente, o Sr. Delambre grudou a pistola na minha testa, perto da raiz dos cabelos, e, como eu não o havia visto reativando a trava de segurança, fiquei com medo, admito. Fechei os olhos com toda a força.

— Nada, eu não quero nada...

— E é para isso que você está me incomodando, seu idiota? PARA NADA?

Senti uma onda súbita e fria de suor e uma náusea me revirar o estômago. Sabe como é, no meu *métier*, aconteceu de eu sentir medo de morrer, e posso garantir que é uma sensação que não se confunde com mais nenhuma...

O melhor era não responder, para não correr o risco de deixá-lo mais nervoso ainda.

O cano da arma estava apontado para o meu cérebro.

Disse para mim mesmo que aquele sujeito estava endoidando e que, na primeira oportunidade, eu ia botar uma bala nele, exatamente naquele lugar.

31

Pode ser que minha intervenção houvesse sido prematura, mas era tarde demais para me arrepender. Dei a brecha para o Sr. Delambre e ele se jogou nela.

— Então, fortão! — ele me disse. — Cadê essa beleza dessa sua preparação toda? Hein, babaca, cadê?

Não posso dizer qual foi a reação dos outros, porque eu ainda estava de olhos fechados.

— E estava tudo pronto para decolar, que pena! Essa sua equipezinha, câmeras, telas, essas suas metralhadoras de meia tigela.

Ele rodou a arma na minha testa, como se quisesse parafusar o cano na minha cabeça.

— Mas esta aqui, meu amigo, é de verdade. Com balas de verdade, para fazer buraco de verdade. Agora chega de brincar de faroeste, chega de cowboy e indiozinho. Aliás, por falar em índio, cadê o Grande Manitu?

O Sr. Delambre se levantou, fez de conta que estava procurando ao redor, com a mão na cintura.

— Mas é sério, cadê o Rei Negro? Aaaaaah, aqui está ele!

Ele se ajoelhou na frente do Sr. Dorfmann, como havia feito comigo. Encostou nele o cano da Beretta, exatamente no mesmo lugar, bem no meio da testa. A sua maneira de se expressar mostrava claramente que estava sendo movido pelo ódio. Ele estava com vontade de humilhar, de rebaixar. O que respondia a minha pergunta e que o futuro ia comprovar: no fundo, o Sr. Delambre não tinha nada a demandar. Não estava lá por dinheiro, não pedia resgate.

Não, ele estava lá porque queria uma revanche.

O ressentimento, o amargor é que o havia levado a fazer o que fazia, uma represália simbólica.

Mas esse executivo velho e desempregado, tomando como refém um grande Chefe executivo europeu, agora parecia sentir um prazer insano e tamanho que uma verdadeira carnificina se tornava uma hipótese plausível.

— Ora, ora... — prosseguiu ele. — Estranho, como ele é discreto, o Generalíssimo. Deve estar com a cabeça quente, é normal. Sim! É que tem uma baita duma responsabilidade! É difícil, né? Hein? É, sim, é difícil...

O Sr. Delambre falava em um tom de falsa compaixão, teatral.

— Veja, por exemplo, demitir em massa, isso é difícil. E tem mais! Não é o mais difícil de tudo! Acontece em todo canto, tanto que a gente já está acostumado, né? Não, não, não, o mais difícil é todo o preparo das demissões. Isso, sim, é complicado pra caramba! É preciso ter *savoir-faire*, força de vontade. Negociar com aquele bando de babacas. E, para isso, homens são necessários, e dos bons. É preciso ter combatentes, verdadeiros soldados do capitalismo. Não dá para escolher qualquer um, não é, César? E, para escolher o melhor, nada como uma boa tomada de reféns. Muito bem, a sorte está do seu lado, Líder Máximo: aqui está sua tomada de reféns!

Ele se curvou um pouco mais, girando levemente a cabeça, como se quisesse beijá-lo na boca, e pude enxergar o rosto do Sr. Dorfmann. Conservava a sua dignidade. Ele inspirou e cogitou falar alguma coisa, mas nada podia ser feito. O Sr. Delambre estava fora de órbita.

— A propósito, diga para mim, vossa Alteza Glacial... Em Sarqueville, são exatamente quantos que você vai mandar para a rua?

— O que é que... você quer? — conseguiu articular, o Sr. Dorfmann.

— Quero saber quantos você vai mandar para a rua por lá. Eu, aqui, posso matar todos vocês, vai dar uma dúzia. Mas minha matança é artesanal. Já a sua, essa aí é em escala industrial. Em Sarqueville, quantos você está pensando em apagar?

O Sr. Dorfmann sentiu que não devia se aventurar naquele terreno, preferiu se calar. E, se quiser saber a minha opinião, ele fez muito bem.

— O número que eu achei foi oitocentos e vinte e três — retomou o Sr. Delambre com uma cara de cético. — Mas não sei se a minha conta confere. São quantos, exatamente?

— Eu... eu não sei...

— Mas claro que sabe! — insistiu o Sr. Delambre, confiante. — Vamos, deixe de falsa modéstia, quantos são?

— Eu não sei, já disse! — gritou o Sr. Dorfmann. — Diga logo, o que é que você quer?

Tudo o que o Sr. Delambre fez foi se levantar e dizer:

— Vai acabar lembrando, você vai ver.

Ele virou, esticou o braço e atirou no bebedouro, que se estraçalhou derramando um garrafão de vinte litros de água.

Restavam oito balas. E ninguém duvidava que, com tanta munição, ele ainda podia fazer um estrago muito maior.

Ele se inclinou novamente na direção do Sr. Dorfmann.

— Onde a gente tinha parado? Ah, sim! Sarqueville. Diga aí, quantos são, exatamente?

— Oitocentos e vinte e cinco — soltou o Sr. Dorfmann com um suspiro.

— Muito bem, viu só? A gente acaba lembrando! Então, errei por dois. Bom, para você, dois a mais não é nada! Mas imagino que, para esses dois, não é a mesma coisa.

Enquanto até ali, o Sr. Delambre havia se mostrado metódico, meticuloso, e parecia saber o que queria, a partir da conversa com o Sr. Dorfmann, a sua estratégia tomava uma aparência claramente menos planejada. Era a confirmação de que a sua única intenção com essa tomada de reféns era nos aterrorizar ou humilhar. Evidente que era quase inacreditável, mas, pela forma como ele agia, essa era a hipótese mais verossímil.

A tensão é uma espécie de fio que se carrega dentro de si, sem que se conheça realmente a sua capacidade de resistência. Cada um tem a sua. A Sra. Camberlin devia estar com os nervos à flor da pele porque ela se pôs a gritar, primeiro, suavemente e, depois, cada vez mais alto. Como se houvesse dado um sinal ou uma autorização, todos se puseram a gritar ao mesmo tempo, o que gerou um efeito de catarse coletiva. Ao gritar, todos deixaram fluir o medo, a angústia, e o grito foi prolongado, as vozes dos homens se misturavam com as das mulheres em um urro bastante animalesco que preenchia a sala, dando a impressão de que não ia parar nunca mais.

Diante dessa espantosa cacofonia, o Sr. Delambre se levantou, mas sem cruzar o seu olhar com o de ninguém, porque todo mundo berrava com o queixo rente ao peito e os olhos furiosamente fechados. Ele recuou até o centro do ambiente e também se pôs a berrar, mas o seu grito era tão potente, tão devastador, a sua dor vinha de um lugar tão mais distante... que o impulso dos outros foi cortado. Pararam e ergueram os olhos para ele. Era uma cena curiosa, você pode imaginar, aquele homem de pé no meio da sala de reunião, apontando para a sua frente uma pistola e, com os olhos voltados para o céu, uivando feito um lobo, como se fosse morrer. Eu e Kader entramos em acordo em uma fração de segundo. Fomos depressa para cima dele. Kader alcançou as pernas, eu me levantei para agarrá-lo. Mas, instantaneamente, o Sr. Delambre deixou que o derrubássemos como um castelo de cartas, o que era o melhor movimento de defesa possível. Levei um tiro na perna direita e Kader afastou o braço ao máximo, para mostrar que o Sr. Delambre não precisava mais temê-lo, depois de ter tomado uma coronhada no topo da cabeça.

Apesar da dor, gritei: "Todo mundo, parado! Não saiam do lugar!", porque fiquei com medo de tentarem atacá-lo e ele começar a disparar para todos os lados.

Eu e Kader rastejamos até a parede, um segurando a cabeça e o outro a perna. Indubitavelmente, o aparecimento do sangue marcava uma nova etapa na escalada, todo mundo podia senti-lo. Até então, havia tido barulho e medo, mas o que se via agora era mais fisiológico, mais orgânico, nos aproximava da morte. Eu ouvia os reféns grunhindo de lamúria.

Por um bom tempo me perguntei se eu tinha agido sabiamente. Kader me garantiu que sim. Ele acha que não podíamos deixar o caso prosseguir assim, sem que tentássemos algo, e que esse era o instante mais propício. Para mim, uma ação boa é somente aquela que é bem-sucedida. Esse episódio só serviu para acentuar a minha frustração e a minha resolução de mostrar ao Sr. Delambre que, da próxima, ele não escaparia tão fácil.

Ao chegarmos perto da parede, eu e Kader constatamos que não eram graves os nossos ferimentos. Ele não tinha senão um ligeiro corte no couro cabeludo, mas um sangramento ali é sempre abundante, bastante espetacular. Quanto a mim, eu fazia careta segurando a perna, mas, logo que rasguei um bom pedaço do tecido da calça, constatei que a bala pegou de raspão e não fez muito estrago. O Sr. Delambre provavelmente não entendia nada do assunto e, sem nem falarmos um com o outro, eu e Kader fizemos de conta que estávamos gravemente feridos.

O Sr. Delambre estava no meio da sala, de volta à realidade. Girava em seu próprio eixo sem saber o que fazer. Murmurei:

— Você tem que pedir socorro.

Estava desorientado, perdido. Totalmente à deriva. Tínhamos que propor soluções para ele.

Como ele não respondia, fui no embalo, me esforçando para falar bem devagar.

— Por enquanto, Sr. Delambre, nenhum mal foi feito, você pode sair dessa. Sem problema. Só estamos feridos, mas, veja bem, estou perdendo muito sangue. Kader também... Você tem que pedir socorro.

Eu não tinha mais o meu relógio, mas sabia que, até ali, essa sua tomada de reféns não havia durado mais que uns vinte minutos. O Sr. Delambre havia dado cinco disparos, mas o prédio se encontrava em uma região administrativa e, em um dia de feriado como esse, a chance de alguém se dar conta do que estava acontecendo era muito pequena. Só nos restava uma solução: que o próprio Sr. Delambre desistisse. Para que isso ocorresse, os nossos ferimentos eram um bom pretexto, mas o Sr. Delambre não parecia disposto a ceder sem opor resistência. Ele não falava nada, mas fazia "não" com a cabeça repetidamente, como se esperasse que uma saída se apresentasse por conta própria. Aí disse:

— Os ferimentos... Alguém entende do assunto?

Ninguém respondeu. Intuitivamente, todos percebiam que aquela era uma nova prova de força.

— Então? Ninguém? OK — disse então o Sr. Delambre com um tom bastante decidido. — Que tal fazer diferente? Porra, se é para causar danos irreparáveis, melhor causar no lugar certo!

Com duas pernadas, estava diante do Sr. Dorfmann. Ele se ajoelhou e encostou o cano da arma no joelho do empresário dizendo:

— Vamos lá, Grande Timoneiro, é hora de dar mostra do seu heroísmo!

E, pela rapidez com que havia tomado a decisão, não dava para ter a mínima dúvida de que ia atirar. Foi quando uma voz alta se fez escutar:

— Eu, deixe comigo.

O Sr. Cousin estava de pé. Não posso colocar de outra forma: parecia um fantasma. Uma pele leitosa, quase diáfana, um olhar de perturbado. Até o Sr. Delambre ficou impressionado.

— Eu entendo um pouco de ferimento. Deixe que eu olho.

E o Sr. Cousin se pôs em movimento. Aquilo era tão surpreendente que se tinha a impressão de que ele andava em câmera lenta. Primeiro se aproximou de Kader e se curvou. Disse:

— Baixe a cabeça.

Mexeu por um instante no meio dos cabelos.

— Não é nada, não — disse —, só o couro cabeludo. É superficial. Vai parar de sangrar sozinho.

Falava com muita autoridade, como se os reféns agora fossem dele. Pela sua segurança, pela sua postura, de repente estava acima do Sr. Delambre, que continuava ali, ajoelhado diante do chefe da Exxyal, sem saber o que fazer.

Aí o Sr. Cousin se agachou perto de mim. Levantou a minha perna segurando sob a tíbia, como fazem os socorristas, afastou o tecido e disse:

— São os músculos gêmeos, nada grave. Vai ficar tudo bem.

Ele se levantou novamente e virou para o Sr. Delambre.

— Bom, então... O que é que você quer exatamente, para terminar logo com isso? E, aliás, quem é você?

O Sr. Cousin exigia que prestasse contas.

Em poucos segundos, essa tomada de reféns havia se tornado uma luta entre duas vontades. Os reféns, sentados ao redor da sala, e, no centro, como em um ringue, dois homens de pé, face a face. O Sr. Delambre tinha uma vantagem enorme, obviamente: uma pistola, com a qual havia atirado seis vezes, fazendo buracos nas paredes e dois feridos. E sobravam sete balas. Mas, mesmo assim, o Sr. Cousin não parecia nem um pouco disposto a se deixar impressionar pelo adversário. Ele se encristou de uma tal forma que até parecia ansioso para partir para a briga.

— Aaaaah! — gritou o Sr. Delambre se levantando. — O executivo modelo corre para prestar socorro para o patrão, que comovente!

Ele recuou com precaução, sem se virar, segurando a pistola com as duas mãos, até trombar com as costas na porta. Virou de novo para o Sr. Dorfmann:

— Parabéns, Excelência, pelo sucesso obtido com seu executivo. É praticamente um protótipo! Você demite o cara, ele continua trabalhando como voluntário, esperando que seja contratado mais uma vez. Aí eu pergunto: isso não é magnífico?

Depois disso, ele levantou a arma bem alto, como se solicitasse o testemunho de todos ou quisesse atirar para o teto. Aí apontou para a direção do Sr. Cousin balançando a cabeça, admirado:

— E você, hein, querendo defender a empresa! Arrisca a própria vida, se for preciso. A empresa é seu clã, sua família! Faz meses que ela vem matando você em fogo brando, é capaz de jogá-lo no lixão, sem escrúpulos, mas não adianta: você está disposto a morrer por ela! Uma submissão como essa beira a santidade.

Nada afetado, o Sr. Cousin olhava dentro de seus olhos:

— Repito — disse ele. — Quem é você e o que você quer?

Não parecia nem um pouco impressionado com o show do Sr. Delambre, nem com a arma mirada para ele.

O Sr. Delambre baixou lentamente os braços, desolado:

— Ora... a mesma coisa que você, meu velho. Um trabalho, é só isso que eu quero.

O Sr. Delambre avançou até o Sr. Lacoste, que franziu a testa em sinal de preocupação. Mas, ao invés de encostar o cano da arma sobre a sua testa, foi para o coração que apontou.

— Fiz tudo o que era necessário por esse cargo.

— Escute bem... — começou o Sr. Lacoste com um tom vacilante. — Eu acho que você...

Mas o Sr. Delambre fez com que se calasse com um simples movimento do punho em que estava a arma. A sua voz continuava calma, e isso é que dava medo, esse tom bem centrado:

— Me esforcei mais que todo mundo por esse cargo. Você me fez acreditar que eu tinha chance. Mentiu para mim porque, para você, eu não sou sequer uma pessoa.

Voltou a bater levemente a arma no peito do Sr. Lacoste.

— Francamente, eu sou melhor que ela! Bem melhor!

Com um movimento negligente da cabeça, ele designou o lugar onde estava a Srta. Rivet, mas essa presença parece haver despertado a sua cólera, porque começou a gritar de repente:

— Eu merecia esse trabalho! E você roubou ele de mim! Está ouvindo? Você roubou ele de mim e isso era TUDO O QUE EU TINHA!

Calou. Aproximou a boca do ouvido do Sr. Lacoste e disse, alto o suficiente para que escutássemos com clareza:

— Então, já que me tomaram o que é meu por direito... vim dar o troco pessoalmente.

De repente se ouviu um barulho de passos apressados.

Logo que percebeu que o Sr. Cousin havia acabado de fugir para o corredor, o Sr. Delambre virou e disparou no rumo da porta, mas errou a pontaria, o tiro abriu um enorme buraco no alto da parede. Ele correu, tropeçou em uma cadeira que o Sr. Cousin havia derrubado no caminho e só faltou se estatelar no chão com a pistola. Apesar de tudo, conseguiu chegar ao corredor. Vimos que ergueu a arma com as duas mãos, hesitou, aí deixou os braços caírem de novo. Era tarde demais.

Então o que restava para ele era escolher entre o mau e o pior: perseguir o Sr. Cousin e deixar para nós o local e os telefones, ou ficar conosco e deixar o Sr. Cousin ir atrás de socorro.

Estava acuado.

Muito ainda podia acontecer e gerar várias consequências a mais, porém, ainda que tudo corresse bem ou mal no desenrolar dos acontecimentos, que alguns saíssem vivos e outros mortos, uma certeza permaneceria: de certa maneira, aquele era o fim.

A experiência me ensinou que bastam alguns segundos para um homem ficar alucinado. Os ingredientes básicos (a sensação de humilhação ou de injustiça, uma solidão extrema, uma arma e nada a perder) estavam todos ali para fazer com que o Sr. Delambre montasse a sua barricada conosco para enfrentar a polícia.

Quando ele retornou ao cômodo, com a pistola balançando na ponta do braço caído, de cabeça baixa, feito um derrotado, realmente pensei que, dessa vez, era o Sr. Delambre quem ia começar a chorar.

32

Ele podia ter escolhido desistir, mas acho que as suas forças não davam para isso. Havia atingido um ponto sem volta e provavelmente não via como pôr o ponto final. Isso é sempre o mais difícil, o ponto final.

Puxou uma cadeira e lá estava ele, sentado, de costas para a porta, de frente para os reféns.

Não é mais o mesmo homem.

Está abatido, extenuado. Pior. Derrotado. Com os cotovelos apoiados nos joelhos, segura negligentemente a arma com a mão direita, olhando para o chão, parecendo ausente. Com a mão esquerda, mexe em um pequeno objeto de tecido alaranjado que deve ter uma espécie de sininho minúsculo, com um som bem agudo. Parece um amuleto.

Está na outra ponta da sala, longe demais para que alguém possa ter a esperança de alcançá-lo sem que ele levante a arma.

Qual o meu pensamento nesse momento? Muito bem, me pergunto o que ele está esperando que aconteça. Trouxe uma arma carregada, sinal de que não excluía a possibilidade de usá-la, mas com qual objetivo? Virando e revirando a questão, a imagem que ele nos oferece naquele instante serve de confirmação: o Sr. Delambre agiu no desespero. E, desesperado, não excluiu a possibilidade de cometer um homicídio, um assassinato.

Como no prognóstico dado pelo Sr. Cousin antes de fugir, o ferimento de Kader parou de sangrar. Quanto a mim, apliquei um garrote para pressionar a ferida, a hemorragia foi estancada e é só ter paciência.

O grupo se aquietou e entrou em uma vigília parecida com a da véspera de uma batalha. Acabou o pranto, o chiado, o gemido, a queixa também. Tudo isso durou, ao todo, bem menos que uma hora. Mas aconteceu tanta coisa que todo mundo está exausto.

Eis a hora do último ato.

Todos estão temerosos e retomam as forças como podem, mergulhando dentro de si mesmos. Se a vontade do Sr. Delambre de nos manter ali parecesse enfraquecida, teríamos um pouco de esperança, mas basta olhar para ele para constatar que esse homem vai até o fim. E ninguém sabe que final é esse.

Dessa forma, quando as primeiras sirenes de polícia chegam até nós, uns quarenta e cinco minutos mais tarde, todos se perguntam qual será o desfecho da prova. Ou o Sr. Delambre se rende ou resiste. Cara ou coroa. Todos fazem as suas apostas. E esperam pelo resultado.

Quando as sirenes se aproximam, o Sr. Delambre sequer ergue a cabeça. Não esboça o mínimo movimento, está totalmente desanimado. Escuto com atenção e distingo cinco viaturas de polícia e duas ambulâncias. O Sr. Cousin foi eficaz e convincente, as autoridades estão levando as coisas a sério. Podemos ouvir passos apressados no estacionamento. Os policiais estão avaliando a dimensão do problema. Primeiro o edifício será cercado. Em alguns minutos, será a vez de chegar o esquadrão do Raid. Em seguida, entraremos em uma negociação de cinco minutos ou de trinta horas, o que depende de o Sr. Delambre se mostrar muito ou pouco compreensivo, hábil ou resistente. Como ele continua olhando para os pés, perdido nos pensamentos, os reféns se encaram, se indagam em silêncio, e as incertezas pessoais acumuladas dão forma a uma inquietação coletiva. Todos, um por um, recebem um olhar fixo do Sr. Dorfmann, que, com o seu sangue-frio, tenta acalmá-los. Já o Sr. Lacoste foi pego de surpresa desde o início da prova e não conseguiu voltar à corrida em momento algum. O seu rosto é o de um perdedor.

O megafone assobiou e uma primeira voz se fez escutar:

— O prédio está cercado...

Ainda sentado na cadeira, sem sombra de hesitação, o Sr. Delambre estendeu o braço de uma maneira cansada e, sem sequer levantar a cabeça, atirou na janela. Atrás da persiana baixada, o vidro se estraçalhou fazendo um enorme estardalhaço. Todos os reféns, debaixo de uma chuva de cacos, se encolheram instantaneamente e cobriram as cabeças.

O Sr. Delambre se levantou em seguida. Foi até a sua pasta, abriu e, sem tomar a mínima precaução a nosso respeito, como se não fôssemos mais problema nenhum, tirou dois pentes de recarga para a Beretta. O bastante para fazer um cerco. E voltou a se sentar. Com os dois pentes de balas a seus pés. A novidade não era nada boa. Essa última fase realmente não se anunciava bem.

Após o primeiro aviso no megafone, a polícia não insistiu. Poucos minutos mais tarde, ouvimos novas viaturas. O Raid havia desembarcado. Eles precisariam de uns vinte minutos para consultar as plantas do edifício, passar, se possível, sondas de áudio e vídeo para observar o que se passa dentro da nossa sala, aproximar as equipes dos pontos críticos de acesso para o caso de uma investida. Em paralelo, o Raid posicionaria, em frente às janelas, atiradores de elite capazes de, no mínimo deslize do Sr. Delambre, botar duas balas dentro da sua cabeça.

Considerei que um prazo de uns dez minutos seria necessário para o negociador dar o primeiro telefonema e, se eu tiver errado, acredito que foi por pouco.

Ele ligou para um aparelho interno que estava no chão, perto da parede, à direita do Sr. Delambre.

Todos os olhares se convergiram para lá, mas foi preciso deixar tocar uma boa dúzia de vezes até o Sr. Delambre resolver se levantar. Parecia esgotado. O aparelho era um tipo de ramal com várias teclas e uma tela digital. O Sr. Delambre tirou do gancho, disse "alô", primeiramente sem sucesso, aí apertou uma tecla, depois outra, não custou a ficar nervoso e experimentar praticamente todas as teclas. No fim das contas, todos nós ouvíamos o seu interlocutor, porque ele acabou apertando o botão do viva-voz, o que não pareceu incomodá-lo.

— Senhor Delambre, aqui quem fala é o capitão Prungnaud.
— O que você quer?
— Quero saber como estão os reféns.

O Sr. Delambre dá uma olhada geral.

— Estão bem.
— Dois deles estão feridos.

A conversa se desenrolou de uma maneira bem previsível, protocolar. Não demorou para o Sr. Delambre declarar que não deixaria ninguém sair e que teriam que "vir buscá-lo". E, para pontuar a declaração, ergueu o braço e estourou mais duas janelas. As persianas plastificadas, ao serem atravessadas pelos tiros, ficaram com grandes aberturas queimadas que davam uma boa impressão do que poderia ser provocado se, ao invés de uma janela, o Sr. Delambre escolhesse um de nós como alvo. Nesse instante, os atiradores de elite do Raid provavelmente se contorciam na esperança de enxergar o Sr. Delambre através dos rombos nas persianas, mas ele estava longe demais das janelas, eles não podiam assumir nenhum risco.

Eu e Kader mal podíamos pensar em intervir de novo. Enquanto esperávamos a chegada da polícia, eu, discretamente, vinha observando Yasmine, que havia se mostrado extraordinariamente discreta até aqui. Durante a longa espera pela chegada da polícia, milímetro por milímetro, ela havia conseguido mudar de posição, reajeitar discretamente um dos pés debaixo das nádegas, o bastante para dar uma boa impulsão, e passar o peso do corpo para o braço antagonista, o bastante para se garantir no impulso. Profi, mesmo, de primeira. Ela estava sentada a uns sete metros do Sr. Delambre e eu sabia que estava pronta para pular nele na mínima escorregada que ele desse. Tanto é que, um pouco mais cedo, quando o Sr. Delambre havia levantado para buscar os dois outros pentes de munição, eu havia dado a entender que não era o melhor momento para ela. A melhor ocasião seria quando o Sr. Delambre disparasse a última bala na arma. Até ele perceber que o pente estava vazio, pegar um novo, trocar, Yasmine teria todo o tempo do mundo! Eu não dava um por cento de chance para o Sr. Delambre contra essa moça de uma esperteza indiscutível e treinada à perfeição. Por ora, restavam três balas, e ele parecia disposto a atirar em tudo o que se mexesse, o que, paradoxalmente, era até um bom sinal, porque trazia mais para perto o momento propício para agir. Víamos naquilo uma oportunidade inesperada de intervir antes do esquadrão do Raid.

Não vou esconder que esse era o meu único objetivo.

Eu me sentia em xeque. Para mim, era uma questão de honra que eu mesmo sanasse a situação antes da chegada das forças de manutenção da ordem. Estava ainda mais propenso a isso por saber que, o Sr. Delambre estando armado, eu podia abatê-lo friamente sem sombra de risco: legítima defesa garantida. No que diz respeito aos outros reféns, bastava disparar bem depressa, como se não desse para eu ajustar o tiro. Em resumo, eu não precisava de mais que uns décimos de segundo para atirar e acertar em cheio a cabeça dele, e essa era a minha intenção.

Mas estava escrito que nada aconteceria do jeito que eu previa.

O Sr. Delambre, embora estivesse com um aspecto meio desorientado, devia estar relembrando os conselhos que recebeu. Estava sentado na cadeira, de costas para a porta, de frente para o grupo, e, enquanto esperávamos que disparasse a última bala, ele, de repente, ejetou o pente em uso e colocou um novo. Levou menos de quatro segundos. Mal nos demos conta daquilo e a arma do Sr. Delambre já estava novamente carregada com treze balas boas e prontas para o uso.

Yasmine não perdeu a sua dignidade, mas eu sabia que, por dentro dela, tudo havia desmoronado.

A nossa sala se encontrava no quarto andar do prédio e, com três das quatro janelas quebradas pelos tiros, o ar penetrava às lufadas. O que era agradável no início, agora, se tornava extremamente desconfortável. Será que o Raid escolheria essa via de acesso? Era possível. Eu apostava em uma ação em duas frentes simultâneas, o corredor e o exterior, uma armadilha da qual o Sr. Delambre, sozinho, não poderia escapar. E, depois de tê-lo visto atirar nas janelas sem mais nem menos, e com balas reais, retendo doze reféns, dois feridos dentre eles, as forças de intervenção não dariam nenhuma chance de ele sair vivo.

No que concerne à investigação, os tiras e o Raid foram bem rápidos: o Sr. Delambre foi rapidamente identificado, o que havia possibilitado ao negociador chamá-lo pelo nome desde o primeiro contato. Na verdade, a partir dos elementos fornecidos pelo Sr. Cousin, não deve ter sido muito difícil fazer a conexão entre o Sr. Dorfmann e o Sr. Lacoste, e, talvez, até mesmo botar as mãos em sua assistente, a Srta. Zbikowski, que devia possuir a chave para toda essa história.

O primeiro round da negociação foi bem curto, e o saldo foi de três tiros. Era melhor a equipe do Raid não demorar muito para voltar à luta. E foi o que aconteceu uns dez minutos mais tarde.

O telefone tocou duas vezes e o Sr. Delambre já se levantou. Yasmine, assim como eu, observava o seu comportamento. Enquanto ele falava, desviava o olho de nós? Onde ficava a arma durante as conversas? Ele aproveitava todo o comprimento do fio do aparelho para se deslocar? Raivoso, ele apertou várias teclas, uma neutralizando o efeito da outra provavelmente, e o viva-voz continuou ligado.

— Senhor Delambre, o que o senhor deseja?

Era de novo a voz do capitão Prungnaud, clara, calma, o tipo de timbre que emana profissionalismo.

— Sei lá... Vocês conseguem arrumar um trabalho para mim?

— Sei, acho que me disseram que tinha um problema nesse âmbito.

— De fato, um ligeiro problema. "Nesse âmbito." Tenho uma proposta.

— Estou ouvindo.

— As pessoas que estão aqui comigo, todas elas têm um trabalho. Se eu matar uma delas, qualquer uma, e libertar as outras, vocês me dão seu cargo?

— Podemos falar sobre tudo, senhor Delambre, repito, sobre tudo, inclusive sobre a sua busca por um emprego, mas, para fazermos isso, primeiro o senhor terá que libertar alguns reféns.

— Falar sobre dinheiro, por exemplo.

O negociador deixa passar um segundo, só para avaliar a dimensão do problema.

— É dinheiro que o senhor quer? Quanto?

Mas, antes que terminasse a frase, o Sr. Delambre atirou na última janela e os estilhaços do vidro caíram nas costas dos reféns todo encolhidos.

Foi só o tempo de abrirmos os olhos novamente e o Sr. Delambre já havia desligado e retornado para o seu lugar. Ouvimos uma boa algazarra lá embaixo, no estacionamento. Não era simples a tarefa desses policiais, complicado confrontar um sujeito que responde as perguntas aos tiros, detonando janelas.

O telefone tocou mais uma vez, uns cinco minutos mais tarde.

— Alain...

— Senhor Delambre, por favor! Não somos camaradas da ANPE!

— Certo. Como queira, senhor Delambre. Estou chamando porque tem alguém ao meu lado querendo falar com o senhor. Vou passar para ela.

— NÃO!

O Sr. Delambre berrou e desligou. Mas permaneceu ali, pasmado diante do aparelho, mudo, imóvel.

Yasmine me lança um olhar intenso para saber se chegou a hora, mas eu sei que o negociador, após uma resposta dessa, não vai desistir. Tanto é que, poucos segundos mais tarde, toca de novo, mas dessa vez não é o negociador do Raid quem fala. É uma mulher. Jovem. Eu diria que com menos de trinta anos.

— Papai...?

Uma voz tremida, emocionada. Puxaram o tapete do Sr. Delambre.
— Papai, responda, por favor...
Mas o Sr. Delambre não consegue falar. Segura o telefone com a mão esquerda, a arma com a direita, mas nada parece ser capaz de tirá-lo do estado em que foi colocado por essa voz. Para ele, ouvir essa voz é mais difícil que abater o Sr. Dorfmann com uma bala na cabeça, mas talvez seja a mesma coisa: um sinal indubitável de um desespero sem saída. Por pouco que não fiquei com pena dele.
Confusão na linha, ninguém sabe o que pode acontecer.
Agora é outra mulher que intervém, mais velha.
— Alain? — diz. — Aqui é Nicole.
O Sr. Delambre fica literalmente pregado na mesma posição.
A mulher chora em abundância e se engasga, sem chegar, propriamente, a falar algo. Quase que só se escuta soluço. E isso provoca um efeito perturbador em nós, porque a mulher não chora pelo nosso destino, mas pelo do homem que nos mantém aprisionados e que nos ameaça de morte há mais de uma hora.
— Alain — ela diz —, suplico a você... responda.
Essa voz, essas palavras, causam um efeito arrebatador no Sr. Delambre, que diz, simplesmente, bem baixo:
— Nicole... Me perdoe.
Isso, simplesmente.
Nada mais.
Depois disso, ele desliga, agarra a gaveta onde havia retido os nossos telefones, os nossos relógios. Aí se aproxima da janela, puxa a persiana para cima e joga todo o conteúdo pela janela. De uma vez. Tudo. Não sei por que faz isso, juro, é de arrepiar. Em todo o caso, não demora a vir a réplica.
A primeira bala passa a poucos milímetros de seu ombro direito, a segunda atravessa o espaço ocupado por sua cabeça no segundo precedente. Ele cai no chão e se volta para nós no mesmo instante, com o braço esticado e a arma em nossa direção. E faz bem, porque Yasmine já está de pé, pronta para pular nele.
— No chão! — ele grita para ela.

Yasmine obedece. O Sr. Delambre rasteja e se levanta alguns metros mais distante. Ele se dirige para a porta, abre e se volta para nós.

— Agora podem ir — diz ele. — *C'est fini*.

Espanto geral.

Acaba de dizer *"c'est fini"*: acabou, ninguém acredita.

O Sr. Delambre permanece assim por uns segundos, com a boca entreaberta. Tem razão, acabou. Tenho a impressão de que quer dizer algo para nós mas não consegue, as palavras ficam dentro da cabeça. O telefone continua a tocar. Nem sequer pensa em atender.

Vira as costas e sai.

O último barulho seu que chega até nós é o da fechadura sendo trancada pelo corredor.

Estamos presos.

Estamos livres.

Difícil descrever o que foi esse instante. Todos os reféns se levantaram e correram para as janelas. Uma vez que haviam arrancado as persianas, eu e a minha equipe precisamos de muita energia e persuasão para impedi-los de saltar. Foi um belo pânico.

Do estacionamento, ao verem de súbito os reféns aglutinados nas janelas, os policiais não entenderam o que se passava. O negociador chamou na linha interna. Foi Yasmine que respondeu e informou aos policiais o que parecia ser a situação, porque não havia como ter certeza de que o Sr. Delambre não ia voltar atrás. Tudo ainda era muito incerto e eu compartilhava da inquietação dos policiais. Não sabíamos, por exemplo, onde ele se encontrava exatamente, ele com a sua pistola e dois pentes de recarga. Será que havia realmente desistido? Será que não podia estar de tocaia em algum canto do prédio?

Kader fazia de tudo para acalmar o Sr. Lussay, a Sra. Camberlin, o Sr. Guéneau. O Sr. Renard era o mais excitado, aos berros: "Tirem-nos daqui! Tirem-nos daqui!" e Yasmine não achou outra solução senão dar dois tapas bem dados nele, que voltou a si instantaneamente.

Mancando, como eu podia, me arrastei até o telefone e me apresentei. Tive uma breve conversa com o capitão do Raid.

Uns dez minutos mais tarde, escadas estavam erguidas ao longo da parede externa do prédio. Duas equipes do Raid logo subiram, equipadas de coletes à prova de balas, capacetes e rifles *sniper*. A primeira garantiu a nossa segurança enquanto a segunda abria as portas internas para dar acesso às demais equipes, que foram imediatamente à procura do Sr. Delambre.

Alguns segundos mais tarde, estávamos todos no estacionamento, enrolados em cobertores prateados...

É mais ou menos isso que expliquei aos policiais e ao juiz.

Parece que o Sr. Delambre havia pousado a arma e os dois pentes de recarga no chão, na entrada do escritório em que tinha se fechado. Foi encontrado prostrado pelo esquadrão do Raid, ao pé de uma mesa de trabalho, com a cabeça enfiada no meio dos joelhos e as mãos na nuca.

Não opôs nenhuma resistência.

Devo ter tido uma boa dúzia de operações mais complicadas e perigosas que essa. Mas, já no dia seguinte, encontrei com Kader e Yasmine para um interrogatório completo, porque toda operação traz o seu ensinamento. Sempre é preciso rever o filme em câmera lenta, imagem por imagem, para extrair de cada detalhe, mesmo do mais anódino, o alimento da experiência, que é o nosso ganha-pão. Depois, cada um toma uma nova destinação, assume outra missão.

Mas, dessa vez, não é bem assim.

As imagens dessa meia jornada não param de rodar na minha cabeça, como se contivessem uma mensagem subliminar que eu não captei.

Digo de mim para mim que é bobagem e passo a outra coisa, mas não adianta, no decorrer dos dias as imagens retornam.

Sempre as mesmas.

Estamos no estacionamento. Reina uma atmosfera de alívio. A equipe do Raid que localizou o Sr. Delambre dentro de um escritório chamou os agentes a postos no estacionamento para assinalar o fim da operação. Minha perna se torna o alvo de muita atenção. Os socorristas nos envolvem de cuidados. O capitão do Raid vem apertar a minha mão. Trocamos umas palavras sobre as circunstâncias.

Do meu lugar, vejo os reféns libertados. Cada um reage em função de seu temperamento. O Sr. Guéneau está novamente vestido com o seu terno, que se encontra em um estado deplorável, a Srta. Tràn já se embelezou de novo, a Sra. Camberlin também recuperou a cor e apagou todos os traços de maquiagem que maculavam o seu rosto poucos minutos atrás. Estão todos em círculo ao redor do Sr. Dorfmann, que responde as perguntas sorrindo. Não leva muito tempo para que a autoridade retome a sua posição. Parece até que os reféns precisam disso, como uma referência vital. O que é extraordinário é que ninguém vai ficar ressentido com o chefe da Exxyal-Europe por ter organizado uma encenação tão cruel e violenta. Muito pelo contrário, todos aparentam ter achado a ideia particularmente fecunda. Uns porque pensam que vão ganhar algum crédito por terem reagido bem, outros por acreditarem que aquilo faria esquecer os seus pontos fracos. Decididamente, a vida retoma o seu curso em uma velocidade estarrecedora. O corpanzil do Sr. Cousin está visivelmente destacado no meio dos outros. É nítido, o resultado: ele é o homem do momento, o que encarnou a coragem coletiva, o grande ganhador do dia. Não sorri. Assemelha-se a um candidato que acaba de saber que venceu as eleições e finge não dar muita importância, justamente para mostrar o quanto é superior. Mas basta ver o lugar que ocupa ao lado do Sr. Dorfmann e considerar o círculo invisível e respeitoso que os colegas formam à sua volta, os mesmos que deviam desprezá-lo menos de três horas atrás, para perceber que ele é, indiscutivelmente, o vencedor dessa prova. A sua passagem está comprada para a refinaria de Sarqueville e isso não é motivo de dúvida para ninguém.

O Sr. Lacoste já está no celular. Vício da profissão, provavelmente. Fala exaltado. Imagino que ainda vai comer o pão que o diabo amassou. Vai ter que confrontar o cliente, o Sr. Dorfmann, e lhe desejo boa sorte...

Um pouco mais longe, o Sr. Renard já explica para a imprensa, com gestos comedidos e, por isso mesmo, mais expressivos, as condições em que fomos aprisionados e depois libertados. É o seu mais belo papel. Acho que, se o Sr. Renard morresse em sua cama essa noite, morreria feliz.

Os sinalizadores das viaturas giram devagar, os motores ronronam, garantindo ao conjunto da cena um caráter apaziguador de fim de crise.

É disso que eu me lembro.

E de duas mulheres também, que não conheço. Mãe e filha. A esposa do Sr. Delambre é uma mulher muito bonita. Quer dizer, muito charmosa. A filha, uns trinta anos de idade, envolveu os ombros da mãe com o braço. Nenhuma das duas chora. Elas vigiam as portas do prédio com ansiedade. Anunciaram para elas que o Sr. Delambre havia sido detido sem reagir e não estava ferido. Chega uma terceira mulher, também na faixa dos trinta anos. Apesar de muito bonita, o pavor deixa o seu rosto marcado e envelhecido. As três mulheres agarram as mãos umas das outras quando a equipe do Raid sai com o Sr. Delambre.

Pronto, são essas as imagens que me vêm à mente com regularidade.

Estou em casa. Sozinho. Tudo isso ocorreu há quase seis semanas.

É terça-feira. Tenho trabalho a fazer, nada urgente.

Yasmine me telefonou antes de ontem da Geórgia para ter notícia. Me perguntou se continuo "remoendo" essa história. Ri e garanti que não, evidentemente, mas isso não é verdade. Hoje de manhã mesmo, enquanto eu bebericava o meu café em frente às grandes árvores da praça, voltei a pensar na saída do Sr. Delambre.

É engraçado como se dá o encadeamento das coisas às vezes.

Eram 10 horas da manhã. Eu revia os agentes do Raid carregando o Sr. Delambre. Logo que foi capturado, dentro da sala de interrogatório, foi preso em uma espécie de camisa de força feita com um tecido preto. É um sistema que eu não conhecia. O capitão Prungnaud me explicou que é bem prático. Enfim, o Sr. Delambre estava todo embrulhado naquilo e sendo carregado como se estivesse em uma maca, deitado de costas. Estava suspenso por quatro correias que, seguradas pelos tiras do Raid, balançavam o seu corpo no ritmo da enérgica corrida que faziam rumo ao veículo em que iam colocá-lo e transportá-lo. Não dava para ver nada além do seu rosto. Ele passou a alguns metros das três mulheres, que se puseram a chorar ao vê-lo naquela posição. A esposa esboçou um gesto para ele, em vão. A sua passagem por nós não durou mais que um segundo, de tão rápido que corriam os tiras do Raid.

E eis o que continua a me intrigar desde o fim dessa história.

É o seu olhar.

É isso que pairava por sobre o meu espírito durante todas essas semanas. Esse rosto quase impassível. Nada que qualquer pessoa pudesse achar estranho. Era até compreensível que, após essa aventura toda, o rosto do Sr. Delambre finalmente estampasse algum descanso, algum alívio.

Mas é a forma como ele me olhou ao passar por mim. Durou uma fração de segundo. Ele não era o perdedor, o derrotado por quem eu estava esperando.

Encarou o meu olhar muito claramente.

Era o olhar de um vencedor.

E, por detrás, posso jurar que havia algo como um sorriso.

A imagem é sutil, mas está lá.

O Sr. Delambre deixou a cena satisfeito com a vitória e com um sorriso infinitesimal que lembrava... uma piscadela.

Que loucura...

Repito o filme para mim mesmo.

Agora que encontrei a lembrança certa, revejo nitidamente o seu rosto. Esse sorriso não é o da última revanche do perdedor.

É o sorriso do ganhador.

A imagem está lá.

Flashback, repito o filme de trás para a frente. O Raid desembarca lançando bombas de fumaça. Mais atrás, os reféns correm para pular pela janela. Mais atrás ainda, o senhor Delambre diz: *"C'est fini"* e ninguém acredita que acabou.

Que merda.

O Sr. Delambre está sozinho na sala em que fica esperando que venham prendê-lo. *Foi encontrado prostrado pelo esquadrão do Raid, ao pé de uma mesa de trabalho, com a cabeça enfiada no meio dos joelhos e as mãos na nuca.*

É por isso que sublinho a coincidência. Porque é exatamente no momento em que entendi que o telefone tocou.

Era o Sr. Dorfmann, o chefe da Exxyal-Europe.

Eu nunca havia falado com ele por telefone. Era o cliente final. O meu único interlocutor era o meu chefe, ou seja, o Sr. Lacoste. Aliás, foi o que tentei lhe dizer.

— Esqueça o Lacoste.

O tom era bem direto. Como você deve ter notado, o Sr. Dorfmann não tem o hábito de ser contrariado por ninguém.

— Senhor Fontana, gostaria de assumir uma nova missão na mesma lógica daquela que lhe foi confiada?

— A princípio, sim. É só uma questão de...

— Dinheiro não é problema! — me cortou, irritado.

Após um tempo, o Sr. Dorfmann simplesmente completou:

— Veja só, senhor Fontana, nós temos um grande... um enorme problema.

Num gesto repentino, como eu havia acabado de entender tudo, respondi muito tranquilamente:

— Não fico nada espantado com isso. Com todo o respeito, senhor, eu tenho a impressão de que, realmente, nos foderam. E em grande estilo.

Silêncio.

Em seguida:

— Acho que são esses os termos, de fato — concluiu o Sr. Dorfmann.

DEPOIS

33

Para conseguir um emprego, eu acreditava que estava disposto a tudo, mas não tinha pensado na prisão.

Vi de imediato que eu não possuía nenhuma das qualidades genéticas necessárias para sobreviver num lugar desses. De acordo com a genealogia darwiniana da adaptação no meio carcerário, eu fico bem na base da cadeia. Existem outros como eu, que aterrissaram aqui por acaso, por acidente ou por estupidez (no meu caso, pelos três) e que ficam se debatendo na mais completa aflição. É como se passeassem por aí com uma placa escrita: "Presa ideal: sirva-se!". É entre essas vítimas do "choque carcerário" que são recrutados os primeiros suicidas.

Basta dar um passo fora da cela para perceber a qual estrato social você pertence: eu faço parte do grupo daqueles que, imediatamente, levam um soco na fuça e acabam lisos, perdendo tudo o que a administração já não tinha tomado deles. Nem vi de onde veio o sujeito: dei por mim no chão, com o nariz espatifado. Ele se curvou, pegou meu relógio, minha aliança, depois entrou na minha cela e passou a mão em tudo que lhe interessava. Enquanto eu me levantava, dizia para mim mesmo que, na verdade, minha última conversa com Mehmet tinha sido uma ótima prefiguração da minha nova vida, mas com duas notáveis diferenças: primeiro é que a sorte tinha trocado de lado e, segundo, o número de Mehmet em potencial era realmente muito elevado para um só homem. Eu estava começando o combate sem nenhuma vantagem. Todos os outros estavam me olhando, de braços cruzados. Humilhante não era somente levar em cheio na cara, logo de chegada; de certa forma, isso é o que vem acontecendo comigo desde o meu primeiro dia de desempregado. Não, humilhante era ser vítima de uma ocorrência previsível para todos, exceto para mim. O cara que arrancou tudo o que eu tinha foi, simplesmente, o mais rápido de todos os que estavam à minha espera. Em poucos instantes, ele me fez entender que esse lugar é um zoológico, que, de agora em diante, tudo vai ser um combate.

Desde que estou aqui, vi chegarem uns trinta novos prisioneiros, os únicos que sabem escapar dessa são os reincidentes. Ser um iniciante com a minha idade não foi nada consolador. Noto, aliás, que, em seguida, fiz como os outros: cruzei o braço e assisti ao espetáculo.

Nicole veio me ver bem no início do meu encarceramento. Meu nariz estava parecendo um focinho de porco. A gente formava um "casal paradoxal", porque Nicole, ao contrário de mim, estava um coração de tão bonita, tinha se maquiado toda, tinha colocado o seu vestido estampado de duas partes que se cruzam na frente, que eu adoro, porque eu sempre podia puxar a cordinha dele... enfim, ela queria me passar confiança, desejo, queria me fazer bem, oferecer uma calma que as circunstâncias desmentiam por completo, mas que ela estimava necessária para encarar o período que estava se abrindo. Quando viu a minha cara, fez como se tudo estivesse normal. E ela merece um crédito, porque o enfermeiro, que não é nada delicado, tinha acabado de refazer os curativos. A hemorragia tinha recomeçado, eu estava com um tampão bem grande de algodão em cada narina, respirando pela boca, e a cicatriz, por baixo dos dois pontos que levei, ainda estava coberta de sangue coagulado. Também sentia um pouco de dificuldade para abrir o olho direito, a pálpebra tinha triplicado de volume. A pomada cicatrizante era de um amarelo cor de mijo, que brilha na luz fria.

Então, Nicole senta de frente para mim, sorri. No mesmo instante, deixa para lá a pergunta "Como você está?" e começa a me contar sobre as meninas, olhando fixamente para um ponto imaginário em algum lugar no meio da minha testa, fala de coisas de casa, de detalhes quotidianos, e, passados alguns minutos, as lágrimas estão escorrendo silenciosamente pelo seu rosto. Ela continua falando como se não tivesse se dado conta. Finalmente as palavras ficam entaladas na garganta e, como pensa estar se mostrando fraca enquanto estou precisando é de força, ela diz: "Desculpa", simplesmente, "desculpa" e baixa a cabeça, aniquilada pela amplitude da catástrofe. Ela resolve pegar um lenço na bolsa e se torna interminável a sua busca. Ambos baixamos a cabeça, derrotados.

Percebo que é a primeira vez que a gente fica a tal ponto separado, desde que a gente se conheceu.

Realmente, não me deixa de alma tranquila esse "desculpa" de Nicole, porque, para ela, o período não é nada fácil e só está começando. Tanta papelada, tanta dor de cabeça. Digo que não é para ela se sentir obrigada a me visitar, mas ela responde:

— Já é tão difícil eu ter que dormir sem você...

Fico literalmente sufocado ao ouvir isso.

E, apesar de tudo, quando ela conseguiu recobrar o espírito, vencer sua aflição, Nicole quis fazer perguntas. Tem tanta coisa que ela não está entendendo. O que aconteceu comigo? Fisicamente, eu não pareço mais com seu marido e nem meus atos se assemelham com os do homem que perdeu.

O que é que eu me tornei? Eis sua questão.

É mais ou menos como num acidente, seu cérebro está focado em detalhes secundários. Ela está em choque.

— Como você conseguiu arranjar uma arma com balas de verdade?

— Comprei.

Ela tem vontade de perguntar onde, quanto, como, mas volta depressa para a verdadeira questão:

— Você queria matar aquelas pessoas, Alain?

Aí fica difícil dizer, porque sim, acho que queria. Respondo:

— Não, mas é claro que não...

Evidente que Nicole não acredita em uma só palavra do que digo.

— Então comprou para quê?

Tenho a impressão de que esse revólver vai permanecer um bom tempo entre nós.

O choro de Nicole está de volta, mas, dessa vez, ela não tenta escondê-lo de si mesma. Ela estende os braços, segura minhas mãos e não posso mais esconder o óbvio: minha aliança desapareceu. Certamente nosso anel de casamento já foi trocado por um boquete de um jovem que vai usá-lo na orelha por alguns dias, até trocá-lo por erva, doses de Subutex ou metanol... Nicole não diz nada, anota a informação numa coluna da mente que um dia vai servir para fazer o levantamento das perdas comuns. E, talvez, o balancete da nossa falência.

Eu sei muito bem que está queimando nos lábios a única pergunta que ela jamais pronunciará: Por que você me abandonou?

Mas, cronologicamente, a primeira visita foi a de Lucie. Normal. Logo que sou detido, me perguntam se tenho um advogado, eu digo Lucie. Ela, aliás, está pronta para vir. Quando o Raid me prende, ela já sabe que vai ser a primeira pessoa que eu vou chamar. Ela me abraça, quer saber como estou, nem sequer uma palavra de julgamento, nem sequer uma palavra de crítica. Um grande alívio. É por isso que, mesmo que fosse advogada, sua irmã é que eu não teria chamado.

Os tiras colocam a gente num cômodo pequeno e o tempo é contado. A gente encurta o instante de efusão para não correr o risco de as emoções transbordarem e indago Lucie sobre a continuidade dos procedimentos. Ela me explica por alto e, quando compreende o mal-entendido, ela reage imediatamente:

— Ah, não! Isso é impossível, papai!

— Não vejo por quê. Muito pelo contrário: estou preso e minha filha é advogada, isso é o mais lógico!

— Sou advogada, mas não posso ser SUA advogada!

— Por quê, é proibido?

— Não, não é proibido, mas...

— Mas o quê?

Lucie me dirige um sorriso carinhoso que me lembra sua mãe, o que, nas circunstâncias atuais, me deixa totalmente deprimido.

— Me ouça — ela diz o mais pausado possível —, o que você fez, papai, não sei se você tem consciência, mas é muito... preocupante.

Ela me diz isso como se eu fosse uma criança. Finjo não perceber porque, a essa altura, é uma reação normal da sua parte.

— Não sei como o juiz vai qualificar os fatos. Pelo menos como "sequestro sem liberação voluntária", talvez "com agravantes", e, como você atirou na polícia...

— Eu não atirei na polícia, foi na janela!

— Sim, pode ser, mas, atrás da janela, estava a polícia, e isso se chama "agressão armada contra indivíduo detentor de autoridade pública".

Quando não se entende nada de direito, uma expressão dessas dá medo instantaneamente. A verdadeira questão é a seguinte:

— E quanto tempo eu vou ter que cumprir por isso? No máximo...?

Minha garganta está seca, minha língua está seca, tenho a impressão de que minhas cordas vocais estão vibrando em cima de uma lixa. Lucie me olha fixamente por um instante. É ela que tem a tarefa mais difícil, a de me impor a prova da realidade. O que ela faz muito bem. Minha filha é uma baita de uma advogada. Articula bem, fala lentamente.

— O que você fez é praticamente o que se pode fazer de mais grave: a pena máxima, papai... São trinta anos de reclusão.

Até agora esse número era só uma hipótese. Na boca de Lucie, é uma loucura como ele se torna algo real.

— E com alguma possível redução da pena...?

Lucie suspira.

— A gente não pode contar muito com isso, garanto...

Trinta anos! Essa perspectiva me fez desmoronar, visivelmente. Eu já estava num péssimo estado. Essa confirmação acaba comigo. Minha filha deve estar me vendo todo encolhido na cadeira. E não consigo me controlar, começo a chorar. Sei que não devia, porque um velho chorando é o que há de mais obsceno, mas é mais forte que eu.

Antes de me entregar à batalha, dois dias antes da tomada de reféns, no todo, eu devo ter consagrado menos de uma hora para avaliar os riscos judiciais. Abri e consultei uns dois ou três livros de direito, meio distraído, sob o jugo de uma raiva desvairada. Eu sabia que estava me entregando a uma loucura, mas as consequências eram muito mais abstratas que meu ódio.

Vou morrer aqui dentro, é o que eu me digo agora.

E basta olhar para Lucie para ver que pensa como eu. Até mesmo a metade dessa pena, quinze anos, é impensável. Vou sair daqui com o quê, setenta e cinco, oitenta anos?

Mesmo que eu consiga fazer com que não me estourem a cara duas vezes por mês, é simplesmente impensável.

Estou chorando como uma Madalena. Lucie engole em seco.

— A gente vai lutar, papai. De início, vai ser a pena máxima e nada deixa supor que o júri vai...

— O quê, o júri? Não é só o juiz?

— Não, papai.

Ela se assusta com minha falta de conhecimento.

— O que você fez é da alçada de um tribunal do júri.

— Tribunal do júri? Mas eu não sou um assassino! Não matei ninguém!

Minhas lágrimas ficaram ridículas, misturadas com a indignação. Lucie está numa posição bem complicada.

— É por isso que você precisa de um especialista. Eu me informei e encon...

— Eu não tenho condição de pagar um especialista.

— A gente encontra o dinheiro de uma forma ou de outra.

Enxugo o rosto com as costas da mão.

— Ah é? Onde? Tenho uma ideia: a gente pede para Mathilde e Gregory o resto do que eu deixei para eles! Que tal?

Lucie, brava. Eu emendo.

— Deixa para lá. Não tem problema, eu mesmo me defendo.

— Nem pensar! A ingenuidade, num caso desses, só pode resultar numa coisa: pena máxima.

— Lucie...

Seguro forte sua mão e olho bem no fundo dos seus olhos.

— Se não for você, vai ser eu. E ninguém mais.

Ela percebe que não vai ser o suficiente argumentar, nem reiterar os argumentos. Compreende que talvez não possa fazer nada, o que, para ela, é de tirar o fôlego.

— Por que você está me pedindo isso, papai?

Reencontrei a calma. E tenho uma imensa vantagem em relação a ela, eu sei o que eu quero. Quero que minha filha seja minha advogada. Não parei de pensar nisso nas últimas horas. Para mim, é a única solução. Minha decisão é definitiva.

— Já tenho quase sessenta anos, Lucie. O que está em jogo é o tempo que me sobra para viver. Não posso confiar isso a um desconhecido.

— Mas não estamos falando de uma psicoterapia, papai, isso é um processo no tribunal! Você precisa de um profissional, um especialista!

Ela vai catando as palavras.

— Eu... eu não sei como é que funciona, um tribunal do júri não é qualquer coisa. É... é...

— É tudo o que eu peço, Lucie. Se não quiser, vou entender, mas, se não for você...

— Sei, você já disse! Isso é chantagem!

— Não, absolutamente! Estou considerando que você me ama o bastante para aceitar me ajudar. Se eu estiver enganado, me diga, por favor.

O tom subiu e desceu bem depressa. Beco sem saída. A gente se cala. Seus olhos piscam de nervosismo. Acredito que ela vai ceder. O caminho está se abrindo. Eu tenho alguma chance.

— Eu preciso pensar melhor, papai, não posso lhe dar uma resposta assim...

— Sem pressa, Lucie, não é urgente.

Mas, na verdade, sim, o tempo urge. Vai ser necessário proceder com rapidez, o juiz vai pedir um interlocutor à altura, vou precisar de conselhos para escolher uma linha de defesa, a gente vai enfrentar complicações terríveis...

— Vou pensar melhor. Não sei...

Lucie chama o guarda. Não tem mais nada a dizer. Rapidamente, a gente se separa. Não acho que ela esteja sentindo rancor por mim. Pelo menos, por enquanto, não.

34

Foi rápido para meu caso virar manchete. Inclusive no jornal das 8, o que não é bom no que diz respeito ao juiz, que não vai ficar satisfeito com a midiatização. Dois dias depois de ser preso, tive a esperança de que se desinteressassem de mim, porque um grande diretor executivo também se viu na prisão por crimes financeiros relativos a um montante assustador (estamos no mesmo centro de detenção, mas ele tem direito à área VIP). Talvez eles sejam um pouco numerosos demais e, por conseguinte, os casos em que se envolvem se tornem banais. De qualquer forma, a distração não durou muito e, bem rápido, voltei a ser visado pela mídia. Minha história é mais midiática que a sua, porque as pessoas que se identificam com um desempregado surtado são em maior número que aquelas que têm alguma afinidade com um executivo que desvia seis vezes o valor das ações que pode comprar da sociedade.

Os jornalistas fizeram uma aproximação da minha tomada de reféns com as páginas policiais americanas onde adolescentes saem metralhando professores e colegas de sala. Apareço como um sujeito lobotomizado pelo desemprego. Um fanático. Os repórteres entrevistaram os idiotas dos meus vizinhos ("Não, que é isso, ele era um vizinho bem tranquilo. Ninguém podia esperar..."), alguns antigos colegas ("Não, que é isso, ele era um colega bem tranquilo. Ninguém podia esperar..."), meu interlocutor no Polo Empregatício ("Não, que é isso, ele era um desempregado bem tranquilo. Ninguém podia esperar..."). É engraçada a sensação de eu ser motivo de unanimidade nesse ponto. Dá a impressão de que se está assistindo ao próprio enterro, ou lendo o próprio obituário.

No que concerne à Exxyal, não faltaram manifestações da sua parte.

Primeiro, o herói do dia, Sua Alteza Paul Cousin *himself*, em pessoa. Sua coragem certamente fez com que a empresa recuperasse a confiança nele. Reintegrado. Exatamente o que eu teria sonhado para mim mesmo. Já posso imaginá-lo em Sarqueville, pilotando as demissões nas quais mais de trezentas famílias estarão implicadas, ele vai trabalhar com perfeição.

Genial a forma como ele posa diante das câmeras, como diante de mim no final da tomada de reféns: inflexível, implacável. Vertical. Uma mescla dos primeiros calvinistas com os puritanos do Novo Mundo. Paul Cousin é a versão capitalista de Torquemada. Do seu lado, a estátua do Comendador, Mickey Mouse. Sem exagero nenhum. Posso revê-lo idêntico a quando se aprumou na minha frente: vai direto ao assunto. Perfeito, ele. "Não podemos tolerar que a empresa se torne um lugar de criminalidade." E arrisca um exemplo imaginário: se todos os desempregados resolvessem fazer de reféns seus empregadores em potencial... Dá para imaginar. E temer. Sua mensagem é clara: o alto escalão tem muita consciência da sua responsabilidade e, cada vez que um delinquente ousar atacar sua empresa, pode esperar por um Paul Cousin no meio do caminho. Com efeito, dá medo.

Como uma vedete americana, o CEO da Exxyal, Alexandre Dorfmann. Ele é "A Vítima". Sóbrio, entristecido por essa assombrosa circunstância. Grandioso. Alexandre Dorfmann, convenhamos, é um patrão que temeu pelos seus executivos, um cara muitíssimo humano. Ele se mostrou estoico, o que é normal para alguém com tantas responsabilidades, e, se fosse preciso dar a vida pelos seus funcionários, está estampado no rosto que o faria sem nenhuma hesitação. No que me concerne, suas palavras são bastante duras. Eu ameacei os membros do seu alto escalão, o tipo de negócio que ele não vai perdoar. O subentendido é claro: os chefões não estão dispostos a se deixar incomodar por executivos desempregados, nem mesmo pelos armados. Não vão recuar. O dia do julgamento promete.

Quando ele se expressa de face para a câmera, tenho a impressão de que está olhando para mim em particular. Porque, por detrás da sua mensagem, é evidente que existe outra: "Delambre, se você pensa que eu sou um idiota, você está muito enganado. Com certeza não vou esperar seus trinta anos de reclusão para arrancar as bolas do seu saco!". Meus próximos meses de cativeiro prometem.

Ao vê-lo falar assim comigo, eu sei que logo vou ter notícias suas. Mas, por ora, afasto esse pensamento da cabeça porque, no dia em que isso acontecer, não tenho a mínima ideia do que vou poder fazer para me safar.

Em seguida, a reportagem se focou em mim, na minha vida, mostraram planos das janelas do nosso apartamento, da entrada do prédio. Da nossa caixa de correio. É bobo, mas, de ver assim a inscrição do nosso nome nessa pequena etiqueta amarelecida, que está lá praticamente desde nossa mudança, isso me causa uma pena imensa. Imagino Nicole enclausurada em casa, falando no telefone com nossas filhas e chorando.

É de partir o coração.

Incrível como a gente está distante um do outro.

Lucie explicou para a mãe o que devia fazer ou falar quando fosse abordada por jornalistas no telefone, na estação do metrô, no supermercado, no passeio, nas escadas, no corredor do centro de documentação, no elevador. No banheiro da cafeteria. Segundo ela, se não obtiverem resposta, os jornais vão esquecer da gente e voltar apenas no julgamento do processo, pelo qual a gente pode aguardar pelo menos uns dezoito meses. Encarei essa previsão corajosamente. É óbvio que faço meus cálculos. Me aferro ao mais clemente dos vereditos, subtraio as possíveis reduções da pena, retiro a duração da prisão preventiva. O resultado ainda é de uma duração incrivelmente longa. Minha idade nunca me pareceu tão ameaçadora.

Em compensação, graças à televisão, tive meus quinze minutos de notoriedade no centro de detenção: comentam meu caso, dão opinião, me fazem perguntas. Aqui, todos pensam que sabem tudo, uns estimando que vou gozar de circunstâncias atenuantes, o que é motivo de riso para aqueles que estão certos de que, pelo contrário, vão me fazer de exemplo para conter qualquer desempregado que venha a ter uma ideia tão estapafúrdia quanto a minha. Na verdade, cada um julga meu caso de acordo com o seu, em função dos seus próprios medos e esperanças, do seu pessimismo ou voluntarismo. Isso é o que se chama de lucidez.

Um centro de detenção faz jus ao nome. Aqui, tirando os tráficos de todo os tipos, toda a vida fica detida, ou quase. A única coisa que continua a evoluir é o efetivo: era para sermos quatrocentos detentos, somos setecentos. E, com mais exatidão, chegamos muito perto de ser 3,8 prisioneiros por cela. Ou seja, se você não está vivendo com mais três na sua cela, é um milagre. O início foi difícil: em oito semanas, troquei onze vezes de cela ou de companhia. A gente nem imagina o quanto uma população tão sedentária pode ser tão instável. Tive de tudo na cela comigo, agressivos, loucos, deprimidos, fatalistas, assaltantes, drogados, suicidas, drogados suicidas... É como se a prisão me desse vários trailers de filme para assistir.

A atmosfera daqui é cheia de engenhosidade. Tudo se compra, se vende, se permuta, se troca e se avalia. A prisão é uma bolsa permanente de valores elementares. Meu focinho de porco me serviu de conselho: depois, não guardei nada meu mais e reduzi meu guarda-roupas a peças que formam dois conjuntos extremamente feios que fico alternando, uma semana um, uma semana o outro. Me mantenho discreto.

É Charles quem me aconselha.

Tirando as mulheres, isto é, Nicole e Lucie, ele foi o primeiro a entrar em contato comigo. Charles recebe minhas cartas em três dias, no máximo, mas, quando é ele que me escreve, são mais de quinze dias para a correspondência chegar até mim, porque tudo passa pelo escritório do juiz, passa pelo seu crivo e segue em frente quando ele tem tempo. Consigo ver direitinho meu caro Charles no seu carro, com um bloco de notas apoiado no volante. Posso imaginar, sem dificuldade nenhuma, o seu bafo enquanto se esforça. Deve ser um espetáculo. Na sua primeira carta, me escreveu: "Se você me responder mas não se sinta na obrigação diz para mim se Morisset ainda está aí Georges Morisset é um chapa bacana eu conheço ele da época que eu estava no seu lugar".

Ler essa literatura de Charles é mais ou menos como acompanhá-lo numa conversa. Ele não usa pontuação, tudo aparece aos solavancos, conforme vêm os pensamentos.

Um pouco mais adiante: "Vou aparecer para ver você em breve não é que eu não possa a gente sempre pode se quiser mas é que me lembra duns momentos difíceis eu prefiro não mas como eu também quero ver você eu vou aparecer mesmo assim". A vantagem da sua prosa é que dá para seguir direitinho como sua reflexão evolui.

O Georges Morisset de quem fala é um dos vigias de melhor reputação. Subiu degrau a degrau na escala da penitenciária. Expliquei para Charles que agora era major e, na sua última carta, ele me escreveu: "Major Morisset não é de se espantar porque ele é batalhador ele quer e pode você vai ver ele não vai parar por aí surpresa nenhuma para mim se passar num concurso para tenente você vai ver".

Ainda há mais algumas linhas de admiração. Charles fica em êxtase com a ascensão obstinada do major Morisset. Eu precisei parar na prisão para descobrir que meu melhor, meu único amigo, na verdade, já esteve preso duas vezes. E foi aqui seu primeiro encarceramento. Não perguntei para Charles o que tinha feito, evidentemente. Mas não foi por falta de vontade.

Na sua correspondência, Charles escreve também que: "Como eu conheço um pouco o lugar talvez possa ajudar você a entender como funciona porque no início a gente fica meio perdido necessariamente e acontece de levar porrada logo que chega enquanto que quando a gente sabe pode conseguir evitar os problemas mais chatos".

A proposta não caiu nada mal, porque tinham acabado de me dar dois pontos extras no supercílio esquerdo, por conta de uma pequena discórdia de caráter sexual na hora do banho, causada por um halterofilista meio primitivo que não se desanimou com minha idade. Charles se tornou meu mentor e vem ao caso dizer que sigo seus conselhos à risca.

O conselho sobre o modo de se vestir veio dele, assim como um monte de pequenas coisas que possibilitam que o sujeito mantenha para si o essencial da comida do bandejão, não se aventure inadvertidamente nas "áreas reservadas" dos diferentes clãs, cuja extensão e localização variam segundo regras de costume bastante misteriosas, não perca o que acabou de comprar ou não seja enxotado da própria cama pelos recém-chegados.

Charles me explicou também que meu maior risco, já que me quebraram a fuça duas vezes em seguida, é eu virar um saco de pancadas, o cara que qualquer um pode espancar.

"Vai precisar riscar isso e inverter e tem duas soluções para isso a primeira é quebrar a fuça do mais brutamontes da seção e se não funcionar ou se você não conseguir fazer isso e sem querer ofender eu acho que esse vai ser o seu caso vai precisar achar proteção alguém para fazer respeitarem você."

Ele tem razão, Charles. São estratégias de macaco, mas a prisão leva a isso. Vivo com essa ideia na cabeça e passei a considerar com mais cuidado os fortões, perguntando para mim mesmo de que maneira eu poderia obter proteção de um deles.

Primeiro optei por apostar em Bébétâ. É um pretão de uns trinta anos que deve ter sido lobotomizado bem jovem e que, desde então, só funciona em modo binário. Quando levanta ferro, conhece apenas duas ordens: para cima/para baixo; quando come: mastigar/engolir; quando anda: pé direito/pé esquerdo; etc. Está à espera de julgamento por ter matado um cafetão romeno aos murros (avançar o punho/retroceder o punho). Ele tem quase dois metros de altura e, tirando os ossos, deve sobrar mais de cento e trinta quilos de músculo. As relações com ele se baseiam em princípios bastante próximos dos etológicos. Efetuei uma primeira aproximação, mas, só para memorizar meu rosto, ele vai precisar de várias semanas. Que um dia guarde meu nome, não tenho a mínima esperança. Os primeiros contatos ocorreram bem. Consegui criar um primeiro reflexo condicionado: ele sorri ao me ver aproximando. Mas vai levar tempo, muito tempo.

O que Charles me contou sobre o major Morisset tinha ficado em *stand-by* em algum lugar na minha cabeça, e eu não sabia por quê. Durante o dia, eu me pegava pensando nele e observando quando ele passava perto da minha cela ou no pátio na hora do passeio. É um homem de cinquenta anos de idade, rechonchudo mas forte, dá para notar que está na penitenciária há uma data e que, caso ocorra algum confronto, não vai ter medo. Não perde um detalhe com o seu olhar experiente. Pude vê-lo abordando Bébétâ, que deve ter o triplo do seu peso. Claro, seu papel é o da autoridade, mas, na sua forma de falar, de explicar o que não estava lhe agradando, tinha alguma coisa que me intrigava. Até mesmo Bébétâ captou que aquele homem encarnava a autoridade. Foi aí que me veio a ideia.

Voei para a biblioteca, procurei pelo programa do concurso para tenente da penitenciária. Verifiquei. Minha intuição não tinha me enganado, eu tinha alguma chance de conseguir.

— Então, major, e esse concurso...? Nada fácil, pelo que dizem por aí.

Hora do passeio. Dia seguinte. O dia está bonito, os detentos estão calmos, o major não é do tipo que acha que cassetete é brinquedo. Está fumando seus cigarros com uma atenção infinita, como se cada um custasse quatro vezes seu salário anual. Ele segura o cigarro entre o polegar e o indicador e cuida dele com a devoção de uma mãe, é espantoso.

— Pois é, nada fácil — responde o major soprando delicadamente o filtro, onde um pouco de cinza tinha pousado.

— E na escrita, o que vai escolher, a redação sobre cultura geral ou a síntese de textos?

Aí, sim, seu olhar se desvia do cigarro e sobe até mim.

— Como é que você sabe disso?

— Ih, esses concursos públicos, eu conheço bem. Fui professor de cursinho, passei anos preparando gente para tudo quanto é concurso público. Para o ministério da saúde, ministério do trabalho, prefeitura. Os programas se assemelham bastante. Sempre é mais ou menos a mesma problemática.

O golpe da "problemática", esse, eu tive medo de ter arriscado cedo demais. Por impaciência. Quase mordi os lábios, mas consegui me refrear. O major voltou ao cigarro, ficou em silêncio um tempão. Aí disse, alisando a fita do filtro com a unha:

— Não é o meu forte, a síntese de textos.

Bingo. Delambre, você é um gênio. Pode ser que pegue trinta anos de cadeia, mas, no quesito manipulação, seus anos de *management* e administração dão rendimento. Deixei se passarem uns segundos e retomei:

— Sei como é. Com a redação, o problema é que ela é a opção de quase todos os candidatos. Porque quase todos os candidatos são como você, eles têm medo da síntese de textos. Então, necessariamente, os que fazem a síntese invertem o jogo e se destacam aos olhos dos corretores. Já saem com vantagem logo de primeira. Aliás, eles têm toda a razão, porque a síntese de textos, depois que você entendeu como é que se faz... É até mais fácil que a redação. É mais formatada.

Pus o major Morisset para refletir. Eu disse para mim mesmo que o sujeito não era bobo, que era melhor não insistir, não correr o perigo de perder qualquer condição favorável que tivesse ganhado. Falei:

— Bom, major, até mais, boa sorte.

E voltei para o pátio. Guardei a esperança de ser chamado de volta, mas nada aconteceu. No toque do sinal, me coloquei na fila com os outros.

Quando virei para trás, o major Morisset tinha sumido.

35

Esse início de verão anda bem quente na prisão. O ar está parado, os corpos transpirados, a atmosfera pesada, os caras ainda mais agressivos, eletrizados. O espírito da cadeia começou a me corroer feito um câncer. Não sei como é que vou sobreviver à angústia de terminar meus dias aqui.

Duas vezes por semana, corrijo a síntese de textos do major Morisset. Ele é batalhador. Toda terça e quinta, tira três horas do seu repouso para redigir o dever nas condições do concurso. Para minha sorte, ainda vai demorar para ficar bom, sua técnica é deplorável. Ele ficou totalmente seduzido pela minha abordagem, destinada a fazer a diferença em relação a todos os candidatos.

O último tema que propus foi o estado das prisões na França. Um relatório do Observatório Europeu Contra a Tortura (nada mais, nada menos) apresenta uma pesquisa sobre nossas prisões. Ao receber a proposta, o major me perguntou se eu estava fazendo hora com a cara dele. Mas ele sabe muito bem que é esse o tipo de assunto que deve aparecer no concurso. Vou administrando meus conselhos lenta e progressivamente, para que ele precise de mim o maior tempo possível. Está bem feliz com meu serviço. Duas vezes por semana, ele me convoca ao seu escritório para trabalhar na técnica. Ofereço planos, aconselho estruturas formais para os deveres. Como não pode esperar nada da administração, comprou um quadro-branco e pincéis com seu próprio dinheiro. Nossas sessões são de duas horas. Quando saio do escritório, certos detentos riem e me perguntam se o major mandou ver no meu rabo ou se eu chupei até o fim, mas não estou nem aí: o major Morisset é respeitado, todo mundo sabe que existe um limite de brincadeira com ele e, acima de tudo, achei minha proteção. Por enquanto.

Com Lucie, também acertei na escolha. Ela é muito ativa. Evidente que encontra uma dificuldade ou outra diante do juiz, meio cético ao ver uma advogada tão inexperiente se envolvendo num caso desse. Deve estar se esforçando bastante, porque, a cada encontro com o juiz, ela traz as respostas para as questões levantadas, expõe seu posicionamento, toma toneladas de notas, cita a jurisprudência, seu rosto está quase tão cansado quanto o meu, e ainda temos meses e meses pela frente. A lentidão do processo é algo conveniente para ela, permite que aprimore seus conhecimentos. Ela conseguiu alguém para ajudá-la, certo doutor Sainte-Rose, de quem sempre fala. Quando questiono alguma coisa ou venho com alguma picuinha, é ele que ela utiliza como argumento de autoridade, deve se tratar de uma sumidade. A mim, ele não impressiona. Por mais entendido que seja, não é ele meu advogado. Meu caso, para ele, é puramente teórico. Parece que tem uma experiência vastíssima e sabe lidar com o negócio. Adoraria que viesse dar umas explicações teoréticas para meu companheiro de cela que, desde que chegou, come metade das minhas refeições na mais completa indiferença dos outros dois.

É inacreditável o quanto Lucie está se esforçando. Acredito que, mesmo durante seu curso, nunca precisou estudar tanto, nunca passou por tanta pressão.

Cabe a ela salvar o pai, como numa tragédia. E confio apenas nela. Um verdadeiro drama.

O que a preocupa é a história com a Transportadora Farmacêutica.

— As vítimas vão fazer questão de lembrar que você deixou o contramestre no chão, com uma cabeçada, poucos dias antes de fazer toda essa gente de refém. Ele ficou dez dias de licença. Você vai passar por violento.

Ela diz isso para um sujeito que ameaçou uma dúzia de pessoas com uma pistola 9 mm...

Arrisco:

— Qualquer que seja a maneira que você escolher para proceder...

— É possível — diz ela mexendo no seu dossiê amarelo, o do processo da Transportadora. — Mas se seu antigo empregador retirasse a queixa, seria mais fácil. Sainte-Rose falou que...

— Jamais vão fazer isso. Até me extorquiram uma confissão para me foder de vez. Eles são do tipo que só larga da carcaça quando não tem mais nenhum osso para roer...

Lucie achou o documento que estava procurando.

— Doutora Gilson — é o que diz.

— Ssssim...

— Christelle Gilson?

— Pode ser, não sei, não sou tão íntimo assim...
— Eu, sim.
Olho para ela.
— É o nome de uma amiga que tive na faculdade. Então procurei me informar. É ela mesmo.
Meu coração dispara.
— Uma grande amiga?
— Sim, era minha melhor amiga.
Lucie faz uma careta de constrangimento.
— Daquelas de roubar namorado.
— Quem é que roubou o namorado da outra?
— Eu.
— Mentira... Sério que você fez isso?
— Me desculpe, papai, mas, na época, eu não podia saber que meu pai ia se tornar um terrorista que eu teria de defender no tribunal e...
— Tá tá tá tá!
Ergui as mãos em sinal de rendição. Lucie vai se acalmando.
— Aliás, fiz um favor para ela. Ele era um verdadeiro idiota.
— Tudo bem, mas era o idiota dela.
Esse é bem o tipo de diálogo que a gente tem, eu e Lucie.
— Enfim, vou precisar fazer uma visita para ela.
Lucie explica que, caso não consiga convencer sua antiga melhor amiga a interceder a nosso favor junto ao seu cliente, para que ele retire a queixa e desista da indenização, eu terei de tentar a mesma manobra com Romain, que é a testemunha principal. Fico calado. Finjo concordar, mas, por ora, oficialmente, prefiro que Romain seja considerado como um adversário. Isso encobre o fato de que me deu uma mão e tanto. Não tenho vontade nenhuma de que tornem pública nossa cumplicidade.

No decorrer dos encontros, ela me dá notícias da mãe, que segue sozinha no apartamento. No início, eu conseguia telefonar para ela. Lucie me diz que ela está preocupada porque não ligo mais. Alego que agora está mais difícil. Na verdade, é que, quando falo com Nicole, basta ouvir sua voz para dar vontade de chorar. É inelutável.

Lucie afirma que a irmã, Mathilde, vai vir me ver em breve. Duvido muito. E acho melhor que não venha, do tanto que temo ter de afrontá-la.

É duro sentir vergonha de si diante dos próprios filhos.

Então, comecei a escrever minha história. Não é fácil, porque é preciso ter concentração e, aqui, onde quer que você vá, a televisão berra o dia inteiro. Às 20 horas, cacofonia: nem todos os detentos gostam do mesmo jornal, aí cada um aumenta o volume do seu para poder ouvir. As manchetes se encavalam e criam a maior confusão. France 2: *"Com 1,85 milhão de euros por ano, os grandes diretores executivos franceses são os mais bem pagos da Europa"*, sobrepondo a TF1: *"O desemprego deve alcançar os 10% no fim do ano"*. Uma bela de uma bagunça, mas, por alto, dá para ver qual é a tendência.

É praticamente impossível escapar do fluxo contínuo de seriados, videoclipes, jogos, tudo martelando na sua cabeça, seguindo você para todo lado, a televisão acaba fazendo parte das fibras do seu corpo. Não tolero bem tampão de ouvido, comprei um protetor auditivo externo. E, como esqueci de especificar a cor, meu protetor veio num tom forte de laranja. Fico parecendo com aqueles sujeitos que guiam os aviões no aeroporto, os camaradas daqui me chamam de "controlador aéreo", mas tanto faz, trabalho melhor com ele.

Não sei redigir muito bem, sempre fui mais da fala do que da escrita. (Conto um pouco com essa qualidade minha para o julgamento, embora Lucie diga que eu devia deixá-la falar por mim, e me ater a dizer unicamente o que me der para decorar algumas horas antes das audiências.) Não estou escrevendo um Memorial, o que tento é apenas um relato da minha história. Estou fazendo isso principalmente para Mathilde. Mesmo que o faça também para Nicole, que não está entendendo tudo que está acontecendo. E para Lucie, que não sabe de tudo. É incrível como minha história me parece banal. Original, no entanto. Não é todo mundo que vai para um exame de emprego com uma Beretta carregada com balas de verdade.

Talvez isso seja um erro, aliás. Com certeza vai pôr uns e outros para refletir.

36

Desde que cheguei, desde a primeira aparição de Alexandre Dorfmann na televisão, no dia seguinte à tomada de reféns, não tive nenhuma notícia da Exxyal e isso me preocupa.

Não é normal.

Não é possível que fiquem em silêncio por tantos meses.

Estava justamente pensando nisso quando recebi uma novidade, hoje, lá pelas 10 horas, entrando na lavanderia.

O detento que se ocupa das roupas pega minha trouxa e some nas entranhas do local.

E, poucos segundos depois, é o imenso Bébétâ que volta no seu lugar. Sorrio para ele e levanto a mão direita, como quando se faz um juramento, assim como lhe ensinei a cumprimentar. Mas fico com a pulga atrás da orelha quando vejo, atrás dele, a silhueta de Boulon, o Desparafusado. O sujeito chamado de Desparafusado é bem menor que Bébétâ, mas, nitidamente, mais preocupante. Perverso. O nome vem da sua arma favorita, a atiradeira, um estilingue bem sofisticado, com apoio de braço e uma borracha tubular em que, em vez de pedrinhas, coloca pinos e parafusos. Quando estava em liberdade, carregava pinos e parafusos de todos os tamanhos nos bolsos e podia acertar, com precisão, alvos inacreditavelmente distantes. Sua última façanha foi botar um pino de 13 mm bem no meio da testa de um homem a quase cinquenta metros de distância. O pino ficou cravado no meio do cérebro. Limpo e preciso. Ele é conhecido por algumas atrocidades inomináveis, mas se gaba de nunca ter derramado uma gota de sangue. No fundo, apesar das aparências, talvez tenha um coração.

Ao vê-lo aparecer assim na lavanderia, acompanhado de Bébétâ, percebo de imediato que vão me dar notícia do meu ex-futuro empregador. Dou as costas para fugir, mas basta Bébétâ esticar o braço para me agarrar pelo ombro. Tento berrar, mas, numa fração de segundo, já me virou e puxou para perto dele, tapando minha boca com a mão. Ele me tira do chão sem o mínimo esforço, me vira na sua direção e me aperta. Fico sacudindo os braços e as pernas e tentando berrar. Esses caras vão me matar. Eu sei. Meu esforço não dá nenhum resultado, Bébétâ me carrega como se eu fosse uma almofada. Lá estamos nós, atrás do balcão, entre as pilhas de lençóis e cobertores. Quando ele decide me colocar no chão novamente, minhas pernas não podem mais me suportar, de tanto medo, e ele tem de me segurar. Continuo berrando na palma da sua mão, o que sai é um estertor desumano no qual sequer reconheço minha própria voz. Sou como uma lata-velha descartada prestes a ser prensada. Com um braço, Bébétâ me mantém preso e tapa minha boca, com o outro, segura meu punho direito e estica meu braço na direção de Boulon. Sem uma palavra sequer, o Desparafusado olha fixa e calmamente para mim. Me remexo com cotovelos, braços, pernas, mas é inútil reagir. Sei que eles podem me machucar. Machucar para valer. Continuo tentando berrar. A situação é bastante desesperadora. É atroz a solidão que estou sentindo. Estou disposto a dar tudo. Entregar tudo. Tudo. A imagem de Nicole passa como um raio na minha cabeça. Eu me agarro a ela, mas é uma Nicole aos prantos que aparece para mim, uma Nicole que vai me assistir sofrer e morrer enquanto chora. Tento suplicar, não sai nada da minha boca, fica tudo dentro da minha cabeça. Boulon diz simplesmente:

— Tenho uma mensagem para você.

Apenas isso.

Uma mensagem.

Bébétâ abre minha mão à força e a espalma numa prateleira. Primeiro, Boulon pega meu polegar e torce de uma só vez. A dor é lancinante, alucinante. Solto um berro. Impressão de ficar louco. Instantaneamente. Quero me debater, chutar para todos os lados, sobretudo para trás, para obrigar Bébétâ a diminuir um pouco a pressão, mas já chegou a hora do Desparafusado pegar meu indicador e torcer. Ele segura com firmeza o dedo e torce até o dorso da mão. O barulho é sinistro. A dor, de ofuscar a vista. Vem a náusea, vomito, Bébétâ continua me segurando, como se o comando de sentir nojo não alcançasse aquilo que serve de cérebro para ele. Quando Boulon pega o terceiro dedo, eu desmaio. Acho que eu desmaio. Na verdade, ainda estou consciente. Quando o dedo é torcido, uma onda elétrica me percorre de cima a baixo, nem berro mais, isso vai além de qualquer berro. Meu corpo é um farrapo amassado nos braços de Bébétâ. Transpiro feito um condenado. Acho que foi aí que me caguei todo. Mas Boulon ainda não terminou. Faltam dois dedos. Eu vou morrer. De dor. Meu espírito está me deixando, dói tanto que fico louco. Ondas me percorrem da cabeça aos pés. As próprias ondas de dor se enlouquecem. Quando o Desparafusado torce meu mindinho, o último dedo, meu espírito me abandona, meu estômago está pelo avesso, quero morrer, tamanha a dor. Bébétâ me solta. Desmorono berrando. Caí em cima da mão. Nem posso apertá-la contra o corpo, nem posso encostar nela. Um estertor é o que sai de mim. Não passo de um oceano de dor. Meu espírito não consegue se mobilizar, estou descarrilhando por completo.

Boulon se encurva sobre mim e diz, calmamente:

— É essa, a mensagem.

Não sei o que acontece em seguida porque desmaiei.

Quando acordo, minha mão está como uma bola de futebol, completamente inflada. Deitado num dos leitos da enfermaria, ainda estou chorando. Como se não tivesse parado de chorar desde que me pegaram.

Sinto tanta dor. Tanta dor. Tanta dor.

Viro de lado, me enrolo em mim mesmo, todo encolhido, com a mão enfaixada no meio da barriga. Choro. Sinto medo. Tanto medo. Não era isso que eu queria. Tenho de sair daqui. Não posso morrer aqui.

Assim, não.

Aqui, não.

37

A vantagem da prisão é que as estadias no hospital são curtas. Quatro dias. O estritamente necessário. As desarticulações metacarpofalangianas, as fraturas e luxações foram operadas e atenuadas por um cirurgião dos mais simpáticos.

Tenho talas, gessos e meses pela frente a esperar por um retorno à normalidade, na qual o especialista não acredita muito. Vão ficar sequelas.

O jovem rapaz se levantou logo que entrei na cela e estendeu a mão para mim. Ao ver o bolo de ataduras, não conseguiu segurar o sorriso e me estendeu a outra. Apertamos as mãos erradas, bom sinal.

Por ora, o que mais quero é me deitar.

Até ontem, minha mão me provocava sofrimentos insuportáveis e o enfermeiro não dispunha de nenhum analgésico suficientemente potente. Ou não queria me dar. O major Morisset não se contentou em conseguir me transferir, mas também me trouxe Stianofil. A gente fica meio abobalhado, mas pelo menos ele ameniza a dor, me deixa dormir com certa intermitência. O major me diz que vão abrir uma investigação, que eu devo denunciar os agressores, mas nem espera pela resposta e deixa a cela.

Jérôme, meu novo vizinho, é um vigarista profissional de uns trinta anos. Tem um rosto bonito, cabelos ondulados, um semblante naturalmente confiante e, se você imaginá-lo de terno, de frente, você vê o gerente da sua agência bancária, de costas, o seu corretor de imóveis, de perfil, do lado direito, o médico da sua família e, do lado esquerdo, seu amigo de infância que obteve sucesso na Bolsa. Ele tem menos diplomas que um interiorano de Serra Leoa, mas se expressa muito bem, tem personalidade, carisma e percebo algo de Bertrand Lacoste nele, mais jovem. Talvez pelo fato de que seja, este também, um vigarista. Como, da minha parte, são mais de vinte anos de prática em *management*, apesar da nossa diferença de idade, a gente se entende muito bem. É um rapaz bastante habilidoso. Não o suficiente para evitar a cadeia, mas, mesmo assim, bem esperto. Já apresenta no currículo algumas dezenas de cheques falsificados, toneladas de mercadorias imaginárias vendidas à vista, documentos falsos de verdade, negociados a preço de ouro, contratações fictícias com comissão por debaixo dos panos e recebimento de subvenções do Estado, e até transferências de ações de mercados estrangeiros. O que o trouxe aqui foi a venda, na planta, de apartamentos quiméricos de um condomínio de luxo inexistente, supostamente situado acima de Grasse, na Côte d'Azur. Ele me explicou o truque, é minucioso demais para mim. Esse sujeito é cheio da grana. Pode comprar o que quiser, a não ser a liberdade. Seus negócios devem render bem. Do seu lado, sou um pé rapado.

Não digo nada.

Jérôme observa minha cara e minha mão direita, que ainda está toda inchada. Quer saber de qualquer jeito por que razão me estrepei a tal ponto. Ficou intrigado. Está farejando bons negócios aí. Tenho de tomar cuidado com o que falo, como falo, o que não falo, como me calo.

Efeito pós-traumático do meu encontro com Boulon e Bébêtâ: sinto medo logo que saio da cela. Sondo o entorno com apreensão, atrás de mim, ao redor, permanentemente alerta. De longe, vejo Boulon, o Desparafusado, fazendo negócios, traficando. Ele se vira, mas parece que não me vê. Para ele, não sou senão mais um negócio. Só vou voltar a existir aos seus olhos se receber outra encomenda e, então, a única questão que vai passar pela sua cabeça é até onde deve ir e se vai ser pago o suficiente para tal. Quanto a Bébêtâ, quando cruza por mim, sorri com beatitude, levanta a mão com a palma na minha direção, como lhe mostrei, estranhamente contente em me cumprimentar, como se, esmigalhando meus dedos, novos laços afetivos tivessem sido criados. O que ocorreu na lavanderia já foi rechaçado do fragmento de medula espinhal que faz papel de cérebro dentro ele.

Jérôme não me acha muito loquaz, necessariamente. Ele, sim, é falador, tem necessidade de falar; eu, minhas ideias andam sombrias. A medicação deve ter sua quantia de culpa. Fico remoendo a "mensagem". O que me preocupa, evidentemente, é a continuação. Aliás, esta que era a verdadeira mensagem: estamos apenas começando.

Meu Deus, não sei o que fazer, mesmo.

Desde o início, estou agindo sem saber como isso vai terminar.

Desde o início, é tudo uma sequência de estratégias a curto prazo.

Tomo em cheio na fuça logo de chegada, mas, em seguida, encontro o major Morisset e conquisto sua proteção. Quebram meus dedos, mas, em seguida, me viro para ser transferido para uma cela de dois, numa seção mais protegida.

No pior dos casos, sobrevivo à prova.

No melhor, consigo prolongar minha validade.

Mas, basicamente, desde o instante em que soube que a Exxyal estava me passando uma rasteira, quando percebi que tudo o que eu tinha feito pelo cargo tinha sido em vão, que eu tinha roubado o dinheiro da minha filha à toa, desde que me senti ser tomado por essa raiva sombria, estou reagindo, estou tentando achar uma solução atrás da outra, mas sem nenhuma estratégia global. Nenhum plano que abranja as consequências. Não sou um malfeitor. Só não sei bem como fazer.

Fico me debatendo.

Aliás, se eu tivesse uma estratégia única e ela tivesse me conduzido ao ponto em que estou, caberia dizer que se trata de uma péssima estratégia.

A primeira mensagem foi entregue.

O que vai acontecer agora?

É imprescindível que eu encontre um meio de impedir que a segunda mensagem chegue até mim.

Curiosamente, é o psiquiatra encarregado da perícia que me faz enxergar o caminho.

Cinquenta anos, bem clássico, cheio de jargões mas aberto. Pronuncia cada frase como uma sentença essencial e atribui um valor inestimável à sua função. O que não deixa de ser verdade. Só que o meu caso é moleza. Basta colocar minha ficha e meu currículo lado a lado e a conclusão é óbvia. Não me esforço muito para convencê-lo do que ele já sabe.

O que me chama a atenção é sua frase de abertura para conversar comigo: "Se fosse me contar sua vida, o que seria a primeira coisa a dizer?".

Depois dessa conversa, me jogo de cabeça no trabalho.

Como não posso escrever, pedi ajuda para Jérôme. Eu dito, ele escreve, eu releio, ele corrige o ditado. Vai bem rápido, nunca tão rápido quanto eu gostaria, mas consigo esconder dele que estou numa corrida contra o relógio.

Se tudo der certo, o manuscrito vai estar pronto dentro de quatro ou cinco dias. Estou fazendo uma versão turbinada da minha aventura. Aumentando vários pontos, acrescentando uma violência simbólica. Estou escrevendo na primeira pessoa, tentando me mostrar eficiente, pode ser que funcione. E estou buscando me informar sobre os jornais que possam se interessar.

Minha relação com Nicole ficou difícil. Ela está muito deprimida, vivendo na espera, na tensão, me vendo tomar em cheio na cara. Nicole está muito sozinha, muito mal, e eu não posso fazer nada por ela.

Semana passada:

— Vou vender o apartamento — ela me diz. — Vou mandar a papelada para você, preciso que assine e me envie tudo de volta depressa.

— Vender o apartamento? Mas por quê?

Fico pasmo.

— O julgamento do processo do seu antigo empregador vai ser em breve e, se você for condenado a indenizá-los, quero ser capaz de pagar.

— Não chegamos lá ainda!

— Não, mas estamos chegando. Além do mais, eu não preciso de um apartamento desses. É grande demais para mim, sozinha.

É a primeira vez que Nicole evoca tão claramente a ideia de que é provável que eu nunca volte a viver com ela. Fico sem saber o que dizer. Percebo que ela se arrepende de ter deixado escapar essa verdade.

— Sem contar que tem as despesas legais também — retoma ela, me desconcertando ainda mais.

— Mas a despesa é mínima, a gente não está pagando advogado! Nicole parece arrasada, e não vejo o motivo.

— Alain, não quero dizer que estar na prisão seja fácil para você, mas, sinceramente, você perdeu a noção da realidade!

Minha cara não deve ser a de quem está entendendo.

— Não quero que Lucie trabalhe de graça — Nicole desfere o golpe com firmeza. — Quero que receba. Ela deixou o emprego para assumir sua defesa, está gastando o que tinha economizado para cobrir o salário que não ganha mais. E...

— E o quê?

No ponto em que já estou... Nicole se joga:

— E o doutor Sainte-Rose custa caro. Muito caro. E não quero que ela continue pagando.

Essa informação me deixa pasmado.

Depois de Matilde, lá vai Lucie se endividar pelo pai.

Não consigo olhar nos olhos de Nicole.

Nem ela.

A tentativa de Lucie juntamente à doutora Gilson, sua ex-amiga de faculdade, não deu em nada, evidentemente. Lucie não tinha nada a oferecer em troca. Pedia um pouco de benevolência e indulgência, apenas isso. Por mais que eu tenha garantido que a Transportadora Farmacêutica não tinha esses tipos de sentimento em estoque, ela se viu obrigada a tentar a sorte, era mais forte que ela. Lucie é uma ótima advogada, mas um pouco ingênua também. Deve ser uma tendência da família. Dessa feita, evidentemente, o diálogo se transformou em humilhação. Como se a recusa pura e simples por parte do cliente não fosse o suficiente, sem compaixão alguma pelo que estou vivendo e pelos riscos que estou correndo, a tal amiga de faculdade ainda tirou proveito da situação para se vingar de Lucie.

Como se uma moça que perde o namoradinho para a outra pudesse ser colocada na balança com um sujeito de quase sessenta anos arriscado a trinta de prisão. É de pasmar qualquer um. Enfim, Lucie quer que eu faça minha tentativa com Romain. Se ele aceitar não testemunhar, a Transportadora perde sua única testemunha e, na sua opinião, tudo vai por água abaixo para eles. Assim, ela acredita que pode aproveitar a brecha e desmontar a acusação. No que me diz respeito, acho meio derrisório esse caso, já que, no outro, estou destinado a enfrentar o tribunal do júri, mas parece que Sainte-Rose, por quem ela tem uma verdadeira devoção, insiste nessa questão.

— Ele quer tornar mais leve sua ficha — explica Lucie. — Vai ser preciso dar a você uma aparência pacífica, mostrar que não tem nada de violento.

Não sou um homem violento, e porto uma Beretta 9 mm.
Bom.

Mesmo assim, prometo que vou escrever uma carta para Romain ou pedir para Charles visitá-lo e falar com ele, mas sei que não vou fazer nada disso. É do meu interesse e do interesse de Romain, pensando na sua segurança, que ele siga sendo um adversário meu aos olhos dos outros.

38

Fiquei sabendo ontem que a segunda mensagem estava chegando. Passei a noite toda acordado.

Quando vai ter "parlatório" para alguém, avisam na véspera, mas nunca revelam para a gente a identidade do visitante. Para alguns, é uma grande surpresa, e nem sempre agradável. Como no meu caso hoje de manhã.

É o mensageiro, tenho certeza. Não é para Nicole vir essa semana e faz uma data que deixei de esperar por uma visita de Mathilde. Quanto a Lucie, enquanto minha advogada, seu acesso é outro. E, de qualquer maneira, atualmente meu dossiê está tomando tempo demais dela para poder me visitar.

São 10 horas em ponto.

Estamos todos alinhados no corredor esperando chamarem nossos nomes. Alguns estão animados, outros fatalistas. Eu estou arrepiado. Febril. Foi a expressão que Jérôme, meu vigarista preferido, usou ao me ver deixando a cela. No corredor um detento que conheço me encara. Está preocupado comigo. Com motivo.

David Fontana está de terno e gravata. Quase chique. Se eu não soubesse do que é capaz, pensaria simplesmente que se trata de um executivo. Ele é bem mais que isso. Mesmo sentado é ameaçador. É do tipo que escolhe Boulon, o Desparafusado, como mensageiro, mas que, caso a ocasião se apresentasse, faria o trabalho ele mesmo.

Seus olhos são de uma limpidez absoluta. E praticamente não piscam.

Sua presença preenche o ambiente da pequena cela em que estamos, atrás da qual passa um guarda de quarenta em quarenta segundos. Emana de Fontana uma força, uma violência de arrepiar. Estou seguro de que pode me matar no ato, entre uma e outra passagem do guarda.

Só de vê-lo já posso ouvir meus dedos estalando ao serem torcidos até o dorso da mão. Calafrio na espinha.

Sento-me em frente a ele.

Ele sorri calmamente. Não estou mais usando ataduras, mas os dedos continuam muito inchados e aqueles que foram quebrados ainda estão em talas, que vão se sujando. A cara de alguém que teve um acidente grave.

— Senhor Delambre, posso ver que recebeu minha mensagem.

Sua voz é fria. Seca. Espero. Melhor não o pôr nervoso. Deixar acontecer. Ganhar tempo. E sobretudo, sobretudo, fazer o possível para não contrariá-lo, não obrigá-lo a mandar Boulon e Bébétâ me puxarem para a oficina, prenderem minha cabeça no torno e serrarem...

— Quer dizer, a minha mensagem, não... A mensagem de meu cliente — corrige Fontana.

Na minha opinião, houve uma substituição na identidade do cliente. Sai Bertrand Lacoste. O grande consultor não passou nas provas, elas foram deprimentes. Ele foi derrubado num buraco profundo pela sua pequena estagiária polonesa e está longe de se reerguer. Decididamente, nada feliz no seu recrutamento, o senhor do *management*. Bem provável que esteja meditando sobre a lição da perda de credibilidade e dizendo para si mesmo que a gente sempre deve desconfiar dos pequenos também, dos medíocres. Sua ideia genial de simular uma tomada de reféns para avaliar executivos foi catastrófica e histórica. A Exxyal deve estar se encarregando de espalhar a notícia. A evolução da sua carreira acaba de ganhar um empurrão dos mais sérios. E sua agência de consultoria tem, mais ou menos, tanto futuro quanto eu.

Sai Lacoste, entra o Grande Cacique.

Alexandre Dorfmann, o próprio, no comando. Assumindo sua verdadeira função.

Outra categoria.

Confiaram o introito aos semiprofissionais, cá estão agora os experts.

De Lacoste para Dorfmann, dá para sentir de imediato a mudança de metodologia. O primeiro faz promessa de emprego, nada muito inconsequente. O segundo contrata Fontana, que me envia um comando terrorista formado por Bébêtâ e Boulon. Dorfmann deve ter dito: "Não quero saber dos detalhes". Como diria o outro, estão limpas suas mãos, mas ele não tem mãos. Aliás, Fontana deve ter concordado, já que esse engajamento de discrição permite que triplique seus honorários e cuide do caso à sua própria maneira. Da qual tive uma prévia.

Calmamente, Fontana me espera terminar de refletir, reconstituir o quebra-cabeça. Ao organizar a falsa tomada de reféns para a Exxyal, seu papel era o de composição. Ao vir me cobrar a prestação de contas, finalmente está feito um peixe dentro d'água. É visível. Ele se sente à vontade, como um atleta que, após o infortúnio de uma distensão muscular, está feliz por voltar à ativa.

Se recebi sua mensagem? Sério?

Engulo em seco e confirmo em silêncio.

De toda forma, não sairia nenhuma palavra. Encontrá-lo aqui me faz recordar minha raiva, Exxyal, Bertrand Lacoste, tudo o que me trouxe para cá. Ainda posso vê-lo, Fontana, durante a tomada de reféns, pulando para cima de mim, rangendo os dentes. Se tivesse tido a chance de me matar, já naquele momento, teria me matado. Em seguida, vai claudicando até a janela, com a perna ensanguentada. No parlatório, o cheiro de pólvora retorna, tenho a sensação de estar empunhando a arma fria e pesada com que atiro nas janelas. Gostaria de estar com ela ainda, com essa arma, aqui, na minha mão, para poder levantar o braço e botar duas balas na cabeça dele, do Fontana. Mas ele não veio para ser morto pelo meu ódio. Veio para pegar de volta o pouco que eu ganhei.

— O pouco...? — pergunta. — Você deve estar de brincadeira, espero!

Cá estamos nós.

Não me movo.

— Vamos falar sobre isso, mas, primeiramente, parabéns, senhor Delambre. Ótima jogada. Realmente muito boa. Caí direitinho, quer dizer...

Seu rosto desmente seus cumprimentos de admiração. Mantém os lábios firmes, seus olhos cravados nos meus. As mensagens subliminares se deixam transparecer e recebo todas elas, cem por cento. Todas giram em torno da mesma ideia: vou pisotear esse merdinha que é você.

— Um observador iniciante diria que foi tudo muito bem pensado, mas acho que é exatamente o contrário. Você não... Você tem presteza, não uma estratégia. Você improvisa. Jamais faça isso, senhor Delambre (e realça com o indicador em riste). Jamais.

Adoraria fazê-lo notar que, apesar de toda a magnífica preparação, sua tomada de reféns não deu certo. Mas minha energia está inteiramente voltada para não me deixar penetrar, manter a rigidez do mármore. Meu coração bate a cento e trinta por hora. Odeio esse sujeito tanto quanto ele me provoca terror. Capaz de mandar me matar dentro da cela. De noite mesmo.

— Ainda que — retoma ele —, para um improviso, tenho que admitir que não foi tão ruim. Levou um tempo para eu perceber. E, claro, quando percebi, era tarde demais. Enfim, tarde demais...? Vamos recuperar o tempo perdido, senhor Delambre, com certeza.

Não mexo um dedo. Respirando com a barriga. Nenhum movimento, impedindo qualquer expressão de emoção. Mármore.

— O Sr. Guéneau foi o primeiro a ser interrogado. E isso, acho que isso foi a sua maior sorte. Porque, apesar das aparências (ele designa vagamente o cenário ao nosso redor), você tem sorte, senhor Delambre. Quer dizer, teve, até agora.

Engulo em seco.

— Se o Sr. Guéneau houvesse sido interrogado mais tarde — prossegue Fontana —, o seu plano teria funcionado também, mas não creio que você teria passado ao ato. Você teria medido com mais cuidado os riscos. E, no fim das contas, não teria ousado. Só que aí... como a oportunidade veio de bandeja... Foi mais forte que você. Não conseguiu resistir à tentação. Lembra o quanto ficou apavorado, o senhor Guéneau?

Jean-Marc Guéneau, com os olhos girando para todos os lados. Revejo seu corpo enrijecendo a cada pergunta do rapaz árabe. E, do meu lado, a cocota do Lacoste, que...

Foi tudo muito bem observado por Fontana.

— O interrogatório do Sr. Guéneau não vai bem. Você sente que a Srta. Rivet não está à altura, suas perguntas são desajeitadas, ela está deslizando, não consegue se impor, então, necessariamente, o Sr. Guéneau começa a ficar em dúvida, vira a cabeça para a direita, para a esquerda, ainda sem perceber a armação, mas, assim, não vai demorar, dá para sentir que o estratagema vai falhar. É aí que você resolve intervir...

Me revejo puxando o microfone. E, poucos minutos depois, Jean-Marc Guéneau está pelado, só de lingerie vermelha com redinha... Está de pé, soluçando. Aí salta na arma e enfia o cano na boca.

— Aquele homem ficou desesperado. Na verdade, você não calcula bem, não o suficiente, mas devo reconhecer que tem uma ótima intuição.

Compreensivo, Fontana. Está apenas esperando que se quebre a fisionomia de gelo que me esforço para manter no rosto. Ele tenta de tudo.

— Você deixou o coitado arrasado, pronto para vender, para liquidar a empresa, para entregar tudo, segredos bancários, contratos ocultos, caixa dois... E é isso que você estava esperando.

Sim, era o que eu estava esperando, embora não estivesse esperando que acontecesse tão depressa. Que esse homem com quem eu estava contando fosse o primeiro a ser interrogado, uma sorte dessas é que eu não estava esperando.

Ele se senta na mesa designada pelo líder do comando.

Conecta seu Blackberry ao *laptop* e à rede interna da Exxyal-Europe.

Clica uma vez, duas. Chega nas finanças.

Espero alguns instantes, observo com atenção.

Ele insere suas senhas pessoais, a primeira, a segunda.

Fico à espreita de um gesto bem específico: aquele, típico, que a gente faz quando a senha foi aceita. No momento em que o caminho está livre e a gente pode finalmente pôr a mão na massa. Um minúsculo reflexo de relaxamento que se vê nas mãos, nos ombros.

Então você se levanta. E diz: "Que canalhice". Ainda me pergunto de quem é que você estava falando, se a "canalhice" era de uma ou de mais pessoas... Diga aí.

Não me movo.

Fontana me observa um segundo.

Prossegue.

— A continuação não passa de uma encenação. Você fica aterrorizado com o que está fazendo e é esse o seu grande truque! O seu achado! Porque a sua emoção é real, o seu terror é real, você está fazendo algo que necessita de muito colhão para fazer! E todo mundo considera o seu medo como o resultado daquela tomada de reféns espontânea, o de um executivo que surta, subjugado pelo seu próprio ato, mas isso serve, acima de tudo, para desviar a nossa atenção.

Alinho os reféns, aplico ao pé da letra tudo o que Kaminski me explicou. Revistar as pessoas no sentido horário. Dedos bem afastados. Costas para a porta. Atiro nas janelas...

— E, finalmente, a oportunidade foi oferecida pelo Sr. Cousin. Ah, como ele queria dar uma de herói, aquele ali! Mas, se a oportunidade não viesse dele, teria vindo de qualquer outro. Para você, tanto faz. A que eu lhe dei, você recusou unicamente para dar mais credibilidade à empreitada, mas minha intervenção poderia ter sido uma boa ocasião. Porque tudo o que você desejava era, justamente, que colocássemos em xeque a sua operação... Ninguém podia imaginar.

Paul Cousin, o fantasma. Cor de giz. De pé, se ergue na minha face. Está perfeito. Exatamente o que eu precisava, verdade. Ao se intrometer, ele se torna a encarnação da legitimidade da empresa. Como num quadro de gênero, ele é "o Executivo ultrajado de pé em face da Adversidade".

— Você só precisa adotar uma cara de derrotado. Para poder nos trancar. Para fingir que desistiu e que está se rendendo. E, finalmente, fazer o que pretendia desde o início: ir se refugiar no cômodo onde o *laptop* ficou ligado com a sessão do Sr. Guéneau aberta... Livre acesso. Essa tomada de reféns abriu uma avenida à sua frente, escancarou as portas da contabilidade da Exxyal. Agora bastava você se sentar, estender o braço e se servir.

David Fontana para.

Está sinceramente admirado. Cumplicidade suspeita, uma admiração que vai me custar caro. Destinada a custar...

— Dez milhões de euros, senhor Delambre! É, você é do tipo que fecha o olho e vai sem dó!

Fico pasmo.

Nem seu cliente contou para ele a verdade.

O desfalque que dei foi de 13,2 milhões.

Então, baixei a guarda, devo ter esboçado um ligeiro sorriso. Fontana vai às nuvens:

— Parabéns, senhor Delambre. Sério, realmente! Não estou nem aí para detalhes técnicos, mas, segundo o especialista em informática que averiguou a perda, você programou uma transferência para uma conta *offshore*, que, em seguida, apagou todas as pistas.

Na verdade, é muito mais minucioso que isso.

Quando abandono os reféns e me ponho diante do *laptop*, não tenho mais que uns quinze minutos pela frente e meus conhecimentos em computação são rudimentares. Eu sei fazer planilhas e redigir. Tirando isso... Mas também sei conectar um *pen drive* e enviar e-mail. Romain disse que era o suficiente. Ele trabalhou quase trinta horas seguidas para deixar tudo no ponto. O programa que instalou no *pen drive* faz tudo sozinho logo que é ativado. Em menos de quatro minutos, Romain, em casa, do seu computador, é capaz de infectar com um cavalo de Tróia a rede interna da Exxyal, graças ao acesso que acabei de lhe dar, e o vírus possibilita que ele faça suas visitas em horários úteis, oferecendo o tempo necessário para que ele acesse as contas, assegure a transferência para um paraíso fiscal e apague todos os rastros.

Mas Fontana tem razão pelo menos num ponto, isso tudo não altera em nada o resultado.

— Fica ainda melhor se pensarmos que você age impunemente. Esvaziar o caixa dois de uma companhia petroleira, aquele que serve para distribuir subornos aqui e ali, pagar comissões secretas... é contar com a certeza de que, pelo menos, não vão prestar queixa contra você.

Não mostrar nenhuma reação.

Ele não sabe de tudo, mas sabe o essencial.

Os detalhes pouco importam.

Fontana fica imóvel. Os segundos vão passando.

— No fundo, apesar das aparências, você não refletiu sobre nada disso. A sua atitude foi por puro reflexo e raiva. Saiu correndo com o caixa na mão, percorreu uns quarenta metros e parou por aí. E aqui estamos, face a face, senhor Delambre. Muito mal calculado... Sinceramente, para mim, isso continua sendo um mistério. Enfim... Tenho minhas suposições. Não acredito que pegou esse dinheiro com a esperança de usá-lo em seu próprio proveito. Ele está reservado para a sua família querida, não para você. Após uma tomada de reféns dessa, não é possível que você esteja se iludindo: na melhor das hipóteses, você sai da prisão daqui a uns quinze anos. Se não adquirir um câncer antes.

Fontana deixa o silêncio impor seu peso.

— Ou se eu não mandar matar você até lá. Porque o meu cliente está com muita, muita raiva, mesmo, senhor Delambre.

Posso imaginar as reações, com efeito. O conselho de administração da Exxyal-Europe certamente não foi informado dos detalhes, mas tiveram, no mínimo, de dar alguma satisfação para os principais acionistas. Um rombo de treze milhões de euros no caixa, por mais que se goste do diretor-presidente, sempre causa alguma indisposição, necessariamente. Evidente que não se manda embora um chefe de uma grande empresa por causa de um rombo de treze milhões, isso seria ridículo, mas, mesmo assim, todos preferem que tudo permaneça em ordem. O capital de um lado, o desemprego do outro. Dorfmann deve ter dado algumas garantias para os acionistas. Prometeu localizar o caixa dois e recuperá-lo.

Basta Fontana olhar para minha mão que ela dói terrivelmente. Minha garganta está seca.

— Quanto você quer?

Minha voz fraqueja. Sou obrigado a repetir minha pergunta:

— Quanto você quer?

Fontana está surpreso.

— Tudo, senhor Delambre. Mas absolutamente tudo.

Muito bem. Agora fica muito claro por que a Exxyal não deu a cifra verdadeira para ele.

Se eu reembolsar a quantia informada, dez milhões, sobram três para mim.

Essa é a oferta da Exxyal.

Nada de contar o que vem depois da vírgula. Não tem por que pechinchar.

Você devolve o caixa dois, conserva três milhões de euros, salva sua vida e tudo volta ao normal. A gente passa a borracha, lucros e perdas são assim mesmo. Separando a parte de Romain, o que me resta são dois milhões. Adeus, bezerro, adeus, vaca, porco, ninhada. Melhor do que chorar o leite derramado: sair vivo e inteiro dessa já não seria nada mau. Dois milhões dão e sobram para reembolsar Mathilde, Lucie, e Nicole vai poder voltar atrás na decisão da venda do apartamento.

Mesmo assim, acho que eu mereço um pouco mais que isso. Já cansei de fazer e refazer as contas na cabeça. O que tomei da Exxyal-Europe não chega nem a três anos da renda de um grande executivo. Bom, é o equivalente a mil anos de salário mínimo, mas não sou eu que digo quem ganha quanto, porra!

Tento meu último disparo.

— E o arquivo com os destinatários, faço o que com ele?

Não elevei o tom. Fontana franze a testa, fica mudo. Encolhe ligeiramente os ombros, como alguém que acha que um tijolo vai cair na sua cabeça.

Não me movo. Espero.

— Explique-se, senhor Delambre.

— Ouvi sua proposta concernente ao dinheiro. O que quero saber é o que devo fazer com a lista de contatos do seu cliente. A lista das pessoas para quem esses fundos eram destinados. Com as referências das contas pelas quais esperam receber sua remuneração, o justo preço pelos serviços prestados para seu cliente. Tem de tudo lá dentro: subministros franceses, ministros estrangeiros, emires, homens de negócio... Já que não tocou no assunto, toco eu.

Fontana ficou muito irritado. Mas não somente comigo. Seu cliente não lhe contou tudo e ele fica aborrecido com isso. Range os dentes.

— Vou precisar de uma prova concreta para os meus clientes. Uma cópia desse documento.

— Concordo em enviar a primeira página. Tenho tudo salvo na internet. É só me dizer para qual e-mail mandar.

Semeei a dúvida novamente. Fontana é um homem prudente. Vai investigar. Se eu estiver falando a verdade, seu cliente vai ter de pisar em ovos comigo. Por ora, ganhei um respiro.

— Bom — diz ele finalmente. — Creio que será necessário que eu converse com o nosso cliente.

— Isso me parece uma ótima ideia... Conversem.

Avanço meu último peão no tabuleiro. Abro um sorriso largo, todo confiante:

— Você me mantém informado?

Fontana não esboça o mínimo gesto e já estou de pé.

Caminho pelo corredor.

De pernas bambas.

Dentro de dois, três dias, no mais tardar, Fontana vai perceber que eu estava blefando.

Que eu não tenho lista de coisa nenhuma.

Ele vai ficar furioso.

Se minha nova estratégia não der resultado em dois dias, Bébêtâ e Boulon vão ganhar uma fortuna: o preço das minhas entranhas desvisceradas no chão de concreto do pátio de recreação.

39

Primeiro dia, nada.

Quando me desloco, ansioso, observo Boulon. Para ele, eu não existo. Não recebeu nenhuma ordem que me diga respeito. Hoje, continuo vivo.

Tenho de me manter confiante.

Deveria funcionar. Deve funcionar.

Segundo dia, nada.

Bébêtâ levanta ferro na sala de musculação. Descansa os halteres para erguer a mão para mim, porque não consegue me cumprimentar com a cabeça enquanto está fazendo outra coisa.

Nele, tudo transparece. Não recebeu nenhuma ordem que me diga respeito.

O dia passa lentamente, Jérôme quer conversar, mas vê que não é um bom momento.

Dou uma única saída da cela. Tento negociar uma lâmina com um conhecido meu. Quero ter a chance de me defender, mesmo que eu não esteja certo de saber como, caso a ocasião se apresente. Retorno para a cela com as mãos abanando.

Paro de comer. Sem fome.

Não paro de remoer tudo isso na cabeça. Pode funcionar. Amanhã é outro dia.

Me agarro nisso.

Terceiro dia. O último.

Não vejo nem Boulon nem Bébétâ.

Não é um bom sinal.

Geralmente, eu sei onde podem ser encontrados. Não estou com muita vontade de cruzar com eles, mas não vê-los me angustia ainda mais. Dou uma longa volta pelas áreas que eles frequentam. Passo a impressão de estar fazendo todo o trajeto que se pode fazer ao longo das paredes. Procuro o major Morisset e lembro que se ausentou por alguns dias. Um amigo seu está à beira da morte. Ele foi visitá-lo.

Volto para a cela, não saio mais.

Se alguém me procurar, vai ter de vir até mim.

Estou transpirando desde as primeiras horas da manhã.

Chega meio-dia.

Nenhuma novidade.

Amanhã, estarei morto.

Por que será que não funcionou?

E, aí, 13 horas.

Assisto ao canal TF1.

Minha cara na manchete do jornal. Uma foto três por quatro que remonta ao período jurássico, não sei como conseguiram isso.

Dois, três, quatro detentos vêm correndo para ver a continuação do jornal na nossa cela. Dão uns tapinhas nas coxas de uns. Outros fazem: "Psiu!!" para ouvirem melhor os comentários. Notícia bombástica.

O jornalista declara que, hoje de manhã, *Le Parisien* publicou uma página dupla sobre mim, sobre minha história, e vinha com uma montagem das primeiras páginas do manuscrito que eu tinha enviado para eles. Guardaram o melhor para depois. Anúncio do lançamento do livro em que conto minha vida.

Céline, é o testemunho patético de uma vítima da crise. Exemplar.

Recordando os fatos. Delambre. Sou eu. Um detento me dá um tapinha de admiração nas costas.

Delambre: sênior, desempregado, à procura de emprego. Sua trajetória, sua história, os anos de felicidade, o desemprego no fim da carreira, o sentimento de injustiça, os anos de batalha, a descida ao inferno, a humilhação diante das filhas, a perda constante da esperança de poder voltar a trabalhar, o período do aperto, a queda na depressão. A tomada de reféns, um ato desesperado.

Moral da história: o risco de pegar trinta anos de prisão.

A França fica comovida. Meu testemunho é considerado "pungente".

Imagens de arquivo. Alguns meses mais cedo, a sede da Exxyal-Europe, o estacionamento cheio de tiras, os sinalizadores giratórios, os reféns sãos e salvos enrolados em cobertores prateados, o sujeito que foi cercado, capturado e que está sendo levado correndo, sou eu. Dentro da cela, os detentos berram de emoção. "Psiu!" fazem de novo os outros.

O analista convidado. Um sociólogo vem falar do quadro depressivo dos executivos. Da violência social. O sistema desanima, desmotiva e faz com que o sujeito chegue no seu limite. Os mais fracos, com um sentimento do qual só os mais fortes conseguem se livrar. Os profissionais seniores em perigo de exclusão, cada vez mais. Ele levanta a questão: "Em 2012, dez milhões de idosos, isso quer dizer dez milhões de excluídos?".

Minha trajetória se torna um modelo, meu desemprego, um drama, meu drama, um fato social.

Ótima jogada.

No seu rabo, Fontana.

Um detento me dá um beijo no pescoço, não reclamo, ele está extremamente orgulhoso de ser colega de uma estrela das telinhas.

Entrevistas com pedestres. Comentários do povo: Ahmed, vinte e quatro anos, serviços gerais. Ele me entende, moro no fundo do seu coração, ele leu o artigo do *Parisien*. Vai ler o livro. Lá no seu trabalho, não falam de mais nada. Um desempregado na cadeia por causa do desemprego, "Isso é inaceitável. Já não basta o tanto de suicídio por aí?".

Françoise, quarenta e cinco anos, secretária, também teme ficar desempregada um dia, morre de medo, não sabe o que poderia chegar a fazer, ela me entende. "Claro, se a gente tem filho, então..." Leu o artigo do *Parisien*. Lá no seu trabalho, não falam de mais nada. Vai dar o livro de presente para o marido.

Jean-Christian, setenta e um anos, aposentado. Isso é puro *marketing*, quem quer achar um trabalho, realmente, acha. Aceita o emprego que for, mas trabalha. "Até em serviços gerais." Ao meu redor, os caras vaiam. Jean-Christian, caso ele apareça na minha frente um dia, enfio no seu rabo meu contracheque da Transportadora Farmacêutica. Desgraçado. Mas tanto faz.

Olho para os lados procurando Jérôme. Está dando risada. Entendeu.

A televisão, os jornais, o tema que se encerra com o anúncio do lançamento do livro: "Um testemunho pungente que vai dar o que pensar para os políticos". Eu ainda não tinha uma editora, mas, pelos últimos cinco minutos, sei que não vou ter nenhuma dificuldade em relação a isso.

A partir de agora, sou o desempregado mais famoso da França.
Modelo.
Intocável.
Dou uma espreguiçada. Respiro.
Boulon e Bébêtâ vão ter de arranjar serviço em outro lugar.
Eu me levanto, vou exigir um encontro com o diretor.
De agora em diante, o que quer que aconteça comigo, é a direção da prisão que vai para o fundo do poço. Vai ser preciso me proteger. Sou famoso.

Agora é como se meu crime tivesse sido algo como o uso indevido de informações privilegiadas: tenho o direito de ir para a área VIP.

40

Normalmente, Lucie pega imediatamente suas pastas e papéis, dezenas de folhas de anotações preenchidas pela sua bela letra cursiva. Agora, nada, fica imóvel, olhando para o tampo da mesa. Uma fúria intensa, de enlouquecer, borbulha dentro dela. Se eu não fosse seu pai, ela me daria um tapa imediatamente.

— Se você fosse um cliente papai, eu diria que você é um cafajeste.
— Sou seu pai, mas já ficou dito o que queria dizer.

Lucie está empalidecida. Fico esperando. Mas ela também. Eu começo.

— Peço que me escute, eu posso explicar...

É tudo o que ela queria. Um clique, uma palavra, e ela aproveita a brecha, põe toda a raiva para fora, um rio.

Eis alguns excertos.

Você me traiu. Não dá para imaginar nada mais nojento que isso que você me fez. Eu não queria assumir sua defesa. Sucumbi diante de uma chantagem emocional desprezível. Desde então, trabalho dia e noite para a gente chegar no julgamento nas melhores condições, e você, pelas minhas costas, fica escrevendo esse estúpido desse Memorial seu e envia para a imprensa. Está nítido que o que você sente é desprezo pela minha profissão, desprezo pelo meu trabalho. Desprezo pela minha pessoa. Porque levou tempo para escrever isso tudo! Dias, semanas até, e você me via e falava comigo regularmente durante esses dias e semanas. E não me disse nada. Passou a perna em mim, na calada. É exatamente o que qualquer um teria feito se quisesse me expor ao ridículo. Mas nem é isso. Você fez o que fez, sem me contar, porque você não me dá nenhuma importância. Sou só mais uma roda da engrenagem. Sainte-Rose não quer mais trabalhar comigo no caso.

Desistiu. E disse: "Seu cliente é bem mais perigoso que o júri, pior que um elétron livre, você não vai conseguir tirá-lo dessa, pode desistir". O juiz me perguntou se estou querendo pressioná-lo ou pressionar o júri envolvendo a mídia no caso. Ele me disse: "Doutora, a senhora tinha me dado sua palavra que podíamos contar com uma atmosfera de serenidade durante o inquérito, e a senhora acaba de romper com o contrato. Doravante, sei bem como deverei lidar com a senhora". Perdi toda minha credibilidade por sua culpa. E a mamãe... que, claro, também não tinha sido informada de nada, ela ficou sabendo num instante: hoje de manhã, bem cedo, 7 horas, um bando de jornalistas já estava acampado embaixo do prédio, berrando a cada vez que ela encostava numa cortina. E não tem como esperar que se cansem. O telefone toca sem parar. Ela vai ter de se acostumar e aguentar isso durante meses. Parabéns, você está facilitando a vida de todo mundo. Mas suponho que esteja feliz, conseguiu o que queria: um *best-seller*. Queria virar estrela? Parabéns, virou. Com os direitos autorais, você vai poder pagar um advogado e mijar em cima dele o quanto quiser. Porque eu já estou de saco cheio dessa sua estupidez.

Fim dos excertos.

E fim de conversa.

Lucie pega a bolsa, bate com raiva na porta, que logo se abre, e some, sem olhar para trás.

É melhor assim.

Depois de um dilúvio tamanho, eu teria explicado tudo e não teria adiantado nada.

Pois, no fim das contas, o que é que eu vou explicar para ela? Como é que posso dizer: "Tenho pela frente um julgamento em que no final estou correndo o risco de terminar minha vida na cadeia com uma enorme soma de dinheiro numa conta escondida que tenho cada vez menos chance de transferir para minhas filhas porque as pessoas que querem recuperá-la são bem mais malvadas e poderosas do que eu tinha imaginado"?

Vou dizer para ela que eu, realmente, não tinha pensado em nada disso?

Que merda, eu não sou um gângster, estou apenas tentando sobreviver!

Como é que Lucie vai poder me defender se ficar sabendo que eu surtei e tentei sair dessa com o caixa dois de uma companhia petroleira? E tem mais, minha opção foi um paraíso fiscal: eu não posso dizer para ela que isso está no Caribe, em Santa Lúcia, ela vai arrancar minha pele!

Esse dinheiro, se eu conseguir manter o mínimo que seja, vou dar para as meninas no dia em que for condenado.

É minha única meta. Minha pena não vai ser leve, não tem como escapar. Vou morrer aqui. Mas, pelo menos, elas vão ter um pouco de dinheiro, caso eu consiga ficar com algum. E podem fazer o que quiserem com ele. Eu, nessa hora, já vou estar morto.

Morto vivo, mas mais para morto.

Faz quase um mês que Nicole não vem me ver. Com essa história de imprensa, reportagens de televisão, ela já deve estar tendo o suficiente disso tudo. Mas acho que Nicole está, principalmente, emburrada comigo.

Cela individual. Proteção. Televisão só quando eu quero. Coloco no canal Euronews: "... *25 gerentes de fundos especulativos que embolsavam, cada um, 464 milhões de dólares por ano...*". Pulo para a LCI: "*Os auxílios do Estado teriam, portanto, possibilitado às empresas que demitissem cerca de 65 mil assalariados este ano*". Desligo. É a primeira vez em muito tempo que descanso um pouco. Tenho a impressão de estar aqui há anos, mas só faz alguns meses.

Menos de seis.

Um sessenta avos do que corro o risco de pegar.

Os jornalistas são espertos. Ontem, um detento cruza comigo na biblioteca e discretamente me entrega um bilhete: uma proposta financeira por uma entrevista exclusiva. No dia seguinte, cruzo com ele de novo e vou indagá-lo. Não sabe de nada, recebeu uma nota de cem para me entregar esse papel, que veio de um sujeito que sabe tanto quanto ele. Só esse papel deve ter custado uns mil euros para me alcançar. Ou seja, sou um bom negócio para a mídia. Outros trechos da minha história apareceram na imprensa. Mas quem conseguir a entrevista vai ser o grande premiado. Mando uma resposta: que me façam uma oferta. Na verdade, qualquer que seja o preço, vou aceitar, mas não quero fazer nada enquanto não tiver revisto Lucie.

Telefonei para ela, deixei mensagem. Peço perdão. Digo que eu posso explicar. Peço que venha me ver. Digo: não me deixe. Não é o que você está pensando. Digo que a amo. E é tudo verdade.

À espera da sua vinda, fico elucubrando uma explicação aceitável. Gostaria tanto de lhe dizer que é por ela que estou lutando, por elas, que já não estou mais lutando por mim. O amor é só mais uma das variantes da chantagem.

No *Le Monde*, meu caso é analisado no caderno "Horizon". O Ministro do Trabalho responde à questão com certo incômodo. Na capa da revista *Marianne*: "Os desesperados da crise". Negociei a 15 mil euros uma entrevista exclusiva, valor a ser pago adiantado a Nicole. Trouxeram as perguntas até mim, minhas respostas estão sendo friamente calculadas. Chegamos num acordo e vão publicar de hoje a oito. Assim ainda dou uma segunda demão na minha notoriedade nascente. Agora que escolhi essa estrada, não posso parar. Tenho de continuar a ser notícia, seguir nas manchetes. Por enquanto, para as pessoas, eu não passo de um fato policial. Preciso me tornar real para os leitores, um homem de carne e osso, com um rosto, um nome, uma esposa, filhos e uma tragédia ordinária, que poderia acontecer com qualquer um. Preciso me tornar universal.

Avisaram que tenho parlatório amanhã.
Fontana.
Percorro os corredores com tranquilidade. Se fui afastado dos outros detentos é porque minha estratégia deu certo. E, se deu certo com a administração do presídio, deve dar certo com a Exxyal também.
Mas não é Fontana.
É Mathilde, a visita.

Basta vê-la para que eu perca o ímpeto. Não ouso sequer sentar na sua frente. Ela sorri para mim. Viro a cabeça para evitar seu olhar. Devo ter mudado bastante fisicamente, porque ela se põe a chorar quase que de imediato. Ela me agarra e abraça forte. Atrás da gente, o guarda bate com a chave no metal. Mathilde se desprende de mim. A gente senta. Ela continua tão bonita, minha filha. Sinto um enorme carinho por ela: tomei tanto dela, sou a causa de problemas insolúveis, e ela ainda está aqui. Para mim. Isso me comove imensamente. Ela me explica que não pôde vir antes e que está se metendo numa história que não faz sentido. Com um gesto, respondo que não é necessário, que eu entendo. Mathilde fica grata, tacitamente.

O mundo está de cabeça para baixo.

— Recebo mais notícia sua pelos jornais que por telefone — ela arrisca um pouco de humor.

Aí:

— Mamãe mandou um beijo.

Acrescenta:

— Gregory, um abraço.

Mathilde é alguém que sempre diz o que se deve dizer. Chega a ser irritante às vezes. Aqui, me faz bem.

Eles não puderam comprar o apartamento. Ela diz que não tem importância. Além de tudo o que me emprestou e eu perdi, eles também perderam uma grande parcela da entrada por não terem podido efetuar a compra no dia D.

— A gente economiza mais uma vez. Não tem problema...

Ela tenta um novo sorriso, totalmente fracassado.

Na verdade, uma parte da sua vida afundou no naufrágio do pai, mas Mathilde, enquanto professora de inglês, deve ter adquirido reflexos meio britânicos: mantém a calma debaixo da tempestade. Para de chorar quase que de imediato. Enfrenta a fera. O lema de Mathilde deve ser: "Dignidade em todas as circunstâncias". Desde seu casamento, ela não porta mais meu sobrenome. É daquelas mulheres que ficam loucas para ter o sobrenome do marido. Consequentemente, é bem provável que esteja a salvo, que seus colegas não saibam que o pobre coitado dos jornais é seu pai. Mas tenho certeza que, caso soubessem e fizessem algum comentário, Mathilde enfrentaria a fera com bravura, assumiria atos que, no fundo, desaprova e diria que "família é para isso mesmo". Eu a amo como ela é, ela foi formidável comigo: quebrei a cara do seu marido, ela me emprestou tudo o que pedi para provocar minha própria ruína, o que mais eu posso desejar?

— Lucie acha que você pode gozar de atenuantes — ela me explica.

— Quando foi que disse isso?
— Ontem de noite.

Respiro. Lucie vai voltar. Preciso conseguir falar com ela.
— Você está me achando muito envelhecido?
— Não, de jeito nenhum!

Disse tudo.

Mathilde fala da mãe. Que está triste. Consternada. Que vai voltar para me ver. Em breve, diz ela.

Os trinta minutos se passaram. A gente se levanta, se beija. Justo antes de partir:

— Acho que o apartamento foi vendido. Fica para a mamãe contar quando vier.

Uma imagem: imagino nosso apartamento cheio de etiquetas e dezenas de compradores, um mais blasé que o outro, passando em silêncio e erguendo objetos aqui e ali, com desgosto no rosto...

Realmente, isso me deixa doido.

41

Não esperei muito tempo até o retorno de Fontana.

Ele nunca vem com o mesmo terno. Parece comigo, nos anos de glória, quando tinha um emprego. Embora o azul do seu terno seja o que há de mais feio, de mais vulgar. Deve ter seu preço, mas, acima de tudo, exala o fedor do mau gosto. Fontana é do tipo que usa pochete. É essa a ideia que tem sobre a elegância do homem moderno. Tende a escolher roupas sem estilo, ou de um estilo impreciso, quer se sentir à vontade. Na sua profissão, deve precisar de roupas que não comprometam sua eficiência. Quando as experimenta na loja, imagino que finja dar um soco no vendedor para verificar se as mangas não atrapalham, meter um chute no saco do coitado para ver se a calça é flexível o bastante para os movimentos próprios à sua função. Fontana é pragmático. É o que faz com que eu tenha medo dele. Fico observando os detalhes do seu terno para me manter ocupado, porque, se for prestar atenção nele mesmo, a frieza com que me olha vai me deixar aterrorizado.

Tenho de manter a compostura. Ganhei apertado a primeira rodada, mas, agora que partimos para a segunda, tenho de saber se tem alguma carta na manga. Seria surpreendente se ele viesse de mãos vazias. Não é do seu gênero. Preciso ser ágil. Fico concentrado. Calado. Fontana não sorri.

— Ótima jogada, senhor Delambre, mais uma vez.

Ou seja: Delambre, seu desgraçado, você não perde por esperar. Vou esmigalhar a outra mão sua.

Eu arrisco.

— Fico feliz que tenha gostado.

Minha voz traduz minha aflição. Instintivamente, recuo na cadeira para me manter fora de alcance.

— Meu cliente gostou muito. Eu também. Na verdade, todo mundo gostou.

Não digo nada. Me esforço para sorrir.

— Admito, você tem talento — prossegue. — Não tinha lista nenhuma, evidentemente. Demorou dois dias até eu poder indagar meu cliente. E o especialista em informática, encarregado da verificação, ainda nos fez perder umas boas doze horas. Nesse meio-tempo, você conseguiu atrair o interesse da imprensa para o seu caso. E me privar de certo modo de intervenção. Por enquanto.

Faço que vou me levantar.

— Não se vá, senhor Delambre, trouxe isso aqui para você.

Não elevou o tom. Não imaginou nem por um segundo que eu ia realmente embora. É um excelente jogador. Viro de volta. Solto um grito.

Porra, que merda!

Fontana acaba de bater na mesa uma foto grande em preto e branco.

É Nicole.

Minhas pernas bambeiam. Desabo na cadeira.

Nicole foi fotografada no hall de entrada do nosso prédio. Está de pé, de costas para o elevador. Atrás dela, um homem de máscara preta a segura apertada rente ao corpo, de face para a lente. Com o antebraço atravessado na garganta dela, que tenta puxá-lo pelo cotovelo, mas sem a força suficiente. Ela se debate, não adianta nada. É assim que Bébêtâ me segurou. Nicole está com o rosto petrificado. De olhos arregalados. É esta a razão para terem tirado a foto. Para que eu visse, olho no olho, Nicole em perigo de morte, para que eu visse seu olhar de desespero. Seus lábios estão ligeiramente entreabertos, ela está tentando respirar, está sufocada. Está na ponta dos pés, certamente, por que o homem a segurá-la é bem mais alto que ela, que está sendo puxada para cima. O que é estranho é que ela não largou a bolsa, ainda dependurada na mão. Nicole de frente para mim. Num plano fechado.

O homem é Fontana. Está de máscara, mas sei que é ele. Está de pochete. Eu berro:

— Onde ela está?

— Psiu...

Fontana fecha um pouco os olhos como se demonstrasse não achar conveniente um grito tão alto.

— Charmosa, Nicole. Você tem bom gosto, Delambre.

Para ele, não sou mais o Sr. Delambre, só Delambre. Mudamos de marcha. Seguro na mesinha sem me dar conta da dor nos dedos.

Vou matar esse sujeito, prometo para mim mesmo.

— Onde ela está?

— Na sua casa. Eu ia dizer: não se preocupe. Mas, sim, é melhor que se preocupe. Dessa vez, foi só para passar um medo nela.

Em você também. Mas, da próxima, vou quebrar os dedos dela. A marteladas. E vou quebrá-los pessoalmente.

Ele enfatiza o "pessoalmente". Passa a impressão de que, com ele, vai ser um martelo especial e uma forma específica de esmagar os dedos. Tem na sua voz uma determinação terrível. Aí, sem nenhuma transição, antes que eu arrisque uma resposta, bota com brutalidade uma segunda foto na mesa. Mesmo estilo. Preto e branco. Formato grande.

— Dela, eu vou quebrar os dois braços e as duas pernas.

Fico subitamente gelado, com o estômago embrulhado. É Mathilde. Não muito longe da escola, acho que reconheço a rua. Adolescentes passam atrás dela. Num banco de praça. Ela abriu um papel de embalagem e come uma salada num recipiente transparente com um garfo de plástico. Eu não sabia que ela fazia isso. Não está sorrindo, mas interrompeu o gesto porque escuta com atenção, com curiosidade, o que lhe diz o homem que está sentado perto dela.

Fontana de novo. Estão batendo papo. Conversa casual. A cena é tranquila e até mesmo banal, mas foi capturada pela câmera para que eu imaginasse a continuação. Eles se levantam e dão alguns passos em direção à escola, um carro passa, Mathilde é empurrada para dentro.

Fontana não sorri. Ele se mostra ligeiramente inquieto, como se tivesse uma pergunta o incomodando. Atua muito mal.

— E aquela advogada sua... Sua filha... Ela precisa dos braços e das pernas para o trabalho ou pode trabalhar de cadeira de rodas?

Ânsia de vômito. Que ele não toque em nenhum fio de cabelo nem de Nicole nem das minhas filhas. Que merda, que eu morra se for preciso, que Boulon volte e me quebre todos os ossos, todos, sem exceção, mas que não toquem nelas.

O que me salva nesse instante é que sou incapaz de articular uma só sílaba. As palavras ficam entaladas na garganta, lá no fundo. Paralisadas. Tento religar meu cérebro, à manivela, com todas as engrenagens emperradas, mas não consigo fabricar um único pensamento. Minha consciência está inteiramente imersa no rosto das minhas filhas.

Dou uma olhada para o lado, procuro algum ponto de apoio, pigarreio para desobstruir a garganta. Eu não disse nada. Claro que meus olhos devem estar esturricados, como um drogado em fim de noite. Devo passar a impressão de um sujeito vazio, que perdeu todo o sangue. Mas ainda não disse nada.

— Vou quebrá-las, as três. Juntas.

Mentalmente, obstruí meu sistema auditivo. Ouço as palavras, mas o sentido não atravessa a primeira camada. Tenho de me afastar dessas imagens insuportáveis, senão vou vomitar, vou morrer, não vou resistir.

Está blefando. Preciso dizer de mim para mim que ele está blefando. Verifico. Olho para ele.

Não está blefando!

— Vou quebrar tudo o que serve para elas se moverem, Delambre. Vão continuar vivas. Conscientes. Eu juro, o que você viveu aqui é brincadeira de criança perto do que estou preparando para elas.

Ele deveria pronunciar os nomes delas. Dizer: "Com Mathilde, eu vou fazer isso...", "Lucie, eu vou fazer aquilo com ela...". Ele deveria personificar a ameaça. "Sua mulher, Nicole, vou amarrá-la..." Encarnar. Ele não sabe falar direito. É anonimato demais. "As três", é ridículo, como se, aos meus olhos, elas fossem meramente coisas.

Esse é o tipo de palavras que digo para mim mesmo para poder resistir, porque não devo reagir. Ele poderia deixar as fotos à vista para eu imaginar a continuação. Deveria contar em detalhes tudo o que vai fazer com elas. Minuciosamente. É assim que resisto, com esses pensamentos. Fico pensando na sua técnica de persuasão. Pode ser melhor. Penso nisso para me calar. Escondo de mim mesmo, à força, qualquer imagem de Nicole, até o nome, faço com que suma da minha memória. "Minha mulher." Penso "minha mulher" e repito na minha mente dez, vinte, trinta vezes, até que a palavra não passe de uma sequência de sílabas esvaziadas de significado. Os segundos que se passam são intermináveis, faço exercícios mentais. Graças a isso, me mantenho calado. Ganho tempo. Sinto vontade de chorar, de vomitar, minhas filhas... Resisto. "Minhas filhas minhas filhas minhas filhas minhas filhas...", essas palavras se esvaziam por sua vez. Olho fixamente para Fontana, cara a cara, sem pestanejar. Talvez as lágrimas estejam escorrendo pelo meu rosto sem que eu perceba, como Nicole, na sua primeira vinda aqui. "Nicole Nicole Nicole Nicole Nicole Nicole." A palavra se esvazia por sua vez. Esvaziar as palavras para fugir das imagens. Suportar o olhar de Fontana. É o quê. Procuro. Uma cratera? Fito suas pupilas e é a vez de Fontana ser esvaziado de toda sua substância. Não posso pensar no que ele realmente é. Para poder me calar o máximo possível. Não, não é uma cratera. É isso! Suas pupilas, a íris, parecem com as formas aleatórias que a gente vê nos programas de música no computador, quando a gente...

Fontana cede primeiro.

— O que acha disso, senhor Delambre?

— Preferiria que fosse eu.

Foi o que saiu, assim. Porque é verdade. Ainda não voltei totalmente à realidade. Mentalmente, continuo repetindo: "Nicole minha mulher minhas filhas Nicole minha mulher minhas filhas Nicole minha mulher minhas filhas". Funciona razoavelmente bem.

— Imagino — responde Fontana —, mas não se trata de você, mas delas.

Esvaziar a cabeça. Ficar abobado para as palavras. Não pensar em nada concreto. Me manter no plano das ideias. Conceptual. Buscar conselho na administração. O que diria o *management*?

Encontrar uma saída. Não dá em nada.

O que mais? Contornar o obstáculo. Não dá em nada.

— Elas vão sofrer muito.

De novo, o que mais? Propor uma alternativa. Não dá em nada. O rosto de Nicole volta à tona, seu sorriso lindo. Rechaçá-lo! "Nicole Nicole Nicole Nicole Nicole Nicole Nicole Nicole." Funcionou.

Tem outro truque, no *management*, o que mesmo? Sim: saltar o obstáculo. Não dá em nada.

O que resta é isto: reenquadrar. Pode dar em algo. Algo que valha? Sem tempo para refletir, me jogo:

— Mais alguma coisa?

Fontana franze ligeiramente a testa. Nada mau. Ganhar tempo. Reenquadrar. Talvez seja por aí.

Fontana curva a cabeça para o lado, dubitativo.

— Isso mesmo — digo —, mais alguma coisa? Seu espetáculo já terminou?

Enormes, os olhos de Fontana. Lábios tensos, maxilares contraídos. Uma raiva glacial.

— Você está fazendo hora com minha cara, Fontana?

Pode ser que funcione. Fontana se enrijece. Aumento a dose:

— Você deve estar achando que eu sou idiota.

Fontana sorri. Entendeu a estratégia. Mesmo assim, acho que ainda está em dúvida. Junto todas as palavras, a energia, invisto toda minha força. E chuto o balde.

— Mesmo se fizesse isso... Você consegue ver, e muito bem, o "desempregado mais famoso da França" exibindo, para a imprensa, as fotos da esposa e das filhas desossadas. E acusando uma grande sociedade petroleira de tê-las capturado, sequestrado, maltratado, torturado...

Não sei como consegui.

Reenquadrar. Deslocar. Viva o *management*. Realmente, uma disciplina de malucos. Eficaz.

Fontana, falsamente admirativo:

— Você está disposto a correr o risco!

Percebo que ele hesita, não sabe se exibe as fotos de novo. Sente que estou no caminho certo. Ainda sobram algumas gotas no fundo do balde. Balanço para ver se cai na sua cabeça:

— E seu cliente, ele está disposto a correr o risco?

Ele pondera os prós e os contras. Depois:

— Não me obrigue a dar sumiço no corpo de sua mulher apenas para privá-lo de uma foto.

Reenquadrar novamente. Com ele, é essa a técnica que funciona.

— Chega de me encher o saco com essa baboseira, Fontana. Você acha que isso é um filme? Que você está dentro do *Testamento de um gângster* ou algo assim?

Contrariado.

Reenquadrar mais uma vez, essa é a receita.

— Seu interlocutor sou eu, sou seu único interlocutor. E você sabe disso. Então, ou você lida comigo ou você volta de mãos abanando lá para o seu cliente. Não venha me encher o saco com essas ameaças suas. O cliente para quem trabalha não pode se dar ao luxo de uma dor de cabeça dessa. O que vai ser? Você escolhe: só eu mesmo, ou nada?

É assim que funciona, o sucesso. Como um colar barato. Se desfizer o nó, vai tudo para o chão. O insucesso funciona assim também, falo por conhecimento de causa. Para nadar contra a corrente, é preciso ter uma energia dos infernos. Ou disposição para morrer. Eu tenho as duas coisas.

Me veio uma ideia, que não vale muito, mas é a única. Na intuição. Fontana pensa que sou intuitivo. Talvez seja verdade.

Retomei a vantagem. Agora é passar ao ato.

— Estou disposto a devolver o dinheiro. Todo o dinheiro.

Eu disse o que disse, sem nem saber que estava pensando nisso. Mas está dito. E percebo que estou pensando nisso, sim. Eu quero é paz. Não é dinheiro.

— Quero sair daqui. Livre.

Pronto. É nisso que eu penso. Quero voltar para casa.

Fontana está atônito. Prossigo no impulso:

— Estou disposto a esperar. Alguns meses, não mais. Se eu sair daqui de dentro num prazo razoável, devolvo o dinheiro todo. Absolutamente tudo.

Fontana respira.

— Num prazo razoável...

Está sendo sincero quando me pergunta:

— E você pretende sair como?

Talvez não seja tão ruim, minha ideia.

Tiro quatro segundos para refletir um pouco mais.

Um, Nicole.

Dois, Lucie.

Três, Mathilde.

Quatro, eu.

De toda maneira, essa é a única ideia que eu tenho.

Prossigo de novo:

— Para que eu saia, vai ser preciso um esforço imenso da parte do seu cliente. Pode ser que funcione. Diga que essa é minha condição para que eu devolva a totalidade do caixa dois. Em dinheiro vivo.

42

Fiquei preso nas minhas mentiras. Acumulei tantas delas. Dizer a verdade para Nicole, agora, está acima das minhas forças. Roubaram de nós a confiança nas nossas próprias vidas, a segurança, o futuro. É tudo isso que queria conquistar de volta. Como explicar isso para ela?

No dia seguinte à visita de Fontana, mando uma longa carta para ela. Por Lucie, para ir mais rápido. Isso está fora das regras, mas é vital. Lucie aceita.

Peço perdão por ela ter sofrido o que sofreu. Entendo seu medo. Desculpa, eu escrevo, te amo, tudo o que faço é para proteger vocês, provavelmente vou acabar minha vida aqui, morrer aqui, mas quero que vocês continuem vivas, fui obrigado a fazer certas coisas, mas juro que nada mais vai acontecer a você, nunca mais, juro, não perca a confiança e, se lhe machuquei de alguma forma, perdão, te amo, te amo tanto, escrevo um monte de palavras assim para ela. Quero, sobretudo, tranquilizá-la. Enquanto escrevo a carta, revejo sem parar a foto tirada por Fontana, os olhos de Nicole afogados no medo, sou tomado por uma fúria assassina a cada vez. Se eu botar as mãos em Fontana, ele vai se arrepender, vai pedir que eu seja pelo menos como Boulon e Bébêtâ. Mas, antes de tudo, preciso tranquilizar Nicole, não vai acontecer mais, juro, em breve estaremos juntos de novo. Digo "em breve", não estipulo o tempo. Para Nicole, pode ser que "breve" seja dez ou doze anos, eu é que não vou acrescentar outra mentira na minha lista.

De noite na cela, eu fico chorando. Às vezes a noite toda. Se acontecer qualquer coisa com Nicole... Não posso nem imaginar. Ou com Mathilde...

Não sei o que lhe disse Fontana por trás da máscara. Provavelmente que ficasse calada se quisesse que o marido continuasse vivo na prisão. É evidente que Nicole compreendeu que a cena não servia senão para tirar a foto. Para me mostrar.

Eu sei que ela não prestou queixa. Lucie teria me contado. Nicole não falou nada. Guardou tudo para si. Não me escreveu porque as cartas passam pelo juiz. Segundo Mathilde, ela estaria se preparando para vir me ver. Acho que ela não virá.

Desde então, o tempo passa e nada. Os dias, as semanas passam. Não sei de nada dela.

Nicole deve ficar se perguntando em que enrascada eu me meti. O que vai acontecer.

Com ela. Comigo.

Com a gente.

Às vezes, será que Nicole se sentiria aliviada se eu morresse?

Para ter paz, será que sonha com o dia em que eu não exista mais? Para terminar em definitivo com essa história que está matando a gente, tanto um quanto o outro.

Eu me levantei na última noite, fora de mim, e fiquei cravado na frente da porta. Primeiro, bati uma vez, com a mão machucada, o mais forte que pude. A dor foi lancinante, os ferimentos se reabriram instantaneamente. Mas continuei, porque eu queria me castigar, queria acabar logo com isso, estava me sentindo tão só... Doía, nunca o bastante. Continuei, de direita, de esquerda, de direita, esquerda, direita, esquerda, cada vez mais forte. Muito forte, e ainda mais forte, tinha a impressão de estar golpeando com mãos amputadas, transpirando e batendo na porta de aço. Desmaiei de pé, feito um boxeador à beira do nocaute. Desmaiado, continuei batendo até minhas pernas me abandonarem. Aí, caí, o sangue era tanto que escorria através dos curativos. O aço faz muito estrago num punho, mas pouco barulho.

No dia seguinte, foi bem doloroso para tratar. Alguns dedos se quebraram de novo, estou com as duas mãos enfaixadas. Fizeram radiografias. É bem provável que seja necessário operar mais uma vez.

Cinco semanas se passam.

Nenhuma notícia dela.

Poderiam me colocar na solitária, no calabouço, na masmorra, e o efeito não seria tamanho.

Minha referência não é nem o tempo, nem as refeições, nem os barulhos, nem os dias e as noites se alternando.

Minha única referência é Nicole.

Meu universo está circunscrito pelo meu amor.

Sem ela, não sei mais em que pé estou.

43

— E você não tem nada a ver com isso?

A novidade é tamanha que Nicole resolveu voltar para me ver.

Vejo de perto as transformações. É horrível. Ela foi totalmente estraçalhada por essa história, ficou dez anos mais velha em poucos meses. Minha Nicole, aquela que confiava em mim, me faz uma falta terrível. Eu gostaria de fazer desaparecer essa que me devolvem, toda estragada, e trazer de volta minha Nicole de sempre, minha mulher, meu amor.

— Você recebeu minha carta?

Nicole faz um "sim" com a cabeça.

— Não vai acontecer nada mais com você, você sabe, não sabe?

Ela não responde. E faz esse gesto horrível que é tentar sorrir. Para dizer: "Estou apoiando você", para dizer: "Não me peça palavras, não consigo, estou apoiando você, estou aqui, é tudo o que posso fazer". Nenhuma pergunta. Nenhuma crítica. Nicole desistiu de entender. Um homem a agarrou. Ela não quer saber quem. Ele a estrangulou. Ela não quer saber por quê. Ele vai voltar? Ela não quer saber. Jurei para ela que foi um acidente. Ela faz como se acreditasse em mim. O difícil para ela não é que eu esteja mentindo ou não, é não poder acreditar em mim nunca mais. Mas, porra, o que é que eu posso fazer?

O que muda tudo entre nós é o que acaba de acontecer. Porque o jogo não é mais o mesmo. Sinto vontade de dizer para ela:
— Você viu? Consegui! Por que você deixou de acreditar em mim?
Nicole está extenuada, carregando, em cada uma das pálpebras, centenas de horas sem dormir, mas, apesar disso, a esperança, assim como eu, voltou a dominá-la. Essa merda dessa esperança.
— É uma colega que me informou sobre a transmissão. Voltei pra casa mais cedo pra gravar e Lucie foi assistir comigo de noite.
Nicole está sem graça, mas seu ponto forte é ser absolutamente incapaz de mentir (por outro lado, se eu fosse como ela, já estaria morto).
— Lucie ainda está se indagando se você tem alguma coisa a ver com isso.
Finjo que estou injuriado.
Nicole levanta a mão para mim e paro na mesma hora. Com Lucie, posso trapacear. Com Nicole, nem pensar. Ela fecha os olhos por um instante, aí me diz o que já tinha planejado dizer:
— Não sei o que você está inventando. E garanto a você, Alain, não quero nem saber. Mas não meta as meninas nessa história! Quanto a mim, não é a mesma coisa, não conta, eu estou com você. Se precisar me meter no meio... Mas as meninas, não, Alain!
Defendendo as filhas, não é a mesma Nicole. Nem o amor que tem por mim poderia segurá-la. É ela que eu devia ter colocado diante de Fontana quando ele ameaçou quebrar os membros delas. Dito isso, "não meta as meninas nessa história", ambas já estão atoladas até o pescoço. A primeira perdeu grande parte do pouco que tinha quando a situação ficou preta para o pai, a segunda se vê intimada a tirá-lo da lama.
— Deixe eu lhe explicar...
Basta ela fazer "não" com a cabeça. Paro.
— Se isso for ajudar a gente, que bom, mas não quero saber.
Ela baixa a cabeça, contém as lágrimas.
— Nossas filhas, não, Alain — diz enquanto pega seu lenço.
No entanto, teria sido uma boa oportunidade. Nicole sabe. E diz, para mudar de assunto:

— Você acha que as coisas vão mudar agora?
— Você recebeu o dinheiro? Da entrevista?
— Recebi, você já tinha me perguntado.

A editora me ofereceu adiantamentos de quarenta, cinquenta e sessenta e cinco mil euros, além de uma boa porcentagem sobre as vendas, que vou mandar depositar para Nicole. Como vou ter de devolver todo o dinheiro que tomei da Exxyal, isso é tudo o que vai sobrar para elas, certamente.

— Reparti entre Lucie e Mathilde — confirma Nicole. — Fez bem para elas.

Escolhi a editora mais persuasiva, a mais demagógica, aquela que pode causar maior impacto. O livro se chama: *Eu só queria trabalhar...*, com o subtítulo: *Um sênior, do desemprego à prisão*. Vai ser lançado exatamente um mês antes do julgamento. Lucie resmungou por causa do título, eu bati o pé. Na capa: uma medalha do trabalho gravada com minha foto de criminoso, substituindo a Marianne da República. O rebuliço vai ser enorme. Um assessor de imprensa não vai bastar, ela precisou contratar uma estagiária. Não remunerada, certamente. Melhor não desperdiçar dinheiro. É Lucie que vai comparecer nos programas de TV no meu lugar, nas emissões de rádio, responder a imprensa escrita. Primeira tiragem: cento e cinquenta mil exemplares. A editora está contando com o julgamento para haver uma explosão de vendas.

— Estou tentando fazer com que fiquem a salvo...
— Já sei, Alain, você me escreveu isso. Você quer proteger a gente, mas continua complicando tudo. O que eu preferia é que você não tivesse feito nada disso, que a gente ainda estivesse vivendo junto. Mas você não queria mais viver assim e agora é tarde demais. Agora estou completamente sozinha, você me entende?

Ela para. Somos vasos comunicantes. Um se alivia destruindo o outro.

— Não preciso de dinheiro — retoma Nicole. — Não me importa o dinheiro. O que eu queria era que você estivesse lá, comigo. Não preciso de nada além disso.

Não vejo nada muito construtivo aí. Ainda assim, percebo por alto a intenção: ela está disposta a retomar nossa vida na miséria, do ponto onde foi deixada.

Até mesmo de um ponto ainda pior.

— Você não precisa de nada, mas, mesmo assim, vendeu nosso apartamento!

Discretamente, Nicole faz "não" com a cabeça, como se, decididamente, eu nunca entendesse nada. Irritante.

— Então, na sua opinião, as coisas vão mudar agora? — pergunta para desviar a conversa.

— Como assim?

— Depois dessa transmissão.

Encolho os ombros, mas estou vibrando por dentro.

— Bom, alguma coisa deve mudar.

Uma mesa grande.

Toda a imprensa está lá. Cliques crepitando por todos os lados.

Atrás da mesa, a parede está inteiramente recoberta por uma faixa com a logomarca da empresa e EXXYAL-EUROPE em imensas letras vermelhas.

— Não tem como negar, ele tem presença, esse seu CEO — diz Nicole, tentando sorrir.

Alexandre Dorfmann em ação. A última vez que o vi, estava sentado no chão, e eu com minha Beretta carregada e grudada na sua testa, dizendo: "Então, Rei Negro, quantos vão ser mandados para a rua em Sarqueville?" ou algo desse tipo. Nem uma gota de suor nele, se não me engano. É um animal de sangue gelado. Hoje também não parece tremer. Quando entra na sala, é como se ainda estivesse com a Beretta na testa. Não dá para ver, mas tenho suas bolas na minha mão, as bolas de Alexandre, o Grande. Ele entra em cena feito a maior atração do circo, com um caminhar leve e firme, sorriso contido, rosto claro. Seus cachorrinhos seguem atrás. O número deve ter começado nos bastidores.

— Todos estavam lá? — pergunta Nicole.

— Não, faltava um.

Desde o início, noto que Jean-Marc Guéneau, nosso usuário de *lingeries* vermelhas, está atrasado. Talvez tenha dado uma parada no *sex-shop*, quem sabe. No entanto meu dedinho, o auricular, me diz que ele não vai estar presente na cerimônia. Tenho um pressentimento funesto de alguma surpresa reservada para mim, espero que isso não se confirme.

A entrada das estrelas foi cortada na edição. Mesmo assim, pude ver o essencial: atrás de Dorfmann, é Paul Cousin quem vem primeiro. Ele mantém a coluna tão ereta que aparenta ser uma cabeça mais alto que os demais. Logo depois, lá estão todos eles, sentados, alinhados. É a Santa Ceia. Dorfmann, o Jesus da turma, se prepara para alimentar o universo com Sua palavra; os doze hipócritas foram reduzidos a quatro. Normal, tempos de crise. À direita do Cristo Redentor: Paul Cousin e Évelyne Camberlin, à esquerda: Maxime Lussay e Virginie Tràn.

Dorfmann põe os óculos para tirá-los logo em seguida. Enxame de jornalistas e repórteres, chega o silêncio, últimos flashes clicados.

— A França inteira ficou comovida, com razão, ao tomar conhecimento do triste destino de um desempregado que, em situação de dificuldade, apelou para atos... violentos enquanto buscava um emprego.

As frases já estavam escritas, mas Dorfmann não é do tipo que gosta de recitar discursos prontos. O começo é pomposo demais. Ele tira os óculos. Confia mais na sua genialidade que na sua memória. Encara a assistência de frente, olha dentro do olho da câmera.

— O nome de nosso grupo foi associado a esse caso lastimável porque um desempregado, o Sr. Alain Delambre, em um surto de loucura, manteve como reféns, durante horas, vários dos executivos de nossa empresa, inclusive eu.

Seu rosto se contrai por um breve instante. É a lembrança da provação. Muito bem evocada, parabéns. Na tênue sombra que passa nesse breve instante pela máscara de Dorfmann, lê-se: atravessamos um momento de horror, mas escolhemos não fazer disso um espetáculo, guardamos a dor para nós, eis nossa nobreza. E os apóstolos, dos dois lados, o acompanham nesse movimento infinitesimal de intensa emoção. Um baixa a cabeça, assombrado pela lembrança do horripilante pesadelo ao qual foi submetido, o outro engole em seco, visivelmente sob o domínio de traços indeléveis, deixados no seu coração por essas horas de terror e de temor. Bravo, bravíssimo! Aliás, a assistência não se engana, é a hora da explosão espontânea dos flashes para capturar esse admirável microssegundo de sofrimento televisivo. Eu mesmo sinto vontade de virar e incentivar os aplausos dos companheiros de cela. Estou sozinho. VIP.

— Eles são um bando de hipócritas — diz Nicole.

— Pois é, acho que o termo é esse.

Dorfmann prossegue.

— Quaisquer que sejam os motivos do ato desse senhor, nenhuma condição de vida, digo e repito, *nenhuma condição de vida* deveria ser justificativa para alguém recorrer à violência física.

— E suas mãos, como estão? — pergunta Nicole.

— Seis dedos já estão funcionando. Quatro aqui, dois ali. Tudo bem, já é a maioria. A recuperação dos últimos não anda muito boa, o médico deixa a entender que eles podem ficar meio duros.

Nicole sorri. Esse sorriso do meu amor. É a única razão para eu lutar e sofrer. Eu me mataria por essa mulher.

Que merda, é exatamente isso que estou fazendo!

Enfim, talvez não:

— No entanto — continua Dorfmann —, não podemos nos fazer de insensíveis diante da dor dos que estão sofrendo. Nós, dirigentes de empresas, lutamos todos os dias para vencer a guerra econômica que vai garantir o retorno das pessoas ao emprego, mas compreendemos sua impaciência. E digo mais: compartilhamos dela.

Eu teria adorado assistir à emissão num boteco de Sarqueville. Deve ter sido semelhante a um jogo de Copa do Mundo. Essa declaração aí vai ser retransmitida várias e várias vezes por lá.

— A terrível desventura do Sr. Delambre talvez seja um exemplo do drama vivido por certos desempregados. Portanto, nossa resposta também deve ser exemplar. É por isso que, em resposta a uma proposta minha, o grupo Exxyal-Europe decidiu retirar todas as queixas.

Comoção geral, os fotógrafos metralham os componentes da mesa.

— Meus colaboradores (gesto soberano para a direita, depois para a esquerda, acompanhado de piscadas de pálpebras, coordenadas como uma ola) tomaram a decisão espontânea de se juntar a mim e agradeço a todos. Cada um deles, individualmente, havia prestado queixa. Todas serão retiradas. O Sr. Delambre deverá confrontar o tribunal pelos atos que cometeu, mas as vítimas se retiram para dar lugar à justiça.

De cada lado de Deus, ninguém do alto escalão sorri. Consciência do seu papel histórico. Dorfmann acaba de pintar o esboço de um novo vitral da história do capitalismo: *O Patrão demonstrando sua Comiseração para com um Desempregado desesperado.*

É assim que posso medir o apego de Alexandre Dorfmann pelos seus dez milhões. Deve ter causado certo burburinho nos bastidores da Exxyal, porque dá um retoque e tanto na sua obra, e não é com qualquer cor. Um belo branco virginal, um branco cristianíssimo. O branco da inocência.

— Nem a Exxyal nem seus executivos pretendem, evidentemente, influenciar a justiça, que deve tomar sua decisão independente da nossa. Porém, com nosso gesto de comiseração, fazemos um apelo por benevolência. Um apelo por clemência.

Alvoroço na sala. Todos sabem que nossos grandes Chefes Executivos podem ter um espírito elevado, assim como a renda deles, mas uma alma de tamanha grandeza faz qualquer um chorar.

— Para Lucie, pode surtir grande efeito no veredito a retirada de queixa das vítimas — diz Nicole.

Foi o que Lucie me disse também. Para mim, isso está longe de ser o bastante, mas não falo nada. Vamos ver. O julgamento vai se dar em quatro ou cinco meses. Parece que é um tempo recorde. Não é todo dia que o desempregado mais famoso da França dá o ar da sua graça no tribunal.

Na tela, Dorfmann aumenta o tom:

— No entanto...

O silêncio custa a retornar. Dorfmann imposta cada sílaba como uma martelada e impõe Sua palavra.

— No entanto... tomamos essa iniciativa sem a mínima intenção de fazer jurisprudência.

Frase complicada para um canal como a TF1.

Melhor simplificar. Voltar aos elementos universais da comunicação.

— Nosso gesto é uma exceção. Gostaríamos que todos aqueles que se sentirem tentados pelo exemplo do Sr. Delambre (explosão nos estabelecimentos de Sarqueville!) saibam que nosso grupo permanece firme em sua posição de condenação absoluta da brutalidade e levará à justiça — sem fraquejar — qualquer um que venha a cometer alguma violência em relação aos bens ou às pessoas pertencentes a nosso grupo.

— Ninguém frisou isso — diz Nicole —, mas é meio doido, não é?

Não sei do que está falando. Ela percebe.

— Dorfmann fala "aos bens ou às pessoas pertencentes a nosso grupo" — diz Nicole. — É impressionante, não é?

Não, não estou entendendo.

— Os bens, tudo bem, mas as pessoas, Alain! Ora, elas não "pertencem" à empresa!

Digo, sem parar para pensar:

— Não soou estranho para mim. No fim das contas, tudo o que fiz foi para "pertencer" de novo a uma empresa, não foi?

Nicole está pasmada. Ela se cala.

Está me apoiando. Em tudo. Vai me apoiar até o final.

Mas nossos mundos estão se expandindo em direções opostas.

— Aqui — diz Nicole.

Ela mexe na bolsa. Fotos.

— Vou me mudar daqui a quinze dias. Gregory está sendo extremamente gentil comigo. Chamou uns amigos para me ajudar com a mudança.

Escuto distraidamente porque estou compenetrado nas fotos. Os melhores ângulos, a melhor luz, Nicole se esforçou para valorizar o espaço, mas não adiantou. O lugar é sinistro. Ela fala da mudança, dos vizinhos muito simpáticos, dois dias de folga, mas olho para as imagens e fico arrasado. Ela disse qual era o andar; não ouvi. Eu diria que é décimo segundo. Vejo várias tomadas de Paris à distância. Tratando-se de imóveis, quando estão insistindo nas imagens panorâmicas, raramente é bom sinal. Ignoro as vistas aéreas.

— Dá para comer na cozinha... — diz Nicole.

Deve dar para vomitar também. Um piso de taco com motivos decorativos, que deve remontar aos anos 70. Volumes secos, ângulos retos, só de olhar as fotos parece que já estou ouvindo as vozes dos vizinhos ressoarem nos cômodos vazios e, ao cair da noite, os vizinhos brigando do outro lado da parede oca. Sala de estar. Corredor. Um quarto. Outro. Bem do jeito que eu detesto. Quanto vale uma merda dessas? É por essa coisa que ela trocou nosso apartamento que estava praticamente pago?

— Praticamente pago não é pago, Alain. Não sei se você sabe, mas estamos com problemas financeiros.

Sinto que não devo irritá-la. Nicole chegou ao limite da exasperação e pode acabar explodindo. Ela abre a boca, eu fecho os olhos à espera do míssil, e ela prefere o sarcasmo. Ela designa a decoração ao nosso redor.

— Você também resolveu mudar de apartamento!

Golpe baixo. Largo as fotos na mesa. Nicole pega, guarda na bolsa de novo. Aí olha para mim.

— Eu não estou nem aí para o apartamento. Com você, eu teria ficado bem em qualquer lugar. Tudo o que eu queria era estar com você. Então, sem você, ali ou acolá... Pelo menos, a gente não tem mais nenhuma dívida.

Aquele apartamento é idêntico ao lugar onde, na minha mente, devia morar a mulher de um presidiário.

Tanta coisa para dizer. Não digo nada. Melhor me preservar. Guardar as forças para o dia do julgamento.

Para adquirir o direito de me juntar a ela naquela merda, o mais rápido possível.

44

Todo mundo sabe, tem dia em que tudo dá certo e tem dia em que tudo dá errado. O dia em que você se apresenta diante do tribunal, é do seu interesse que ele seja um dia em que tudo dê certo. E, dias como esses, eu vou precisar de dois, que é a duração prevista para o julgamento.

Lucie está em ebulição. Não fala mais de Sainte-Rose, que rendeu as armas após minha última façanha. Curiosamente, da mesma forma que a presença daquele fantasma ao lado de Lucie me irritava (principalmente quando fiquei sabendo que seus honorários eram particularmente elevados), na sua ausência, Lucie tendo de tomar todas as decisões sozinha, isso me deixa um pouco em pânico. O que ela me disse dezesseis meses atrás, sobre a necessidade de eu ser defendido por um profissional, faz todo o sentido agora. Fico com pena de Lucie, sua ansiedade é perturbadora. A imprensa realçou com frequência que minha advogada era minha filha. Foram publicadas inúmeras fotos dela com títulos chorosos. Eu sei que ela detesta isso. Completamente equivocada.

À medida que o julgamento foi se aproximando, fui ficando mais preocupado, porém, quando ela me mostrou sua linha de defesa, tive de novo a certeza de ter feito a escolha certa. Esquematicamente, existem duas estratégias possíveis: a política e a psicológica. Lucie está convencida de que o promotor de justiça vai optar pela primeira. Ela, pela segunda.

São vários, os sinais verdes na nossa frente.

A coletiva de Alexandre Dorfmann foi unanimemente saldada pela imprensa. Esse gesto magnífico foi ainda mais apreciado por terem se recusado a conceder qualquer outra entrevista, tanto Dorfmann quanto os membros do seu alto escalão. Esse pudor extremo pareceu confirmar, se é que havia necessidade de confirmação, que seu gesto era totalmente desinteressado e provinha do mais puro senso de humanidade. Certos jornais se mostraram altamente céticos, supondo que haveria ali alguma razão mais obscura e suspeita. Mas, por sorte, a maior parte seguiu os passos dos canais de televisão: nesse período de tensão, período marcado por numerosos conflitos trabalhistas, numa conjuntura de confronto quase permanente entre patrões e assalariados, a decisão filantrópica da Exxyal e dos seus executivos lança uma nova luz sobre as relações sociais. Decorridos dois séculos de uma Luta de Classes desanimadora e mortífera, a Chama da Comunhão ilumina o Abraço Cordial que marca, entre os Patrões, os Operários e os Empregados, o tão esperado e Histórico instante da Reconciliação.

Mesmo assim, em paralelo, a Exxyal quis confirmar comigo que eu devolveria a totalidade do seu dinheiro.

O segundo sinal positivo às vésperas do julgamento é a guinada repentina da Transportadora Farmacêutica. Primeiro Lucie pensou que meu status de herói social, moralmente, colocava a empresa numa posição difícil e por isso temiam fracassar perante a justiça, mas, recentemente, ficamos sabendo da razão real dessa reviravolta: sua principal testemunha, Romain, largou o serviço de um dia para o outro e se nega até mesmo a responder as insistentes correspondências do seu antigo empregador. Lucie procurou se informar. Romain retornou à província natal. Está de volta na agricultura. Tratores rutilantes, vasto projeto de irrigação, o jovem rapaz, ao que parece, está investindo com ambição no seu empreendimento.

Apesar desses bons indicadores, Lucie continua preocupada.

Um júri popular, diz ela, é muito imprevisível.

Às vésperas do início do julgamento, as emissoras de rádio e os canais de televisão retornam aos fatos que me são imputados e retransmitem imagens de arquivo. Fico insistindo com Lucie para que não se conforme com seu prognóstico: ela está esperando obter para mim, no melhor dos casos, oito anos, sendo quatro deles em liberdade condicional.

Minha calculadora começa a funcionar e enlouquece. São quatro anos de cadeia.

Se não estivesse sentado, eu teria caído. Mais trinta meses aqui! Por mais que consiga conservar minha vaga na área VIP, eu estou tão exausto que...

— ... eu vou morrer!

Lucie pousa sua mão sobre a minha.

— Você não vai morrer, papai. Você vai ser paciente. Garanto a você que, se a gente conseguir isso aí, já vai ser um milagre e tanto.

Contenho as lágrimas.

Passo três noites sem dormir. Trinta meses aqui! Quase três anos ainda... Vou estar velho quando sair, muito velho.

E terei devolvido todo o dinheiro da Exxyal.

Vou estar velho e pobre. Isso me faz desmoronar. Me sinto terrivelmente sozinho.

A consequência é que entro na sala de audiência com os ombros encolhidos e uma tez de cera. Sou um homem devastado. Não queria estar assim, mas a impressão que causo joga a meu favor.

A turma dos jurados foi tirada do mesmo povo com quem eu cruzava todos os dias no metrô, na época em que ia trabalhar. Jovens, velhos, homens, mulheres. Mas, do ângulo de visão que tenho do banco dos réus, eles me parecem bem mais preocupantes. Por mais que tenham jurado "não escutar nem o ódio nem a maldade, nem o temor nem a afeição; decidir-se seguindo sua consciência e sua mais íntima convicção, com a imparcialidade e a firmeza que convêm a um indivíduo íntegro e livre...", tenho minhas dúvidas. Essas pessoas não são diferentes de mim, ou vão com minha cara ou não vão, e pronto.

Vejo imediatamente que todo meu mundinho veio me fazer companhia.

Primeiro, a família mais próxima: Nicole, linda como nunca e olhando para mim sem parar e me dirigindo discretos sinais de confiança. Mathilde, sozinha, já que o marido não conseguiu ser dispensado no trabalho.

Não muito distante, Charles. Deve ter pegado o terno emprestado com um vizinho, em melhores condições, mas maior que ele. Está nadando dentro do paletó. A sensação é de que tem um vento inflando a roupa. Sabendo que não poderia tomar das suas dentro da sala de audiência, deve ter antecipado a consumação. Vi como estava concentrado nos passos, com uma passada meio incerta. Quando levantou o braço para fazer seu aceno indígena, foi brutal sua perda de equilíbrio, precisou segurar no encosto do banco, no qual desmoronou. Charles é muito expressivo. Vive profundamente todas as circunstâncias, com pleno engajamento. Durante a audiência, a cada intervenção de alguém, seu rosto se encarrega dos comentários. É um verdadeiro oscilógrafo do evento. Em vários momentos, vira a cabeça na minha direção como se estivesse consertando meu carro e quisesse me garantir que tudo está certo por enquanto.

Depois dos mais próximos, a família distante. Fontana, grave, sério, lixando as unhas calmamente, sem jamais olhar para mim. Seus dois colegas também estão lá, a moça do olhar frio cujo nome é citado nos documentos do processo, que se chama Yasmine, e o árabe que dirigia os interrogatórios, Kader. Estão na lista de testemunhas citadas pelo ministério público. Mas, acima de tudo, estão lá para mim. Só para mim. Devia me sentir lisonjeado.

E aí os jornalistas, o rádio, a televisão. E o representante da minha editora, em algum lugar da sala, deve estar enxugando os beiços constantemente, de tanto salivar, imaginando o número de tiragens que esse julgamento vai render para nós.

E Lucie, que fazia anos que eu não via de beca. Muitos dos seus colegas estão na sala e, como eu, se perguntam quantos quilos ela perdeu no decorrer do ano passado.

Terminado o primeiro dia, não entendo por que Lucie prevê oito anos. De ouvir o jornalista que faz o resumo da audiência na televisão, eu diria que a terra inteira está do meu lado e que devem ser clementes no veredito. Excetuando, é verdade, o promotor. Cruel como uma cobra, esse aí. Venenoso. Não deixa passar nenhuma oportunidade de manifestar a aversão que tem por mim.

Fica óbvio na hora de o perito apresentar o laudo psiquiátrico, que ressalta que meu estado psíquico no momento da ocorrência dos fatos está marcado por uma perturbação pontual que ocasiona "a perda do [meu] discernimento e do controle sobre os [meus] atos". O promotor esbraveja. Brande o artigo 122-1 do Código Penal e quer frisar de qualquer maneira que eu não posso ser irresponsabilizado por doença mental. O debate não me atinge, mas Lucie segura firme. Ela trabalhou muito nesse aspecto do dossiê que, segundo ela, é um ponto crucial do processo. A discussão fica mais acalorada entre ela e o promotor, o juiz pede ordem. De noite, o jornalista conclui sobriamente: "Deverão os jurados considerar o Sr. Delambre como um homem responsável pelos seus atos, como enfatiza com veemência o promotor? Ou, como realça a advogada do acusado, como um homem que teve seu discernimento alterado pela depressão? Teremos uma resposta amanhã à noite, quando forem encerrados os debates".

O promotor se prolonga nos detalhes. Descreve a angústia dos meus prisioneiros como se estivesse lá. Saindo da sua boca, essa minha tomada de reféns é a Batalha do Álamo. Ele chama para depor o comandante do esquadrão do Raid que encabeçou minha captura. Lucie não intervém muito. Está contando com outras testemunhas.

A César o que é de César.

Alexandre Dorfmann em ação. Mãos à obra.

Desde sua tonitruante entrevista coletiva, todos estão à espera do seu depoimento.

Dou uma olhada na direção de Fontana, que observa e escuta o patrão feito um devoto.

Poucos dias atrás, eu tinha dito para ele:

— Estou avisando, não quero qualquer coisa em troca desses dez milhões! Fora de cogitação seu cliente se ater ao mínimo necessário, está me ouvindo? Por três milhões, eu poderia ser um coitado. Por cinco milhões, um indivíduo corajoso. Por dez, eu sou um santo! É esse meu ponto de vista e é isso que você vai dizer para ele, para o pontífice soberano. Dessa vez, fora de cogitação dar uma de chefe, tem de ralar. Por dez pilas e um belo gesto da minha parte para acalmar o conselho de administração, é melhor o Grande Timoneiro mostrar jogo de cintura.

Dorfmann se mostra com uma naturalidade espantosa.

Lucie, nem nos seus sonhos mais loucos, jamais esperou por um testemunho semelhante.

Sim, claro, essa tomada de reféns foi "uma provação", mas, no fundo, o que ele viu diante de si foi, sobretudo, um "homem perdido, bem mais do que um assassino". Dorfmann se faz reflexivo. Examinando suas lembranças. Não, ele não se sentiu, propriamente falando, ameaçado. "Na verdade, ele não sabia muito bem o que queria." Uma pergunta. "Não — responde Dorfmann —, nenhuma violência física." O ministério público insiste. Tento ajudá-lo, mentalmente: vamos, Excelência, mais um gesto de bondade. Dorfmann raspa o fundo do tacho: "Quando ele atirou, todos vimos que estava atirando para as janelas, não em alguém em particular. Não estava mirando. Parecia mais um tipo de... desencorajamento. Aquele homem parecia arrasado, esgotado".

O promotor parte para o ataque. Evoca as primeiras declarações de Dorfmann, poucos minutos após a liberação dos reféns, declarações "muito severas em relação a Delambre", depois, na entrevista coletiva, "misteriosamente surpreendente", em que Delambre parece ter sido absolvido de toda a culpa...

— Difícil acompanhá-lo, senhor Dorfmann.

É preciso mais do que isso para atormentar Alexandre, o Imenso.

Para passar a vassoura na crítica, ele faz uma "exposição em três partes", durante a qual dá ênfase aos pontos importantes ora com um indicador apontado para o promotor, ora com um olhar endereçado ao júri, ora com uma mão espalmada na minha direção. Uma sequência absolutamente perfeita. Fruto de trinta anos de conselho de administração. No final, ninguém entendeu o que quis dizer, mas todo mundo está convencido de que ele tem razão. Tudo fica mais claro. Tudo volta a ser perfeitamente lógico. Todos comungam em torno da evidência à qual Dorfmann nos conduziu. Um grande chefe em ação é algo tão bonito quanto um bispo na catedral.

Lucie olha para mim, nas nuvens.

Eu tinha recomendado a Fontana:

— Quero que todo mundo esteja à altura! É um trabalho em conjunto e, por dez pilas, quero um time com espírito coletivo, sacou? Dorfmann abre caminho e, atrás, o bando avança em equipe. Sem destoar! Pode dizer para pensarem nos conselhos de *management* que eles dão para os subordinados, vai ajudar.

Ajudou.

Évelyne Camberlin avança. Uma governanta. A dignidade em pessoa.

— Sim, fiquei com medo, é verdade, mas logo tive a certeza de que não ia acontecer nada com a gente. O que eu temia era algum deslize da sua parte, algum gesto impensado.

Basta o promotor intervir para que o público o repreenda em surdina. A sensação que se tem é a de Judas entrando em cena num mistério da Idade Média. Ele pede que Évelyne descreva seu "terror".

— Fiquei com medo, mas não estava aterrorizada.

— É mesmo? A senhora é ameaçada à mão armada e não fica aterrorizada? A senhora dispõe de um sangue-frio excepcional — acrescenta o promotor em tom de zombaria.

Évelyne Camberlin olha para ele de cima a baixo. Aí, com um sorriso generoso:

— As armas não têm muito efeito em mim. Passei minha infância inteira no quartel, meu pai era tenente-coronel.

O público se diverte. Olho para os jurados. Alguns sorrisos. Mas não chegam a cair na gargalhada.

O promotor muda de registro e se mostra insidioso.

— A senhora retirou a queixa... por livre e espontânea vontade, não foi?

Évelyne Camberlin deixa passar um instante que pesa uma tonelada.

— Na verdade — pergunta ela —, o que fica subentendido na sua pergunta é que fui pressionada pelo meu empregador. Mas para quê?

No fundo, essa é a grande questão para todo mundo. É num momento desses que a gente vê se o *manager* soube administrar de forma adequada o caso. Por dez milhões, espero que sim.

Antes que o promotor retome a palavra, a mãe Camberlin emenda:

— Talvez o senhor esteja supondo que a empresa para a qual trabalho, ao se mostrar generosa, esteja tentando tirar algum benefício para sua imagem.

Demitida! Se fosse comigo, depois de uma frase como essa, ela ia para o olho da rua! Onde foi que aprendeu a falar em público? Me deixou furioso. Ou ela se redime, ou eu mando Dorfmann botá-la para fora já com a primeira leva de demissões de Sarqueville. Ela deve ter percebido, porque se reergue depressa.

— O senhor pensa que a Exxyal precisa se mostrar magnânima para obter o prestígio da imprensa?

Isso aí. Já está bem melhor. Mas preciso que ela tire isso da cabeça dos jurados de uma vez por todas.

— Nesse caso, por que não pergunta logo se recebi um bônus excepcional para estar aqui testemunhando? Ou se me chantagearam e colocaram meu emprego em perigo? Muito incômodas para o senhor, essas perguntas?

Pequena comoção. O juiz, presidente do júri, pede ordem, os jurados estão perplexos, eu me pergunto: será que minha estratégia vai falhar?

— Nesse caso — pergunta finalmente o promotor — se a senhora se sente em tamanha comunhão com o Sr. Delambre, por que prestar queixa já no dia seguinte ao ocorrido?

— Porque a polícia me pediu, me recomendou. E, naquele momento, aquilo me parecia lógico.

Assim está bem melhor. Dorfmann passou instruções bem claras. Dá para sentir que o futuro deles também está em jogo. Isso me deixa feliz, me sinto menos sozinho.

Maxime Lussay é o próximo da fila. Ele é menos brilhante, mais tosco. Diz palavras bem simples mas, no fim das contas, eficazes, acho eu. Responde simplesmente "sim" ou "não". Sem chamar atenção. Beleza.

Virginie Tràn, em compensação, quer virar sensação. Está com um vestido amarelo claro e uma echarpe. Maquiada como se fosse casar, caminha para o banco das testemunhas como se num desfile de moda. Ela tem uma boa atuação, talvez boa demais, como alguém que está devendo alguma coisa. Na minha opinião, ainda está dormindo com o concorrente. No seu lugar, eu tomaria cuidado.

Ela faz o tipo categórico.

— O Sr. Delambre não estava reivindicando nada. É difícil para mim acreditar que seu ato tenha sido premeditado. Ele teria exigido alguma coisa, não?

Berro do ministério público. Ela é jogada nas cordas pelo promotor e o juiz juntos.

— O que estamos buscando não são comentários sobre a motivação do Sr. Delambre, mas simplesmente os fatos!

Ela aproveita para mostrar a cinta-liga: diante dessa cortina de fogo, baixa os olhos, enrubescida, confusa, como uma menininha apanhada com a boca na botija. Diante disso, até Judas se derreteria em lágrimas.

Finalmente, abram alas para Sua Majestade Paul Cousin. O único que me encara, bem de frente, enquanto avança rumo ao banco das testemunhas. Está ainda mais alto que na minha lembrança. O público vai adorá-lo.

Eu tinha dito para Fontana:

— Aquele grandessíssimo idiota, ele é a chave de tudo. É por causa dele que estou onde estou, então é melhor dizer para ele que eu quero tudo na medida, senão vai viver de seguro-desemprego até se aposentar.

Solene e austero, ele tem consciência de que é o grande homem. Calma e firmeza. Um exemplo.

A cada pergunta do juiz, a cada interpelação do promotor, Paul Cousin se volta ligeiramente para mim. Antes de se posicionar, o Rigor observa a Desorientação. Em seguida, responde com frases milimétricas. Mal nos conhecemos, eu e ele, mas tenho a impressão de sermos velhos amigos.

Sim, ele responde para o juiz, atualmente ocupa um cargo na Normandia. Sim (com uma nuance de dor), vasto plano de reestruturação, missão difícil. Humanamente. Espero que não vá abusar dessa palavra porque, saindo da sua boca, soa um bocado bizarra. Sim, Sarqueville está passando por dificuldades econômicas. Compreende o quanto os tempos andam difíceis. Quando o tema é sua atitude na tomada de reféns, o juiz recorda os fatos, como ele se opôs, afrontou, fugiu corajosamente em direção à saída...

— Para impedi-lo, o Sr. Delambre tentou atirar no senhor!

Sussurros admirados na sala. Cousin faz um gesto de desacordo com a mão e, irritado:

— O Sr. Delambre não atirou em mim, isso é tudo o que me importa. Talvez tenha tentado, mas não posso testemunhar sobre isso, eu não virei para trás para olhar o que ele estava fazendo.

Todos tomam aquilo como modéstia.

— À exceção do senhor, foi o que todo mundo viu!

— Então vá perguntar para todo mundo, não para mim.

Rumores na sala. O presidente pede ordem a Cousin.

— Ao ouvir seus diferentes testemunhos, notavelmente semelhantes, a sensação é realmente de que essa tomada de reféns foi como umas férias num cruzeiro. Mas, se o Sr. Delambre não representava perigo algum — pergunta o promotor —, por que esperar tanto antes de intervir?

Paul Cousin se volta para ele, de corpo inteiro, e olha de cima a baixo.

— Para tudo, meu senhor, existe o tempo de observar, o tempo de compreender e o tempo de agir.

Imperial, Cousin.

O público todo vira estátua. Tiro o chapéu.

Eu tinha dito para Fontana:

— E o tal do Jean-Marc Guéneau vai ter de pegar leve! Senão eu deixo ele só de calcinha de novo, perante o tribunal!

Não é mais o mesmo homem.

Eu o conheci arrojado, seguro de si, agora é um fantasma. Diz seu nome, seu status: trabalhador em privação do emprego.

É a expressão oficial para não dizer "desempregado". Ele foi mandado embora da Exxyal. Dois meses depois. Está certo que passou por uma provação das mais duras, devem ter dito os chefes, mas, mesmo assim, a gente não pode confiar num executivo que vive por aí de calcinha, por debaixo do uniforme de diretor financeiro. Apesar da demissão, Guéneau vem testemunhar e diz exatamente o que deve dizer. Porque o mundo é pequeno e, mesmo que não trabalhe mais para a Exxyal, ela permanece como um elemento chave caso ele queira continuar no ramo.

Olho com mais atenção para ele.

Quatorze meses desempregado. E, na minha opinião, ainda não saiu do buraco.

Guéneau sou eu após um ano e meio de desemprego. A sua postura é a de quem ainda acredita. Segura firme. Posso imaginá-lo daqui a seis meses, reduzindo sua pretensão a 40%, daqui a nove meses, negociando um emprego provisório, daqui a dois anos, aceitando um cargo de subalterno para pagar metade das mensalidades. Daqui a cinco anos, levando uma pesada na bunda, do primeiro contramestre turco que resolver rebaixá-lo. Tenho a impressão de que, antes do fim do depoimento, a manga do seu terno vai descosturar e virar motivo de risada para a sala toda.

Também tinha dito para Fontana: "Quanto ao Lacoste, aquele filho da puta, pode ser bem firme com ele nas recomendações. E, se ele se fizer de desentendido, você tem minha autorização para esmagar todos seus dedos. Já passei pela experiência e, indiscutivelmente, ajuda a gente a entender as coisas".

Fontana se permitiu esboçar algo que só sua mãe poderia chamar de sorriso.

Lacoste apresentou um testemunho imensamente humano. Sua empresa está em processo de liquidação judicial; nada a ver com o caso de que aqui nos ocupamos, não, são as conjunturas econômicas. Justamente essas de que o Sr. Delambre foi vítima. Assim como tantos outros. Nada mau, Lacoste. Espero que a pequena Rivet tenha podido indenizá-lo de forma adequada.

Lucie olha para mim com uma frequência cada vez maior.

O exército inimigo logo vai estar reduzido apenas ao promotor. Lucie se preparou para a guerra e os adversários parecem estar afobados para assinar o armistício. Ela interroga as testemunhas com delicadeza, mão leve. Entendeu que tudo está bem encaminhado, mas que é melhor cuidar para que continue assim.

Na véspera, Nicole comentou com ela sobre seu espanto:

— É inacreditável, fico estupefata. Seu pai enfrenta o tribunal do júri por causa de uma tomada de reféns, mas ninguém parece ficar espantado por uma empresa ter feito a mesma coisa, em total impunidade, para avaliar seu pessoal. Sem contar que, se eles não tivessem organizado essa simulação, não teria ocorrido tomada de reféns nenhuma, não é não?

— Eu sei, mamãe, mas fazer o quê, nem os empregados estão com cara de achar isso anormal.

Com certeza, ela ficou remoendo esse argumento na cabeça. Estava até pensando em explorar as testemunhas para valorizá-lo, para empurrar a crueldade para o lado da empresa e, no fim, torná-la responsável pela minha iniciativa. Mas, além de o réu não ser a Exxyal, mas, sim, eu, isso nem é mais necessário. Lucie se volta para mim novamente, realmente estranhando a maneira como os acontecimentos estão se desenrolando. Faço um pequeno gesto com as duas mãos para ressaltar minha surpresa. Me esforço para ser convincente, mas Lucie já se virou e assiste à passagem das testemunhas cada vez mais embasbacada.

— Quanto a você, Fontana — eu tinha dito —, você vai fazer o que sabe fazer melhor: ser um bom soldadinho. Tenho certeza de que você é pago conforme o resultado, errei?

Fontana sequer piscou, o que quer dizer que estou certo: ele ganha por porcentagem. Quanto maior o bolo que voltar para a Exxyal, maior será sua fatia.

— Eu sei que você adoraria pisotear esse merdinha que eu sou, mas vai ter de se mostrar disciplinado. Vai me bajular. E eu vou ajudar você. A cada sílaba que não sair perfeita, lembre-se que vou tirar um milhão do que Dorfmann está esperando recuperar. É isso que você vai explicar quando ele constatar as perdas e reclamar a prestação de contas.

Não precisa ser um médium para adivinhar que, nesse instante, se eu não tivesse tanta vantagem, ele enfiaria meus dois pés numa lata com cimento, na mais completa indiferença, e me jogaria no canal Saint-Martin com um tubo de oxigênio de seis horas de autonomia.

O que será que vai acontecer quando tudo tiver terminado, quando eu estiver pobre de novo? Espero que ele não seja rancoroso, não leve isso tudo para o lado pessoal.

Em todo caso, é obediente.

Ele confirma o diagnóstico generalizado de que sou inofensivo. Lucie pede que ele cite os serviços que já prestou para dar mais peso à sua opinião. Ele, que conviveu com guerrilheiros, com soldados e, ainda assim, pode garantir para o tribunal que Delambre, Alain, é um cordeirinho. Seu ferimento? Só um arranhão. Nenhuma queixa da sua parte? Para quê?

Exagerei um pouco. Melhor encerrar os testemunhos. Essa unanimidade está gerando certo desconforto.

No início da tarde, a exposição final de ambas as partes.

Lucie é de se admirar. Com uma voz firme, convincente, ela alinha os argumentos, sobrevoa delicadamente os testemunhos para que o júri não sinta que perdeu tempo com aquilo tudo, dirige-se ora aos jurados, ora aos homens, ora às mulheres. Ela faz o melhor a se fazer: explica que minha aventura poderia ter acontecido com qualquer um, e explica extremamente bem. Frisa as difíceis condições de vida do seu cliente, o processo de degeneração da autoestima, a humilhação, aí o gesto brutal, incompreensível, aí a desorientação, a incapacidade de sair sozinho da situação em que se aprisionou. Seu cliente é um homem só.

O que é necessário desarmar agora é a bomba que meu livro representa.

Sim, o Sr. Delambre escreveu um livro, explica Lucie. Mas não, como foi dito com frequência, para obter alguma notoriedade, e, sim, porque precisava de apoio, precisava compartilhar seu sofrimento com os outros. E é justamente o que se passou. Milhares, dezenas de milhares de pessoas, de semelhantes, se reconheceram nesse naufrágio, se enxergaram na sua infelicidade, na sua humilhação. E desculparam seu ato. Que, aliás, não teve nenhuma consequência.

As circunstâncias atenuantes que ela reclama para seu cliente são, simplesmente, as circunstâncias compartilhadas por todas as pessoas em tempos de crise.

Nada mau, ela, realmente.

Se eu não estivesse temendo o peçonhento do ministério público, que observa e balança a cabeça sem parar, com cara ora de escandalizado, ora de injúria e desconfiança, eu diria que o prognóstico dela pode se concretizar. Nenhum júri jamais poderá me inocentar. Eu fui fazer um exame de emprego portando uma pistola carregada, premeditação pura e simples. Impossível reduzir uma pena teórica de trinta anos para menos de oito ou dez anos. Mas Lucie tenta de tudo. E, se é que existe alguém capaz de conseguir, é ela, minha filha. Nicole olha para ela com admiração. Mathilde a observa com confiança, com inveja.

Lucie tinha razão, o promotor quer fazer do caso um exemplo. Sua fala se desenvolve em torno de três argumentos simplíssimos.

Um: Alain Delambre, três dias antes da sua ida à Exxyal-Europe, procurou, encontrou, comprou e carregou uma pistola com balas reais. Suas intenções eram evidentemente violentas e possivelmente assassinas.

Dois: Alain Delambre midiatizou o caso para tensionar o julgamento, para tentar influenciar os jurados, para impressioná-los, para intimidá-los. O terrorista se transformou em vigarista.

Três: Alain Delambre abre uma brecha perigosa. Se sua pena não for exemplar, todo desempregado se sentirá no direito de, amanhã, também se deixar levar pela agressividade. Num período em que os operários demitidos recorrem cada vez mais à brutalidade, ao incêndio, à ameaça, à pilhagem, à extorsão, ao sequestro, pode o júri elevar uma tomada de reféns ao status de meio legítimo de negociação?

A resposta, segundo ele, está contida na própria pergunta.

É preciso dar um exemplo. Não há sombra de dúvida para ele:
— Hoje, são vocês a última barreira contra uma nova forma de violência. Estejam conscientes de seu dever. Considerar que quem dispara balas reais merece gozar de circunstâncias atenuantes é preferir a guerra civil ao invés do diálogo social.

Todos esperavam que a acusação fosse inflexível. Quinze anos. Mas o promotor clama por trinta. Pena máxima.

Quando ele se senta, a assistência fica atônita.

Eu, primeiro.

Lucie está transfigurada. Nicole parou de respirar.

Charles aparenta estar sóbrio pela primeira vez na vida.

Até Fontana baixa a cabeça. Pelo tempo que vou passar no xadrez, vai demorar para ele ver a cor desse dinheiro.

Como dita a regra, o presidente do júri passa a palavra novamente para Lucie. Cabe a ela pôr o ponto final. Isto é certamente uma das consequências de tantos meses de trabalho e intensas vigílias: Lucie fica engasgada. Ela tenta falar. Em vão. Pigarreia para desobstruir a garganta. Pronuncia algumas palavras inaudíveis.

O juiz fica preocupado.

— Não conseguimos ouvir direito, doutora...

Reina na sala um clima pesado de tempestade.

Lucie se volta para mim. Com lágrimas nos olhos. Olho para ela e digo:

— *C'est fini*, minha filha. Acabou.

Ela junta forças, vira para os jurados. Mas, realmente, é mais forte que ela. Não sai nada. A sala inteira prende a respiração.

Mas eu tenho razão. Acabou.

Pálida feito a morte, Lucie ergue a mão sinalizando para o presidente que não tem nada a acrescentar.

Ela não consegue acrescentar mais nada.

Os jurados são chamados para deliberar.

À noite, tarde já, para a surpresa geral, ainda não conseguiram chegar a um acordo. Adiamento da deliberação para amanhã.

No ônibus que me leva de volta para o centro de detenção, involuntariamente, vou multiplicando minhas hipóteses. Vejo tudo escuro, claro. Se eles não se decidem, é porque existem pessoas resistindo. O julgamento se deu da melhor maneira possível, mas o veredito está se voltando contra mim. Se o ministério público foi convincente, certas pessoas estão se achando verdadeiros justiceiros e sonhando com uma pena exemplar.

À minha medida, essa noite, o centro de detenção é o corredor da morte. Dá tempo de morrer umas vinte vezes. Minha vida passa diante dos meus olhos. Tanta coisa para chegar nisso.

Fico acordado a noite inteira. Trinta anos, inimaginável. Vinte anos, impossível. Até mesmo dez anos, eu não aguentaria.

Uma noite pavorosa. Pensei que fosse desabar por completo, mas, não, pelo contrário, a raiva voltou, intacta. Uma raiva terrível, como nos melhores dias, um desejo de matar alguém, tudo isso é tão injusto.

No dia seguinte, quando estou retornando ao fórum de justiça, exangue, venho com uma decisão tomada.

Observo com atenção o policial que faz meu traslado. O sósia daquele que faz a segurança no banco dos réus no fórum. Examino o sistema de fechamento do coldre da sua arma. Pelo que vejo, tem um botão grande de pressão, a lingueta deve ser levantada para que a arma saia sem nenhum empecilho. Busquei na memória as informações que Kaminski tinha me dado tempos atrás: Sig Sauer, SP 2022, sem trava de segurança manual mas com um pino de desarmamento.

Acho que vou saber usar.

Vou ter de ser muito rápido.

No meu banco, vejo como posso fazer: empurrá-lo com força, desorientá-lo, espremê-lo com o ombro. Utilizar a mão dos dedos que estão bons.

Lucie também não dormiu. Nicole tampouco. Nem Mathilde.

Charles está inconsolável. Na angústia, parece estar usando uma máscara, bonita, grave. Ele inclina a cabeça ao me ver, como se meu destino o comovesse. Muita vontade de me despedir dele.

Fontana, no fundo da sala, mantém o olhar límpido e o caminhar leve. Uma esfinge.

Imediatamente, Lucie se inclina na minha direção e diz:

— Desculpe. Por ontem de noite... Não consegui mais falar, você me entende?... Sinto muito.

Ainda ouço sua voz abafada. Aperto sua mão, beijo seus dedos. Ela sente toda minha tensão, diz umas palavras gentis que eu não escuto.

O policial que faz a segurança do meu banco é bem maior e mais forte que o de ontem. Com um rosto quadrado. Vai ser difícil. Mas não é impossível.

Me coloco numa posição mais recuada. Com as pernas, posso tomar uma boa impulsão.

Em menos de cinco segundos, posso estar com sua arma na minha mão.

45

Os jurados retornam. São 11 horas.

Silêncio solene. O juiz que está presidindo o júri intervém. As palavras fluem. As perguntas ressoam. Um jurado se levanta e responde.

Não. Sim. Não.

Premeditação. Sim.

Atenuantes. Sim.

Veredito. Alain Delambre está condenado a dezoito meses de reclusão inseridos numa pena total de cinco anos.

Um choque.

Cumpri dezesseis meses de prisão preventiva.

Contando as reduções, estou livre.

Sou arrebatado pelas emoções que estou sentindo.

Aplausos na sala. O presidente exige silêncio, mas encerra a sessão.

Lucie se joga nos meus braços aos berros.

Os fotógrafos correm para perto de nós.

Eu começo a chorar. Nicole e Mathilde logo se juntam a nós e ficamos, os quatro, abraçados. Apertando bem forte. Os soluços são sufocantes.

Enxugo as lágrimas. Eu beijaria a terra inteira.

Lá longe, no fundo da sala, empurra-empurra. Gritaria, mas não entendendo as palavras.

A poucos metros de mim, Charles, de pé, ergue a mão e me endereça seu tímido aceno de cumplicidade.

Um pouco mais distante, Fontana, com seus dois parceiros do lado, me sorri, francamente, pela primeira vez. Boca de predador. Levanta o polegar para mim.

Sinceramente admirado.

Só meu editor está meio emburrado: uma pena bem pesada teria feito as vendas decolarem.

Os policiais me puxam para trás. Não entendo por quê, tudo é tão inesperado.

— Formalidades, papai, nada mais!

Tenho de retornar ao centro de detenção para oficializar minha liberação. Eles têm de me devolver minhas coisas.

Lucie ainda está me abraçando. Mathilde segura minhas duas mãos. Nicole se enroscou em mim pelas costas, com os braços enrolados na minha cintura, a bochecha encostada no meu ombro.

Os policiais me puxam para trás mais uma vez. Sem violência. Temos de respeitar as regras. Temos de deixar a sala.

Eu e as meninas trocamos umas palavrinhas bobas, trocamos "te amo". Seguro o rosto de Lucie com as duas mãos. Cato as palavras. Lucie me dá um beijão nos beiços. E diz: "Papai".

É a palavra final.

Temos de soltar as mãos, os dedos. Só que Nicole ainda está me apertando contra o corpo.

— Vamos, minha senhora — diz um policial.

— *C'est fini* — me diz Nicole e me beija a boca com furor.

Ela se desgarra de mim chorando. E rindo ao mesmo tempo.

Eu queria tanto ir embora com ela, agora. Daqui a pouco. Tudo muito rápido, Nicole, minhas filhas, a vida, tudo.

Mathilde diz: "Até de noite". Lucie faz sinal de que sim, óbvio que ela estará lá. Hoje à noite, todos juntos.

Temos de ir. A gente ainda troca uns sinais. A gente se promete mil coisas.

Do outro lado da sala, Fontana sorri para mim e faz um sinal microscópico com a cabeça.

A mensagem é clara: "Até logo".

46

    Vou recobrando o espírito no ônibus que me traz de volta para o centro de detenção. A novidade já circulou pela prisão. Ouço latas batendo nas grades. Me parabenizando. Alguns gritos. Voltar para cá sabendo que sou um homem livre chega a ser quase agradável.

    O major Morisset está em serviço. Ele vem me ver e me cumprimenta. A gente se deseja boa sorte mutuamente.

    — E não se esqueça, major: a problemática é *na* introdução, não depois!

    Ele sorri. Me dá um aperto de mão.

    Entro pela última vez na minha cela. Vou mijar na latrina pela última vez. Tudo é a última vez.

    Dezesseis meses no xadrez.

    O que vai ficar para mim de tudo isso?

    Tento fazer uma projeção do dia seguinte. Minhas filhas. Me ponho a chorar de novo, mas são lágrimas boas. Meus dedos me incomodam.

    Alguns não se fecham como antes, o indicador esquerdo, o médio direito.

    No escritório da penitenciária. Minhas roupas de homem normal. Nada novas, aquelas da tomada de reféns. Papelada de saída. Assinaturas, me dão uns papéis que eu enfio no bolso sem olhar o que é. Portas se abrem, portas se fecham. Tudo é longo e lento. Preciso esperar um pouco. Fico sentado num banco.

    Contando nos dedos destroçados, percebo que estou fazendo um balanço geral. Pouco a pouco, sou tomado de amargura.

    Envelheci dez anos nesse ano.

    Arruinei Mathilde.

    Suguei Lucie.

    Esgotei Nicole.

    Perdi meu genro.

    Apartamento vendido.

    Renda do livro gasta com o processo.

Aposentadoria prorrogada para o dia de São Nunca.
Acabar num dois-quartos deprimente.
Desemprego.
Retorno ao ponto de partida.
Saio sem nada dessa história.
Sem chance nenhuma.

Na noite passada, minha única vontade era me tornar livre. Agora que consegui, vejo que isso não é o bastante.

Agora preciso devolver o dinheiro, entregar para esses bandidos organizados o pouco que eu ganhei.

Perdi tudo então? Não consigo me conformar.
Uma única questão.
A última.
Ainda é possível ficar com essa grana ou não? Que merda!
Busco uma saída. Por mais que procure e procure, só vejo uma solução.
Sarqueville.
Fazer uma visita para Paul Cousin.

47

Portas se abrem, portas se fecham. Os estalos lúgubres que fazem têm um sentido positivo, mas estou com medo. Saí vivo, quase inteiro, à exceção de alguns dedos. Não quero cometer mais um erro.

E, quando atravesso a porta do centro de detenção, ainda não sei se vou tentar minha última cartada.

Mais uma vez, são as circunstâncias que vão decidir por mim. Como sempre.

Na rua, um recorte de um triângulo perfeito.

De costas para a porta da prisão, eu, de mãos vazias, vestido com meu último terno.

Aqui, à minha esquerda, do outro lado da rua, Charles. O bom e velho Charles que, para enfrentar a dificuldade de se manter de pé e imóvel ao mesmo tempo, se escorou no muro de pedra. Logo que saio, ele levanta a mão esquerda em sinal de vitória. Deve ter vindo de ônibus. Se for o caso, para mim, isso é um milagre.

E, ali, à minha direita, no passeio oposto, David Fontana, que, na minha chegada, sai de um enorme 4x4 e atravessa a rua no meu rumo. Com vigor, Fontana, num caminhar dinâmico.

E ninguém mais.

Só nós três.

Viro a cabeça para a direita, para a esquerda, procuro Nicole. As meninas vão jantar lá em casa mais tarde, mas Nicole, onde é que ela está?

Com a visão de Fontana se dirigindo na minha direção com uma passada firme dessas, meu reflexo é buscar socorro. Instintivamente, dou um passo para trás.

Charles, por sua vez, se pôs a caminho. Fontana vira e aponta o dedo para ele. Charles, impressionado, para por ali, no meio da rua.

Fontana está na minha frente, a um metro. Emana dele uma energia de absoluta negatividade. Eu sei que, quando finge sorrir, é ainda pior: ele exala ferocidade.

Ele finge sorrir.

— Meu cliente respeitou a sua parte do contrato. Agora é a sua vez.

Faz cara de quem está procurando algo no bolso.

— Aqui a sua chave. A chave de sua casa.

Dentro de mim, um sinalizador giratório é ativado instantaneamente.

— Onde está minha mulher?

— Como você ainda não sabe bem onde fica — acrescenta ele, sem me responder —, eu anotei o endereço aqui. E o código de entrada do portão do prédio.

Ele estende para mim um papel e eu pego. Seus olhos nem piscam, claros e abertos.

— Você tem uma hora, Delambre, uma hora para fazer a transferência para o meu cliente.

Ele designa o papel.

— O número da conta está aí.
— Mas...
— Posso garantir que a sua mulher está ansiosa para ver você.
Tento me apoiar em algum lugar, mas, atrás de mim, só o vazio.
— Onde ela está?
— Em segurança, não se preocupe. Quer dizer... em segurança por uma hora. Depois, a responsabilidade não é minha mais.

Não me deixa responder. Já está com o celular na mão. Meu sangue se congela. Fontana leva o aparelho à orelha e o entrega para mim sem falar nada. Digo:
— Nicole?

Eu pronuncio seu nome como se entrasse em casa e não a visse de imediato.
— Alain...

Ela pronuncia o meu nome como se estivesse se afogando e tentando manter o sangue-frio.

Sua voz me penetra até a medula.

Fontana arranca o telefone das minhas mãos.
— Uma hora — ele diz.
— É impossível.

Ele já estava a ponto de partir e eu disse isso com espontaneidade. Com firmeza. Fontana me olha fixamente. Respiro fundo. A regra absoluta: falar devagar para formar frases fluidas.

Reza o *management*: acredite na sua competência.
— O dinheiro está em diferentes contas, todas no exterior. Com os fusos, os horários de abertura das diferentes bolsas de valores...

Eu me encorajo: acredite no que você diz! Você é um especialista internacional das finanças, ele é um zero à esquerda. Você, sim, sabe! Ele não sabe nada. Solte o verbo!
— ... o tempo necessário para verificar os saldos, liquidar as ações, efetuar as transferências, confirmar as senhas... Impossível. Preciso de duas horas, no mínimo. Talvez três.

Não tinha previsto essa jogada, hein, Fontana. Reflete. Busca alguma expressão de hesitação no meu olhar, alguma gota de suor na raiz dos meus cabelos, alguma anormalidade na dilatação das minhas pupilas. Finalmente consulta o relógio.

— 18h30 então.

— O que é que me garante...?

Fontana me dá as costas com raiva. Furioso.

— Nada.

Ele não percebeu minha aflição. Em contrapartida, eu acabo de me dar conta de uma virada essencial: para Fontana, deixei de ser um simples caso a ser encerrado, me tornei o objeto de um ódio pessoal. Apesar do seu *savoir-faire*, consegui colocá-lo em xeque várias vezes. É uma questão de honra para ele.

Em poucos segundos, a rua está vazia. Charles, que tinha alcançado um poste, finalmente se lança à travessia do passeio sem nenhuma assistência.

Coloco a mão no seu ombro.

Charles é tudo o que me resta.

A gente se cumprimenta. E, estranho, o cheiro é de quem bebeu *kirsch*. Faz uns dez anos que não sinto esse cheiro.

— Tenho a impressão de que você está na merda — diz Charles.

— É a minha mulher, Nicole...

Sou incapaz de dizer por que estou hesitante. Eu já devia estar correndo para encontrar um computador, me conectar, catar toda a grana, tacar com a pá numa caçamba e despejar tudo no poço da Exxyal. Em vez disso, fico parado. Segurando as chaves do nosso novo apartamento. Com uma etiqueta num troço de plástico, como nos molhos de chave de uma agência imobiliária. Leio o endereço. Meu Deus, fica lá na Avenida de Flandre. Quase que só tem conjunto habitacional e espigão por ali. É exatamente a impressão dada pelas fotos. Isso me leva a uma decisão.

— Sua mulher não pôde vir? — pergunta Charles.

Quando eu pensava nesse dinheiro, imaginei vinte, cem, mil vezes o apartamento sublime que eu e Nicole poderíamos comprar, onde as meninas poderiam viver.

— Tranquilo, com certeza ela está esperando você em casa...

Aí imagino que Nicole tenha reinstalado aquelas porcarias de móveis de cozinha. Na sala, tapetes tão puídos quanto seu colete. Que merda. Depois do que a gente viveu, não dá para abrir mão de tudo. Para chegar a Rouen, são duas horas. Não é impraticável. Tenho três horas à minha disposição. Eles não vão machucá-la. Não podem. Não vão encostar nela. Mas, antes de tudo, tenho de chamá-la.

— Tem celular aí?

Charles demora um pouco para entender.

— Telefone, celular...

De repente, Charles saca e começa a procurar o aparelho. Vai levar umas duas horas para achar.

— Posso ajudar?

Enfio a mão no bolso que ele estava tentando. Digito o número de Nicole. Imagino que esteja com seu celular. As meninas zombam dela há anos. Ela tem um treco antigo, nunca quis dar fim nele, alaranjado, horrível, praticamente da primeira geração, pesa uma tonelada e mal cabe na mão. Desse aí, devem existir apenas uns dois no mundo. Ela sempre diz: me deixem em paz com meu velhinho, é meu e funciona muito bem. Quando estragar, o que será que ela vai poder pagar para colocar no lugar?

Uma voz feminina. Deve ser Yasmine, a jovem árabe da tomada de reféns.

— Você está chamando sua mulher? — pergunta Charles.

— Quero falar com minha mulher! — eu berro.

A moça sopesa os prós e os contras. Diz: "Um instante".

E Nicole.

— Eles machucaram você?

Essa é minha primeira pergunta. Porque eles já me machucaram, e como. Sinto um formigamento em todos os dedos. Até nos que não funcionam mais.

— Não — diz Nicole.

Mal reconheço sua voz. Muito fraca. Seu medo é palpável.

— Não quero que eles lhe machuquem. Não tenha medo, Nicole. Não precisa ter medo.

— Eles estão falando que querem o dinheiro... Que dinheiro, Alain?

Ela está chorando.

— Você roubou dinheiro deles?

Seria complicado demais para explicar.

— Vou dar tudo o que eles querem, Nicole, prometo. E você, jure pra mim que eles não encostaram em você!

Nicole não consegue falar. Está chorando. Pronuncia sílabas que não compreendo. Tento fazer com que fale comigo.

— Você sabe onde está? Diga para mim, Nicole, você sabe onde está?

— Não...

Parece uma menininha falando.

— Está doendo, Nicole?

— Não...

Só a ouvi chorando assim uma vez. Seis anos atrás, quando perdeu o pai. Ela desabou no chão da cozinha e chorou, pronunciando umas palavras sem pé nem cabeça, uma mágoa imensa, com essa mesma voz, aguda, como pequenos gritos.

— Chega — diz a jovem.

Ela arranca o telefone das mãos de Nicole. Desliga. Fico plantado no passeio. O silêncio é de uma brutalidade irremediável.

— Era sua mulher? — pergunta Charles, sempre pegando o bonde andando. — Você está na merda, né?

Ele é gente boa, Charles. Não dou ouvidos para ele, não respondo, mas ele continua lá, paciente. Impregnado de *kirsch*. Preocupado comigo.

— Eu preciso de um carro, Charles. Agora, imediatamente.

Charles solta um suspiro e um assobio. É verdade que não vai ser tão simples. Retomo:

— Desculpa, levaria tempo demais para explicar...

Ele me interrompe. Com um gesto direto, quase preciso. Não pensei que ele ainda fosse capaz disso.

— Não precisa esquentar a cabeça comigo!

Um curto silêncio. Em seguida:

— Bom — diz ele.

Tira do bolso umas notas emboladas e começa a desamassá-las para contar.

— Para pegar táxi, é por ali — diz ele designando algum lugar atrás dele.

Quanto a mim, é inútil contar, sei o quanto me devolveram na penitenciária. Digo:

— Tenho vinte euros.

— E eu... — Charles conta, vacilante.

Leva um tempo de doido.

— Vinte também! — berra de súbito. — O mesmo tanto!

Ele precisa de um minuto para se recuperar dessa descoberta estarrecedora.

— Não dá para um tanque cheio, mas pode ser que seja o bastante.

48

O táxi não demorou nem um pouco. Estou superexcitado, a adrenalina galopa nas veias feito num cavalo desembestado. Precisei de menos de dez minutos para encaixar o macaco debaixo do Renault 25 de Charles, tirar os blocos de apoio e colocá-lo sobre rodas. Charles fica andando para trás e para frente, sempre meio boiando. Tudo acontece terrivelmente depressa para ele. Tão depressa que, tendo abastecido o carro no posto Leclerc da esquina, às 15h45, já pegamos a saída da Porte Maillot. Cinco minutos mais tarde, estamos na rodovia. Fluida. Tenho a impressão de que o volante está frouxo. Com a metade dos meus dedos estourados, a tarefa não é fácil. Comparo o horário do meu relógio com o do painel.

— Ih, pode ir na boa — diz Charles comparando com seu relógio babilônico —, ele fica desregulado um minuto a cada trimestre, no máximo!

Cálculo rápido. Ainda me sobra um pouco mais de duas horas. Ligo para o auxílio à lista telefônica, pego o número da refinaria da Exxyal em Sarqueville. "Vou transferir a ligação", me diz um cara. Peço para falar com Paul Cousin. Falo com uma moça, aí com outra moça. Peço de novo para falar com Paul Cousin.

Não está.

Dou uma freada brusca.

Charles aperta sua garrafa de *kirsch* entre as coxas, vira o mais rápido que consegue e olha pelo vidro traseiro se nenhum caminhão vai passar por cima da gente.

— Como assim, não está?

— Ainda não — diz a moça.

— Mas vai estar?

A moça confere na agenda.

— Vai, mas é um dia meio complicado...

Desligo. Para mim, ele vai estar. Com ou sem reunião, compromisso ou não, vai estar. Afasto da mente a imagem de Nicole, a voz de Nicole, não sei onde se encontra, mas nada vai acontecer com ela antes das 18h30. A essa hora, terei resolvido o problema.

No seu rabo, Fontana.

Fico de dentes cerrados. Se pudesse, também cerraria os punhos ao redor do volante, até explodir minhas articulações, que já estão em frangalhos.

Charles olha para a rodovia que vai passando. Volta a garrafa de *kirsch* para debaixo do banco. Os enormes tubos cromados que servem de para-choque sobem até um terço do para-brisa e tapam parte da estrada horizontalmente. Não sei o que os policiais vão dizer se pararem a gente. Sequer estou com minha carteira de motorista.

Em teoria, o domicílio de Charles é um V6 Turbo, 6 cilindros, 2.458 cm³. Em teoria. Na realidade, ele não passa dos cento e dez quilômetros por hora e trepida como um Boeing testando as turbinas. Com um barulho semelhante. A gente mal se ouve. Me mantenho na pista da esquerda.

— Pode mandar ver, viu? — me incentiva Charles. — Ele não é preguiçoso, não.

Não quero desagradá-lo e dizer que já estamos com tudo. Charles vai ficar decepcionado. A gente se deixa levar pelo barulho do motor. O carro está empesteado de *kirsch*.

Uma hora depois da partida, bato no painel. O marcador da gasolina desce tão depressa que mal consigo crer nos meus olhos.

— Ah, isso, sim — diz Charles —, ele bebe um bocado!

Sem brincadeira. Não deve fazer nem oito quilômetros por litro. Calculando por alto. Pode ser que dê. Mas apertado. Faço de tudo para afastar Nicole da mente. Enquanto me distancio de Paris, sinto a certeza de que estou mais perto dela. Mais perto de salvá-la.

Porra, eu vou conseguir.

Aperto o volante porque a direção está realmente um perigo, muito folgada.

— Está doendo? — pergunta Charles designando meus curativos.

— Não, isso não...

Charles aprova com a cabeça. Ele acredita ter entendido o que eu quis dizer. E me dou conta de que, desde que ele me fez o primeiro aceno de índio na minha saída do presídio, eu tomei seu celular, seus vinte euros, seu carro e o embarquei nessa aventura sem contar nada para ele, sem nenhuma explicação. Charles não fez sequer uma pergunta. Eu me viro. Ele está olhando a paisagem que vai passando. Seu rosto me deixa desconcertado.

Charles é bonito. Não tem outra palavra.

Tem uma alma bonita.

— Preciso explicar a você...

Charles continua a olhar a paisagem e levanta a mão esquerda, como se dissesse que é como eu quiser, quando quiser, se quiser. Não precisa esquentar com isso.

Uma alma bonita e grande.

Então eu explico.

E revivo tudo. Nicole. Os últimos anos, os últimos meses. Mergulho mais uma vez na esperança imbecil de ser contratado na minha idade, revejo o rosto de Nicole, ela está encostada na porta do escritório, me diz: "Mas, meu amor, que extraordinário!".

Charles abana a cabeça, compenetrado, com os olhos fixos na rodovia que vai passando. Os testes, a entrevista com Lacoste, eu me preparando feito um louco.
— Uau — diz Charles, admirado.
Minha teimosia. A raiva de Nicole, o dinheiro de Mathilde, meu punho na fuça do seu marido. A tomada de reféns, tudo.
— Uau — confirma Charles.
Trinta quilômetros para ele digerir a informação.
— Esse seu Fontana — pergunta ele — não é um cara quadradão com olhos de alumínio?
Charles reparou nele no julgamento. Também ficou impressionado.
— Sempre alerta, aquele cara! E tinha gente com ele. Duro na queda, esse camarada. Qual que é o nome dele mesmo?
— Fontana.
Charles fica meditando com o nome um bom tempo. Ele balbucia "Fontana" como se mastigasse as sílabas.
O marcador do combustível está cada vez mais baixo. É estarrecedor. Parece até ter algum vazamento no tanque.
— Ele deve fazer no máximo uns oito quilômetros por litro.
Charles duvida.
— Uns seis e pouco, talvez — ele declara por fim.
Vai ver Renault 25 significa vinte e cinco litros por quilômetro. Mas a gente deixa o consumo para lá. Ele estende a garrafa para mim, e volta atrás.
— É verdade, você não, você está dirigindo.
Por mais que eu me esforce para me concentrar em outra coisa, a imagem de Nicole e do seu choro no telefone me invade. Estou seguro de que não está machucada. Deve ter sido capturada na parte de baixo do prédio. Aumenta o fluxo de adrenalina nas minhas artérias. Ondas de cima a baixo. Vejo Nicole sentada numa cadeira, cordas. Não, que idiota, se ainda tem horas de espera pela frente, está livre para se movimentar. Para que amarrá-la? Não. Ela foi simplesmente detida. Em que tipo de lugar? Nicole. Ânsia de vômito.

Me concentro na estrada. Paul Cousin. Sarqueville. Devo dirigir todos meus pensamentos para isso. Ganhar dessa vez é ganhar de vez. Nicole de volta. Comigo.

Eu menti para eles: para transferir o dinheiro, é coisa de meia hora. Numa hora dessas, a transferência para a Exxyal podia ter sido feita.

Nicole podia estar livre.

Em vez disso, estou me distanciando dela o mais rápido que o carro me permite.

Será que fiquei realmente louco?

— Não chore, não, meu chapa... — diz Charles.

Eu não tinha percebido. Enxugo o rosto na manga do paletó. Esse terno... Nicole.

Cento e onze quilômetros. Na altura de Criquebeuf. O marcador se apaga como uma vela que foi soprada.

— Ele não chega a seis por litro, Charles. Óbvio que é menos que isso!

— É possível.

Ele se inclina para o marcador.

— Pois é, é mesmo! Aí a gente vai ter de pensar em alguma coisa...

Uma placa indica um posto a seis quilômetros.

São 17 horas.

A gente ainda deve ter quatro euros e umas pratinhas.

Poucos minutos depois, o Renault 25 começa a engasgar. Charles faz careta. Vou começar a chorar. Bato no volante feito um louco.

— A gente vai achar uma solução — garante Charles.

Claro... O carro está dando umas soluçadas cada vez mais fortes, vou para a pista da direita, tiro o pé do acelerador para economizar uns segundos derradeiros, o motor engasga para valer, pego a saída no embalo. Posto. A gente pode abastecer quatro euros. O carro não para, ele desaba. Morre. Silêncio na cabine. Consternação. Olho as horas. Não sei mais o que fazer. Mesmo que eu quisesse mudar de ideia e fazer a transferência imediatamente, aonde eu iria, faria isso como?

Sequer sei onde estamos. Charles está com cara de também ignorar.

— Ah, sim! — berra, designando a rodovia atrás dele. — Ali! Eu vi: Rouen, vinte e cinco quilômetros!

Isso significa sessenta quilômetros de Sarqueville. E o carro seco.

Nicole.

Raciocine.

Não consigo concatenar dois pensamentos. Meu cérebro ficou congelado na imagem de Nicole e sua voz no telefone. Nem vi Charles abrindo a porta e descendo do carro. Está andando para dentro do posto numa trajetória sinusoidal. Raciocine. Pedir carona. Encontrar outra condução. Nada mais a fazer. Salto do carro e corro atrás de Charles, que já está conversando com um loiro gigantesco, de rosto vermelho, boné sujo. Chego aonde estão. Charles me designa.

— É ele, o meu chapa...

O sujeito olha para mim. Olha para Charles. A gente não deve combinar junto.

— Eu vou um pouco para lá de Rouen — solta ele.

— Sarqueville — eu digo.

— Vou passar bem perto.

Charles esfrega as mãos uma na outra.

— Então, o meu chapa aqui, leva ele?

É aí que me dou conta do ponto forte de Charles. Ninguém consegue resistir a ele. É desconcertante, sua sinceridade. Transborda generosidade.

— Sem problema — diz o cara.

— Bom, beleza, melhor ir nessa — diz Charles esfregando as mãos.

O sujeito fica afobado. Aperto a mão de Charles. Ele vê que estou sem graça.

— Não precisa esquentar!

Vasculho os bolsos. Quatro euros. Dou tudo para ele.

— Mas, e você?

Sem esperar minha resposta, Charles me devolve três.

— Dividimos irmãmente — ele diz na brincadeira.

O motorista diz:

— Bom, vocês vão me desculpar, mas...

Dou um abraço em Charles. Ele me para quando já estou indo embora. Tira seu imenso relógio de pulseira verde fluorescente e me dá. Eu o coloco no pulso e aperto seu ombro. Ele vira a cabeça e faz um sinal de que o motorista está me esperando.

No retrovisor lateral, ele vai sumindo. Fez seu aceno indígena.

É uma carreta semirreboque. O cara está transportando artigos de papelaria. Nada leve. A gente vai se arrastar na rodovia. Será que isso é um suicídio?

Nicole.

Durante todo o trajeto, o sujeito respeita meu silêncio. Não param de vir imagens de Nicole. Às vezes, é como se ela estivesse morta e eu me lembrasse dela. Rechaço essa impressão com toda minha força. Tento me concentrar em outra coisa. Noticiário. "*A estimativa era de 639 mil desempregados a mais neste ano. O Ministro do Trabalho reconhece que o número será ligeiramente superior.*" Acho bem honesto da sua parte.

E, quando o caminhão me deixa numa saída, ao lado da placa *Sarqueville 8 km*, são 17h30. Falta uma hora.

Tenho de ligar. Entro na cabine telefônica da saída da rodovia. Fede a cigarro. Insiro duas moedas.

Fontana atende.

— Quero falar com minha mulher.

— Fez o necessário?

É como se ele estivesse bem na minha frente. Minha rotação é de cem mil por minuto.

— Em andamento. Quero falar com minha mulher!

Meu olhar cai numa folha plastificada com os códigos de área de todos os países e no manual de instruções do aparelho. Logo percebo meu erro.

— De onde você está ligando? — pergunta Fontana.

Duplico a rotação: duzentos mil por minuto.

— De uma *LAN house*, por quê?

Silêncio. Depois:

— Vou passar para ela.
— Alain, onde você está?

Sua voz, muito aflita, resume sua angústia. Ela começa a chorar imediatamente.

— Não chore, Nicole, vou buscar você.
— Quando...?

Como é que eu posso responder?

— Não vou demorar, eu juro.

Mas isso é duro demais para ela, eu não devia ter chamado. Ela começa a berrar:

— Mas onde é que está você, Alain? Que merda! Onde é que você está? ONDE É QUE VOCÊ ESTÁ?

A última sílaba se mistura com os soluços, ela se derrete, as lágrimas recobrem tudo. Fico desesperado.

— Já vou, coração, já vou, depressa.

Digo isso mas estou a anos-luz de distância.

Fontana de novo:

— O meu cliente ainda não recebeu nada. A quantas anda a transferência, exatamente?

Perigoso. Na minha frente, o visor do telefone pisca. Insiro mais uma moeda. O crédito cai tão rápido quanto o marcador de combustível do Renault 25. Como a vida ficou cara. Estou esgotado.

— Eu já disse: impossível em menos de três horas.

Desligo. Ele vai procurar descobrir de onde é o número que deve ter aparecido no seu telefone. Dentro de uns cinco minutos, vai saber que estou perto de Rouen. Será que vai conectar uma coisa com a outra? Claro. Será que vai perceber a importância disso? Acho que não.

17h30.

Corro para o pedágio. Passo pela direita do primeiro carro. Uma mulher. Eu me inclino e bato no vidro. Ela fica com medo, vira para a moça do pedágio, pega as moedas do troco e acelera.

— O que você quer? — pergunta a moça da guarita.

Vinte e cinco anos talvez. Gorda.

— Fiquei sem gasolina.

Aponto para a rodovia. A moça faz: "Ah".

Dois carros se recusam. *Onde é que você está?* ainda ressoa no meu ouvido. Sinto que a moça está começando a se irritar comigo, ali, abordando todos os carros que passam. Fazer o quê?

Um furgão. Uma bela de uma cara de cachorro. Busco a raça. Um *setter*. Quarenta anos. Ele se estica, abre a porta para mim. Olho no meu relógio.

Onde é que você está?

— Está com pressa?

— Um pouco, sim.

— É sempre assim. É quando a gente está com pressa que...
Não escuto o resto. Digo: Sarqueville. A refinaria. Oito quilômetros. Chegamos na cidade.

— Deixo você lá — me propõe o *setter*.

A cidade está deserta, ninguém na rua, comércio fechado e, por todos os lados, faixas. "Não ao fechamento", "Sarqueville viverá", "Sarqueville, sim! Sarkozylle, não!".

Dá para ver que Paul Cousin começou bem. Já mandou os trabalhadores para o abatedouro.

— Hoje a cidade está morta. Estão se preparando para a manifestação de amanhã.

Que dia para eu vir aqui! Onde estará Cousin? Lembro do quanto a moça hesitou no telefone.

— Vai ser que horas?

— A manifestação? O noticiário deu que é amanhã às 16 horas — responde o cara ao me deixar diante da cancela de entrada. — Eles querem chegar na porta da refinaria por volta das 19 horas, para aparecer no jornal da France 3.

Digo: "Obrigado".

A refinaria é um monstro de tubos, encanamentos aéreos, conexões gigantes e condutos de todos os diâmetros. Chaminés intermináveis sobem aos céus. Luzes verdes e vermelhas piscam sobre os tanques. É de tirar o fôlego. O local parece adormecido. Produção parada. Bandeirolas balançam molemente com o vento. Os mesmos slogans da cidade, mas, aqui, perdidos na imensidade da usina, são quase risíveis. As tubulações sobrepujam tudo. As mensagens de resistência pintadas nesses trapos anunciam uma luta que parece perdida de antemão.

Paul Cousin trabalhou direitinho: zangam, gemem, xingam, mas bem de longe. Na refinaria, nem sequer um pneu queimado, nada de paletes amontoados, nem veículos bloqueando as saídas, nem piquetes com churrasqueiras assando linguiça. Sequer um panfleto no chão.

Hesito por um quarto de segundo, aí eu passo pela cancela pisando firme. E, claro.

— Com licença!

Eu me viro. O vigia.

Alain? Onde é que você está?

É verdade, o que estou fazendo aqui? Me aproximo da guarita, dou a volta. Subo dois degraus. O vigia olha de cima a baixo para o meu terno, que não está nem um pouco tinindo.

— Desculpe. Tenho um encontro com o Sr. Cousin.

— E o senhor é...? — diz ele e tira o telefone do gancho.

— Alain Delambre.

Se Cousin ouvir meu nome, vai ficar em dúvida mas vai me receber. Olho para o relógio de Charles. O vigia também. Com o relógio fluorescente de Charles e esse terno gasto, não sou o estereótipo de quem tem um encontro com o patrão. O tempo passa numa velocidade louca. Dou uns passos na frente da guarita, com um jeito descolado.

— A secretária disse que ele não tem nenhum horário marcado com o senhor. Sinto muito.

— Deve haver algum engano.

Pela maneira como o vigia afasta os braços e olha para mim, sem sombra de dúvida, estou lidando com um sujeito durão. Do tipo que crê na sua missão. Esses são os piores. Se eu vier com papo para cima dele, o negócio não vai terminar bem.

Normalmente, um homem na minha situação ficaria surpreso, pegaria o celular e telefonaria para um dos escritórios da refinaria para esclarecer o que está acontecendo. O vigia me observa. Acho que está pensando que sou um mendigo. Ele adoraria que eu tentasse forçar

passagem. Viro as costas para ele, dou alguns passos, finjo procurar algo no bolso e tirar um aparelho celular imaginário. Levanto a cabeça para o céu, como alguém que reflete enquanto fala, e me afasto progressivamente. Fico com ares de absorto. A entrada da refinaria conta com uma única via, asfaltada, em forma de S. Para lá, na rodovia, o tráfego está cada vez mais intenso, mas, aqui, ninguém. Encenando uma conversa interminável, acabo atingindo um ponto de onde o vigia não pode mais me ver. Se passasse algum carro, talvez eu pudesse ser levado, mas, do lado da refinaria, onde estou, zero de tráfego. São 17h45. Somente mais quarenta e cinco minutos. De qualquer maneira, é tarde demais. Mesmo que quisesse voltar atrás, eu não poderia mais.
Alain?
Nicole em algum lugar lá longe com os assassinos. Está chorando. Vão machucá-la. Vão torcer todos os dedos dela também?
Paul Cousin, fora de alcance.
Não tenho nem um centavo, nada de telefone.
Nada de carro.
Estou sozinho. Bate um vento forte. Vai chover.
Não tenho a mínima ideia do que fazer.
Alain?
Onde é que você está?

49

Ir até Sarqueville, perambular pelas ruas, isso serviria de quê? Como se eu tivesse alguma esperança de esbarrar com Paul Cousin na cidade, visitando o cemitério antes da batalha. Fico na mais completa indecisão.

A refinaria é ladeada pela rodovia em todo seu comprimento. O trânsito está ficando mais intenso. Com a previsão da manifestação de amanhã, as viaturas da polícia civil começam a transitar pela região. Em seguida, policiais da CRS. Todos convergem para a cidade para antecipar a passeata dos manifestantes. Do meu lado, direção refinaria, marasmo total. Começa a chover pouco depois das 18 horas.

E, poucos minutos mais tarde, o céu desaba.

Estou numa terra de ninguém.

Sinto uma necessidade absoluta de falar com Nicole.

Não. Com Fontana.

Procurar uma razão para prolongar o prazo.

Não encontro nada.

A chuva duplica, levanto a gola do paletó, caminho de novo para o rumo da refinaria e vou vasculhando a cabeça. Busco no meu arsenal de técnicas de *management*.

Levantar hipóteses. E se... e se... mas não funciona.

Uma lista de possibilidades. Tento, e nada me vem à mente.

Na verdade, meu cérebro se recusa a operar normalmente. Estou diante da guarita fustigada pela chuva. Minha aparência é a de um desempregado miserável ao sair da prisão. Jean Valjean.

O vigia olha para mim pelo vidro, através da água que escorre. Não esboça nenhum gesto. Me ponho na ponta dos pés, bato no vidro. Ele não sai do lugar. Fica de pé, simplesmente. Não é possível... Bato mais uma vez. Ele resolve. Abre a porta. Sem falar uma palavra. Eu não tinha reparado, ele tem mais ou menos minha idade. Mais ou menos minha altura. Tem barriga, com o cinto por cima. Tem bigode, mas, tirando isso, a gente é mais ou menos parecido. Mais ou menos. A chuva acha uma entrada sob a gola do meu paletó, que está completamente ensopado. Ela cai como uma enxurrada no meu rosto, preciso manter os olhos praticamente fechados para enxergar o vigia, que, com a porta aberta, continua me olhando, sem nenhum gesto.

— Me escute...

A chuva, meu terno encharcado, minha posição diante dele, minha mão enfaixada segurando a gola sem gravata, minha humildade, tudo em mim é o grito de um sujeito perdido. Ele inclina a cabeça, e eu não sei o que isso quer dizer.

É um vigia. De uns sessenta anos. Temos a mesma idade.

Alain?

Me resta uma meia hora. Não sei o que ainda posso fazer para sanar a situação. Tudo o que sei é que tudo depende dele de alguma forma. Ele é o único ser vivo entre mim e a vida.

O último.

Onde é que você está?

— Me escute... — repito. — Preciso usar o telefone. É extremamente urgente.

Acabo de encontrar. A bateria descarregou. Meu celular não está funcionando. Com o barulho das rajadas de chuva sobre a guarita, não me ouviu. Ele se aproxima da porta. Passa a cabeça para fora, ligeiramente, para se baixar na minha direção. Um pouco de água no pescoço e tem um sobressalto. Bruscamente, ele se recua e põe a mão na nuca, com raiva. Olha para mim novamente.

— Cai fora daqui! Agora!

É o que me diz.

Então fecha a porta com violência. O que não gostou foi das gotas de água na gola da camisa. Foi isso que o indispôs.

Assim, ajuda nenhuma, telefone nenhum, gesto nenhum. Nicole pode sofrer, eu posso morrer, a refinaria pode demitir, a cidade pode ficar vazia, o mundo civilizado pode desaparecer. Ele, ele fechou a porta. Deve fazer parte dos que vão se safar do plano de demissões.

Acabou. Dentro de trinta minutos, Fontana vai se aproximar de Nicole, cravar nela seu olhar metálico. Fiz tudo errado. Estou a duzentos quilômetros de distância. Ela vai sofrer horrores.

O vigia finge estar olhando ao longe através do vidro coberto de água, como um capitão de um cargueiro. Então a conclusão se impõe para mim, como uma certeza: ele representa tudo o que abomino, ele encarna todo meu ódio.

A única ação sensata, agora, é matá-lo.

Afrouxo a pressão na gola, galgo os dois degraus, abro a porta, o sujeito dá um passo para trás, salto para cima dele.

É o Inimigo. Se eu o matar, estamos salvos.

Meu punho chega na sua fuça ao mesmo tempo em que a imagem de Nicole sentada, amarrada, com uma fita adesiva tapando a boca. Alguém está segurando sua mão, vai torcer todos seus dedos, o vigia cai para trás e bate a cabeça na mesa, sua cadeira de escritório escorrega para a porta, Fontana olha no fundo dos olhos de Nicole e diz: "Você devia saber disso, você não pode confiar no seu marido" e, de uma vez, torce todos os dedos, Nicole berra. Um grito animalesco, pré-histórico, que eu solto quando o vigia consegue me dar uma joelhada no saco. Berramos juntos, eu e Nicole. Estamos cobertos de suor, ambos. Estamos nos contorcendo de dor, juntos. Vamos morrer juntos, eu sabia desde o início. Desde o início. Morrer. Dou uns três passos recuando na direção da porta, o vigia se levanta, Nicole desmaia, *Alain? Onde é que você está?*, mas Fontana lhe dá uns tapas no rosto dizendo: "Não é hora de dormir, vamos passar para a outra mão", o vigia me atinge, não sei com o quê, mas sou propulsado para a porta, meu peso faz a cadeira rodar, tombar e me ejetar da guarita, perco o equilíbrio derrapando nos degraus, caio para trás, de costas, no cimento todo empoçado, Nicole mal consegue olhar para as mãos de tanto que doem e eu me estatelo, fustigado pela chuva, a cabeça é a primeira a se chocar, Nicole sente tanta dor que nem pode mais gritar, não sai nada da garganta, seus olhos estão esbugalhados, alucinados pela dor, *Alain? Onde é que você está?*, minha cabeça quica uma primeira vez no cimento, fecho os olhos, uma segunda vez, tudo para, boto a mão na cabeça, não estou sentindo nada, sou um corpo sem alma, desde o início que eu não tenho alma, minha mão passa sobre meus olhos, tento entender em que posição estou, tento me virar, mas não consigo, posso morrer, um cheiro de gás de escapamento me sobe pela garganta, abro os olhos com dificuldade, percebo a extremidade de um cano de descarga cromado, grandes pneus de carro, uma roda prateada, aí sapatos, encerados com perfeição, um homem está de pé do meu lado, enxugo as pálpebras, levanto os olhos, sua silhueta me sobrepuja, suas pernas ficam bem afastadas, ele é realmente muito alto.

    Magro.
    Levo uns dois segundos para reconhecê-lo.
    Paul Cousin.

50

    Chove a cântaros, a água jorra no para-brisa, afogando o cenário num embaçamento leitoso. O dia está pesado e cinza. Penso nos manifestantes, do outro lado da rodovia, se preparando para amanhã e provavelmente sondando o céu. Parece estar carregado o bastante para permanecer assim por toda uma geração. Paul Cousin pode ficar tranquilo: até os elementos naturais estão a seu favor. É como uma sentença de Deus.

    O São Cousin está no volante. Ele é negligente com o limpador de para-brisa, mas olha, com seu olho severo de *quaker*, para meu terno, que está pingando no tapete do seu carro. Meu corpo todo está tremendo. É que estou com Nicole. Nicole está com Fontana. Eu estou aqui, perdido. Tenho um sangramento atrás da cabeça. Sinto dificuldade para respirar, devo ter quebrado alguma costela. Nicole tem razão, eu estrago tudo. Tirei meu paletó e estou pressionando a manga enrolada contra o ferimento da cabeça. Cousin não dissimula seu nojo.

    Ele acalmou o vigia.

    Estamos no estacionamento da refinaria. Carro de luxo. Cousin está com as duas mãos no volante. É a posição de alguém que se obriga a se mostrar paciente, mas que assinala claramente que é melhor não abusar da situação. Eu pergunto:

— Tem como desligar isso?

    O ar condicionado está me congelando. Como se estivesse num frigorífico. É bem do estilo de Cousin, um frio polar. Posso imaginá-lo esfregando o peitoral com neve. Seu lado reverendo Dimmesdale.

    Painel luxuoso, carro luxuoso.

— Carango funcional?

    Cousin não se mexe. É óbvio, carro funcional. É a segunda vez que o vejo de tão perto: perturbador o quanto é volumoso seu cérebro. Sério, dá medo. Essas coisas me ajudam a concentrar. Estou me contendo para não partir de uma vez para a briga. Apenas vinte minutos. O santo das causas perdidas acaba de me reerguer pelos cabelos, não posso fazer como fiz com o vigia e desperdiçar minha última chance. Busco forças. Me concentro no terror de Nicole.

Não posso fracassar nesse instante derradeiro.

Cousin fica impaciente.

— Eu tenho mais o que fazer! — solta ele finalmente, num tom seco.

Se fosse uma verdade absoluta, não estaríamos aqui, com o carro parado, sob uma chuva torrencial, no dia em que toda a região se mobiliza contra o plano que ele está encarregado de aplicar com o auxílio das forças de manutenção da ordem. Não faz sentido.

Não digo nada porque sei que Cousin está nervoso. Apesar da minha vontade de ser rápido, muito rápido, isso seria a melhor maneira de estragar tudo.

A última vez que Cousin me viu foi ontem, no banco dos réus. Ele depôs a meu favor sob as ordens do patrão. E, vinte e quatro horas depois, me encontra quebrando a fuça do vigia da sua usina em greve, com uma cara um tanto quanto caótica. Não é um bom presságio. Se estou aqui, é por alguma demanda. Ora, Paul, nosso São Paulo, está surpreso. Desde que o vi entrando na sala de audiência, sei que está com muita raiva de mim. Porque ele entendeu muito bem que foderam com ele. Só que não sabe até que ponto e fica intrigado com isso. Está se coçando todo para descobrir. Na verdade, é ele que tem o direito de demandar algo. Ele me fez um favor. Participou ativamente da minha liberação e eu sou, ao que parece, o protegido do seu chefe, que dá as mãos e as pernas para me ajudar. Mas ele não sabe o que demandar, Cousin. Me encontrar ali, encurralado, é de virar seu mundo de cabeça para baixo. Minha paciência acaba valendo a pena. Cousin desembucha.

— Durante a tomada de reféns — pergunta ele —, você me deixou ir embora de propósito, não foi?

— Digamos que não opus nenhuma resistência.

— Você poderia ter atirado em mim.

— Não era do meu interesse.

— Porque você precisava que alguém fugisse e avisasse a polícia. Algum de nós. Eu ou outro qualquer.

— Sim, mas preferi que fosse você.

Dou uma olhada na manga do meu paletó, ainda tem sangue, pressiono de novo a cabeça e aperto bem forte. Deixo Cousin irritado comigo, com minha lambança. Ele é obrigado a esperar. Eu me esforço para ir devagar, o que é bem difícil, meu olhar não para de ser atraído pelo relógio do painel. Nicole. Os minutos vão passando. Retomo, com um jeito distraído:

— Fiquei feliz quando você virou o herói do dia aos olhos do seu chefe. É tudo o que você precisava para ser reintegrado à empresa e parar com o trabalho voluntário que fazia para eles há tantos anos. Fiquei feliz quando vi que você era o primeiro a se arriscar. Você era meu preferido. Meu favorito. Solidariedade entre desempregados, de certa forma.

Cousin remói isso na imensidade do seu crânio.

— O que você tomou da Exxyal?

— E como é que você sabe disso?

— Ora, deixe de enrolação!

Cousin fica ofendido.

— Alexandre Dorfmann organiza uma entrevista coletiva com a imprensa para anunciar aos quatro ventos que a Exxyal retira todas as queixas, exige dos executivos do alto escalão depoimentos favoráveis no dia do seu julgamento... É evidente que você o tem na palma da mão. Então pergunto a você: graças a quê?

Chegou o grande momento. Me restam quinze minutos. Fecho os olhos. Vejo Nicole. Minha coragem reside nela. Faço minha pergunta calmamente:

— Como é que vai ficar a cara de Dorfmann quando ficar sabendo que tínhamos um acordo, eu e você?

— Que acordo? Acordo nenhum!

Cousin fica injuriado. Está gritando.

— Pois é, acordo nenhum. Mas, isso aí, só nós dois sabemos. Se eu contar para ele que a gente tinha feito um acordo para foder com ele, ele vai acreditar em quem? Em você ou em mim?

Cousin se concentra. Exponho minha hipótese.

— Na minha opinião, ele vai deixar você se virar com Sarqueville, porque esse é um trabalho de merda. Só serve para sujar as mãos.

Geralmente, o CEO não gosta muito disso. Mas, em seguida, quando você tiver mandado todo mundo embora, é você que vai embora. E, dessa vez, não vai aparecer outro bravo desempregado, no desespero, para tirar você do fundo do poço.

A raiva deve estar preenchendo quase toda sua caixa craniana, isto é...

— E esse acordo diz respeito a... o quê?

Apelo para a artilharia pesada.

— Fugi com o caixa. Estou pensando em dizer para ele que você está com a metade.

Ele poderia ficar escandalizado, mas de jeito nenhum. Paul Cousin é um sujeito que pensa. Um administrador. Analisa a situação, levanta hipóteses, define objetivos. Na minha opinião, ganharia tempo se ele dissesse simplesmente que está fodido. Tento ajudá-lo.

— Você está fodido, meu caro Cousin.

Estou ajudando porque é absolutamente urgente para mim. Espero que Fontana não tenha grudado um relógio debaixo dos olhos de Nicole. É bem capaz. É capaz que esteja contando os minutos, os segundos. Mais munição na artilharia pesada.

— Você tem três minutos.

— Duvido muito.

Ele vai reenquadrar. Restam oito minutos. Nicole.

— Você fugiu com quanto? — pergunta ele.

— Não, não, não.

Bem que tentou. Era previsível.

— O que você quer? — pergunta.

Excelente aplicação do princípio de realidade.

— Um negócio sujo da Exxyal. Um negócio deplorável. Quero ver Dorfmann em pedaços pelos ares. Você pode me oferecer a denúncia que quiser, qualquer coisa. Um suborno de sete dígitos, uma encomenda comprometedora, um contrato com algum país terrorista, um desvio de verbas escabroso, tanto faz.

— E por que você acha que eu sei de alguma coisa assim?

— Porque faz vinte anos que está aqui dentro. Porque passou mais de quinze no topo. E porque você é exatamente o tipo que nada de braçada nesse tipo de canalhice. Senão você não estaria aqui, em Sarqueville. Não estou pedindo o arquivo inteiro, basta me dar umas duas páginas significativas. Nada mais. Você tem dois minutos.

O dobro ou nada.

— Como é que você me garante confidencialidade?

— O negócio tem de ter saído de algum computador com conexão, só isso. Eu invadi o sistema da Exxyal. Tudo o que estiver ali, eu posso ter encontrado. Não estou pedindo nenhum documento *top secret*, nem mesmo confidencial. Tudo o que eu quero é uma informação chave. Do resto, eu mesmo me encarrego.

— Entendi.

Esperto, o tal do Cousin. E até mais do que eu pensava, porque emenda:

— Três milhões — ele diz.

Decididamente, é um sujeito pragmático. Não levou mais que alguns segundos para analisar o caso que se apresenta, comparar as vantagens e perceber que não existe nenhuma desvantagem para ele. Três milhões de euros. Não sei como chegou nessa cifra. O que sabe é que fugi com o caixa. Fez uma estimativa. Na sua mente, isso corresponde a qual porcentagem? Vou me indagar numa próxima vez. Preciso fechar o negócio.

— Dois.

— Três.

— Dois e meio.

— Três.

— OK, três milhões e trinta mil.

Cousin demonstra sua surpresa, e como continuo imperturbável:

— Combinado — ele diz.

— Um nome!

— Pascal Lombard.

Porra. Um antigo Ministro do Interior. Estou passado. Revejo muito bem a cara desse sujeito. Puro produto da podridão da política. Bastante talento, um passado lamacento, um cinismo a toda a prova, algumas quedas históricas cujos fios deixaram a justiça emaranhada até hoje, com a carreira ameaçada há mais de quinze anos, mas ainda discursando em alto e bom tom na Assembleia, dando uma bela de uma banana para a moralidade pública. Constantemente reeleito. Exemplar. Dois ou três filhos no ramo dos negócios ou da política.

— O quê?

— Uso indevido de informações privilegiadas. 1998. Na época da fusão com a Union Path Corp. O que há de mais clássico: ao ficar sabendo por Dorfmann do anúncio da fusão, mandou os filhos comprarem ações em massa e, três meses depois, quando a fusão foi anunciada, revendeu tudo.

— E o lucro?

— Noventa e seis milhões de francos.

Pego o telefone de bordo. Digito o número de Nicole. Fontana, logo no primeiro toque.

— Me passe minha mulher.

— Espero que tenha boas notícias para mim.

— Sim. Excelentes!

— Estou escutando.

— Pascal Lombard. Union Path. 1998. Noventa e seis milhões.

Silêncio na linha. Dou um tempo para ele metabolizar. Para perceber que se trata de um negócio sujo, não é necessário ser da DST, a Direção de Segurança do Território nacional. É notório que o nome Pascal Lombard é o Sésamo às portas do paraíso dos ladrões. Aliás, o silêncio de Fontana confirma que tenho razão. Ele tenta mesmo assim:

— Não queira brincar comigo, Delambre.

Tenho a impressão de ouvir um barulho perto dele. É mais forte que eu:

— Quero minha mulher! Me passe minha mulher!

Minha voz enche o carro. Paul Cousin, olhando para mim, me acha cada vez mais alucinado.

— Sinto muito, Delambre — tenta Fontana —, mas o meu cliente não recebeu nada e o prazo se esgotou.

— O que é isso que eu estou ouvindo aí, perto de você? O que é?

Ele não gosta de perder, Fontana. E, por ora, não está dando certo para mim, mas para ele também não. É nisso que eu tenho de fazer minha aposta. Ele tem um compromisso com seu cliente, que não está conseguindo cumprir. Reitero:

— Você vai chamar seu cliente. Vai falar com Alexandre Dorfmann pessoalmente e dizer, da minha parte, simplesmente: "Pascal Lombard. Union Path. 1998".

Retomo um pouco minhas forças, deixo uns segundos escoarem. Armo:

— Se você lhe disser simplesmente isso, vai ser o fim dos seus problemas, Fontana. Porque isso vai acalmá-lo imediatamente.

Aponto:

— Mas, se você não quiser chamá-lo, ele vai ficar com muita, muita raiva, mesmo, de você.

Atiro:

— E, nessa hora, pense bem no poder de Dorfmann: meus problemas não serão absolutamente nada perto dos seus.

Silêncio.

Bom sinal. Posso respirar. Ele vai fazer o que eu disse. Ótima manobra.

— Onde é que eu lhe chamo?

— Eu é que chamo você. Mas, antes, me passe minha mulher.

Fontana hesita. Ele não gosta disso, de ser conduzido.

— Já disse: me passe minha mulher!

— Alô!

Nicole. Sem medo. Muito além. Extenuada, feito morta.

— Alain? Onde é que você está?

— Estou aqui, coração, estou com você. Agora terminou.

Minha voz sai meio engasgada, tento passar um pouco mais de confiança, de segurança.

— Por que estão me segurando? — pergunta Nicole.

— Eles vão soltar você, prometo. Machucaram você?

— Eles vão me soltar quando?

Sua voz sai inibida pelo medo, toda tremida. Hipertensa, como se desencarnada.

— Eles machucaram você?

Nicole não responde mais. Apenas pergunta, numa mistura de angústia com total desânimo. Seus pensamentos retornam sempre para o mesmo ponto:

— O que é que eles querem? Onde é que você está...?

Sem tempo para responder, o telefone é trocado de mão.

— Ligue de novo daqui a dez minutos — diz Fontana.

E desliga. Meu estômago se revira brutalmente e sinto a náusea subindo. Nesse meio-tempo, Paul Cousin fica tamborilando no volante.

— Tenho muito trabalho, senhor Delambre. Proponho que finalizemos nosso acordo, o que acha?

É isso, finalizemos. Ele me propõe rapidamente os termos práticos da nossa transação. Come o patrão com o mesmo profissionalismo que o serve.

Um grande profissional.

Quanto a mim, as poucas palavras de Nicole me deixaram extremamente agitado.

— Mas, antes, só uma coisa — pergunta Cousin.

— Sim, o quê?

Me sinto meio ausente.

— Por quê... os trinta mil?

— Três milhões são da transferência que vou fazer.

Bato com a palma da mão no painel.

— Mais o carango. Que eu vou embora com ele.

51

— Sinto muito, não recebi nenhuma orientação nesse sentido.

— Fontana, vá se foder!

Estou berrando. Na rodovia rumo a Paris, vou a cento e oitenta por hora, batendo a palma da mão no volante com toda a força.

Não adianta nada. Aproveito para buzinar para um sujeito que anda arrastado na minha frente, a cento e sessenta.

— O jogo mudou, seu merdinha!

Nesse exato momento, mesmo que eu quisesse, teria dificuldade para lembrar o terror que Fontana me inspirava pouquíssimo tempo atrás. Sei que eu vou ganhar, posso sentir na ponta dos dedos, mas o que eu quero, mais que tudo no mundo, é Nicole.

Emendo:

— Agora sou eu que dou as ordens, está escutando, seu cuzão?

Fica em silêncio, o cuzão. Só de ouvir Pascal Lombard e Union Path, Alexandre Dorfmann não demorou nem quarenta segundos para passar a instrução de que toda e qualquer ação devia ser suspensa, até que ele me encontrasse pessoalmente. Está me esperando no seu escritório em, no máximo, duas horas. Eu poderia até me dar o luxo de chegar com uns quarenta minutos de atraso, estou seguro de que remarcaria seus encontros para me aguardar. Aumentei o volume do telefone de bordo e, enquanto vou ziguezagueando a quase duzentos por hora para ultrapassar tudo o que se move, continuo a berrar:

— E eu posso até contar a você como isso vai terminar, seu cão de briga de uma figa. Daqui a uma hora, você vai soltar minha mulher e voltar para sua casinha. E posso garantir a você que, se estiver faltando um fio de cabelo nela, suas façanhas no Sudão vão ficar parecendo com as aventuras de *Bernardo e Bianca*!

Me faltam palavras.

— Então, você vai anotar minhas instruções, seu desgraçado, e executá-las. Eu quero três fotos da minha mulher, agora. A primeira é do rosto, a segunda, das mãos, e a terceira, eu quero de pé. Corpo inteiro. Você vai fazer isso com seu celular e, nas fotos, quero a data de hoje e o horário. Aí vai enviar para o...

Procuro o número. Tenho de fuçar no telefone. Solto uma das mãos, me inclino sobre o aparelho, aperto um botão, outro, "como é que funciona essa porra desse...". Uma sirene superpoderosa faz toda a cabine do carro vibrar, reergo a cabeça depressa. O carro escapou perigosamente para as pistas da direita e estou indo a toda a velocidade na direção de uma carreta holandesa, que aciona com toda a força sua corneta de quatro tons, mal tenho tempo para me dar conta da situação, viro o volante abruptamente num sentido, para me afastar do caminhão, e no outro, para desviar do carro no qual vou trombar na velocidade da luz. Nem sequer me veio a ideia de frear. O velocímetro está marcando cento e oitenta e três.

Berro para Fontana o número do telefone de bordo.

— Você tem cinco minutos! Não me obrigue a ligar de novo, senão, juro que tudo o que eu extorquir do seu chefe, vou investir no mercado negro para mandar arrancar suas bolas!

Retomo meu *slalom* sobre as quatro pistas. Preciso me acalmar. Ser pego por um radar não importa, mas ser parado pela polícia não é uma boa estratégia. Fico quieto na pista da esquerda. Desacelero. Cento e cinquenta quilômetros por hora. Sensato. De dez em dez segundos, dou uma sondada na tela do telefone. Estou ansioso para ver as fotos de Nicole. Não consigo imaginar Fontana se apressando para me dar satisfação. Ainda tenho uns minutos pela frente.

Para relaxar, observo a cabine do carro de Cousin. Um luxo só. Tudo o que há de melhor. Uma verdadeira joia da tecnologia francesa, de um cinismo absoluto para um sujeito que massacra toda uma área industrial. Mexo nos comandos do GPS, procuro uma estação de rádio. Caio na France Info. "... *John Arnold, um corretor de trinta e três anos, ganhou entre 2 e 2,5 bilhões de dólares no último ano. Em seguida...*" Desligo. A Terra continua girando no mesmo sentido e na mesma velocidade.

Verifico nas opções se a chamada em espera está ativada e digito o número de Charles. Toca uma vez, duas, três, quatro.

— Alô!

O bom Charles de sempre. Claro, sua voz não passa nenhum frescor, mas o tom está lá, flutuante e generoso.

— Oi, Charles!

— Ah é você caramba se eu soubesse de onde que está chamando?

Tudo isso de um jato só. Fica feliz, Charles. Me dá prazer tirar esse tempo para ligar para ele, me sinto recompensado pelo esforço.

— Estou na estrada rumo a Paris.

A informação deve estar dando uma volta pelo cerebelo, nadando *crawl* dentro do *kirsch*. Não espero pela próxima pergunta, explico sobre Cousin, Fontana, Dorfmann.

— Uau caramba! — vai repetindo Charles ao longo de toda minha fala, estupefato com minha performance.

Continuo de olho na chamada de Fontana e o tempo me parece extraordinariamente longo. Pergunto para Charles onde ele está.

— Na estrada igual você.

Meu Deus, Charles está no volante!

— Uma sorte monstro — prossegue. — Eu ligo para um chapa meu e adivinha só o cunhado dele mora num vilarejo a doze quilômetros do posto onde a gente teve de parar e ele encheu o tanque para mim é ou não é sorte demais?

— Charles... Você está dirigindo?

— Bom, dando o melhor de mim.

Perco o fôlego.

— Vou com cuidado, pode crer — Charles me tranquiliza. — Estou na pista da direita e não ultrapasso os sessenta.

Essa é a melhor forma de pedir para trombarem na sua traseira e atrair os policiais.

— Mas... você está em que ponto da estrada?

— Olha, não sei dizer muito bem porque eles escrevem tão pequeno nas placas, sabe como é.

Posso imaginar. E, no mesmo instante em que respondo, percebo de longe, na minha frente, na pista da direita, seu carro escarlate, com seus imensos para-choques cromados, seguido por uma nuvem densa de fumaça branca, feito um penacho. Desacelero um pouco e, chegando do seu lado, eu buzino. Ele parece minúsculo, encolhido, parece que o volante fica no nível da sua cabeça.

Ele precisa de vários segundos para apreciar a situação.

— É você! Caramba! — berra logo que me reconhece.

Louco de alegria, ele faz seu pequeno aceno indígena. Está rindo.

— Não posso demorar, Charles, estão me esperando.

— Não precisa esquentar comigo — responde ele.

Eu teria tanto a dizer para ele. Lhe devo muito. Devo muitíssimo. Se tudo terminar bem, vou mudar a vida desse Charles, vou dar uma casa para ele, com uma adega cheia de *kirsch*. Tanta coisa a dizer.

Dou um gás. Pé na tábua. Em poucos segundos, o penacho branco e o rastro vermelho do seu carro são apenas dois pontos confundidos no meu retrovisor.

— Agora, tudo deve dar certo, Charles.

— Ah sim, claro — diz ele —, melzinho na chupeta.

"Melzinho na chupeta", ele deve ser o único no mundo que ainda usa expressões desse tipo. Passo para a conclusão:

— Vou encontrar com Dorfmann, só o tempo necessário para pregar os testículos dele na mesa, aí pego Nicole e tudo está terminado.

Meu querido Charles está pasmado. E contente.

— Estou tão feliz por você, meu chapa. Você merece!

Ouvir Charles me dizendo uma coisa dessas me desarma completamente. Ficar tão feliz assim pelo outro, com tanta sinceridade, eu nunca seria capaz de uma abnegação como essa.

— Você detonou para valer o idiota, como é que ele se chama, Montana?

— Fontana.

— Isso aí! — berra Charles.

E ri de novo, do tanto que isso lhe parece motivo de júbilo.

Meu sucesso é incontestável. O encontro marcado por Dorfmann é, por si só, uma batida em retirada, um pedido de armistício nada disfarçado. Vou libertar Nicole e encontrá-la em casa. Vou poder explicar tudo para ela. Vamos receber a recompensa a que temos direito. O preço justo pelas nossas penas. Nossa vida de cão vai chegar ao fim. Quero que Charles esteja com a gente. Nicole vai adorá-lo.

— Ah, mas não — diz Charles —, depois de tudo isso você precisa é ficar só com a sua Dulcineia não precisa de ninguém para ficar de vela!

Eu insisto.

— Quero que você esteja lá, Charles. É importante para mim.

— Tem certeza?

Mexo nos bolsos, desdobro o papel que Fontana me deu e passo o endereço para ele.

— Espere aí — diz Charles.

Então:

— É, pode repetir?

Dou o endereço novamente, o que faz com que Charles solte um berro.

— Ah não dá para negar que não é engraçado isso que eu morei nesse bairro quando pequeno quer dizer nem tão pequeno mais digamos jovem.

Vai facilitar as coisas.

— Bom espere — emenda Charles —, é melhor eu anotar o número porque eu não sei se eu vou conseguir lembrar de memória.

Fico imaginando Charles oscilando longamente de um lado para o outro e mergulhando a cabeça na direção do porta-luvas.

— Não!

No estado em que está, se não mantiver sua plena concentração no volante, pode ocorrer um desastre.

— Não se preocupe, Charles, envio por mensagem para você.

— É como você preferir.

— Então fica combinado assim. Que tal lá pelas 20h30, OK? Agora eu tenho de desligar. Estou contando com você, viu?

A primeira foto é das mãos, que me provocaram uma verdadeira obsessão. Provavelmente porque as minhas ainda doem bastante e, dirigindo pela primeira vez depois de meses, tomo consciência de que elas não vão mais funcionar como antes, alguns dedos vão permanecer duros até eu morrer, até mesmo além. Reconheço a aliança. Me dá uma sensação desagradável, isso, essas duas mãos abertas, expostas, como se à espera do martelo. A segunda foto traz o dia certo e a hora certa, mas não a Nicole certa. Aquela que era minha, antes, minha Nicole de sempre, foi substituída por uma mulher de uns cinquenta anos, cabelos meio grisalhos, traços duros, se segurando em pé de face para a câmera, numa mistura de temor e derrotismo. Nicole está desgastada com mais essa prova. Em poucas horas se tornou uma mulher de idade. Fico com o coração apertado. Ela se assemelha com os retratos dos reféns que vemos na televisão, aqueles do Líbano, da Bolívia, do Chade, com um olhar inexpressivo, esvaziado pela tensão. Na terceira imagem, a maçã do rosto está marcada por uma ferida com um hematoma roxo ao redor. Um murro. Uma cacetada, talvez.

Será que Nicole tentou reagir?

Será que tentou fugir?

Mordo os lábios até sangrar. As lágrimas sobem.

Bato no volante e berro. Porque essa Nicole aí, fui eu que fiz.

Não posso me permitir esse sentimento de culpa. Preciso me recompor. Não posso fraquejar agora. Tenho de me concentrar na reta final. Fungo, enxugo os olhos. Preciso, pelo contrário, vê-la assim, na tela do telefone, e tirar força justamente daí. Vou lutar até o fim. Eu sei que, por sorte, o que estou trazendo para ela vai fazer com que se reconcilie com tudo, vai curar todas as feridas, apagar todos os estigmas. Estou voltando para ela, enriquecido com uma vida reconciliada com seu futuro. Estou voltando com a solução de todos os nossos problemas, todos, sem exceção.

Tudo o que eu quero agora é que o tempo passe depressa, que ela seja libertada, que ela volte para casa, que eu volte para ela, que eu a tenha nos meus braços.

Tenho de dar um retorno a ela. O telefone mal toca e Fontana já articula um "Não" firme, irrevogável. Estou pronto para insultá-lo, mas ele é mais rápido.

— Enquanto eu não tiver recebido novas orientações de meu cliente, não tenho mais nada para você.

E desliga no ato. A tênue linha que me ligava a Nicole acaba de ser rompida. Tudo está nas minhas mãos. Soltá-la, salvá-la. Imediatamente.

Piso fundo no acelerador mais uma vez.

52

La Défense.

Ergo os olhos. No topo da torre de vidro espelhado, o luminoso cor de fogo e ouro, com a logomarca e o nome da Exxyal-Europe girando no próprio eixo. O que se espera é que, de noite, isso se deifique, isso se transforme num enorme feixe de luz a iluminar o mundo.

O carro de Paul Cousin foi equipado com um dispositivo que abre o portão à distância. São mais de 19h30, mas, no segundo nível, reservado para os executivos, a maior parte das vagas ainda estão ocupadas. O espaço nº 198 se acende automaticamente com a passagem do meu carro, a barreira de alumínio é rebaixada até sumir dentro do chão. Estaciono e me dirijo para o elevador numa passada firme. Câmeras seguem cada um dos meus movimentos. Estão por todos os lados, impossível se concentrar. Não tenho nenhuma dúvida do meu destino, aperto o botão que me propulsa para o andar mais alto do arranha-céu. Desde a criação do mundo, é sempre lá que residem os deuses.

Elevador estilizado, design pós-moderno, luxuoso, iluminação indireta, carpete. Nesse meu terno amarrotado, decrépito, devo estar feito um maltrapilho. À medida que os andares vão passando, vou me angustiando.

É assim que se perdem as batalhas.

Reza o *management*: reconhecer em si as condutas fantasmáticas e sempre privilegiar o real e o mensurável.

Respiro fundo, mas não adianta. Alexandre Dorfmann, eminente diretor-presidente francês, pilar da indústria europeia, vai me receber. Afrontar um tal poder me impressiona. Repasso meus argumentos mentalmente. Uma dúvida persiste: por que será que ele quer me encontrar?

Não vejo qual o interesse.

Bastaria que ele transmitisse suas instruções anonimamente. É uma loucura, uma imprudência da sua parte me propor um encontro. Tenho certeza de que não sabe dos detalhes, do sequestro de Nicole, ele paga o suficiente para Fontana, para ter o direito de não saber nada e, assim, ficar perfeitamente protegido de qualquer persecução judicial.

Por que será então que está sentindo a necessidade de descer pessoalmente à arena?

Com certeza existe alguma coisa em que eu não pensei. Uma carta do jogo está marcada e eu não vi. Me vem a convicção de que ele vai me esmagar com um só golpe. Vai me deixar sem nada. Ganhar tão fácil assim de um homem desses é absolutamente impossível. É algo que jamais foi feito. Estou na minha ascensão para o cadafalso. É esse meu estado de espírito quando a porta do elevador se abre. Já estou parcialmente derrotado. Um véu flutua diante dos meus olhos, impresso com o rosto de Nicole, exaurida. Eu mesmo estou esgotado quando alcanço o último andar.

Nesse nível, os cargos de secretariado são ocupados por homens. Jovens e diplomados. São chamados de conselheiros, colaboradores. Esse que me recebe chega com um sorriso pretensioso, ou seja, típico da Escola Nacional de Administração, extremamente profissional. Na faixa dos trinta anos, tem a cara de quem, todos os anos, vai com os colegas na *Noite da publicidade*. Ele foi informado. Sabe que seu presidente tem horário comigo.

Antessala acolchoada, acarpetada, almofadada, fico de pé. Conheço a regra da espera: deixar cozinhando a fogo brando. Respiro profundamente, mas meu batimento cardíaco deve estar resvalando as cento e vinte pulsações por minuto. Não, não conheço as regras de espera, pois não houve espera: meio minuto mais tarde, a porta se abre.

Sou chamado.

O jovem conselheiro desaparece.

De imediato, o que me salta aos olhos é a beleza inaudita da cidade iluminada do outro lado das imensas vidraças. Deus tem uma bela vista para o mundo. É provavelmente por isso que tem seu trabalho em alta conta. Alexandre Dorfmann se retira da sua mesa de má vontade, visivelmente preocupado com o dossiê que tem de parar de ler devido à minha chegada. Tira os óculos com um gesto augusto. Seu rosto se transforma, ele me endereça um sorriso fino feito lâmina.

— Ah, senhor Delambre!

A voz, por si só, já é um instrumento de dominação. Perfeitamente polida, até a mínima entonação. Dorfmann dá uns passos na minha direção, aperta minha mão calorosamente enquanto me segura pelo cotovelo com a outra mão e me puxa para a sala de canto com as paredes cobertas de livros que berram "Sou um grande chefe humanista". Eu me sento.

Dorfmann se põe ao meu lado. Sem cerimônia.

O que estou sentindo é indescritível.

É uma loucura, a aura desse homem.

Existem pessoas que são assim, eletrizantes. Emanando ondas.

Dorfmann encarna o poder bem como Fontana encarna o perigo. Dorfmann é o impulso de dominação personificado.

Se eu fosse um bicho, começaria a rosnar.

Tento me lembrar dele no dia da tomada de reféns, sentado no chão, mudo. Mas não somos mais os mesmos, nem ele nem eu. Cá estamos nós, de volta às circunstâncias normais. A hierarquia social volta a se impor. Não tenho certeza, mas acho que a razão para estarmos face a face hoje deve ser buscada por aí: no que eu o obriguei a viver.

— Você joga golfe, senhor Delambre?

— Bem... não.

É verdade que a gente envelhece na prisão, mas será que já estou com cara de quem joga golfe?

— Que pena. Pensei numa metáfora que resumiria muito bem a situação.

Ele faz um gesto como se estivesse espantando uma mosca.

— Não faz diferença.

Adota um semblante desolado e afasta as mãos para se desculpar antecipadamente.

— Senhor Delambre, tenho tão pouco tempo...

Abre um sorriso largo para mim. Quem vê de fora, juraria que ele sente uma profunda empatia para com minha pessoa, uma afinidade de ordem íntima, que sou um caríssimo amigo com quem ele adoraria ter uma longa conversa, caso as circunstâncias lhe permitissem.

— Também estou com pressa.

Ele aprova o que digo, aí se cala. E me considera com vagar, no mais completo silêncio, me observa, me detalha, me estuda sem o mínimo acanhamento. Aí, finalmente, seu olhar, imperturbável, fica cravado no meu. Por um tempo incrivelmente longo. Me sinto remexido até as entranhas. A sensação nesse instante é um amálgama de todos os medos profissionais suportados no decorrer da minha vida. No âmbito da intimidação, Dorfmann é um expert: seu sadismo deve ter provocado terror, espanto, pânico e impulsos suicidas num número incalculável de colaboradores, secretários e conselheiros. Toda sua pessoa não é senão um comentário de uma verdade simples e clara: ele está vivo porque matou todos os outros.

— Muito bem... — diz ele finalmente.

É assim que finalmente entendo minha presença aqui, na sua frente.

Em teoria, não há nenhuma justificativa, na prática, é totalmente desaconselhável. Mas ele quis averiguar e se certificar. Desde o início, esse caso opõe dois homens que praticamente não se viram, à exceção de alguns minutos nos quais eu apertei uma Beretta na sua têmpora. Não faz parte dos hábitos de Dorfmann concluir seus negócios dessa forma.

Em tudo que coloque em jogo o profissional, deve haver o instante da verdade.

Dorfmann não podia me deixar partir sem se sacrificar por esta necessidade que sente: me ver de face, avaliar se toda sua potência foi ou não colocada em xeque.

E, acessoriamente, ver qual é a ameaça que represento para ele. Medir o potencial de risco.

— Poderíamos ter resolvido tudo isso por telefone — ele me diz.

Mensurar a nocividade das minhas intenções para com ele.

— Mas eu queria lhe dar os parabéns pessoalmente.

Decidir se eu o obrigo ou não a entrar definitivamente em guerra, numa guerra para a qual está pronto, porque pode afrontar tudo sem se abalar.

— Você conduziu o caso com maestria.

Ou se pode cogitar aceitar minha palavra. Em outros termos: somos ou não somos canalhas de confiança?

Não me movo, sequer pisco. Encaro seu olhar. Dorfmann só confia numa coisa: sua intuição. Talvez seja essa sua chave para o sucesso, essa certeza de nunca estar enganado em relação a alguém.

— Devíamos ter contratado você — solta ele por fim, como se para si mesmo.

Ele ri sozinho da ideia, como se eu não estivesse mais ali.

Depois retorna à terra. Parece estar arrependido de ter despertado de um sonho acordado. Ele respira fundo, em seguida, sorri para frisar que está passando de pato para ganso:

— Então, senhor Delambre, o que vai fazer agora, com todo esse dinheiro? Investir? Criar sua própria empresa? Se lançar numa nova carreira?

Última verificação do julgamento definitivo que ele acaba de fazer sobre mim. É como se ele me estendesse um cheque invisível de treze milhões de euros, bem apertado entre seus dedos, me obrigando a puxar com força, cada vez mais forte. Por ora, ele ainda está segurando.

— Eu quero calma, tranquilidade. Aspiro a uma aposentadoria merecida.

Proponho, claramente, uma paz armada.

— Compreendo muito bem! — me garante ele, como se também não sonhasse com nada além de quietude.

Dessa feita, passado o último segundo da avaliação, ele larga o cheque invisível.

E fico irritadíssimo por compreender o seguinte: no fundo, essa quantia não tem nenhuma importância. Vai se misturar a simples lucros e perdas.

No patamar de Alexandre Dorfmann, não é disso que se vive.

Não é por isso que se luta.

Posso até conservar a impressão de estar partindo com o caixa.

Dorfmann se levanta sorridente. Aperta minha mão.

Eu sou um pobre miserável.

Estou partindo com as pratinhas.

53

Esse carro é o que há de mais confortável, mas, mesmo assim, o tempo não passa dentro dele. 20h05. Fim da jornada dos últimos escritórios. Os assalariados vão para os carros, exceto os executivos, que ainda têm duas ou três horas de trabalho a cumprir, no melhor dos casos. Enquanto o sinal não estiver definitivamente verde, eu me proíbo de pensar que terminei, que ganhei, que limpei a mesa de uma vez por todas. Fico de olho no telefone de bordo. Nada está acontecendo. Absolutamente nada. Tento ser racional: por ora, nada preocupante. Refaço os cálculos uma última vez. Aumento a margem de segurança, arredondo, tudo depende da rapidez de Dorfmann para transmitir as informações. Olho para o relógio do painel: 20h10.

Me mantenho ocupado, envio um torpedo para Charles para confirmar o endereço do apartamento. Dou uma olhada na tela do telefone de bordo. Nada ainda. Fico tentado a olhar as fotos de Nicole mais uma vez, mas me controlo. Vai me deixar com medo, e eu quero acreditar que é inútil e contraproducente ter medo agora que tudo terminou. Estou a poucos minutos do grande momento da minha vida. Se tudo der certo, vai ser o grande dia das reparações.

20h12.

Não aguento mais. Digito o número do celular de Nicole. Toca uma vez, duas, aí, na terceira, "alô", é ela, ela que atende.

— Nicole? Onde é que você está?

Gritei. Ela leva alguns segundos para responder, não sei por quê. É como se ela não reconhecesse minha voz. Talvez seja uma reação de pânico provocada pelo meu berro.

— No táxi — diz ela finalmente. — E você, onde é que você está?

— Você está sozinha no táxi?

Por que está esperando tanto antes de responder minhas perguntas?

— Sim, eles... eles me soltaram.

— Tem certeza disso?

Que pergunta idiota.

— Eles disseram que eu podia voltar pra casa.

Pronto. Posso respirar. Está terminado.

Ganhei. Sou o vencedor.

Uma alegria irrefreável me invade.

Estufo o peito, vontade de gritar, de berrar.

Ganhei.

É o fim do Delambre ANPE, o da Agência Nacional Pelo Emprego. Aqui está o Delambre ISF, o do Imposto de Solidariedade sobre a Fortuna, só que sem pagar o imposto. Eu poderia chorar. Aliás, estou chorando, aperto o volante com tudo o que tenho.

Aí começo a bater nele com força.

Ganhei, ganhei, ganhei.

— Alain... — diz Nicole.

Eu berro de alegria.

Meu Deus, porra, consegui destruir todos eles. Estou exultando.

Posso gastar 50 mil euros por mês até o fim da minha vida. Vou comprar três apartamentos. Um para cada uma das meninas. Que loucura.

— Alain... — repete Nicole.

— A gente ganhou, meu amor! Onde é que você está, me diga, onde é que você está?

Então me dou conta de que Nicole está chorando. Bem baixinho. Não percebi de imediato, mas, agora que estou escutando com mais atenção, ouço aqueles seus pequenos soluços que me doem tanto. Normal, uma consequência do medo. Tenho de tranquilizá-la.

— *C'est fini*, meu amor, eu juro que acabou. Não tem mais o que temer. Não vai acontecer mais nada com você. Eu preciso explicar...

— Alain... — diz ela de novo, sem conseguir passar disso.

Ela repete meu nome, como um disco furado. Tenho tanto a explicar para ela. Mas a gente vai precisar de tempo para isso. Primeiro, tranquilizá-la.

— E você, Alain... — pergunta Nicole por fim. — Onde é que você estava?

Ela não me pergunta onde estou no momento, mas onde eu estava quando ela precisava de mim. Compreendo, mas ela não conhece todas as variáveis do problema. Vou ter de explicar que, na verdade, nunca me afastei dela, que, durante todo esse tempo em que ela estava com medo, eu estava lutando, por nós dois, para alcançar uma vitória definitiva contra nossa vida de cão. Falando com ela, arranquei com o carro, estou saindo do estacionamento e tomando o caminho mais rápido para Paris.

— Agora, eu estou em La Défense.

Nicole fica embasbacada.

— Mas... o que você está fazendo em La Défense?

— Nada, já estou voltando, vou lhe explicar. Você não tem mais nada a temer. Isso é o mais importante, é ou não é?

— Estou com medo, Alain...

A gente não está conseguindo se entender direito. Ela vai ter de deixar isso tudo para trás, tudo o que viveu. A gente vai ter de reelaborar isso tudo um com o outro. Entro no anel rodoviário.

— Não tem mais nenhum motivo para temer, meu amor. (Estou me repetindo, mas é tudo o que posso fazer.) A gente vai se encontrar agora mesmo. (Ir mais rápido para abraçá-la.) Sabe o que a gente vai fazer? (Encorajá-la.) A gente vai levar uma vida toda nova, é isso que a gente vai fazer. Tenho uma grande novidade para você, meu anjo. Uma enorme novidade! Você nem pode imaginar...

Mas, por ora, não adianta muito dizer isso, continua chorando. Nada é possível enquanto ela estiver nesse estado.

— Estarei...

Eu adoraria poder dizer "em casa", mas não consigo chamar assim esse lugar onde a gente vai se encontrar. É fisicamente impossível para mim, busco outras palavras. Nicole não muda o disco: "Alain, Alain...". Isso me causa certo incômodo. E um pouco de nervosismo.

— Em meia hora, estarei lá, combinado?

Nicole se recompõe.

— Sim — diz ela finalmente, dando uma fungada barulhenta. — Combinado.

Silêncio na linha. Ela desligou antes de mim.

Cinco minutos mais tarde, estou chegando na Porte de Clignancourt. Telefono novamente. Está tocando. Uma, duas, três, várias vezes. Secretária eletrônica. Digito o número de novo. Porte de la Villette. Secretária mais uma vez. Sinto uma energia ruim. Não ouso sequer pronunciar mentalmente o nome de Fontana, mas ele está ali, na minha frente, ao meu redor, por todos os lados. Tamborilo nervosamente no volante. Ganhei e agora me recuso a ter medo. Volto a digitar o número de Nicole. Nicole atende, finalmente.

— Por que não estava atendendo? Onde é que você estava?
— O quê?

Uma voz desnorteada, automática. Repito minha pergunta.

— Eu estava no elevador — diz Nicole por fim.
— Você já chegou em... hein? Chegou? Fechou a porta?
— Sim.

Ela solta um imenso suspiro.

— Sim, fechei a porta.

Posso imaginá-la tirando os sapatos como sempre faz, com a ponta dos dedos por trás, no salto. Seu suspiro é de puro alívio. Para mim também.

— Estarei aí em quinze minutos, meu amor, combinado?
— Combinado — diz Nicole.

Dessa vez, sou eu quem desliga. Programo o endereço no GPS. Saio do anel rodoviário. Milagrosamente, em poucos minutos estou na Avenida de Flandre. Mas ainda não é o fim do meu sofrimento, as ruas estão cheias de carros estacionados. Viro, rodo, procuro vaga. Será que tem algum estacionamento na área? Levanto os olhos para os prédios. Altos. Horrendos. Sorrio. O apartamento que Nicole comprou, eu vou doá-lo para uma associação beneficente, para a Emaús. Pego à direita, à esquerda, retorno, espio os carros estacionados ao longo dos meios-fios, vou mais para longe, volto, isso de ficar desenhando círculos concêntricos me irrita profundamente. Olho, passando bem devagar, a fila de carros ao longo do passeio da direita, aí do passeio da esquerda.

Meu coração salta pela boca de repente, meu estômago fica embrulhado.

Não, não é possível. Não devo ter olhado direito.

Engulo em seco.

Mas algo me diz que sim, é possível.

Ótimo reflexo, em vez de parar, segui em frente. Preciso me certificar, preciso ter certeza. Minhas mãos estão tremendo, porque, se eu não estiver enganado, dessa vez, é a catástrofe, o salto mortal sem rede. Viro uma vez à direita, uma segunda vez, uma terceira, estou na mesma rua de novo, dirigindo lentamente, mantenho a cabeça bem ereta e os olhos apertados de alguém compenetrado na direção ou absorto nos seus pensamentos, mas vejo claramente, quando passo ao lado, uma mulher por trás do volante de um 4x4 preto: é Yasmine. Com um fone de ouvido.

Nenhuma dúvida, é ela.

Ela está à espera.

Não. Ela está à espreita.

Pois, se essa moça está ali, estacionada numa rua a trinta metros do prédio de Nicole, é porque Fontana está lá também.

Eles estão me espreitando. Nos espreitando. Eu e Nicole.

Continuo a rodar, a virar para lá, para cá, ao acaso. Dando um tempo para compreender o que está acontecendo.

Dorfmann deu suas instruções. Fontana obedeceu e isso pôs um ponto final na sua missão.

A conclusão não é difícil de ser deduzida: agora que seu contrato está encerrado com o antigo patrão, Fontana passou a agir por sua própria conta. Treze milhões motiva qualquer um. Dinheiro o bastante para passar o resto da vida sem problema nenhum.

Sem contar o ódio pessoal que tem por mim. Não parei de colocá-lo em xeque, chegou a hora do acerto de contas. Fontana vem me buscar em domicílio. Agora só existe um patrão para ele. Ele mesmo. Sem ninguém para coagi-lo. Ele pode qualquer coisa.

Está usando Nicole de isca, mas sou eu que ele quer. Me fazer cuspir as informações bancárias a marteladas. Ele quer me fazer pagar, em todos os sentidos do termo.

Vai tentar pegar nós dois. Vai fazer Nicole berrar até eu lhe entregar tudo, tudo, tudo.

Depois, vai matá-la.

Vai me matar também, deve até ter reservado um desfecho especial para mim. Fontana quer acertar uma desavença pessoal comigo.

Não tenho a mínima ideia do que fazer, viro, pego uma rua e mais outra, faço de tudo para evitar passar mais uma vez por perto do carro que está de vigia. Fontana está provavelmente de tocaia à minha espera. Escapei da vigilância porque ele não está imaginando que eu esteja de carro. Certamente estão achando que vou chegar de táxi, a pé, sei lá.

Se Fontana puser as mãos na gente... Já vejo as imagens de Nicole, sentada, amarrada. Não é possível. Estou completamente desarmado. Nem conheço o local. Desdobro o papel com o endereço. Nicole está no oitavo andar.

Tem ou não tem um estacionamento?

Não posso me mostrar.

Mas fazer o quê?

Pensamentos confusos, desordenados.

Só consigo ver uma saída. A pior, mas a única, forçar passagem e fugir. Péssimo, mas não vejo mais nada a fazer, meu cérebro se petrificou à vista da emboscada.

Estico a mão para o telefone de bordo, mas estou tremendo tanto que deixo cair. Eu o apanho do piso com dificuldade e o seguro apertado contra o corpo. Acho um espaço na frente de uma garagem, paro por uns instantes com o motor ligado. Preciso chamar Nicole. Digito o número. E, logo que ela atende:

— Nicole, a gente tem de ir embora.

— O quê? Por quê?

Perdida, Nicole.

— Escute, não posso explicar agora. A gente tem de ir imediatamente. Você vai fazer o seguinte...

— Mas por quê? O que está acontecendo? Alain! Você não me explica nada, não aguento mais...

Ela percebe meu pânico, compreende que a situação é grave, pressente o perigo e, consequentemente, perde a voz, que se transforma em soluços. O terror das últimas horas volta à tona, intacto. Ela diz: "Não, não", repetidamente. Está paralisada. Preciso colocá-la em ação. Desembucho:

— Eles estão aqui.

Inútil falar de quem se trata. Nicole se recorda do rosto de Fontana, de Yasmine, ela reata os laços com o horror.

— Você me prometeu que tinha terminado.

Ela chora.

— Não aguento mais essas histórias suas, Alain, eu não consigo mais.

Ela não me deixa outra opção. Amedrontá-la ainda mais, para colocá-la em ação.

— Se você ficar aí, Nicole, eles vão vir pegá-la. A gente tem de ir embora. Agora. Estou aqui embaixo.

— Onde? — ela berra. — Por que você não vem?

— Porque é isso que eles querem! Sou eu que eles querem!

— Mas quem, que saco, quem são "eles"?

Está berrando. De angústia.

— Você vai comigo, Nicole. Me escute. Você vai descer, virar à direita, na Rua Kloeckner. Você vai seguir pelo passeio da direita. É tudo o que vai fazer, Nicole, nada além disso, garanto, eu cuido do resto.

— Não, Alain, sinto muito. Não aguento mais. Vou chamar a polícia. Não aguento mais. Não aguento mais.

— NÃO FAÇA ISSO! ESTÁ ME OUVINDO? NÃO FAÇA NADA ALÉM DO QUE EU ESTOU MANDANDO!

Silêncio. Emendo. Preciso forçá-la.

— Eu também não quero, Nicole, eu não quero morrer! Então, você vai fazer o que eu estou mandando, só isso! Você vai descer! Vai pegar à sua direita e vai agora mesmo, porra!

Desligo. Estou com tanto medo por nós dois. Bem no fundo, sei que minha estratégia é péssima. Mas, por mais que busque outra coisa, não acho nada. Nada. Deixo alguns minutos passarem, quatro, quanto tempo será que ela precisa para se decidir e descer? Aí ponho o carro em movimento. Ninguém está esperando me encontrar nesse carro. Nem Nicole.

Preciso ser rápido.

Forçar passagem.

Entro em câmera lenta na Rua Kloeckner e, de longe, lá no passeio da direita, vejo a silhueta de Nicole, vou na sua direção, seu caminhar é duro, muito duro, vou chegando na altura onde está, ela percebe o barulho de um motor logo atrás, ligeiramente à sua esquerda, mas ela não vira a cabeça, fica esperando pelo pior a cada microssegundo, sua passada é rígida, os passos de um condenado, fico à espera do melhor momento, nada adiante, nada atrás, eu acelero, avanço uns três metros na sua frente, dou uma freada brusca, me precipito para fora do carro, salto no passeio, agarro Nicole pelo braço, ela engole o grito ao me reconhecer e, antes que ela possa reagir, abro a porta do passageiro e a empurro para dentro do carro, dou a volta, me sento diante do volante de novo, tudo não levou mais que sete ou oito segundos, nada adiante ainda, nada atrás, coloco o carro em movimento com suavidade, Nicole olha fixamente para mim, esse carro, eu, tudo lhe parece estranho, não sei se ela está com menos medo agora, nesse carro silencioso que se move como uma onda comigo no volante, mas ela fecha os olhos, pego a primeira rua à direita, com delicadeza, nada adiante ainda, nada atrás, fecho os olhos por um curto instante e, quando abro novamente, trinta metros na minha frente, reconheço o vulto felino de Fontana, ele corre pelo passeio e some, eu acelero, sem nem pensar, ultrapasso o nível da rua em que ele desapareceu, de onde emerge o nariz de um 4x4 preto tão alto quanto um ônibus, travo as portas no instinto, Nicole se assusta, percebe que alguma coisa anormal está acontecendo, enfio o pé no acelerador, o carro dá um tranco, Nicole berra com a aceleração que a deixou colada na poltrona, o carro de Fontana vem atrás da gente, viro à esquerda, já estou bem depressa e bato de raspão na traseira de um veículo que está parado, sobressalto, novo grito de Nicole, que agarra e afivela o cinto de segurança com um estalo seco. O tráfego não é muito intenso no bairro, concentra-se em dois grandes bulevares que se afundam no coração de Paris ou se afastam para o subúrbio. Na interseção seguinte, que atravesso sem nem desacelerar, um Renault 25 vermelho com imensos para-choques freia bruscamente para me dar passagem, é Charles que vem se unir a nós.

Charles, eu tinha me esquecido dele.

Ele nos vê passar a toda, mal tem tempo de levantar o braço, já estamos longe e, no segundo seguinte, passa um 4x4 preto nos perseguindo. Eu sei que vai demorar um pouco, mas Charles vai entender, não posso me dar ao luxo de refletir sobre a questão, viro no bulevar, pego à direita nele, toda uma caravana de carros está presa no engarrafamento, Fontana vai se jogar para cima de nós se eu parar, vai atirar nos vidros, arrombar as portas, não vou poder fazer nada, essa é a única coisa de que precisa, que a gente pare, só o tempo suficiente para ele saltar em cima de nós, o resto fica por conta dele, pode botar uma bala na cabeça de Nicole imediatamente para me deixar paralisado e me enfiar na porrada para dentro do 4x4 que Yasmine está dirigindo...

Estamos chegando no último carro da fila, não sei o que fazer, Nicole leva as duas mãos para o painel ao ver a fila de carros parados cada vez mais próxima, dou uma guinada brusca para a esquerda, acelero e vou na contramão, na pista da esquerda, com a mão na buzina, faróis e piscas acesos. Fontana faz uma coisa que eu nunca poderia ter imaginado, ele aciona uma sirene de polícia, põe o braço para fora e gruda um sinalizador giratório no teto, com todo o colhão, isso fala muito da sua determinação, assim nos tornamos criminosos para todo o mundo, ninguém mais vai fazer o mínimo esforço para facilitar nossa passagem. Estamos sendo perseguidos. A cidade inteira vai se voltar contra nós. Não sei como isso se fez possível, a gente deve ter escolhido trajetos simétricos, mas cruzo de novo pelo carro de Charles, dou um golpe no volante para a direita para evitá-lo, para a esquerda para me estabilizar, Nicole se encolheu toda na poltrona, com os pés puxados para cima, a cabeça baixa, as duas mãos cruzadas sobre a nuca, como se quisesse se proteger de um teto caindo, mas, logo que escuta a sirene de polícia, ela vira para o vidro traseiro, cheia de esperança. Logo que percebe a enrascada na qual nos meti, ela retoma a posição fetal e começa a gemer.

De passagem, os olhos de Charles, escancarados e colados em mim.

Em seguida, no carro que está nos perseguindo.

Não penso mais, sou puro reflexo, bom ou não, mortal ou não, faço uma curva violenta para a esquerda, entro numa rua qualquer, viro à direita, à esquerda, não sei mais para qual direção estou indo, logo que aparece um obstáculo, mudo de rumo, pego uma rua, mais uma, mais outra, trombo de raspão em carros aqui e ali, desvio dos pedestres, das bicicletas, com a lateral esquerda, bato num ônibus saindo do ponto, Fontana ainda está atrás de nós, mais ou menos longe, não sei mais aonde ir e, de repente, estamos numa rua de mão única, interminável, uma reta que ladeia o anel rodoviário.

Repleta de carros estacionados, dos dois lados.

Imensa e reta como um I.

Mão única. Uma só pista.

Mal se vê o fim dela.

Acelero o quanto posso, percebo no retrovisor o veículo de Fontana. Não dirijo bem o bastante, depressa o bastante com essas mãos que ele destruiu. Fontana pega e guarda o sinalizador giratório, desliga a sirene de polícia, o 4x4, cinquenta metros atrás de nós, mantém uma velocidade constante, porque a fuga já não é mais possível.

Não estou conseguindo conservar uma trajetória retilínea, não paro de oscilar, raspo nos carros ora do meu lado, ora do lado de Nicole.

Na ponta, a várias centenas de metros de distância, um sinal vermelho, lá onde a rua desemboca num bulevar largo, onde corre um fluxo intenso de carros... Daria na mesma dizer que tem um muro ali. No desespero, na falta de opção, não tiro o pé do acelerador.

Mas tudo está terminado.

Nicole também sabe disso.

Esse bulevar, no qual estamos nos atirando, é igual a uma autoestrada. Parar aqui, com Fontana na nossa traseira, é descer do carro no meio de uma pista de fórmula 1. Atravessar à força é cortar a rota de um trem-bala, um TGV...

Nicole se ajeita na poltrona face ao obstáculo que, mais adiante, irremediavelmente, vai cortar nossa rota.

O vidro traseiro estoura. Fontana já está disparando. Quer ganhar tempo para quando for passar à abordagem direta. A cabine dá a impressão de ter sido despedaçada, o vento faz os estilhaços esvoaçarem. Nicole abraça os joelhos.

E é essa a imagem do fim.

É assim que se termina a história.

Aqui. Daqui a poucos instantes.

Daqui a poucas centenas de metros.

Nessa rua imensamente reta na qual estamos a quase cento e vinte quilômetros por hora, perseguidos por um monstro metálico e negro, com todos os faróis acesos.

Essa imagem ainda me assombra. Meses depois.

Jamais vai se apagar.

Anos ainda para vê-la, revê-la, sonhar com ela, indagar seu sentido misterioso e trágico.

Nicole reergueu a cabeça, hipnotizada pela nossa rápida progressão rumo ao muro de veículos que bloqueia nossa rota.

E assistimos, ambos fascinados, à irrupção repentina, em face de nós, de um carro vermelho, munido de imensos para-choques cintilantes, trazendo consigo um grande penacho de fumaça branca. Ele acaba de desembocar do fundo do bulevar, vindo na contramão na nossa direção. A trezentos metros de distância, nossos carros avançam, um rumo ao outro, a todo vapor.

Começo ligeiramente a frear, não sei mais o que fazer.

Pois a morte está se aproximando.

Charles está acelerando. Quando seu carro não está a mais que duzentos metros, começo a distinguir seu rosto pela grade cromada do seu para-choque dianteiro.

Essa agora é a última mensagem.

Charles liga a seta.

À esquerda.

Como se ele pudesse virar para algum lugar. Então percebo que não é bem por aí, a mensagem não designa a direção que Charles vai tomar. Está me mostrando aquela que *eu* devo seguir. A mensagem me diz: vire à direita.

Eu acelero e vou sondando com avidez a fila ininterrupta de carros estacionados à minha direita. O carro de Charles não está a mais que uns cem metros. Sua imagem vai aumentando, começa a preencher a tela. Nós avançamos, um rumo ao outro, cada vez mais depressa, aspirados um pelo outro como no olho de um ciclone.

De repente lá está a saída.

Um beco.

Eu percebo num átimo. Ele desemboca, ali, à nossa direita, poucas dezenas de metros mais adiante. Eu berro para Nicole. Ela se agarra ao cinto de segurança e joga as pernas para a frente para se apoiar no painel. Freio com tudo e dou uma guinada brusca, o carro derrapa, bate com a traseira num obstáculo que não enxergo, dá um salto brutal, mas adentra o beco, colide em cheio com um furgão, os *airbags* grudam a gente no assento. O carro está imóvel.

Agora que abrimos espaço, dentro dessa rua reta como um I, o carro de Charles e o de Fontana ficam sozinhos, face a face.

Estão voando, um em direção ao outro, feito dois meteoros.

Quando descobrir, diante dele, o carango rutilante de Charles, Fontana vai tentar frear. É evidente que será tarde demais.

Os dois carros vão se engastar um no outro a uma velocidade somada de mais de cento e oitenta quilômetros por hora.

O último gesto de Charles sempre me vem em câmera lenta.

No instante em que seu carro passa por nós, posso vê-lo nitidamente. Está sentado bem baixo atrás do volante, com a cabeça virada para mim. Sorrindo.

O sorriso bondoso de Charles. Fraternal e generoso. O mesmo de sempre. "Não precisa esquentar comigo."

Me olha no fundo dos olhos. De passagem, levanta o braço na minha direção.

Seu aceno indígena.

No instante seguinte, a trombada é horripilante.

Os dois veículos se chocam de frente, em cheio. Batem e entram um no outro, encavalados, comprimidos, confundidos.

Os corpos que não se desintegraram com a colisão foram transpassados, de parte a parte, por montes de ferragem.

O incêndio deflagrou de uma só vez.

C'est fini.

Jantar na Mathilde. Toco a campainha, no corredor, com flores, vestido com meu belo terno cru de listras finas. E meu enorme relógio de mergulho com sua pulseira verde fluorescente, que nunca sai do meu braço, o que, evidentemente, ninguém compreende. É sempre Gregory que abre a porta e é sempre Mathilde que, de longe, da cozinha, berra com alegria: "Papai, já chegou?". Inevitavelmente, meu genro me dá um aperto de mão firme, no qual sempre sinto certo desafio, uma proposta viril de combate. Não combato mais. Esse tempo já passou, *c'est fini*.

Mathilde aparece quando entro na sala. Toda vez, arrumando uma mecha do cabelo, ela diz a mesma coisa:

— Devo estar horrível, ai, meu Deus. Papai, sirva um uísque para você, já volto.

Depois ela some no banheiro por uma boa meia hora, durante a qual fico trocando com Gregory algumas banalidades, que os costumes nos ensinaram que não trazem nenhuma consequência, nenhum perigo.

Ficou mais autoconfiante, Gregory, desde que goza do seu trono no centro do apartamento que dei para eles, amplo, quatro quartos no coração de Paris. Quem o vê assim, servindo o aperitivo cheio de pose, acha realmente que sua situação se deve ao seu grande mérito, às suas qualidades inegavelmente superiores. Na verdade, tanto eu quanto ele somos iguais a dois boxeadores, a gente deve o sucesso à soma de socos tomados na cara. Nunca falo nada disso. Me calo. Sorrio. Digo "que bom", espero minha filha, que finalmente chega, cada vez com um vestido novo, e dá uma girada me dizendo: "Gostou?", como se fosse eu o seu marido.

Tento variar os elogios. Eu tenho de lembrar de fazer uma lista de adjetivos para os próximos jantares. À razão de um a cada trinta dias, toda segunda quinta-feira do mês, meus poucos recursos lexicológicos acabam indo embora bem depressa.

Sempre me sinto desprevenido. Digo: "Supimpa", mas soa tão velho, ou "Caramba", enfim, umas coisas assim.

Palavras de Charles, creio eu.

Pela janela, dá para ver as flechas da Notre-Dame. Beberico o uísque que Mathilde compra só para mim. Tenho uma garrafa toda minha na casa da minha filha. No entanto, não se deve deduzir disso que estou me tornando um alcoólatra. Pelo contrário, estou fazendo de tudo para me cuidar. Nicole faz questão, insiste que eu me cuide. Exige. Eu entrei para uma academia perto da casa dela. Fica longe para mim, não sei por que escolhi aquela em vez de outra, mas tanto faz.

Hora de jantar. Mathilde tem muito tato, vai logo me dando notícia de Lucie, sabe que fico ansioso para saber dela. É a única fonte de informação que tenho dela, desde que veio o final disso tudo.

O final, com ela, foi no apartamento da Avenida de Flandre. Eu não estava esperando por ninguém, ela toca, eu abro, Lucie está lá, eu digo:

— Ah, é você.

Ela diz:

— Estava passando por aqui, resolvi subir.

E entra. Fácil adivinhar que é mentira. Não estava passando, veio especialmente para isto. E, só de ver a cara que tem... Aliás, ela vai direto ao assunto. Esse é seu forte. Ela não faz rodeios como os outros, não se esforça com formalidades para salvar as aparências.

— É agora que você vai ouvir minhas perguntas — diz ela me encarando.

Não fala para a gente se sentar, ir jantar em algum lugar, nada disso, ela diz "É agora", e isso soa pesado, bem pesado, eu baixo a cabeça à espera do primeiro míssil, sei o quanto vai ser difícil.

— Mas — retoma Lucie —, eu acho que vou começar pela primeira de todas as questões: papai, você achou realmente que eu fosse uma idiota?

O negócio já não começa bem.

A gente tinha se safado dessa história toda há cerca de quinze dias.

Na véspera, cheques meus para todo mundo. Cheques bem recheados. Mathilde viu o seu exatamente como ele é: um inimaginável presente de Natal em pleno meio de ano. É como se ela tivesse ganhado na loteria.

São cheques sem fundo, na verdade. É apenas para marcar o momento. Explico para elas que esses milhões de euros estão guardados em paraísos fiscais e que, para fazer uso de uma cifra dessas, vai ser preciso tomar precauções em relação à Receita, lançar mão de uns pequenos truques, nada grave, só uma questão de tempo, eu me encarrego de tudo.

Nicole descansou seu cheque diante de si, com delicadeza. Faz dias que ela sabe de tudo isso. Para ela, eu expliquei imediatamente. Com Nicole é diferente, não é como com as meninas. Ela descansou seu cheque como se descansa um guardanapo na mesa ao fim de uma refeição. Sem falar nada. É inútil ficar se repetindo. Ela simplesmente não quer ser estraga-prazeres.

Lucie olhou para o presente e logo se via que aquilo era motivo de uma intensa reflexão para ela. Balbuciou "Obrigada", escutou minhas explicações entusiasmadas com atenção, contida e pensativa. Como se ela estivesse proferindo um discurso paralelo ao meu.

Naquela noite, digo para minhas duas filhas: o que quer que aconteça, o futuro de vocês está garantido. Com isso que estou dando, vocês podem adquirir um apartamento, dois, três, fazer o que quiserem para se sentirem seguras; é esse o presente do pai de vocês.

Reembolso todo mundo.

Divido por três.

Reembolso o cêntuplo para todo mundo.

Achando que meu gesto deveria inspirar algum respeito.

Esse é o caso, mas parcialmente. Mathilde regozija, Gregory faz inúmeras perguntas: por quê, como... Eu conto, faço o máximo para dizer apenas o essencial, estou sentindo que as coisas não estão ocorrendo exatamente como eu tinha previsto, sonhado.

E, no dia seguinte, cá está Lucie. Ela me pergunta: "Você achou que eu fosse uma idiota?". E emenda, porque Lucie geralmente é assim, traz as perguntas e as respostas. Porque não parou de pensar nisso desde o primeiro segundo em que viu seu enorme cheque, desde que compreendeu:

— Você me manipulou da forma mais abjeta.

Fala sem raiva. Num tom calmo. É principalmente isso que me dá medo.

— Você escondeu a verdade de mim o tempo todo, porque você pensou que, acima de tudo, na minha ingenuidade, eu defenderia você melhor se acreditasse que era totalmente inocente.

Nisso, ela tem razão. Várias, mil vezes eu poderia ter explicado o que realmente fiz, mas creio que sua defesa teria sido menos eficaz. Tenho minha parcela de razão também. Se eu tivesse contado, nesse momento ela teria um pai na prisão, cumprindo uma pena de anos e anos.

Até o último segundo, eu nunca, nunca estive certo de poder conservar esse dinheiro.

Racionalmente, será que eu podia falar disso com elas? Fazê-las esperar por uma vida a salvo de qualquer necessidade para, no fim, se eu não alcançasse minha meta, puxar o tapete delas?

É o que tento argumentar, mas ela não me deixa interrompê-la e prossegue:

— Você queria que eu me mostrasse sincera. Você foi o diretor da nossa relação, fez o que era preciso para montar para a imprensa a cena do pobre pai, vítima do desemprego, defendido por sua filha sincera e generosa. Você conseguiu o que desejava quando eu fui incapaz de terminar minha frase diante do júri. Talvez tenha sido esse segundo derradeiro que valeu a você a liberdade já no dia seguinte. Para chegar a esse único segundo, você mentiu para mim durante meses e meses, me fez acreditar na mesma coisa que todos os outros. Você queria que fosse eu que lhe defendesse porque queria uma ingênua esforçada, uma desajeitada sincera. Você queria incitar a compaixão do júri. Para fazer isso, precisava que eu fosse tola.

Não existia mais ninguém nesse mundo que pudesse fazer papel de boba com tamanha perfeição. Para ter a melhor defesa de todas, a pamonha de que precisava já estava ao seu dispor. Isso que você fez é de uma enorme imundície!

Ela está exagerando, como sempre.

Mas é seu temperamento, ela é assim mesmo, sempre tem de ir um pouco longe demais.

Ela confunde as causas e as consequências. É preciso explicar para ela que não se tratava de uma estratégia. Em momento algum eu pensei em fazê-la passar por pamonha para ser eficiente. Ela foi uma advogada formidável. Eu jamais poderia ter encontrado alguém melhor. Foi somente a certa altura, tarde demais para lhe dizer a verdade, que entendi que até sua falta de jeito seria vantajosa para nós. Só isso.

As coisas diferem entre o meu ponto de vista e o dela.

Eu preciso dizer tudo isso para ela, mas Lucie não me dá tempo. Sequer para uma palavra a mais. Uma briga teria me deixado mais tranquilo. Insultos, eu aceitaria, mas isso...

Lucie olha para mim.

E sai.

Isso me mata só de lembrar. O momento se arrasta, fico ali, de pé, no meio do cômodo. Petrificado. Ela deixou a porta entreaberta. Vou até o corredor do andar, distingo o clique do elevador quando chega ao térreo. Cansado, exausto, realmente desmoralizado, volto para o apartamento.

Na entrada, sobre o capacho, uma bola de papel amassado, que eu desdobro. É o cheque de Lucie.

Penso nisso o tempo todo, fico de coração partido.

Gregory continua falando, estamos na mesa, ele me conta um novo episódio da sua vida profissional, no qual ele é o herói, inevitavelmente. Mathilde olha para ele fascinada. É seu grande homem. Isso me irrita, balanço a cabeça, digo "Sério?" ou "Muito bem pensado!", finjo que estou escutando.

Faz quase um ano, e Lucie não voltou a me ligar, nenhuma vez.

O que me resta são as conversas mensais com Gregory.

A vida anda um bocado severa comigo, eu acho.
Então, fujo na minha imaginação, penso em Charles.
Em Nicole.
Vejo a gente um ano atrás, meu Deus, como foi triste.

Após a morte de Charles, quando tudo estava terminado, ficamos dois dias juntos, eu e Nicole, no apartamento sinistro da Avenida de Flandre. Ficamos deitados um do lado do outro, de costas, as duas noites inteiras, de mãos dadas, simplesmente, como dois corpos mortos.

E, no terceiro dia, Nicole me disse que estava indo embora. Disse que me amava. Só que, simplesmente, não aguentava, não aguentava mais, algo tinha se quebrado.

Dessa vez, definitivamente, era o fim da minha *egodisseia*. Foi necessário tudo isso para que eu percebesse.

— Eu preciso viver, Alain, e minha vida não passa mais por você — foi o que me disse.

Tanto ela quanto Lucie se colocaram exatamente no mesmo lugar quando me deixaram. Lucie largou seu cheque embolado ali fora antes de partir, Nicole me lançou um daqueles sorrisos dos quais nunca saio ileso. Eu tinha acabado de dizer:

— Mas, Nicole, tudo está terminado, estamos ricos! Nada mais vai dar errado. Nada pode nos impedir de fazer tudo o que você sonha!

Eu tinha uma forte convicção ao falar isso!

Nicole se contentou em passar a mão no meu rosto e balançar suavemente a cabeça, como se estivesse pensando: "Pobrezinho".

Aliás, ela disse:

— Pobrezinho do meu amor...

E saiu. Calmamente.

Mais ou menos assim também, Lucie me fez lembrar muito sua mãe.

Não sei por quê, mas talvez seja por causa disso que, embora eu pudesse ter adquirido algo maravilhoso a um preço exorbitante, resolvi ficar e morar aqui na Avenida de Flandre.

Mobiliei o apartamento de qualquer jeito, a partir de ideias prontas, com móveis populares comprados na loja Ikea.

E, no fundo, não estou tão mal aqui.

Nicole se afastou um pouco da Paris intramuros e foi para um apartamento em Ivry, jamais vou entender por quê. Impossível convencê-la de comprar um belo apartamento, como o de Mathilde, por exemplo. Terminantemente impossível até mesmo tocar no assunto com ela. É não e pronto. Até o apartamento de Ivry, ela não aceitou que eu comprasse para ela. Está pagando aluguel. Com seu próprio salário.

Jantamos juntos de vez em quando. No início, eu a levei num grandioso restaurante parisiense, com a intenção de seduzi-la, eu tinha me aprontado todo e estava com meu primeiro terno sob medida, mas logo percebi o quanto aquilo a incomodava. Ela comeu praticamente em silêncio, a gente mal se falou, ela voltou para casa de metrô, recusou o táxi.

A gente não se vê com muita frequência. Eu propus saídas aos montes, à ópera, ao teatro, ofereci livros de arte, escapadas de fim de semana, coisas desse tipo, eu dizia para mim mesmo que era apenas reconquistá-la, que ia levar tempo e muito tato, que a gente ia progredir e se reencontrar, que ela ia compreender a que ponto nossa vida podia se tornar uma maravilha perpétua. Não foi assim que as coisas aconteceram. Ela aceitou uma saída ou duas, aí não quis mais. No início, eu telefonava bastante, e aí, um dia, ela me disse que eu estava telefonando demais.

— Te amo, Alain. Sempre me deixa feliz saber que você está bem. Mas essa informação me basta. Não preciso de nada além disso.

No início, sem ela, era um horror o quanto o tempo custava a passar.

Eu parecia um idiota dentro desse apartamento praticamente vazio, com meus ternos sob medida.

Me tornei um homem triste.

Sinistro, não, mas sem a alegria de viver que eu previa, porque, sem Nicole, realmente, nada faz sentido.

Sem ela, nada faz sentido.

Um dia desses, me voltou à mente um negócio que Charles tinha falado (ele e suas sentenças...): "Se quiser matar um homem, comece lhe dando aquilo que mais espera. Na maior parte das vezes, só isso já basta".

Charles me faz muita falta.

Coloquei todo o dinheiro que restava em contas no nome das minhas filhas. Mal encosto nele. Sei que está lá. Que é o que eu ganhei. Me basta saber.

Os primeiros meses foram bem longos, sozinho assim.

Algumas semanas atrás, arranjei de novo um trabalho. Como voluntário.

Sou "conselheiro sênior" numa pequena associação que oferece auxílio a jovens empreendedores.

Analiso o desenvolvimento deles, ajudo com as estratégias, coisas desse tipo.

Na verdade, é mais forte que eu, não consigo ficar sem trabalhar.

Vézénobres, agosto de 2009

AGRADECIMENTOS

Meu primeiro pensamento vai para Pascaline, evidentemente. Por sua paciência, suas exaustivas releituras. Sua presença.

E, em seguida, claro, obrigado a todos:

a Samuel, pelos incontáveis conselhos e galhos quebrados (às vezes, acrobacias verbais) que me serviram de aliados seguros e preciosos. Obrigado a ele por ter entendido tão bem que, aqui, o sentido teria primazia sobre a exatidão... É evidente que nenhum dos erros que subsistem lhe são imputáveis;

a Gérald, pelos comentários úteis num momento em que o texto merecia;

a Joëlle de Cubber, por seus conselhos medicais e sua prontidão;

a Éric Prungnaud, pela leitura e pelas observações que me reconfortaram no momento adequado;

a Cathy, meu afetuoso patrocinador;

a Gérard Guez, pela hospitalidade e pelo afeto;

e a Charles Nemes, que me propôs o título do livro durante uma refeição (aliás, que nem foi regada a tanto álcool assim).

Evidentemente, um grande, um enorme obrigado a toda a equipe de Calmann-Lévy.

Por fim, os leitores talvez tenham reconhecido algumas referências a Alain, Bergson, Céline, Derrida, Louis Guilloux, Hawthorne, Kant, Norman Mailer, Javier Maria, Michel Onfray, Marcel Proust, Sartre, Scott Fitzgerald e outros mais.

Todas essas referências devem ser consideradas como homenagens.

Este livro foi composto com tipografia Electra LT Std
em papel Off-White 70 g/m² na Formato Artes Gráficas.